Kim Vogel Sawyer

Die verlorene Tochter

Roman

Über die Autorin

Kim Vogel Sawyer lebt zusammen mit ihrem Mann in Kansas und ist bereits Großmutter. Seit ihrer frühesten Kindheit ist sie vom Schreiben fasziniert, und sie ist froh, dass sie ihren Traum, Schriftstellerin zu werden, umsetzen konnte. Außerdem ist sie Lehrerin und engagiert sich ehrenamtlich in vielen Bereichen ihrer Gemeinde.

Kim Vogel Sawyer

Die verlorene Tochter

Roman

Aus dem Amerikanischen übersetzt von Brigitte Hahn

Gerth Medien

FSC
Mix
Produktgruppe aus vorbildlich bewirtschafteten Wäldern und anderen kontrollierten Herkünften

Zert.-Nr. SGS-COC-1940
www.fsc.org
© 1996 Forest Stewardship Council

Verlagsgruppe Random House FSC-DEU-0100
Das für dieses Buch verwendete FSC-zertifizierte Papier
Super Snowbright liefert Hellefoss AS, Hokksund, Norwegen.

Die amerikanische Originalausgabe
erschien im Verlag Barbour Publishing, Inc.,
P.O. Box 719, Uhrichsville, Ohio 44683, USA
unter dem Titel „Bygones".

1. Auflage 2009
Bestell-Nr. 816 333
ISBN 978-3-86591-333-3

Umschlaggestaltung: Michael Wenserit, Müllerhaus Publishing Group
Umschlagfoto: Matt Swaggart
Satz: Nicole Schol
Druck und Verarbeitung: GGP Media GmbH, Pößneck
Printed in Germany

1

Henry Braun blieb an der Tür von Jimmys Schnellrestaurant stehen. Er presste sich die Hand auf den Bauch, weil ihm unter seinem glatt anliegenden, ordentlich in der Hose steckenden Hemd plötzlich der Magen rebellierte. Er wusste nicht so genau, woher dieses flaue Gefühl in der Magengrube kam, ob Nervosität oder Vorfreude die Ursache war. Das spielte jetzt auch keine Rolle mehr. Er hatte Marie vor über zwei Jahrzehnten zum letzten Mal gesehen. In seiner Jackentasche steckte ein Foto von ihr. Sie hatte ihrer Tante Lisbeth das Bild vor drei oder vier Jahren zusammen mit einer Weihnachtskarte geschickt. Aber er brauchte kein Foto als Gedächtnisstütze. Ein Mann erinnert sich immer an seine erste Liebe.

Ihm zitterte die Hand, als er die abgegriffene Klinke der Gaststätte berührte. Er zog die Tür auf. Ein Schwall abgestandener, nach Zigarettenrauch riechender Luft kam ihm entgegen. Langsam fiel die Tür hinter ihm zu. Er nahm den Hut ab und umklammerte ihn mit beiden Händen. Schweigend stand er da und beobachtete das geschäftige Treiben im Lokal. Jede Sitzecke war mit laut schwatzenden Gästen belegt. Die meisten von ihnen waren Männer, wahrscheinlich Fernfahrer wie damals John Quinn.

Zwei Kellnerinnen in hellblauen, knielangen Kleidern mit weißen Schürzen liefen hektisch hin und her. Aus großen Plastikkannen gossen sie ihren Gästen Kaffee ein und plauderten oberflächlich mit ihnen. Obwohl beide Frauen um die vierzig waren, erkannte er Marie sofort. Dieses nussbraune Haar war unverkennbar, auch wenn es ihr jetzt in kurzen, unordentlich wirkenden Locken in die Stirn fiel. Henry blieb neben der breiten Theke mit der Kasse stehen und wartete, bis ihm jemand einen freien Platz zeigte. Die anderen

Gäste starrten ihn mit unverhohlener Neugier an. Ein Mann stieß seinen Sitznachbarn mit dem Ellbogen in die Rippen und zeigte frech mit dem Finger auf Henry. Dann machte er eine Bemerkung, die die anderen Männer am Tisch zum Lachen brachte. Henry war an dieses Verhalten gewöhnt, wenn er draußen in der Welt war. Er sah weg und tat unbeteiligt.

Ein paar Minuten später winkte ihm Maries Kollegin zu. „Hallo, hier ist ein freies Plätzchen für Sie!"

Henry zeigte mit dem Daumen auf seine Brust und zog fragend die Augenbrauen hoch. Als die Frau ihm lächelnd zunickte, setzte er sich langsam in Bewegung. Seine Beine waren noch immer steif von der langen Autofahrt. Er setzte sich in die leere Sitzecke.

„Sind Sie neu hier? Ich hab Sie noch nie gesehen."

Mit ihrem betont fröhlichen Lächeln wollte ihm die Kellnerin bestimmt die Nervosität nehmen, aber er wäre am liebsten davongelaufen. Es wäre jedoch unhöflich gewesen, ihr nicht zu antworten, und so klang seine Stimme ruhig, als er sagte: „Ich bin nur auf der Durchreise."

Zuerst nickte sie zustimmend, dann zwinkerte sie ihm zu. „Na, dann willkommen in Cheyenne. Ich wünsche Ihnen einen guten Aufenthalt hier." Nachdem sie einen dickwandigen Becher mit Kaffee gefüllt und schwungvoll eine Speisekarte auf den Tisch gelegt hatte, fügte sie hinzu: „Wählen Sie in Ruhe aus. Ich bin gleich wieder da."

Er hob einen Finger. „Ich möchte nichts bestellen, ich möchte nur …" Aber die Frau war schon verschwunden, und so konnte er seine Bitte nicht aussprechen. Er ließ die Kaffeetasse stehen und die Speisekarte liegen und sah Marie bei der Arbeit zu. Sie schien sich wohlzufühlen, als sie von Tisch zu Tisch ging, den Gästen zulächelte, hier und da eine scherzhafte Bemerkung machte, dort mit einem Lachen antwortete.

Damals, als sie zu John Quinn in den Sattelschlepper gestiegen war, hatte er geglaubt, sie würde erkennen, dass sie einen Fehler gemacht hatte, und nach Sommerfeld zurückkehren. Zu ihm. Jetzt kam er sich vor wie ein Trottel. Marie hatte sich draußen in der Welt wohl ganz gut eingelebt.

Er spürte, wie enttäuscht er war, aber er fragte sich auch, warum er so empfand. Hatte er etwa erwartet, sie zusammengekauert in einer Ecke zu finden, niedergeschlagen und reumütig? Nein. Er hatte die Briefe gelesen, die Marie im Laufe der Jahre an ihre Tante Lisbeth geschrieben hatte. Marie lebte wie alle anderen Menschen in der Welt da draußen. Die Enttäuschung, die er empfand, hatte mit ihm zu tun. Seine Finger bewegten sich ruckartig auf der Tischplatte hin und her. Warum war es ihr nicht wie ihm ergangen? Warum hatte sie ihn nicht auf Anhieb erkannt?

„Du, Marie, an Tisch dreizehn sitzt ein ganz toller Typ."

Marie balancierte drei Teller auf einem Arm. Mit der anderen Hand griff sie nach einem Brotkorb. Sally machte sich immer einen Spaß daraus, ihr die attraktivsten Gäste in der Raststätte zu zeigen, weil sie meinte, dass Marie einen Mann brauchte. Marie teilte diese Meinung nicht, aber sie quittierte diese Bemerkung ihrer Freundin mit einem schwachen Lächeln. „Tatsächlich?"

„Oh ja." Mit einem leisen Auflachen streckte Sally die Hand aus und angelte sich die Teller, die Jimmy in die Durchreiche gestellt hatte. „Er sieht aus wie ein Prediger, so wie er angezogen ist. Guck ihn dir doch mal an."

Marie nickte ihr kurz zu. „Klar, wenn ich mal eine Minute Zeit habe."

Sie schlängelte sich geschickt an den Tischen vorbei, um den Lastwagenfahrern an Tisch drei das Spezialmenü aus gebackenem Fisch, Maisklößen, Krautsalat und Pommes frites zu servieren. Sie stellte den Plastikkorb mit den Brötchen in die Mitte und schimpfte, als einer der Gäste ihr einen Klaps auf das Hinterteil geben wollte.

Sie bediente ihn zuerst und sagte ironisch: „So, jetzt haben Ihre Hände was Besseres zu tun."

Alle drei Männer antworteten mit brüllendem Gelächter. Mit einem süffisanten Lächeln ging Marie um den Tisch herum und platzierte vor jedem Gast einen Teller. Dann stemmte sie die Hände in die Hüften und fragte: „So, Jungs, braucht ihr noch was?"

Der Mann mit der vorwitzigen Hand grinste sie an. „Das, was ich will, steht nicht auf der Speisekarte."

„Und Sie benehmen sich anständig", warnte ihn Marie.

Obwohl sie seit dem Tod ihres Mannes viele Gelegenheiten dazu gehabt hätte, flirtete sie nie mit ihren Gästen. Sally meinte, sie sei eben zu brav und bieder. Für Marie war diese Bemerkung ein Kompliment.

Langsam entfernte sie sich vom Tisch. „Wenn ihr noch was braucht, winkt mir einfach zu."

Die Männer dankten ihr laut und stürzten sich dann hungrig auf ihr Essen. Als Marie sich umdrehte und zur Durchreiche ging, fiel ihr Sallys Bemerkung wieder ein. Sie warf einen kurzen Blick auf Tisch dreizehn. Plötzlich konnte sie nicht mehr weitergehen.

Das war kein Prediger, sondern nur ein einfacher Mann. Ein Mennonit. Das schlichte blaue, bis oben zugeknöpfte Hemd und die schwarze Jacke ohne Revers sprachen eine deutlichere Sprache als jedes Werbeplakat. Ihr Blick wanderte von der Kleidung zum Gesicht des Mannes. Seine braunen Augen sahen sie direkt an, und plötzlich blieb ihr die Luft weg. Ihr zitterten die Knie, und ihre Hand suchte verzweifelt einen Halt, damit sie nicht hinfiel. Sie packte versehentlich die Schulter eines Gastes.

Eine raue Stimme rief laut: „Na, Schätzchen, was willst du denn?"

Sie sah unverwandt auf den Mennoniten, der ruhig sitzen blieb und sie mit seinen braunen Augen anstarrte.

„Ent-entschuldigen Sie bitte“, brachte sie schließlich heraus und nahm die Hand von der Schulter des Mannes.

Der Gast zuckte gleichgültig die Achseln und aß weiter. Sally lief eilig vorbei. Marie hielt ihre Kollegin am Ärmel ihres Kleides fest.

Sally hielt inne und sah sie besorgt an. „Was ist denn los mit dir? Du siehst aus, als ob du ein Gespenst gesehen hättest.“

„Genau das ist passiert.“

Sallys Blick fiel auf die Sitzecke, und dann drehte sie sich wieder zu Marie um.

„Du kennst diesen Prediger?“

Marie nickte bedächtig. „Ich brauche eine kurze Pause. Kannst du ...“

Mit einem Lächeln tätschelte Sally die Hand ihrer Freundin. „Klar doch. Geh nur. Ich vertrete dich solange.“

Marie hatte ihre Augen noch immer auf den Mann in der Sitzecke geheftet, aber sie murmelte ein kurzes Dankeschön. Es fiel ihr schwer, einen Fuß vor den anderen zu setzen. *Na los. Geh schon. Mal sehen, was er will.* Endlich gehorchten ihr ihre Füße. Sie setzte sich in Bewegung, fühlte sich aber, als ob sie durch zähen Sirup watete.

Seine Hände lagen auf der blau gesprenkelten Tischplatte, und sein Blick folgte ihr. Er war älter geworden. Sein kurz geschnittenes, dunkelbraunes Haar war von silbrigen Strähnen durchzogen. An seinen Augenwinkeln zeigten sich viele kleine Falten. Aber er sah noch immer sehr gut aus. In dieser Hinsicht hatte er sich nicht verändert.

Sein Adamsapfel hüpfte auf und ab, als er versuchte, zu schlucken. Auch sie spürte plötzlich, wie ihre Kehle trocken wurde. Wie aus eigenem Antrieb strich sie sich mit einer Hand ihre wilde Lockenmähne glatt. Als sie ihr Haar berührte, wurde ihr bewusst, dass ihr Kopf unbedeckt war. Sie war peinlich berührt bei dem Gedanken an ihre nackten Knie und ihr eng anliegendes Kleid. Obwohl sie solche Dinge jahrelang nicht gestört hatten, fühlte sie sich plötzlich entblößt und verletzbar. Sie spürte, wie ihr heiß wurde, und am liebsten wäre sie weggelaufen. Aber dennoch blieb sie wie angewurzelt stehen.

Was machte er eigentlich in Cheyenne im Bundesstaat Wyoming, Hunderte von Kilometern von Kansas entfernt? Wie hatte er sie eigentlich gefunden? Hatte ihn etwa ihre Familie geschickt? All diese Fragen drängten sich ihr auf, aber als sie endlich den Mund aufmachte, brachte sie nur ein einziges Wort heraus. „Hallo."

„Hallo." Seine Stimme war mit zunehmendem Alter tiefer geworden, aber sie klang noch immer so schüchtern, wie sie sie in Erinnerung hatte. „Du ..." Er sah sich in dem vollen Lokal um. „Du hast im Moment viel zu tun."

Sie fuhr sich mit der Zunge über die Lippen. „Ja. Ich ... ich kann jetzt keine Pause machen, aber ..."

Er unterbrach sie mit einem zustimmenden Nicken. „Ich verstehe schon. Wann hast du Feierabend?"

„Um vier."

Wieder nickte er. „Ich warte auf dich."

Diese einfachen Worte katapultierten sie in eine Zeit, die etwa fünfundzwanzig Jahre zurücklag. Sie erinnerte sich an seine traurige Stimme und seine geflüsterten Worte: „Ich warte, bis du zurückkommst, Marie."

Jetzt fragte sie sich: Hatte er wirklich auf sie gewartet?

„Marie?"

Der Klang von Sallys Stimme brachte sie wieder in die Gegenwart zurück. Sie warf einen Blick über die Schulter. Sally stand vor der mit Tellern zugestellten Durchreiche und blickte sie leicht genervt an: *Ich brauche deine Hilfe.*

Marie nickte, dann drehte sie sich rasch zu Henry um. „Bitte warte nicht hier."

Sie steckte eine Hand in ihre Schürzentasche, holte einen Schlüsselbund heraus und entfernte ihren Wohnungsschlüssel vom Ring. Dann drückte sie Henry den Schlüssel in die Hand. „Du kannst in meine Wohnung gehen. Sie ist im Stadtviertel Woodlawn. Der Wohnblock liegt an der Ecke Carson- und Zweiunddreißigste Straße. Meine Wohnung ist die Nummer 4B. Geh rein, mach es dir gemütlich. Wenn ich Feierabend habe, beeile ich mich."

Sie wollte sich schon umdrehen, aber dann fiel ihr Blick noch einmal auf ihn. „Wie bist du hierher gekommen?"

Er zeigte aus dem Fenster. „Mit dem Auto."

Sie sah zum Parkplatz herüber. Dort stand zwischen den Sattelschleppern eine schwarze, viertürige Limousine. Überrascht zog sie die Augenbrauen hoch. Seine Lippen verzogen sich zu einem schwachen Lächeln.

„Ich habe mein Leben lang Autos repariert, und jetzt fahre ich eben eins."

„Marie!"

Auf Sallys drängendes Rufen hin setzte Marie sich in Bewegung. „Ich bin nach vier zu Hause."

Sie ging eilig zur Theke und nahm die dort wartenden Teller in Empfang. Aus dem Augenwinkel beobachtete sie, wie Henry das Lokal verließ. Dann sah sie seine hochgewachsene Gestalt vor dem Fenster. Ein paar Sekunden später fuhr sein Auto rückwärts aus der Parklücke und verschwand zwischen den großen Sattelschleppern.

„Worauf wartest du noch? Willst du das Essen servieren, wenn es kalt ist?"

Jimmys Worte rissen sie aus ihrer Grübelei. Schon wieder spürte sie, dass sie rot wurde.

„Entschuldigung." Sie wandte sich zum nächsten Tisch und rief: „So, Jungs, jetzt kommt euer Essen!"

Nachdem sie die Männer bedient hatte, warf sie einen flüchtigen Blick auf ihre Armbanduhr. Erst in zweieinhalb

Stunden hatte sie Feierabend. Mit einem leisen Zischen atmete sie aus. *Hoffentlich halte ich so lange durch …*

Der Wohnblock aus rotbraunen Klinkersteinen wirkte sauber, aber das Haus war nicht mehr neu. Teilweise rissige Betonplatten führten zu den einzelnen Wohneinheiten. Das Gras war braun und vertrocknet. An manchen Stellen wuchs nichts, und dort war der blanke Boden sichtbar. Kopfschüttelnd betrat Henry die Betonplatte vor der Tür von Nr. 4B. In der Ecke dieses armseligen Ersatzes für eine Veranda stand ein Tontopf mit traurig herunterhängenden Plastiktulpen.

Marie mochte wohl immer noch Blumen.

Beinahe wider Willen musste Henry an Maries Elternhaus denken. Das große, geräumige Bauernhaus war umgeben von einem Garten mit saftig grünem Gras und einer Fülle von leuchtenden Ringelblumen, bunten Zinnien und farbenprächtigen Prunkwinden. Wie konnte sie es nach der Weiträumigkeit und Schönheit ihres Zuhauses bloß an einem solchen Ort aushalten? Er seufzte, und die Brust wurde ihm eng vor Traurigkeit.

Obwohl er einen Schlüssel hatte, fühlte sich Henry wie ein Eindringling, als er die Tür aufschloss und Maries Wohnung betrat. Es war still. Er hörte nur das Ticken einer Uhr und ein seltsames Blubbern – ein Geräusch, das er nicht kannte. Minutenlang stand er auf der Türmatte und sah sich in dem kleinen Wohnzimmer um. Er wusste nicht, was er machen sollte.

Ein langes, mit einer farbenfrohen Patchworkdecke bedecktes Sofa stand an der nördlichen Wand. Vor dem Sofa sah er eine kleine Truhe, auf der sich Zeitschriften stapelten. Neben den Heften lagen ein kleiner schwarzer Kasten mit weißen Tasten und zwei zerknitterte Servietten. In der Ecke stand ein gedrechselter Schaukelstuhl, dessen Lehne und Sitzfläche von vielen kleinen Kissen geziert wurden.

Die Wand gegenüber dem Sofa bot Platz für eine große Schrankwand, deren Mittelteil von offenen Regalen gesäumt wurde. Er ging zu dem Möbelstück. Mit den Fingern strich er über die Oberfläche. Wieder schüttelte er den Kopf. Auf den ersten Blick wirkte die Schrankwand massiv, aber wenn man genauer hinsah, merkte man, dass es sich um Furnierholz handelte. Künstliches Holz und künstliche Blumen. Wieder wurde es Henry seltsam schwer ums Herz.

Im Mittelteil der Schrankwand prangte ein großer Fernseher, dessen dunkler, mit einer leichten Staubschicht bedeckter Bildschirm auf das Sofa ausgerichtet war. Auf einem Regal über dem Fernsehgerät entdeckte er die Ursache des blubbernden Geräuschs in Form eines kleinen Aquariums. Im Wasser schwammen ein bunter Zwergregenbogenfisch und drei Goldfische. Hin und wieder stiegen aus einem Röhrchen an der Rückwand des Glaskastens kleine Bläschen auf. Wenn sie an die Oberfläche stiegen, war ein Blubbern zu hören.

Er beobachtete die Fische eine Zeitlang, aber er spürte eine leise Wehmut angesichts der stummen Botschaft, die diese Tiere aussandten. Marie war tierlieb, aber in dieser Wohnung durfte sie bestimmt keine Haustiere halten. Hatte sie die Fische gekauft, weil sie damit die Erinnerung an die Hunde, Katzen und Lämmer auf der Farm ihrer Eltern vertreiben wollte?

Er wandte den Blick von den Fischen ab und sah sich die Fotografien auf den Regalen an. Jeder Rahmen sah anders aus. Die einen waren aus Holz, die anderen aus Metall. Manche waren mit Perlen dekoriert, manche mit geschnitzten Blumen. Ein paar Fotos hatte er schon gesehen. In Lisbeth Koepplers kleinem Nähzimmer lag ein schlichtes Album neben dem Körbchen mit den Briefen, die Marie im Laufe der Jahre an ihre Tante geschickt hatte. Auf allen Bildern war eine junge

Frau zu sehen, von der Henry zwar wusste, die er aber nie kennengelernt hatte.

Er ging näher heran und sah sich jedes Foto genau an, besonders das Gesicht des Mädchens. Sie hatte Maries Grübchen im Kinn und ihre blauen Augen geerbt, aber nicht ihre Haarfarbe. Wie schade. Maries Haar war immer außergewöhnlich gewesen. Jetzt war es kurz geschnitten und fiel ihr in unordentlichen Locken in die Stirn. So viel hatte sich geändert. Aber was hatte er denn erwartet?

Mit einem Kopfschütteln wandte er sich von den Fotos ab und ging zum Sofa. Er setzte sich auf die äußerste Kante des weichen Polsters. An der Seite des Zimmers sah er zwei Türöffnungen. Die eine führte in die Küche. Dort waren ein verchromter Tisch mit Resopalplatte und passende Stühle zu sehen. Durch die andere Türöffnung konnte er einen Gang erkennen, an dessen Ende offenbar das Schlafzimmer lag. Aber im Vergleich zu dem, was sie damals zurückgelassen hatte, war diese Wohnung winzig.

Als er den Kopf drehte und einen Blick auf die Wanduhr warf, merkte er, dass noch eine lange Wartezeit vor ihm lag. Er verschränkte die Hände vor den Knien und seufzte. Er hätte ein Buch mitnehmen sollen, um sich die Zeit zu vertreiben. Sein Blick fiel auf den Fernseher. Sein Spiegelbild starrte ihn aus dem großen Bildschirm an, und die Neugier meldete sich. Was gab es wohl nachmittags um halb drei im Fernsehen? Aber er machte keine Anstalten, das Gerät einzuschalten.

Bis auf das Ticken der Uhr und das gluckernde Geräusch des Aquariums war alles ruhig. Wieder stieß er einen Seufzer aus. Zu Hause hatte er immer etwas zu tun, und so verging die Zeit schnell. Blubb, blubb. Er sah wieder auf die Wanduhr. Tick, tick. Wieder musste er seufzen. *Am besten, ich werfe mal einen Blick in eine dieser Zeitschriften.*

Plötzlich hörte er ein anderes Geräusch, ein Kratzen an der Tür. Er stand auf, als die Wohnungstür aufging und eine junge

Frau hereinkam – das Mädchen, das auf den Fotos zu sehen war. Sie summte ein Lied und hatte den Kopf gesenkt, weil sie in der von ihrer Schulter herunterhängenden, überdimensionalen Ledertasche etwas zu suchen schien. Mit einem Hüftschwung schlug sie die Wohnungstür zu. Dann blickte sie auf und warf mit einer raschen Kopfbewegung ihr langes Haar zurück. Als sie ihn entdeckte, schrie sie laut auf.

Henry bekam eine Gänsehaut. Mit der Hand fuhr sie erneut in ihre Tasche. Ruckartig zog sie eine winzige Sprühdose heraus. Sie zielte damit auf Henry. „Kommen Sie bloß nicht näher, sonst bekommen Sie eine Ladung ab!"

Er hob ergeben beide Hände, obwohl er an dieser kleinen Sprühdose nichts Bedrohliches erkennen konnte.

„Wer sind Sie?", fuhr sie ihn an. Ihre blauen Augen waren weit aufgerissen. Die Hand mit der Sprühdose zitterte leicht, aber die junge Frau gab nicht klein bei.

„Ich heiße Henry Braun." Er achtete darauf, dass seine Stimme ruhig klang. Die wild blickenden Augen der jungen Frau ließen seinen Magen Purzelbäume schlagen. „Ich bin mit dem Auto aus Sommerfeld gekommen, um Ihre Mutter zu besuchen."

„Wie sind Sie hier reingekommen?"

„Ihre Mutter hat mir den Schlüssel gegeben. Hier ist er." Er deutete auf die Truhe vor dem Sofa. Dort hatte er den Wohnungsschlüssel hingelegt.

Die junge Frau sah ihn noch immer böse an. Dann bewegte sie sich langsam auf die Truhe zu und schnappte sich den Schlüssel.

Sie zielte weiter mit der Sprühdose auf ihn und fauchte: „Sie bleiben hier. Ich rufe meine Mutter an. Keine Bewegung!"

Sie ging rückwärts durch die Türöffnung, die zur Küche führte. Dann verschwand sie hinter der Wand. Er hörte, wie es mehrmals klickte.

„Jimmy? Hier ist Beth. Ich muss dringend mit Mami sprechen.“

Henry ging auf Zehenspitzen zur Wohnungstür, die er hinter sich zuzog. Dann setzte er sich auf die Brüstung der Betonveranda. Er wartete lieber hier draußen auf Marie. Ihre Tochter war vollkommen durchgedreht. Zum ersten Mal, seit er sich auf den Weg gemacht hatte, fragte er sich, ob Lisbeth Koeppler nicht doch einen Fehler gemacht hatte.

2

Obwohl sie ihre Sonnenbrille normalerweise im Auto liegen ließ, behielt Marie sie heute an, als sie vom Parkplatz zu ihrer Wohnung ging. Sie konnte noch nicht einmal genau sagen, warum sie heute diesen Schutz brauchte, aber sie spürte einfach die Notwendigkeit. Als sie um die Ecke des Wohnblocks bog, sah sie Henry auf der kleinen Veranda vor ihrer Wohnungstür sitzen. Ihr war, als ob ihr Herz aussetzte, als ihre Schritte langsamer wurden. Seine Körperhaltung erinnerte sie an die Zeit, als sie noch im Teenageralter gewesen waren und er zu Besuch gekommen war. Er hatte die Ellbogen auf die gespreizten Knie gestützt. Seine Finger spielten zwischen seinen Füßen mit einem Steinchen auf dem Beton. Auch damals war Henry so schüchtern gewesen, dass er immer den Kopf gesenkt gehalten und in der Hand entweder einen Grashalm oder einen kleinen Zweig herumgedreht hatte.

Lange vergessene Erinnerungen drängten an die Oberfläche, aber sie schob sie beiseite und konzentrierte sich auf die Gegenwart. Warum war er nicht reingegangen? Sie hatte Beth doch erklärt, dass er in die Wohnung durfte. Sie blieb an der Veranda stehen. Ihr Schatten fiel auf seinen rechten Fuß, und er sah hoch. Die Krempe seines Hutes verdeckte seine Augen.

„Du hast doch nicht drinnen gewartet." Diese Bemerkung klang dumm, denn schließlich hatte sie ihn draußen angetroffen.

Sein Mundwinkel verzog sich zu einem schwachen Lächeln. „Nein."

Sie kam einen Schritt näher. Ihr Schatten verdeckte jetzt seinen Fuß und die Kieselsteine, die er ordentlich auf dem Bürgersteig aufgereiht hatte. „Warum?"

Mit einem Achselzucken stand Henry auf. „Weil deine Tochter zu Hause ist, habe ich mich lieber nach draußen verzogen."

Natürlich. Er wollte nicht zusammen mit Beth in der Wohnung bleiben. Marie musste ein Schmunzeln unterdrücken, als sie an Beths Panik am Telefon dachte. Ihre Tochter konnte ja nicht wissen, wie harmlos Henry war.

„Gehen wir rein. Dann können wir in Ruhe reden."

Er trat zur Seite und ließ sie auf die Veranda kommen, während er auf dem Bürgersteig wartete, als sie an die Wohnungstür klopfte. Es klickte drei Mal. Sie hatte die Tür dreifach verriegelt. Hatte Beth ihr nicht geglaubt, als sie ihr gesagt hatte, dass Henry nicht gefährlich war? Der Türknauf drehte sich, und Beth riss die Tür auf.

Normalerweise hätte Marie ihre Tochter mit einem fröhlichen „Hallo" und einem Kuss auf die Wange begrüßt. Aber heute war es anders. Das dreifache Klicken der Türschlösser klang ihr noch in den Ohren.

Deshalb ging sie durch die Tür, sah kurz nach hinten und rief: „Komm bitte rein, Henry."

Seine Hände umklammerten die Krempe seines Hutes, als er ihr folgte. Er machte einen Schritt über den kleinen Läufer, der auf der Schwelle lag, und wartete schweigend, während Beth ihn mit finsteren Blicken musterte.

Marie schloss die Tür. Dann zeigte sie einladend auf das Sofa. „Setz dich doch."

Sie ging zur Schrankwand und setzte die Sonnenbrille ab. Im Glas des Bildschirms beobachtete sie, wie Henry mit drei langen Schritten zum Sofa ging, Platz nahm und seinen Hut neben sich legte.

Als sie einen Blick auf das Aquarium warf, sah sie ihre zerzausten Locken. Sie strich sich mit der Hand über das Haar, weil sie sich vor Henry ohne die Kopfbedeckung aus ihrer Jugendzeit wie entblößt vorkam. Am liebsten hätte sie die Sonnenbrille wieder aufgesetzt, aber es würde dumm aussehen, wenn sie die dunkle Brille in der Wohnung anhatte. Sie presste ihre Hände zusammen und drehte sich zu ihrer Tochter um.

„Beth, bitte hole Henry ein Glas Wasser. Er hat ziemlich lange draußen in der Sonne gesessen." Sie hoffte, dass Beth den versteckten Tadel hören konnte.

Beth kniff die Lippen zusammen und verschwand in der Küche. Schon bald hörte Marie das Klirren von Eiswürfeln in einem Glas und das Rauschen des Wasserhahns. Ihre Tochter machte also, was sie ihr gesagt hatte. Sie setzte sich in den Schaukelstuhl und lächelte Henry zaghaft an.

„Es war ein großer …" Schock? Ja, das stimmte, aber das Wort klang zu hart. „… eine große Überraschung, als ich dich heute im Restaurant gesehen habe."

Beth kam ins Wohnzimmer, ging mit steifen Schritten zu Henry, und hielt ihm schweigend das Glas hin.

„Danke." Er nahm einen langen Schluck. Schon wieder fühlte sich Marie in die Vergangenheit versetzt. Dieses Gefühl verschwand rasch, als er sich mit dem Handrücken den Mund abwischte. „Ich hätte vielleicht anrufen sollen, aber …"

Marie wich erschrocken zurück. „Du hast meine Telefonnummer?"

Er stellte das halbvolle Glas neben den Stapel mit Zeitschriften. „Lisbeth hat sie gehabt."

Als sie den Namen ihrer Tante hörte, begann ihr Herz schneller zu schlagen. Vor ihrem geistigen Auge sah sie das liebe Gesicht dieser sanftmütigen Frau. Von allen Menschen in Sommerfeld vermisste sie ihre Tante Lisbeth am meisten. Sie beugte sich vor.

Ihre Stimme klang drängend. „Wie geht es ihr? Ich habe seit Wochen nichts mehr von ihr gehört."

Henry konnte ihr nicht in die Augen sehen. „Wegen deiner Tante Lisbeth bin ich hier."

Seine Stimme klang angespannt. Marie spürte plötzlich, wie ihr etwas die Brust zusammenzuschnüren schien.

„Ich geh in mein Zimmer." Beth ging in Richtung Flur.

Henry sprang auf. „Bitte nicht. Ich muss mit Ihnen und Ihrer Mutter sprechen." Mit einer unbeholfenen Handbewegung deutete er auf das Sofa. „Setzen Sie sich doch. Dann erkläre ich Ihnen, warum ich hier bin."

Beth warf Marie einen verwunderten Blick zu, aber sie setzte sich auf die Lehne des Sofas. Henry blieb auf der anderen Seite stehen. Ein paar Minuten lang sagte er gar nichts, sondern biss sich auf die Unterlippe. Marie wusste, dass er überlegte, was er sagen sollte, aber sie spürte die Ungeduld ihrer Tochter. Sie legte ihr die Hand auf das Knie. Mit dieser Geste bat sie Beth schweigend um Geduld.

Henry räusperte sich. „Man kann eine schlechte Nachricht nicht gut verpacken. Es tut mir sehr leid, Marie, aber deine Tante Lisbeth ist vor sechs Wochen gestorben."

Marie bedeckte ihre Lippen mit einer Hand, als ob sie einen Schmerzenslaut unterdrücken wollte. Tante Lisbeth … tot?

Beth kniete sich neben den Schaukelstuhl und umarmte Marie. In ihren blauen Augen glänzten Tränen. „Oh Mami, das tut mir so leid."

Marie unterdrückte ihre Tränen mit einem mehrmaligen Blinzeln. Dann dankte sie ihrer Tochter mit einem unsicheren Lächeln. Beth wusste, wie viel ihre Tante ihr bedeutete. Sie hatte ihre Tochter nach ihrer Großtante Lisbeth Marie genannt. Obwohl die beiden Lisbeths sich nicht mehr gesehen hatten, seitdem Beth zwei Wochen alt war, hatte Beth im Laufe der Jahre alle Briefe gelesen und die Geschichten gehört, die ihre Mutter ihr von ihrer Lieblingstante erzählte. Auch Beth würde um ihre Großtante trauern.

Marie sah Henry an und brachte schließlich ein einziges Wort heraus. „Wie?"

Henry setzte sich wieder auf das Sofa. In seinem Blick lag Mitgefühl. „Es war das Herz."

Marie nickte. Das war die Familienkrankheit der Koepplers.

„Sie ist schon in den letzten beiden Jahren krank gewesen", fügte Henry hinzu. Seine Stimme klang sanft. „Die Ärzte haben ihr gesagt, dass sie sich schonen müsste, aber …" Er zuckte mit den Schultern, als ob er damit sagen wollte: *Du kennst Lisbeth doch.*

Ja, Marie kannte Lisbeth. Ihre Tante war immer betriebsam, immer freigiebig gewesen, und man hatte sie immer lächeln gesehen. Sie schloss die Augen, und schon sah sie ihre Tante vor sich … Tante Lisbeth stand an ihrem Küchentisch. Ihre faltigen Hände kneteten einen Teigklumpen, ihre Augen blitzten schelmisch unter ihrer weißen Gebetshaube hervor. Marie musste schlucken, weil die Trauer ihr fast den Hals zuschnürte. Dann drückte sie die Hand ihrer Tochter. Beth schlüpfte zurück auf das Sofa, aber sie ließ die Hand ihrer Mutter nicht los.

„Danke, dass du dich auf den weiten Weg gemacht hast, um es mir persönlich zu sagen." Einen kurzen Augenblick lang wollte Marie auch Henrys Hand nehmen, aber dann überlegte sie es sich anders und ballte ihre Hand zu einer Faust. „Lisbeth hat mir immer geschrieben, wenn jemand in der Familie gestorben war. Es ist mir schwer gefallen, solche Nachrichten in einem Brief zu lesen. Deshalb ist es lieb von dir, dass du extra gekommen bist. Sechs Wochen …“ Sie schüttelte den Kopf. „Natürlich hat es von meiner Familie niemand für nötig gehalten, mich zu informieren.“ Sie versuchte gar nicht erst, ihre Bitterkeit zu unterdrücken.

Henry zog den Kopf ein. Nach einem kurzen, peinlichen Schweigen sah Henry ihr wieder in die Augen. „Das ist noch nicht alles.“ Mit einem Stirnrunzeln sah er Beth an. „Ich habe auch für Sie eine Nachricht.“

Beth warf ihrer Mutter einen erschrockenen Blick zu.

„Ihre Großtante Lisbeth hatte in Sommerfeld ein kleines Café.“

Beth zog irritiert die Augenbrauen hoch. „Das weiß ich doch. Mami und ich haben oft über Tante Lisbeth gesprochen.“

Henry warf Marie rasch einen Blick zu. Sie konnte den Ausdruck in seinen Augen nicht deuten. Dann wandte er sich wieder Beth zu. „Dann wissen Sie vielleicht auch, dass Lisbeth nie geheiratet hat und deshalb kinderlos war.“

„Ja.“

Henry musste schlucken. Er kratzte sich hinter dem linken Ohr. „Lisbeth und ich waren … gute Freunde.“

Marie fragte sich einen Moment lang, ob sich die beiden nach ihrer Abreise aus Sommerfeld näher gekommen waren und vielleicht gemeinsam um sie getrauert hatten, weil sie sich entschlossen hatte, wegzugehen und John zu heiraten.

„Ich habe viel Zeit bei ihr verbracht, vor allem dann, als sie krank wurde“, fügte Henry hinzu. Beth presste die Lippen zusammen und umklammerte noch immer Maries Hand. „Sie bat mich, nach ihrem Tod alles für sie zu regeln. Ich habe ihr versprochen, mich um alles zu kümmern. Meine Schwester Deborah und ihre Tochter Trina führen vorläufig das Café weiter, und ich bin jeden Tag in Lisbeths Haus gewesen, um nachzusehen, ob alles in Ordnung ist.“

Beth hob die Hand. „Was hat das alles mit mir zu tun?"

Henry sprach mit ruhiger Stimme weiter, als ob er sich die Worte vorher zurechtgelegt hätte und seine Geschichte jetzt wie geplant erzählen müsste. „Vor zwei Wochen habe ich auf den Wunsch Ihres Großvaters hin …"

Beths Finger schlossen sich wie ein Schraubstock um Maries Hand. Marie erstarrte.

„… habe ich angefangen, das Haus auszuräumen, damit die Möbel und Wäschestücke verkauft werden konnten. In Lisbeths Schreibtisch habe ich ihr Testament entdeckt, in ihrer eigenen Handschrift. Sie hat ihren ganzen irdischen Besitz Ihnen vermacht, Beth."

Beth zuckte zurück und zog ihre Hand ruckartig von Marie weg. „W-wie bitte?"

Maries Herz schlug so laut, dass sie Henrys ruhig ausgesprochene Worte beinahe nicht hören konnte.

„Sie erben das Café, das Haus und die ganze Inneneinrichtung."

Beth sah ihre Mutter mit weit aufgerissenen Augen an. „Aber … aber was soll ich damit?"

Marie überhörte diese Bemerkung ihrer Tochter und wandte sich an Henry. „Wissen meine Eltern davon?"

Henry senkte den Kopf und zog die Augenbrauen zusammen. Dann nickte er. „Ich habe ihnen das Testament gezeigt. Sie konnten nicht leugnen, dass das Lisbeths letzter Wille war."

„Sie fechten es nicht an?" Marie blieb die Luft weg. Ihr Vater würde sich doch bestimmt erbittert dagegen wehren, dass dieses niemals von ihm anerkannte Enkelkind etwas erben könnte.

„Nein."

Marie atmete mit einem lauten Zischen aus.

Beth sprang plötzlich auf. Mit einem strahlenden Lächeln klatschte sie begeistert in die Hände. „Mami, das ist ein echter Glücksfall. Jetzt müssen Mitch und ich für unser Geschäft vielleicht keinen Kredit aufnehmen. Das ist ja ein Wink des Schicksals oder Karma oder so was Ähnliches!"

Dann drehte sie sich blitzschnell zu Henry um und erklärte ihm den Grund für ihre Begeisterung. „Mein Freund und ich wollen einen Laden für Raumausstattung eröffnen, mit einzigartigen Antiquitäten und Spezialartikeln. Wir wollten eigentlich ein Darlehen für Existenzgründer beantragen, aber jetzt ..." Sie hielt inne und fuhr sich mit der Zunge über die Lippen. „Wie viel wird das Haus und das Café einbringen? Ich weiß, es liegt in einer Kleinstadt, aber bestimmt ist es dreißigtausend Dollar wert, oder sogar noch mehr."

Henry stand auf und streckte eine Hand aus. „Bitte setzen Sie sich wieder."

„Ich kann nicht, ich bin viel zu aufgeregt!"

Ihr Lächeln wirkte wie ein Sonnenstrahl im Zimmer, aber Marie wurde das Herz schwer. Dieser „Glücksfall", wie Beth es nannte, war mit dem Verlust eines geliebten Menschen verbunden. Beth schien das nicht mehr zu interessieren.

Die junge Frau ging im kleinen Wohnzimmer auf und ab. „Wenn alles verkauft ist, können Sie gerne einen Anteil behalten – für Ihre Mühe. Sagen wir drei oder fünf Prozent. Den Rest überweisen Sie mir. Ich vertraue Ihnen."

Henry schüttelte den Kopf. „So geht das nicht."

„Okay", entgegnete Beth leicht verärgert. „Dann eben acht bis zehn Prozent."

Henry holte tief Luft. „Es geht hier nicht um Geld."

Beth tippte sich ungeduldig an die Stirn. „Worum denn sonst?"

Wieder deutete Henry auf das Sofa. „Bitte setzen Sie sich doch."

Beth warf ihrer Mutter einen kritischen Blick zu. Dann setzte sie sich auf die äußere Kante des Sofas. Sie sah zu Henry hoch und machte eine ungeduldige Handbewegung. „Und?"

„Lisbeth hat in ihrem Testament eine Bedingung gestellt. Bevor das Anwesen verkauft werden kann, müssen Sie mindestens drei Monate lang dort wohnen."

„Was?" Beths Stimme klang plötzlich schrill. Wieder sprang sie auf und stemmte die Hände in die Hüften. Der Blick, den sie Henry zuwarf, war finster. „Sie machen wohl Witze!"

Henry blieb ganz ruhig. „Das ist kein Witz."

„Das ist ja ein starkes Stück." Beth lachte, aber ihr Lachen klang nicht fröhlich. „Diese Leute, die ich überhaupt nicht kenne, haben meine Mutter und mich aus ihrem Leben gestrichen. Aber jetzt soll ich hier alles fallen lassen, nach Sommerfeld ziehen und drei Monate lang mit ihnen zusammenleben? Das ist ein Riesenwitz."

„Beth ..." Marie stand auf und berührte ihre Tochter am Arm.

Die junge Frau zog ihren Arm abrupt weg. „Tut mir leid, Mami. Ich weiß, du hast diese alte Frau geliebt, und vielleicht hab ich sie dir zuliebe auch ein bisschen gern gehabt. Aber ich kann nicht machen, was sie von mir verlangt." Anklagend deutete sie auf Henry. „Und Sie überlegen sich, wie ich aus dieser blödsinnigen ‚Bedingung' rauskomme. Mir ist egal, wie Sie das machen. Ich will mein Geld, aber ich werde nicht in dieser schrecklichen Stadt wohnen."

Bevor Marie oder Henry etwas erwidern konnten, rannte sie durch den Flur. Das Geräusch der zuknallenden Zimmertür war unüberhörbar. Eine ganze Weile schwiegen die beiden. Sie standen einfach da, jeder an seinem Ende des Sofas, und ihre Blicke gingen ins Leere.

Endlich brach Henry das Schweigen. Er seufzte, hielt den Kopf gesenkt und sagte: „Wenn Beth diese Bedingung nicht erfüllt, erben Lisbeths Bruder und Schwester das Haus und das Café."

Marie hatte plötzlich einen bitteren Geschmack im Mund, als sie daran dachte, dass ihr Vater und ihre Tante Cornelia sich das Erbe teilen würden. Es wäre vielleicht besser gewesen, wenn Tante Lisbeth ihren Besitz gleich Tante Cornelia vermacht hätte, anstatt Beth ins Spiel zu bringen. Es war bestimmt lieb gemeint, aber diese Bedingung ... So etwas konnte nicht gut enden. Tante Lisbeth hatte doch wissen müssen, dass sie damit auf Widerstand stoßen würde. Warum hatte sie dann diese Klausel in ihr Testament eingebaut?

„Ich denke schon, dass du das Erbe zwischen Tante Cornelia und ..." Sie brachte das Wort Vater nicht über die Lippen, weil sie seit mehr als zwanzig Jahren keinen Vater mehr hatte. Deshalb schluckte sie erst einmal schwer, bevor sie hinzufügte: „Beth ist sehr eigensinnig."

Henrys Gesicht wurde von einem kurzen Lächeln erhellt. „Das sehe ich."

Marie lachte verlegen. „Sie wird nicht nachgeben." Obwohl Beth ihren Vater nicht kannte, hatte sie von John Quinn viele Charakterzüge geerbt. Auch er hatte dazu geneigt, zuerst zu handeln und dann zu denken. Aber selbst wenn sie sich Zeit zum Nachdenken nahm, würde Beth wohl nie auf Tante Lisbeths Bedingung eingehen.

Marie wusste nicht, was sie noch sagen sollte. Früher hatten sie und Henry offen miteinander reden können. Aber diese Zeit war lange vorbei, und die vielen Jahre der Trennung lagen wie eine Kluft zwischen ihnen. Das Zusammensein mit ihm war ihr heute unangenehm, und das stimmte sie traurig.

„Ich schicke dir eine Kopie des Testaments." Sie hörte aus Henrys leiser Stimme ein gewisses Bedauern heraus.

„Danke." Endlich konnte Marie seinen Blick erwidern. Seine samtschwarzen Augen wichen ihr nicht aus, und plötzlich schlug ihr Herz schneller. „Es war nett von dir, dass du diese lange Fahrt auf dich genommen hast", platzte sie heraus. „Hoffentlich kann dich deine Familie so lange entbehren."

Henry blinzelte zwei Mal. Seine pechschwarzen Wimpern verdeckten kurz seine Augen. Dann schluckte er und setzte seinen Hut auf. „Lisbeth war die einzige Familie, die ich hatte."

Ohne ein Wort des Abschieds verließ er ihre Wohnung.

3

„Mitch, das ist wirklich das Höchste!" Beth schlug mit der Faust auf ihr Kopfkissen. Sie drückte auf die Freisprechtaste ihres Handys, hielt es sich wie ein Mikrofon vor den Mund und machte ihrem Ärger Luft. „Dieser Typ hat wirklich Nerven. Steht einfach da und erzählt mir, dass ich drei Monate lang irgendwo in der tiefsten Provinz wohnen muss, um ein Erbe anzutreten. Das ist der absolute Schwachsinn!"

Sie sprang vom Bett auf und lief in ihrem kleinen Zimmer auf und ab. „Und Mami hat dabeigestanden wie ein Ölgötze und hat gar nichts gesagt." Plötzlich meldete sich bei ihr das schlechte Gewissen. „Na ja, das verstehe ich auch. Für sie war es ein Schock, als sie erfahren hat, dass ihre Lieblingstante gestorben ist." Ihr Zorn gewann rasch wieder die Oberhand. „Aber sie weiß so gut wie ich, dass wir dort nicht willkommen sind. Warum hat sie diesen Typen nicht einfach rausgeschmissen?"

Am anderen Ende der Leitung war Mitchs heiseres Lachen zu hören. „Vielleicht liegt das daran, dass deine Mutter eine echte Dame ist, und eine Dame schmeißt einen Besucher nicht raus."

Beth warf sich wieder aufs Bett und verschränkte einen Arm hinter dem Kopf. Vor ihrem geistigen Auge sah sie, wie Henry Braun unbeholfen neben dem Sofa stand, während sie mit dem Pfefferspray auf ihn zielte, und sie musste lachen. „Du hättest seine Klamotten sehen sollen. Er hat ausgesehen wie jemand aus ‚Unsere kleine Farm'."

„Tatsächlich?“ Mitchs Stimme klang belustigt. „Mit diesem runden Haarschnitt und einem Bart bis auf die Brust?“

„Nein.“ Beth drehte eine Haarsträhne um ihren Finger. „Er hat einen richtig guten Haarschnitt. Und keinen Bart. Eigentlich sieht er ganz gut aus, für einen älteren Typen, aber mit diesen Klamotten wirkt er so … so rückständig.“ Sie verzog den Mund zu einem verächtlichen Lächeln. „Meint er wirklich, ich mache mich auf den Weg und wohne in einer Stadt mit lauter Leuten, die so sind wie er?“

Mitch ließ wieder sein heiseres Lachen hören.

Sie seufzte. „Ich hab ihm gesagt, dass er sich eine andere Lösung ausdenken, das Anwesen verkaufen und mir das Geld schicken soll. Aber das macht er bestimmt nicht. Mami meint, wenn ich die Bedingung nicht erfülle, erbt mein Großvater alles.“ Das Wort „Großvater“ sprach sie aus wie ein Schimpfwort.

„Willst du das denn?“

Beth spürte einen Kloß im Hals. „Nein! Ihm steht überhaupt nichts zu, nach dem, was er Mami angetan hat. Er hat sie einfach weggeschickt, als ob sie ein Verbrechen begangen hätte, als sie meinen Vater geheiratet und mich geboren hat.“ Was ist das für ein Vater, der sein eigenes Kind verstößt? Beth stellte sich diese Frage nicht zum ersten Mal.

„Hör mal …“

Beths Finger umklammerten das Telefon, als Mitchs Stimme plötzlich unterwürfig klang.

„Vielleicht solltest du noch mal nachdenken und dir zunächst einen Überblick verschaffen.“

„Was meinst du mit ‚Überblick‘?“

„Jetzt reg dich nicht gleich auf.“

„Ich reg mich nicht auf!“

Mitchs Lachen hatte diesmal keine beruhigende Wirkung auf Beths Nerven. Sie setzte sich auf und fauchte ins Telefon: „Ich leg gleich auf!“

„Lissie, jetzt hör mir doch mal zu.“

Beth schlug die Beine übereinander und wippte mit einem Fuß.

„Dieser Typ hat gemeint, du sollst in … wie heißt die Stadt noch mal?“

„Sommerfeld.“ Sie presste das Wort mit zusammengebissenen Zähnen heraus.

„Sommerfeld. Aber es ist doch nur für drei Monate. Bis Weihnachten bist du wieder hier. Dann hättest du das Geld, und wir könnten unser Geschäft schon nach Neujahr aufmachen.“

„Aber Mitch …“

„Außerdem wohnen in dieser Stadt nur … was ist das noch mal für eine religiöse Gruppe?“

„Mennoniten.“ Beths Stimme klang verärgert.

„Bei diesen Mennoniten muss es von Antiquitäten nur so wimmeln. Diese Leute kaufen bestimmt nicht ständig neue Sachen. Dort muss es tonnenweise Dinge geben, die du für unseren Laden vielleicht spottbillig bekommen kannst.“

Beth stand auf. Ihr war plötzlich ganz flau im Magen. „Willst du etwa, dass ich dorthin umziehe?“

„Ich hab doch schon gesagt, dass es nur für drei Monate ist. Das ist doch so gut wie gar nichts.“ Sie hörte wieder sein leises Lachen. „Ich würde drei Monate lang in einem Iglu in der Antarktis leben, wenn ich dafür einen Haufen Geld und ein nettes Warenlager für unseren Laden bekommen würde.“

„Na fein.“ Wieder sprach Beth mit zusammengebissenen Zähnen. „Ich buche dir einen Iglu in der Antarktis, und du kannst morgen früh abreisen.“

Mitch lachte laut auf. „Oh Lissie, du bist einfach zu süß.“

Beth seufzte wieder und ließ sich auf das Bett zurückfallen. „Nein, bin ich nicht. Ich will wirklich nicht in diese Stadt umziehen.“

„Noch nicht einmal für das Geld?“

„Nein.“

„Noch nicht einmal für die Antiquitäten?“

„Nein.“

Zunächst war es still. „Noch nicht einmal für uns beide?“

Seine Worte hatten die gewünschte Wirkung. Beth wurde unsicher.

„Mitch …“

„Drei Monate, Lissie. Ist dir das unsere Zukunft nicht wert?“

Beth hüpfte auf der Matratze herum. „Du bist eine echte Nervensäge.“

Wieder ertönte ein leises Lachen. „Aber eine liebe Nervensäge, oder etwa nicht?“

Beth musste trotz allem kichern. „Na gut. Aber kommst du mit, wenn ich gehe?“

Er ließ ein verächtliches Schnauben hören. „Ja, toll. Ich kann mir lebhaft vorstellen, wie gut ich zu denen passe. Wie ein Elefant im Porzellanladen.“

Beth musste wieder kichern, als sie versuchte, sich Mitch vorzustellen, wie er mit seinen im Nacken fast schulterlangen Haaren und dem mit Gel zu Spitzen geformten Deckhaar auf die Mennoniten wirken würde. Noch nicht einmal so ein breitkrempiger schwarzer Hut würde ihn unauffälliger aussehen lassen.

„Aber“, fügte Mitch hinzu, „ich finde, du solltest deine Mutter mitnehmen.“

Beth pfiff leise durch die Zähne. „Auf keinen Fall. Keine zehn Pferde kriegen Mami nach Sommerfeld.“ Sie starrte an die Zimmerdecke und erinnerte sich an den Schmerz in den Augen ihrer Mutter, als sie ihrer achtjährigen Tochter erklärte, warum sie keine Großeltern hatte, die sie zu Weihnachten besuchen konnte, so wie ihre Freundinnen das machten.

„Aber du wärst dann nicht ganz allein.“ Wieder klang Mitchs Stimme fast unterwürfig. „Und sie weiß auch, wie man ein Café führt. Schließlich hat sie jahrelang in Restaurants gearbeitet. Ein Café, das in Betrieb ist, bringt mehr Geld ein als ein leer stehendes. Sie hilft dir bestimmt."

„Das kann ich von ihr nicht verlangen!" Beth rollte sich auf den Bauch und stützte sich auf die Ellbogen. „Sie hat ihre Familie nicht mehr gesehen, seit ich zwei Wochen alt war. Das war vor über zwanzig Jahren. Du kannst dir gar nicht vorstellen, wie schwer es ihr fallen würde, dorthin zurückzugehen."

„Ach, lass doch die Vergangenheit ruhen." Mitchs Gedankenlosigkeit machte Beth wütend. „Für die Aussicht auf vielleicht dreißig Riesen kann sie ihren Familienkrach doch mal kurz auf Eis legen."

Beth biss die Zähne zusammen. Ihr Schweigen sollte ihm zeigen, dass ihr seine kaltschnäuzige Art nicht gefiel. Nach einer langen Pause hörte sie Mitchs Stimme erneut, aber diesmal klang sie beinahe kleinlaut.

„Lissie?"

„Ja?"

„Du kannst sie wenigstens fragen. Mütter tun doch alles für ihre Kinder."

Beth wusste das. Ihre Mutter hatte für sie ihr ganzes Leben aufgegeben. Manchmal hatte sie zwei Arbeitsstellen gleichzeitig gehabt, damit sie sich eine anständige Wohnung leisten konnten und Extras wie Zahnspangen, Gymnastikkurse und eine kleine Urlaubsreise in den Sommerferien. Beth musste für ihr Studium nichts bezahlen. Ihre Mutter hatte im Laufe der Jahre so viel Geld gespart, dass es für ihren Abschluss in Innenarchitektur reichte. Wenn Beth sie darum bat, würde sie mitkommen. Aber war eine solche Bitte ihrer Mutter gegenüber fair?

„Überlegst du es dir noch mal?" Mitchs Stimme unterbrach Beths Grübelei.

„Na klar doch." Sie holte tief Luft und atmete langsam aus. „Ich überleg es mir."

„Braves Mädchen."

Bei diesem wohlwollenden Tonfall lief es ihr eiskalt den Rücken herunter. Er schien das Geld schon zu zählen. „Ich kann aber für nichts garantieren, Mitch“, erinnerte sie ihn.

Wieder hörte sie sein leises Lachen, das ihr langsam auf die Nerven ging. „Weißt du, Lissie, ich glaube, ich kenne deine Mutter besser als du. Machs gut, meine Süße.“

Beth starrte das nun dunkle Display des Handys lange an. Dann klappte sie das Telefon zu. Sie setzte sich auf, legte das Handy auf den weiß gebeizten Nachttisch und ließ sich Mitchs Argumente noch einmal durch den Kopf gehen. Vielleicht hatte er recht. Drei Monate waren keine so lange Zeit, wenn es um ein Erbe ging.

Beth sah sich in ihrem mit gebrauchten Möbeln eingerichteten Zimmer um. Ihre Mutter hatte für sie immer nach Kräften das Beste getan, auch wenn sie dafür auf vieles verzichten musste. Wie viele der Kleider, die ihre Mutter im Schrank hatte, kamen vom Flohmarkt? Obwohl sie den ganzen Tag auf den Beinen war, gönnte sie sich nie die teuren Schuhe mit Fußbett, sondern kaufte sich ihr Schuhwerk in Billigläden, damit für ihre Tochter mehr übrig blieb. Mami war immer die Gebende. Beth sollte ihr endlich einmal etwas zurückgeben.

Wenn sie nach Sommerfeld ging und die im Testament genannte Bedingung erfüllte, könnte sie ihrer Mutter ihre Dankbarkeit zeigen. Sie könnte sie zu einem Einkaufsbummel mitnehmen. Dann könnte sie sich schöne Sachen aussuchen, die nicht im Sonderangebot waren. Oder sie könnte sie auf eine Reise mitnehmen. Mami hatte ihr erzählt, dass ihr Vater mit ihr von der Ost- bis zur Westküste hatte reisen wollen, aber dann war sie schwanger geworden, und dann war es zu spät gewesen, weil er gestorben war.

Obwohl Beth ihren Vater nicht mehr hatte kennenlernen können, fehlte er ihr. Mami hatte alles getan, um ihr den Vater zu ersetzen, damit Beth nicht meinen sollte, ihr Leben sei irgendwie unvollständig. Sie hatte ihre Sache sehr gut gemacht, aber in Beths Herzen gab es einen leeren Fleck, an dem sich die Liebe ihres Vaters hätte befinden sollen.

Beth stand auf und ging zur Frisierkommode. Sie nahm das gerahmte Foto ihrer Eltern, das aufgenommen worden war, als ihre Mutter die zweite Hälfte ihrer Schwangerschaft erreicht hatte. Ihr Vater stand hinter seiner Frau. Er stützte sich mit dem Kinn auf ihre Schulter, und seine Hände umfassten liebevoll das Babybäuchlein ihrer Mutter. Beth spürte einen Kloß im Hals. Ihr Vater hätte sie bestimmt sehr gern gehabt. Das wusste sie einfach. Und er hätte sie nie verstoßen, so wie ihr Großvater ihre Mutter.

Sie stellte das Bild wieder auf seinen Platz, presste die Lippen zusammen und runzelte unwillig die Stirn. Dieser alte Mann sollte ihr Erbe auf keinen Fall bekommen.

„Also gut", murmelte sie, drehte sich zur Zimmertür um und holte tief Luft. „Ich kann nur herausfinden, was Mami über diese Sache denkt, wenn ich sie danach frage."

Sie ging zum Schlafzimmer ihrer Mutter.

Henry hielt an der ersten Tankstelle, die er sah, als er Kimball im Bundesstaat Nebraska erreichte. Die Sonne war untergegangen, und es wehte ein kühler Wind um die Zapfsäulen. Benzingeruch lag in der Luft. Dieser Duft erinnerte ihn an die Raststätte, in der Marie den ganzen Tag arbeitete. Sie war immer noch hübsch anzusehen, dachte er, als er die Zapfpistole in die Tanköffnung steckte und auf den Hebel drückte. Die moderne Kleidung und der kurze Haarschnitt waren zwar nicht nach seinem Geschmack, aber ihre blauen Augen hatten ihren Glanz behalten, und das Grübchen in ihrem Kinn war immer noch so attraktiv wie damals.

Als er noch jung gewesen war und um Marie geworben hatte, wollte er immer dieses kleine Grübchen küssen, aber seine Schüchternheit hatte ihn zurückgehalten. Beim Wiedersehen heute hatte er schon wieder diesen Wunsch verspürt. Er merkte, wie es ihm bei dem Gedanken ganz leicht um den Magen wurde. Wer hätte gedacht, dass ein Mann in diesem Alter noch so kindische Marotten hatte? Am besten, er dachte gar nicht mehr daran. Marie hatte ihre Entscheidung getroffen, als sie vor dreiundzwanzig Jahren zu John Quinn in den Sattelschlepper gestiegen und ohne ein Wort des Abschieds davongefahren war.

Lisbeth hatte es gut gemeint, aber es nützte alles nichts. Henry dachte an den Brief, der in dem Umschlag mit Lisbeths Testament gelegen hatte. Die kurze Nachricht war nur für ihn bestimmt gewesen. *Wenn wir sie nach Hause bringen, wird ihr Zuhause den Weg zu ihrem Herzen finden, und dann wird sie wieder zu uns gehören.* Ja, Lisbeth wusste, was Henry noch immer für Marie empfand. Aber Henry wusste auch, was Marie empfand, wenn sie an Sommerfeld erinnert wurde. Er hatte den Ausdruck in ihren Augen gesehen, als er ihrer Tochter die Bedingung nannte, die sie erfüllen musste, um Lisbeths Erbe anzutreten. Es war aussichtslos. Marie würde nicht mehr nach Hause zurückkehren.

Die Zapfpistole schloss sich mit einem Klicken, als der Tank voll war. Henry zog sie heraus, hängte sie zurück an die Zapfsäule und verschloss den Tankdeckel. Dann ging er in den Tankstellenladen und kaufte sich sein Abendessen, das aus einem in Plastikfolie gepackten Sandwich und einer kleinen Flasche Milch bestand. An der Kasse bezahlte er die Lebensmittel und das Benzin. Er ignorierte die neugierigen Blicke zweier Teenager am Zeitschriftenstand und ging zu seinem Auto zurück. Dann fuhr er Richtung Autobahn Nr. 80. Er schätzte, dass bei seiner Ankunft in Sommerfeld die Morgensonne über den Horizont steigen würde.

Ein Sonnenaufgang … ein Neubeginn … Himmlischer Vater, das Wiedersehen mit Marie hat mein Herz in Aufruhr ver-

setzt. Ich wäre dir dankbar, wenn du jede Erinnerung an sie wieder aus meinem Gedächtnis löschst.

Trotz des Gebets wollte Maries Bild in seinen Gedanken einfach nicht verschwinden. Er sah Marie noch immer vor sich – mit ihrem zerzausten Haar, ihren blauen Augen und dem kleinen Grübchen am Kinn.

Maries Schlafzimmertür öffnete sich einen Spalt weit. Von Beth waren nur ihr Kopf und ihre Schultern zu sehen.

„Mami?"

Marie legte ihr Buch zur Seite und nahm die Lesebrille aus dem Discountladen von der Nasenspitze. Dann klopfte sie neben ihren Knien auf die Matratze und sagte: „Komm doch rein, mein Schatz."

Beth durchquerte barfuß das Zimmer. Sie hielt den Kopf gesenkt. Ihr langes Haar hing ihr in wirren Locken über die Schultern. Als sie Beth betrachtete, wurde es Marie leicht ums Herz. Obwohl sie für die Liebe zu ihrer Tochter einen hohen Preis bezahlt hatte, bedauerte sie nichts.

Beth setzte sich auf die Bettkante und nahm Maries Lesebrille in die Hand. Sie drehte das Kunststoffgestell zwischen den Fingern hin und her. „Ich habe gerade mit Mitch gesprochen."

Wenn Beth ihren Freund erwähnte, bekam Marie immer eine Gänsehaut. Sie konnte sich jedoch nicht erklären, woran das lag. Der junge Mann war intelligent und höflich, und er schien Beth wirklich zu lieben. Aber trotzdem hatte sie das Gefühl, dass mit ihm etwas nicht stimmte.

„Und worüber?"

„Über das Testament von Tante Lisbeth."

Marie nickte. „Das war wirklich eine Überraschung."

„Das kann man wohl sagen." Beth seufzte. Sie hielt den

Kopf noch immer gesenkt und sah ihre Mutter durch halb geschlossene Augen an. „Mitch meint, dass ich ganz schön dumm bin, wenn ich die Bedingung nicht erfülle.“

Marie hörte gut zu, als Beth ihr die von Mitch vorgebrachten Argumente aufzählte. Nachdem sie damit fertig war, fragte Marie: „Und was hältst du von der Sache?“

Beth warf mit einem verächtlichen Schnaufen den Kopf zurück. „Mich macht das fuchsteufelswild. Es ist einfach nicht fair, wenn man sagt: ‚Ich gebe dir nur etwas, wenn du eine Gegenleistung bringst.‘ Genauso hat sich damals dein Vater dir gegenüber verhalten.“

Marie sah sie fragend an. „Was meinst du damit?“

„Du weißt schon. Er hat dir doch gesagt, dass du nicht mehr seine Tochter bist, nur weil du meinen Vater geheiratet hast und ihre Glaubensgemeinschaft verlassen hast. Wer so was macht, stellt Bedingungen für seine Liebe zu einem Menschen.“

Marie nickte bedächtig und senkte den Kopf.

„Aber mich macht eins noch wütender als die Bedingung im Testament“, fügte Beth hinzu. Ihre Stimme zitterte vor unterdrückter Wut. „Und zwar wenn ich dran denke, dass dein Vater das Geld bekommen soll, das eigentlich für mich bestimmt ist.“

Marie hob ruckartig das Kinn und warf einen Blick auf das Profil ihrer Tochter.

Beth drehte sich um und sah ihrer Mutter direkt in die Augen. Sie musste mehrmals kurz blinzeln, während sie sich mit der Zunge über die Lippen fuhr. „Mami, wenn ich mich nun doch entschließe, das zu machen, was deine Tante Lisbeth von mir erwartet hat, wenn ich nach Sommerfeld gehe … würdest du dann mitkommen?“

Marie ließ sich gegen die Kissen am Kopfteil ihres Bettes fallen. Die Hand hielt sie an ihre Brust gedrückt. Unter ihrer Handfläche pochte ihr Herz, als ob es zerspringen wollte.

„Mit dir … nach Sommerfeld gehen?“

Beth nickte. „Ich weiß nicht, wie man ein Café führt, aber du hast damit Erfahrung. Wir hätten dann für die drei Monate ein kleines Einkommen. Mitch meint, ein laufender Betrieb erzielt einen höheren Kaufpreis als ein leer stehendes Café.“ Sie legte die Brille zur Seite und nahm die Hand ihrer Mutter. „Mami, ich weiß, wie schwer dir so ein Schritt fällt. Du hast so viele schlimme Erinnerungen an diesen Ort. Aber das Geld aus dem Verkauf des Cafés und des Hauses kann ein Startkapital sein für mein Geschäft. Ich könnte mir damit einen Traum erfüllen, und ich hätte Möglichkeiten, die ich sonst nicht habe.“

Marie hatte das Gefühl, als ob ihr etwas den Hals zuschnürte. Sie brachte kein Wort heraus.

„Du sollst mir nicht gleich antworten.“ Beth drückte die Hand ihrer Mutter. „Aber denk mal drüber nach. Wenn du Nein sagst, verstehe ich das auch, aber …“ Sie schwieg kurz und biss sich auf die Lippen. Dann drückte sie Maries Hand noch einmal ganz fest, bevor sie aufstand.

Sie war so plötzlich verschwunden, wie sie gekommen war. Die Tür schloss sich leise hinter ihr.

Marie starrte auf die Zimmertür. Die Argumente ihrer Tochter klangen noch in ihren Ohren. Ein Startkapital für ihr Geschäft, die Gelegenheit, schöne Dinge für den Laden zu bekommen und Lisbeths letzten Willen zu erfüllen … Marie hätte alles getan, um ihrer Tochter zu helfen. Aber musste sie wirklich nach Sommerfeld zurückkehren?

Plötzlich meldeten sich Erinnerungen, die sie jahrelang verdrängt hatte. Sie schloss die Augen, lächelte bei dem Gedanken an lustige Momente und spürte, wie ihr die Tränen kamen, als sie an traurige Zeiten dachte.

Aber dann zeichnete sich vor ihrem geistigen Auge immer deutlicher ein ganz bestimmtes Bild ab. Sie sah ihren Vater, sein wutverzerrtes Gesicht. Er zeigte mit dem Finger zur Tür, und seine Stimme dröhnte ihr in den Ohren: „Du hast dir diese Suppe selbst eingebrockt, junge Frau. Jetzt musst du sie auch alleine auslöffeln!"

Sie riss die Augen auf. Sie war schweißgebadet und zitterte am ganzen Körper. Zurück nach Sommerfeld? Dazu hatte sie nicht die Kraft! Aber dann dachte sie an die flehenden Blicke ihrer Tochter.

Marie ließ den Kopf auf die Brust sinken. Sie hatte das Gefühl, als ob ihre Nackenmuskeln versagten. Sie konnte ihrer Tochter nicht den Weg zur Erfüllung ihres Traumes verbauen. Auch wenn es ihr schwer fiel, sie musste nach Sommerfeld zurückkehren. Für Beth.

Oh Herr, hilf mir. Als sie in ihrem Herzen diese Worte sprach, war sie sich nicht sicher, ob es sich dabei um ein Gebet oder um einen Befehl handelte.

4

Henry parkte sein Auto hinter Lisbeths Café in der Allee neben dem leeren Vorratsschuppen. Der Platz vorne war überfüllt mit Autos von Gästen. Er fragte sich, ob Marie nicht schon zu lange weg gewesen war. Vielleicht würde sie die Unterschiede zwischen den Transportmitteln der Einwohner von Sommerfeld und den Fahrzeugen der Leute aus den umliegenden Städten gar nicht mehr bemerken. Ihr kleines, rotes Auto mit den weißen Seitenstreifen würde sich deutlich abheben von den einheitlich schwarzen Wagen der Mennoniten.

Mit einem Kopfschütteln versuchte er, sich von diesem Gedanken zu lösen. Was spielte es schon für eine Rolle? Marie würde diese Fahrzeuge nie sehen. Sie und Beth hatten ihre Entscheidung getroffen. Ihm wurde das Herz schwer, weil es ihm nicht gelungen war, sie hierher zu bringen. Wenn sie das wüsste, wäre Lisbeth sehr enttäuscht.

Mit einem leisen Seufzer öffnete er die Autotür und stieg aus. Er stand in dem V-förmigen Zwischenraum der offenen Tür und streckte sich mit hochgereckten Armen. Die Schultern taten ihm weh, und er stöhnte leise.

Plötzlich knallte die Hintertür des Cafés zu. Er warf einen Blick auf den schlichten, beige verputzten Flachbau. Seine Nichte Trina überquerte eilig den freien Platz und ging zu den Mülltonnen. In beiden Händen trug sie einen schwarzen Müllsack aus Plastik. Die weißen Bänder ihrer Gebetshaube wehten im sanften Wind und schlangen sich um ihr Kinn. Bei den Mülltonnen angekommen, versuchte sie, den großen Sack in den hohen Müllcontainer zu werfen.

„Trina!“ Mit unbeholfenen Schritten lief er auf sie zu. Seine von der langen Fahrt steifen Beine wollten sich noch nicht so recht bewegen. „Lass mich das machen.“

Trina sah ihn mit einem breiten Lächeln an. Sie rümpfte ihre von Sommersprossen bedeckte Nase. „Danke, Onkel Henry. Ich mag es nicht, dieses Ding da hoch zu hieven. Manchmal fällt es mir sogar auf den Kopf!“

Er lachte leise, als er den Sack in den hohen Container warf. Dann rieb er sich an der Schulter. „Ich bin zu alt, um die ganze Nacht hinter dem Lenkrad zu sitzen.“

Trina musste grinsen, als sie neben ihm zum Café zurückging. „Du bist doch nicht alt, Onkel Henry.“

Seine Lippen zuckten, als er skeptisch eine Augenbraue hochzog. „Aha.“ Er zeigte auf seine Schläfe. „Und diese vielen grauen Haare sind nur zum Schein da?“

Das Mädchen musste lachen. Sie hakte sich bei ihm unter. „Damit wirkst du so richtig interessant.“

Henry schüttelte den Kopf. „Du bist eine kleine Schmeichlerin, aber das ist trotzdem nett von dir.“

Sie betraten die Küche des Cafés, und Trina huschte zum

Spülbecken. Dort seifte sie sich die Hände ein. Der Lärm aus der Gaststube ließ Henry vermuten, dass Trina und Deborah wieder den für einen Samstagmorgen üblichen Besucheransturm zu bewältigen hatten. Deborah stand am langen Herd und verquirlte mit geübten Handbewegungen Eier auf dem eingebauten Grill.

Trina griff sich zwei gefüllte Teller, die bereits auf der Anrichte standen und verschwand damit durch eine Schwingtür in die Gaststube.

Henry durchquerte die Küche und blieb bei Deborah stehen. „Soll ich dir helfen?"

Sie warf ihm einen flüchtigen Blick zu, während sie von einem Tablett zwei Scheiben Schinken nahm und diese neben die Eier legte. Es zischte leise, und bald verbreitete sich in der Küche der köstliche Duft von gebackenem Schinken. Henry lief das Wasser im Mund zusammen.

„Du siehst aus, als ob du eine lange Ruhepause brauchen könntest."

Diese unverblümte Bemerkung seiner Schwester entlockte ihm ein breites Lächeln. „Das kann schon sein. Ich bin jetzt seit …" Er sah auf die runde Küchenuhr. „… seit fast dreißig Stunden unterwegs."

„Dann leg dich erst mal aufs Ohr." Deborah stach mit einer Gabel in die brutzelnden Schinkenscheiben, bevor sie sie umdrehte. Dann schob sie mit einem hölzernen Pfannenwender die Eier vom Grill auf bereit stehende Teller.

Henry schüttelte den Kopf. „Aber nur, wenn du mich hier nicht brauchst."

Trina stürmte herein. Ihre Wangen glühten. „Drei Mal Pfannkuchen, Mama. Einmal mit Würstchen, einmal mit Spiegeleiern und einmal mit Würstchen und Rühreiern."

Deborah nickte kurz und drehte sich rasch zum Tablett mit den Würstchen um. Dabei stieß ihr Ellbogen in Henrys Magengrube. Sie presste die Lippen zusammen und schüttelte den Kopf. „Du hilfst mir nicht, wenn du mir im Weg stehst. Geh nach Hause und leg dich schlafen."

Trinas dunkle Augen blitzten, als sie die Teller mit Schinken und Ei aufnahm. „Sie hat recht. Du siehst aus, als ob du gleich im Stehen einschläfst. Nimm doch eine Mütze voll Schlaf."

Henry machte den Mund auf, um zu widersprechen, aber plötzlich schrillte das Telefon, das an der Hintertür stand.

Deborah zeigte mit dem Kinn in die Richtung, aus der das Klingeln kam. „Wenn du mir wirklich helfen willst, dann geh mal ran. Ich muss die Pfannkuchen fertig machen."

Henry erreichte das Telefon, als es zum dritten Mal klingelte. Er drückte den schwarzen Hörer an sein Ohr. „‚Lisbeths Café'. Was kann ich für Sie tun?"

Nach einer kurzen Pause hörte er eine Frauenstimme. Sie klang leise und zaghaft. „Spreche ich mit … mit Henry?"

Er runzelte die Stirn, weil der Lärm aus der Küche und der Gaststube die Verständigung erschwerte. Er hielt sich sein freies Ohr zu. „Ja, ich bin Henry Braun. Womit kann ich Ihnen helfen?"

„Henry, ich bin es, Marie."

Vor Schreck hätte er beinahe den Hörer fallen gelassen.

„Ist der Anruf für mich?"

Deborahs scharfer Ton ließ ihn herumfahren. Er verwickelte sich im Telefonkabel, aber er antwortete mit einem Kopfschütteln. „Nein, für mich."

Als Deborah zustimmend nickte, drehte er ihr den Rücken zu und beugte sich nach vorn, damit niemand das Gespräch belauschen konnte.

„Bist du noch da?", fragte Marie schüchtern.

„Ja, ich bin noch da." Henry musste sich räuspern. „Was … was kann ich für dich tun?"

Ihr leises Lachen klang verlegen. „Es heißt ja, dass es das Vorrecht einer Frau ist, ihre Meinung zu ändern. Beth hat dieses Vorrecht für sich in Anspruch genommen."

Henry schlug plötzlich das Herz bis zum Hals.

„Hast du schon meinen … meinen Eltern Bescheid gesagt?"

„Nein." Henry schluckte. „Ich bin gerade erst angekommen und hatte noch keine Gelegenheit, mit ihnen zu sprechen."

„Also ist es für Beth noch nicht zu spät, die Bedingung in Tante Lisbeths Testament zu erfüllen?"

Wieder spürte er einen Kloß im Hals. „Nein."

„Das wird sie beruhigen."

„Das … das glaube ich auch." Henry war auf einmal ganz heiser. Wieder musste er sich räuspern. „Wann will sie herkommen?"

„Sie braucht mindestens eine Woche oder sogar zwei, bis sie hier alles erledigt hat. Musst du jetzt schon wissen, wann genau sie ankommt?"

Henry schüttelte den Kopf. Seine Gedanken überschlugen sich förmlich. „Nein, natürlich nicht. Aber das Haus muss gelüftet werden, und ich muss ihr ein paar Lebensmittel besorgen. Wenn … wenn du mir ein paar Tage vorher Bescheid sagst, kann ich alles vorbereiten."

„Danke." Ihr herzlicher Tonfall ließ Henry zusammenzucken. „Aber mach dir nicht zuviel Mühe. Wir bringen Lebensmittel aus unserem eigenen Vorrat mit, und das Haus kann ich auch selbst lüften."

Henry stand plötzlich kerzengerade. „D-du kommst mit?"

„Ja." Jetzt flüsterte sie beinahe. „Ich möchte das Café weiterführen."

Henry warf einen Blick über die Schulter. Er sah, wie Deborah die Hände in die Hüften gestemmt hatte und mit einem Stirnrunzeln auf das Regal über dem Grill starrte. Ein zufriedenes Lächeln erhellte ihr Gesicht, als sie ein Gefäß herunterzog und etwas auf die brutzelnden Eier streute. Er versuchte sich vorzustellen, wie Deborah und Marie zusammen an diesem Grill arbeiteten. Es gelang ihm nicht.

„Henry?“

Maries Stimme brachte ihn wieder in die Wirklichkeit zurück. „Ja?“

„Kann ich dich unter dieser Telefonnummer erreichen?“

Er rieb sich am Kinn. Natürlich hätte er ihr die Nummer seiner Werkstatt geben können, aber er wollte sie nicht zu nahe an sich herankommen lassen.

„Ja“, meinte er nur. Er spürte ein leises, unbestimmtes Schuldgefühl. „Deborah kann mir dann eine Nachricht hinterlassen.“

„Gut. Danke. Ich … ich denke, wir sehen uns bald.“

Er hätte zu gern gewusst, was sie dachte. „Ja.“

„Auf Wiederhören.“

Er hörte nur noch das Freizeichen. Henry hielt den Hörer noch ein paar Sekunden lang in der Hand. Dann legte er auf. Er sah zu Deborah herüber.

Sie erwiderte seinen Blick, aber dann sagte sie energisch: „Henry, du schläfst gleich ein, wenn du dich noch länger an diese Wand lehnst. Jetzt ruh dich endlich aus.“

Er nickte. Gleichzeitig unterdrückte er ein Gähnen. „Aber nur, wenn ihr mich wirklich nicht braucht.“

Sie machte eine Handbewegung, als ob sie ihn verscheuchen wollte. „Geh schon! Wir kommen sehr gut klar.“

„Na gut. Dann bis später.“ Er wartete nicht auf eine Erwiderung, sondern ging durch die Tür mit dem Fliegengitter und machte sich auf den Weg zu seinem Auto. Erst als er rückwärts aus der Parklücke fuhr, fiel ihm ein, dass Deborah ihn nicht nach seinem Besuch bei Marie gefragt hatte.

„Dann machst du es tatsächlich.“ Sally saß Marie gegenüber. Vor ihr stand ein Kaffeebecher „Du gehst tatsächlich wieder nach Hause.“

Das Restaurant war endlich leer nach dem für Samstage typischen, hektischen Betrieb. Die beiden Frauen saßen in einer ruhigen Sitzecke, weit weg von den beiden jungen Hilfskräften, die am anderen Ende der großen Gaststube den Boden wischten.

Marie schlüpfte aus ihren Schuhen und legte die Beine hoch. Sie zuckte zusammen, als Sally diese Bemerkung machte. Mit einem verlegenen Lachen sagte sie: „Nach Hause gehen ist zuviel gesagt. Das bedeutet nämlich, dass mich dort jemand willkommen heißen müsste, aber das wird bestimmt nicht der Fall sein."

Sally schüttelte den Kopf. Dabei flogen ihre blondierten Locken hin und her. „Warum machst du das dann? Deine Tochter ist zwanzig. Sie ist alt genug, um diese Reise allein zu machen. Warum tust du dir das überhaupt an?"

In den vielen Jahren ihrer Zusammenarbeit hatte sich Marie ihrer Kollegin Sally oft anvertraut. Beide Frauen waren alleinerziehende Mütter von Töchtern, aber im Gegensatz zu Marie war Sally geschieden und nicht verwitwet. Trotzdem hatten die Freundinnen Freud und Leid miteinander geteilt. Marie sah an Sallys Blick, dass die Kollegin sich wirklich Sorgen um sie machte. Es wurde ihr leicht ums Herz, weil sie der anderen Frau dankbar war für ihre Freundschaft.

„Wenn sie Tante Lisbeths Café weiterführen will, braucht sie meine Hilfe."

„Hast du mir nicht erzählt, dass die Schwester von diesem Mann das Café übernommen hat?" Sally stellte ihren Kaffeebecher auf den Tisch. Sie fuhr mit dem Finger über die Innenseite des Henkels. „Sie könnte es doch weiterführen. Dann brauchst du Beth nicht unbedingt zu begleiten."

Jetzt war es wieder da, dieses merkwürdige Gefühl, das Marie in den letzten beiden Wochen geplagt hatte, als sie Sachen zusammengepackt und alles Erforderliche für den Umzug in die Wege geleitet hatte. Sie wusste selbst nicht, warum sie diese seltsame Sehnsucht spürte, aber eines war ihr klar: Sie musste dieser Sehnsucht nachgeben.

„Doch, ich muss mit."

Sally stieß verächtlich die Luft aus. „Weil Beth ohne dich nicht klarkommt?"

„Nein, das ist es nicht." Maries Stimme wurde zu einem heiseren Flüstern. „Weil ich unbedingt …" Sie konnte nicht weiter sprechen. Ja, was denn eigentlich? Wollte sie unbedingt mit ihrer Vergangenheit abschließen? Wollte sie unbedingt die Geister loswerden, die sie noch immer plagten? Wollte sie unbedingt alle Brücken abbrechen oder wollte sie neue bauen?

Sally streckte den Arm aus und gab Maries Hand einen liebevollen Klaps.

„Glaubst du vielleicht, ich verstehe dich nicht? Mein Vater hat mir das Gleiche angetan wie der Vater meiner Cindy. Er ist einfach weggegangen, ohne sich wieder blicken zu lassen. Auch wenn dein Vater dich nicht auf diese Art verlassen hat, hat er dir trotzdem wehgetan, als er dich weggeschickt hat."

Marie spürte einen stechenden Schmerz in ihrem Herzen. Auch nach dieser langen Zeit war die seelische Qual noch immer so real wie damals, als sie mit ihrem schreienden, vaterlosen Baby vor der Tür ihres Elternhauses gestanden und die Verachtung in den Augen ihres Vaters gesehen hatte.

Sally drückte ihr die Hand. „Gehst du dorthin zurück, weil du wissen willst, ob er seine Meinung geändert hat?"

Marie seufzte. „Das ist schon möglich."

Sally nahm noch einen Schluck Kaffee, aber sie ließ Marie nicht aus den Augen. „Drei Monate vergehen schnell. In dieser Zeit kann ein Mensch fast alles ertragen."

Marie musste schmunzeln. „Kannst du es auch ertragen, hier die ganze Arbeit ohne mich zu machen?"

„Na ja." Sally knallte ihren leeren Kaffeebecher auf den Tisch. „Hast du die Aushilfe gesehen, die Jimmy für dich eingestellt hat? Die ist nicht einen Tag älter als neunzehn und wiegt höchstens fünfzig Kilo. Ich muss bestimmt die ganze Arbeit machen, während sie an der Theke steht und Jimmy schöne Augen macht."

„Arme Sally." Mit einem Kopfschütteln lächelte Marie ihrer Freundin zu. „Aber dann weiß ich wenigstens, dass ich dir fehlen werde."

„Klar wirst du mir fehlen."

„Danke, dass du Cindy erlaubt hast, bei mir zur Untermiete zu wohnen."

Sally winkte ab. „Ach, das habe ich gern gemacht. Es ist höchste Zeit, dass sie sich mal ein bisschen den Wind um die Nase wehen lässt. Dann merkt sie, wie es ist, wenn ihre Mutter ihr nicht mehr die dreckigen Socken wäscht und die Telefonrechnungen bezahlt. Vielleicht wird sie dann endlich erwachsen."

„Ich hätte niemand anderem meine Fische und meine Möbel anvertraut." Marie zog skeptisch eine Augenbraue hoch. „Sie wird doch meine Fische füttern und meine Möbel gut pflegen, oder?"

Sally musste lachen. „Sie ist zwar nicht die perfekte Hausfrau, aber sie ist tierlieb, und sie neigt auch nicht zum Vandalismus. Du brauchst dir deswegen keine Sorgen zu machen."

„Da bin ich ja beruhigt."

Plötzlich zeigten sich Sorgenfalten auf Sallys Stirn. „Marie, darf ich dir einen guten Rat geben?" Ihre Stimme klang jetzt sehr ernst. Marie stimmte mit einem Achselzucken zu. „Sei vorsichtig. Ich weiß, es ist lange her, aber deine Wunden sind nicht ganz verheilt. Wenn du erwartest, dass man dich dort wieder in den Kreis der Familie aufnimmt und dein Vater dich wieder so behandelt wie damals, gehen deine seelischen Narben auf, und das wird sehr weh tun."

Marie schüttelte den Kopf. Sie zwang sich zu einem Lächeln. „Hab ich nicht schon gesagt, dass ich keinen herzlichen Empfang erwarte?"

„Klar hast du das gesagt“, konterte Sally. „Aber das, was man sagt, und das, was man sich erhofft, sind zwei Paar Schuhe.“ Sie lehnte sich zurück und sah Marie unverwandt an. „Und ich kenne dich einfach zu gut. Du und ich – wir sind uns ziemlich ähnlich. Innerlich sind wir auch heute noch die kleinen Mädchen, die sich nach der Liebe unseres Vaters sehnen.“

Obwohl sie diesen Gedanken immer verdrängt hatte, wusste Marie, dass Sally recht hatte. Die fehlende Liebe ihres Vaters hatte in ihrem Leben eine Lücke entstehen lassen, die sich durch nichts füllen ließ.

„Weiß er, dass du kommst?“

Marie wurde es schwer ums Herz. „Ich glaube schon. Henry hat meinem Vater und meiner anderen Tante gesagt, dass Beth ihr Erbe antreten will. Aber ob sie wissen, wann ich komme …“ Sie zuckte mit den Achseln. „Das hängt davon ab, ob Henry meinen Eltern den Zeitpunkt meiner Ankunft mitgeteilt hat. Ich habe ihn erst heute Mittag angerufen, weil ich nicht will, dass er sich mit den Vorbereitungen zu viel Arbeit macht.“ Ihre Lippen verzogen sich zu einem schwachen Lächeln. „Weißt du, in Sommerfeld vermeiden die Leute am Sonntag jede körperliche Arbeit. Also bleibt ihm nur der Samstag, um alles für uns vorzubereiten.“

„Du bist ja richtig raffiniert.“ Sally zwinkerte ihr zu und lächelte verschmitzt. Dann wurde ihr Gesicht plötzlich wieder ernst. „Wann wollt ihr morgen los?“

„Gegen sechs, wenn ich Beth rechtzeitig aus dem Bett bekomme.“ Sie warf Sally einen wissenden Blick zu. „Wir sind zehn Stunden unterwegs, wenn wir keine Pausen machen. Ich will noch vor Einbruch der Dunkelheit dort sein.“

„Das kann ich gut verstehen.“ Sally pfiff leise durch die Zähne. „Wenn man in einem Haus ohne elektrischen Strom wohnt …“ Sie fuhr sich mit der Hand über ihr Haar. „Ohne meinen Fön und meine elektrischen Lockenwickler könnte ich nicht überleben.“

„Ach so, und ich dachte, für drei Monate kann ein Mensch fast alles ertragen“, entgegnete Marie scherzhaft und mit einem Lächeln auf den Lippen.

Sally musste lachen. Sie streckte den Arm über den Tisch aus, um Maries Hand zu tätscheln. „Aber ich hab eines vergessen: Du musst dir ja keine Gedanken über deine Haare machen, weil die Frauen dort diese komischen Häubchen tragen.“ Sie tippte sich an die Stirn und warf einen prüfenden Blick auf Maries Haar. „Ich kann mir gar nicht vorstellen, wie du mit so einem Ding aussiehst.“

Maries Hand fuhr in ihr Haar. Sie versuchte, sich daran zu erinnern, wie sich die Haube aus dem feinen, gestärkten Baumwollstoff angefühlt hatte. Aber es war zu lange her. Sie hatte es vergessen.

„Kann ich die mitnehmen?“ Einer der beiden Jungen kam zu ihrem Tisch und zeigte auf die beiden leeren Kaffeebecher. „Ich spüle jetzt die letzte Ladung Geschirr.“

„Klar.“ Sally reichte ihm die Becher. Dann musste sie seufzen. „Wir müssen sowieso weg von hier. Es war ein langer Tag, und morgen wird's erst richtig anstrengend, vor allem für dich.“

Marie nickte und angelte mit den Füßen nach ihren Schuhen. Sie schlüpfte in bequeme Lederslipper und stand auf. Dann streckte sie Sally die Arme entgegen. Die beiden Frauen umarmten sich lange. Sally wiegte Marie hin und her.

Als die Freundinnen endlich voneinander abließen, kniff Sally Marie ins Kinn. „Also dann. Mach, was ich dir gesagt habe. Sei vorsichtig. Erwarte nicht zuviel. Warte den richtigen Moment ab, sieh zu, dass deine Tochter ihr Erbe bekommt, und dann komm zurück und rette mich vor dieser jungen Sexbombe, die Jimmy angeheuert hat.“

Marie musste lachen. Sally schlang ihr den Arm um die Taille, und die beiden gingen zum Parkplatz. Bei Maries Auto angekommen, umarmten sie sich ein letztes Mal. „Dann bis zum Januar“, sagte Marie. Plötzlich konnte sie vor Rührung nicht weitersprechen.

Sally nickte. „Machs gut, Marie.“

Diese Worte klangen zwar fröhlich, aber als Sally von Maries Auto wegging, fiel Marie auf, dass ihre Freundin einen seltsamen Ausdruck in den Augen hatte. Es kam Marie so vor, als ob Sally nicht glaubte, dass sie wieder zurückkommen würde.

5

Henry schloss das Fenster über dem Spülbecken in der Küche. Dann drehte er sich herum, lehnte sich an die Anrichte, hob den Kopf und atmete tief ein. Er nickte zufrieden. Die frische Herbstluft hatte Wunder getan und den muffigen Geruch aus dem leeren Haus vertrieben. Auf dem Weg in das kleine Esszimmer sah er, wie die Sonnenstrahlen sich durch die von Lisbeth liebevoll mit der Hand genähten Spitzengardinen einen Weg bahnten. In dem hellen Licht erkannte er auf jedem Möbelstück eine Staubschicht. Durch das offene Fenster war nicht nur frische Luft gekommen. Jetzt hatte er ein weiteres Problem zu lösen.

Mit einem Seufzer kehrte Henry in die Küche zurück und suchte in dem Schränkchen unter dem Spülbecken nach einem Staubtuch. Er schüttelte den Kopf über seine eigene Dummheit, als er Lisbeths Möbel abstaubte. Für ihn war es schon eine Leistung gewesen, alle Möbelstücke von ihren Hüllen zu befreien. Hätte er doch bloß die Leintücher erst abgenommen, nachdem das Haus durchgelüftet war! Dann hätte er sich jetzt das Abstauben ersparen können. Eine Frau hätte es bestimmt so gemacht.

Obwohl er seit mehr als zwei Jahrzehnten seinen eigenen Haushalt hatte, machte ihm die Hausarbeit noch immer nicht viel Freude. Aber die Arbeit ging auch nicht schneller von der Hand, wenn er sich selbst bemitleidete. Wieder seufzte er. Die Anrichte, in der Lisbeth ihr schlichtes, weißes Geschirr aufbewahrte, war fertig abgestaubt. Jetzt waren der Eichentisch und die passenden Stühle an der Reihe. Er zog einen Stuhl unter dem Tisch hervor und wischte ihn sorgfältig ab. Dabei summte er vor sich hin, um die Stille im Haus zu übertönen. Trina hatte ihm gern dabei helfen wollen, das Haus bezugsfertig zu machen, aber ihr Vater hatte es ihr nicht erlaubt.

„Der Sonntag ist ein Ruhetag." Mit diesen Worten hatte Troy Yoder seine Tochter zurechtgewiesen. Dann hatte er Henry einen strengen Blick zugeworfen. Er hätte es schließlich wissen müssen.

Henry zuckte zusammen, als er an diese peinliche Szene dachte. *Natürlich ist der Sonntag ein Ruhetag.* Nur selten übertrat er das vierte Gebot. Aber was hätte er denn tun sollen? Marie hatte ihm erst gestern Mittag Bescheid gesagt, dass sie und Beth am nächsten Morgen abreisen wollten. Es war ihm also nur der Samstagabend geblieben, um alles für die Ankunft der beiden vorzubereiten, und diese Zeit reichte ihm einfach nicht.

Als er den kleinen Flur entlang zu Lisbeths Nähzimmer ging, beruhigte er sich mit dem Gedanken, dass er erst nach dem Gottesdienst hierher gekommen war, um seine Arbeit fertig zu machen. Der Herr würde es verstehen. Schließlich übte er gerade praktische Nächstenliebe, denn die beiden Frauen würden nach einer langen Autofahrt bestimmt nicht mehr die Kraft haben, das Haus bewohnbar zu machen.

Als er mit dem Staubtuch über den antiken Sekretär fuhr, hielt er plötzlich inne. Er vermisste zwei Gegenstände, die immer auf dem Möbelstück gestanden hatten – das Fotoalbum und den kleinen Korb. Sie waren nirgends zu sehen. Er zog Schubladen auf und warf einen kurzen Blick in den Kleiderschrank, aber er konnte nichts entdecken. Er runzelte die Stirn und dachte darüber nach, wo das Album und das Körbchen geblieben waren.

Ein Klopfen an der Hintertür riss ihn aus seiner Grübelei. Er hatte das Gefühl, dass sein Herz aussetzte, als er rasch in die Küche lief. War Marie etwa schon da? In Gedanken formulierte er einen Willkommensgruß, aber als er durch die Gardine vorsichtig nach draußen sah, erkannte er Deborah.

Überrascht machte er die Tür weit auf. „Was machst du denn hier?"

Sie hielt eine mit einem bestickten Geschirrhandtuch bedeckte Auflaufform hoch und sagte: „Ich bringe dir die Reste von unserem Abendessen." Dann ging sie mit festem Schritt an ihm vorbei und stellte die Form auf die Anrichte. Sie stemmte die Hände in die Hüften und starrte ihn zornig an. „Du hast bestimmt noch nichts gegessen."

Er drückte die Tür wieder zu. „Noch nicht. Ich will etwas essen, sobald ich hier fertig bin."

„Männer." Deborah schüttelte den Kopf. „Was machst du gerade?"

Henry wedelte mit dem Staublappen. Dabei entstand eine Staubwolke. Er musste niesen. „Abstauben."

Deborah zog fragend die Augenbrauen hoch. „Mit diesem Tuch?"

Henry warf einen Blick auf das Staubtuch und dann auf seine Schwester. Er zuckte mit den Schultern.

Mit einem lauten Seufzer streckte Deborah die Hand aus. „Gib das her. Mit einem trockenen Tuch verteilst du nur den Staub." Als er ihr das Tuch gab, deutete sie auf die Auflaufform. „Du isst, und ich staube ab."

Nachdem sie ein paar Schranktüren auf- und zugeschlagen hatte, fand sie eine Dose mit Möbelpolitur. Sie drehte sich um und sah, dass er immer noch neben der Anrichte stand. „Jetzt iss doch endlich!"

Henry musste lachen. „Weiß Troy, dass du hier bist?"

„Natürlich. Meinst du, ich mache mich aus dem Staub, ohne ihm zu sagen, wohin ich gehe?"

„Weiß er, dass du arbeitest?"

Deborah warf ihm einen schiefen Blick zu. Dann marschierte sie durch die Tür, die ins Esszimmer führte. Er hörte ihr leises Schimpfen und musste lächeln. Deborah hatte schon immer eine harte Schale, aber einen weichen Kern gehabt. Obwohl er Gewissensbisse hatte, war er ihr dankbar, dass sie das Abstauben übernahm. Er holte eine von Lisbeths Gabeln aus einer Schublade, zog einen Hocker an die Ecke der Anrichte und nahm sich von dem sahnigen Hühnerfrikassee mit Reis.

Während er aß, ließ er seinen Blick durch die gemütliche Küche schweifen. Lisbeths Vorliebe für leuchtende Farben kam in den mit roten Erdbeeren und grünen Blättern bestickten Gardinen zum Ausdruck. Die weiß gestrichenen Schränke und Wände waren mit einem passenden Muster verziert. Als sein Blick auf den kleinen Tisch in der Ecke fiel, zog er die Augenbrauen hoch. Dieser Tisch war immer mit einem rotweiß karierten Tuch bedeckt gewesen. Wo hatte man es wohl versteckt?

Und wo waren die Fotos? Er rief nach seiner Schwester. „Deborah, erinnerst du dich noch an das Fotoalbum und das Körbchen, die in Lisbeths Nähzimmer auf dem Sekretär gestanden haben?"

Statt einer Antwort hörte er ein Brummen. Henry deutete diese Reaktion als Bestätigung.

„Sie sind nicht mehr da. Weißt du, wer sie mitgenommen hat?"

Deborah steckte den Kopf zur Tür herein. „Woher soll ich denn das wissen? Frag doch ihre Familie. Schließlich haben ihre Verwandten den Trauergottesdienst organisiert."

Henry nickte. Er musste an Lisbeths Beerdigung denken.

Waren das Album und die Briefe an jenem Tag noch an ihrem Platz gewesen? Er konnte sich nicht mehr daran erinnern.

„Wo sind Lisbeths Besen und die Kehrschaufel?"

Deborahs schroffer Ton ließ ihn aufschrecken. Er schluckte schwer und stand auf. „Auf der Innenseite der Kellertür. Ich hol sie dir."

„Nein, du bleibst hier und isst auf. Ich will nur das Wohnzimmer fegen."

„Das hab ich doch gestern Abend gemacht", entgegnete Henry.

Seine Schwester zog nur skeptisch die Augenbrauen hoch. Offenbar hatte er seine Sache nicht gut genug gemacht. Sie verschwand, ohne ein Wort zu sagen.

Henry aß, so schnell er konnte. Dann ließ er über die Auflaufform und die Gabel Wasser laufen und ging ins Wohnzimmer. Er kam noch rechtzeitig. Deborah wollte gerade das Sofa an die Wand rücken. Er schob sie beiseite und machte diese Arbeit selbst. „Du hast sogar unter diesem Ding gekehrt?"

„Natürlich. Diese Wollmäuse kommen immer dann aus ihren Verstecken, wenn man es am wenigsten erwartet."

Henry rieb sich die Hände und sah sich im Zimmer um. In der Abenddämmerung sah das Wohnzimmer so sauber und gepflegt aus wie damals, als Lisbeth Koeppler noch lebte. Wie viele Abende hatte er in diesem Zimmer verbracht und mit ihr geplaudert? Sie war für ihn so etwas wie eine zweite Mutter gewesen. Es wurde ihm schwer ums Herz, als er plötzlich spürte, wie einsam er war.

Deborah ging in den hinteren Teil des Hauses. Sie hatte den Besen noch immer in der Hand. Dann drehte sie sich zu ihm um und rief ihm zu: „Muss das Bett frisch bezogen werden?"

Henry blieb im Wohnzimmer stehen. „Nein", erwiderte er. „Das hab ich gestern gemacht."

„Wo hast du die Bezüge gefunden?" Das Rauschen von fließendem Wasser und das Klappen von Schranktüren begleiteten ihre Frage.

„In einer Truhe in Lisbeths Schlafzimmer."

Er hörte ein merkwürdiges Klappern, und dann wieder Deborahs Stimme. „Wenn sie in einer Truhe gelegen haben, riechen sie bestimmt muffig."

„Ich hab sie erst draußen auf die Wäscheleine zum Lüften gehängt."

Deborah erwiderte nichts. Henry trottete nach hinten in die Küche. Dort sah er, wie Deborah die Auflaufform ausspülte. Sie sah hoch, als er neben der Anrichte stehen blieb. „Mach eine Lampe an. Ich kann hier drin nichts mehr sehen."

„Brauchst du denn Licht? Du bist doch schon fertig mit Spülen."

Schweigend griff sie in die Seifenlauge und holte eine ganze Handvoll Essbesteck heraus. „Ich hab die ganze Schublade hier drin, weil ich das Wasser nicht vergeuden will."

Henry holte die Lampe, die er auf den kleinen Küchentisch gestellt hatte. Als der Docht brannte, trug er sie zur Anrichte.

Deborah lachte kurz auf. „Meinst du, unsere beiden Städterinnen kommen ohne Strom klar?"

Henry zog eine Schublade auf, weil er nach einem Geschirrtuch suchte. Auf den ordentlich zusammengelegten Handtüchern lag das karierte Tischtuch. Er drapierte es über den Tisch, während er seiner Schwester antwortete. „Maries Familie hatte keinen Strom, als sie dort aufgewachsen ist. Deshalb ist das für sie keine neue Erfahrung." Er ging zur Schublade zurück, nahm ein Geschirrtuch heraus und trocknete das Besteck ab, das Deborah auf das Abtropfbrett gelegt hatte.

„Möglich, aber das ist schon lange her. Und ihre Tochter wird überhaupt nicht wissen, was sie machen soll."

Henry dachte an Beths beherztes Handeln, als sie ihn in ihrem Wohnzimmer stehen sah. Er musste lächeln. „Ach, ich glaube, sie wird schon zurechtkommen."

„Wo soll sie schlafen? Lisbeth hatte nur ein einziges Bett."

„Ich habe ein Feldbett ins Nähzimmer gestellt." Das Bett kam aus seinem eigenen Keller. Er brauchte es immer, wenn seine Neffen im Sommer bei ihm übernachteten. „Es sieht gar nicht so schlecht aus mit einer von Lisbeths Patchworkdecken."

Er hatte die rot-weiß gemusterte Decke mit den auf weiße Quadrate applizierten roten Herzen aus Baumwollstoff ausgesucht. Sie war Maries Lieblingsstück gewesen.

Deborah warf ihm einen prüfenden Blick zu. „Das klingt ganz so, als ob du dich auf ihre Ankunft freust." Ihre Stimme hatte einen vorwurfsvollen Unterton.

Henry zuckte mit den Schultern. Er legte die abgetrockneten Gabeln und Löffel auf das Plastiktablett in der Besteckschublade. „Ich weiß nicht, ob ich mich freue. Ich weiß nur, dass Lisbeth es so gewollt hat."

Deborah knallte eine weitere Ladung Besteck auf das Abtropfbrett. „Dass Lisbeth es so gewollt hat ... Es wäre besser gewesen, wenn sie einfach alles an J. D. und Cornelia vererbt hätte, anstatt soviel Unruhe zu schüren."

Henry hielt inne und lehnte sich an die Anrichte. Er sah seine Schwester fragend an. „Wieso Unruhe?"

Deborah erwiderte seinen Blick nicht. „Du weißt, was ich damit meine." Sie fuhr mit der Hand durchs Wasser und holte noch einen Löffel heraus. „Diese Tochter von Marie kommt hierher, um das Haus und das Café zu verkaufen. Ich finde, das ist eine Schande."

„J. D. und Cornelia hätten das Erbe auch verkauft", meinte Henry. „Wo ist da der Unterschied?"

„Es ist aber ungerecht!", entgegnete Deborah bissig. „J. D. und Cornelia hatten ein Anrecht auf dieses Erbe. Dieses Mädchen ... Beth ... sie hat noch nie einen Fuß hierher gesetzt!"

Henry hätte seine Schwester daran erinnern können, dass Beth nichts dafür konnte, aber damit hätte er nur einen

Streit provoziert. Stattdessen sagte er noch einmal mit leiser Stimme: „Lisbeth hat es so gewollt."

Deborah zog mit einem Ruck den Stöpsel aus dem Spülbecken. Sie sah zu, wie das Wasser in den Abfluss floss.

Henry legte die letzte Gabel in die Schublade und hängte das feuchte Handtuch auf ein Gestell über dem Spülbecken. Dann drückte er Deborah an sich. „Danke. Marie und Beth sind dir bestimmt dankbar für die Arbeit, die du dir gemacht hast."

Deborah trat einen Schritt zurück. Ihre Augen blickten grimmig. „Ich hab das nicht für Marie und Beth getan, sondern für dich." Sie zeigte mit dem Finger auf ihn. „Und du solltest dir was hinter die Ohren schreiben, Henry. Marie hat lange Zeit in der Welt gelebt. Sie ist nicht mehr das Mädchen, das wir von früher kennen. Ich weiß, was Lisbeth mit ihrem Testament im Schilde geführt hat, aber ich bin mir ganz sicher, dass drei Monate in Sommerfeld bei ihr nur den Wunsch verstärken, so schnell wie möglich wieder von hier wegzugehen. Bitte lass nicht zu …" Sie konnte plötzlich nicht mehr weiter sprechen. Ihre Gesichtszüge entspannten sich, und ihre Augen blickten sanft. Sie ließ die Hand sinken und seufzte. „Bitte lass nicht zu, dass man dir ein zweites Mal weh tut, Henry."

„Deborah …"

Sie drehte sich abrupt um, nahm die Auflaufform und ging zur Tür. Mit einem Blick über die Schulter gab sie ihm eine letzte lakonische Anweisung. „Hier ist jetzt alles in bester Ordnung. Geh nach Hause."

„Mami, kannst du an der nächsten Tankstelle anhalten? Ich brauche eine kurze Pause."

Marie unterdrückte einen ungeduldigen Seufzer. „Bis Sommerfeld dauert es noch eine knappe Stunde. Kannst du es nicht so lange aushalten?"

Beth reagierte beleidigt. „Ich muss aber auf die Toilette."

„Wenn du ein paar Limonaden weniger getrunken hättest, müsstest du nicht jede halbe Stunde auf die Toilette." Marie versuchte, humorvoll zu bleiben, aber sie merkte, dass ihre Stimme bissig klang.

Offenbar hatte Beth das auch gehört, weil sie ziemlich schnippisch erwiderte: „Ich muss mir auch mal die Beine vertreten. Ich bin ganz steif vom langen Sitzen."

Marie spürte die lange Fahrt ebenfalls in ihren Knochen. Sie und Beth hatten sich zwar abgewechselt, aber die meiste Zeit musste sie hinter dem Lenkrad sitzen. Das ungewohnte Ziehen des kleinen Anhängers mit ihren Sachen machte Beth nervös. Maries Nerven waren auch angespannt. In aller Frühe hatte sie noch rasch alles zusammenpacken müssen, und dann hatte sie sich noch ein längeres Telefonat zwischen Beth und ihrem Freund anhören müssen. Es fehlte nicht mehr viel, und sie würde die Beherrschung verlieren.

Aber sie riss sich zusammen. Ihr war klar, dass sie sich vor allem deshalb unbehaglich fühlte, weil sie nicht wusste, was am Ende ihrer Reise auf sie wartete. Je näher sie dem Zuhause ihrer Kindheit kam, desto größer wurde der Kloß, der ihr im Magen zu sitzen schien. Obwohl ihre Freundin Sally sie gewarnt hatte, hoffte sie insgeheim, dass ihr Vater oder ihre Mutter, oder aber jemand von ihren Geschwistern in Lisbeths Haus auf sie wartete, um sie willkommen zu heißen. Natürlich war sie naiv, eine solche Hoffnung zu hegen. Sie versuchte deshalb, diesen Gedanken zu verdrängen, aber das gelang ihr nicht. Mit jedem Klicken des Kilometerzählers verstärkte sich das flaue Gefühl in der Magengrube.

„Da ist eine Tankstelle", rief Beth und zeigte auf einen Punkt vor ihnen.

Marie konnte den Seufzer jetzt doch nicht unterdrücken. Trotzdem setzte sie den Blinker und fuhr von der Fernstraße in die Einfahrt der Tankstelle. Sobald das Auto anhielt, sprang

Beth heraus und rannte ins Gebäude. Marie stieg langsamer aus und ging bis zur Kühlerhaube ihres Autos. Sie streckte sich und ließ den Blick über die Landschaft schweifen.

Wider Willen musste sie lächeln. Im Westen war die Sonne schon untergegangen, aber am hohen Himmel von Kansas waren noch Spuren ihrer Leuchtkraft zu sehen. Vor einem himmelblauen Hintergrund sah sie dunkellila getönte Wolken, deren Ränder purpurrot leuchteten. Zarte, orangefarbene Lichtstreifen hingen über dem Horizont.

Beth blieb neben ihrer Mutter stehen. „Was guckst du dir denn da an?"

Marie deutete nach Westen. „Den Sonnenuntergang. Ich habe vergessen, wie schön so etwas sein kann. Tante Lisbeth hat immer gesagt, dass die Sonnenuntergänge in Kansas mit nichts zu vergleichen sind. Sie hat recht gehabt."

Beths Lippen verzogen sich zu einem süffisanten Grinsen. „Du wirst doch jetzt nicht sentimental, oder?"

Marie warf ihrer Tochter einen strafenden Blick zu. „Es gibt Schlimmeres, zum Beispiel wenn jemand gefühllos ist."

Beth verdrehte die Augen, und Maries Blick fiel auf die Hand ihrer Tochter. Sie hatte sich wieder einen riesigen Becher Limonade gekauft. „Du hast gesagt, dass wir nur noch eine Stunde brauchen. Das Zeug wird also erst wirken, wenn wir da sind." Beths provozierendes Lächeln hatte auf Marie jedoch eine beruhigende Wirkung.

Sie gab ihrer Tochter einen spielerischen Stoß zwischen die Rippen. „Los, komm schon. Es ist nur noch ein kurzes Stück."

6

„So, da sind wir."

Beth setzte sich im Beifahrersitz auf. Sie blinzelte mehrmals verschlafen. Als sie aus dem Fenster in die Dämmerung hinaus starrte, sah sie verblüfft auf ein Schild, auf dem für handgefertigtes Pferdegeschirr geworben wurde – Pferdegeschirr? Dann folgte das Auto einer scharfen Linkskurve, als sie auf die Ausfahrt nach Sommerfeld fuhren. Dort vorne war schon die Stadt zu sehen, obwohl man diesen Ort wohl kaum als Stadt bezeichnen konnte.

„Das ist die Hauptstraße." Die Stimme ihrer Mutter klang belegt. Das Auto fuhr jetzt nur noch im Schritttempo. Die Scheinwerfer beleuchteten die zweispurige, ungepflasterte Straße.

Die Hauptstraße war ungepflastert? Beth hatte schon eine verächtliche Bemerkung auf der Zunge, aber dann schwieg sie doch.

Ihre Mutter deutete auf das erste Gebäude auf der linken Straßenseite. „Das da ist Lisbeths Café … jetzt Beths Café." Zuerst musste sie schmunzeln, dann schüttelte sie seufzend den Kopf. „Meine Güte, die vielen Stunden, die ich dort als Teenager verbracht habe …"

Mein unerwartetes Erbe. Beth lehnte sich nach links, um durch das Fenster auf der Fahrerseite zu sehen. Doch wegen der Abenddämmerung und der fehlenden Straßenbeleuchtung konnte sie kaum etwas erkennen. Aber das Café schien ein solides, einstöckiges Steinhaus zu sein. Davor verlief ein mit Ziegelsteinen gepflasterter Bürgersteig. Verblüfft sah sie nach rechts und links. Alle Bürgersteige waren so gepflastert.

Draußen war keine Menschenseele zu sehen. Alles war ruhig. Sie ließ ein leises Pfeifen hören, und dann unterdrückte sie ein Frösteln.

„Was ist los?" Ihre Mutter sprach leise. Dieses Flüstern verstärkte das unheimliche Gefühl, in einer Geisterstadt angekommen zu sein.

„Wo sind denn die Leute?"

Ihre Mutter zuckte mit den Schultern. „Es ist Sonntag. Sie sind zu Hause. Ich hab dir doch gesagt, dass der Sonntag ein Ruhetag ist."

„Klar, aber ..." Beth schüttelte den Kopf. Dieser Gegensatz zwischen dem Autoverkehr auf der nur einen Kilometer weiter südlich gelegenen Fernstraße und der Totenstille in dieser Kleinstadt war einfach zu grotesk.

„Dort drüben ist das Geschäft meines Bruders Art." Ihre Mutter deutete nach rechts.

Beth las laut vor, was auf dem Schild über der Tür des großen Holzhauses stand: „Koeppler Futtermittel und Saatgut – Qualitätsgeräte und landwirtschaftliche Erzeugnisse." Sie drehte sich zu ihrer Mutter um und pfiff durch die Zähne. „Das ist ja irre, Mami. Ich komme mir vor wie in einer Filmkulisse für einen Western."

Ihre Mutter lachte leise. „Na ja, hier ist alles schlicht und einfach, aber Filme würde man hier bestimmt nicht drehen."

Beth schmerzte der Nacken, weil sie ständig hin und her schaute, als ihre Mutter nach links abbog und dann einen Häuserblock weiter noch einmal in eine Seitenstraße fuhr. Schweigend fuhren sie an einer Reihe von Wohnhäusern vorbei. Die meisten Gebäude sahen aus, als ob sie zu Beginn des zwanzigsten Jahrhunderts gebaut worden waren. Beth kam sich vor wie auf einer Zeitreise in die Vergangenheit.

Endlich fuhr das Auto auf einem Gartenweg zu einem malerisch aussehenden Bungalow mit einem spitzen Giebeldach und einer von einem weißen Holzgitter umgebenen Veranda, die sich an der vorderen Hälfte und der Nordseite des Hauses entlang zog.

Auf den ersten Blick war alles dunkel, aber als das Auto zur Rückseite des Gebäudes fuhr, sahen sie ein hellgelbes Licht, das

das Fenster an der nordwestlichen Ecke sanft erleuchtete. Marie hielt hinter dem Haus an und stellte den Motor ab. Mit einem schweren Seufzer starrte sie auf das einstöckige Anwesen.

„Also, das ist es. Dein neues Zuhause." Sie saß wie gelähmt da. Ihre Hände umklammerten das Lenkrad.

Beth sah sie besorgt an. „Geht es dir gut?"

Das Lachen ihrer Mutter klang gekünstelt. „So gut, wie es einer alten Frau nach einer dreizehnstündigen Autofahrt eben geht." Sie rieb sich den Nacken und gähnte, aber auch diese Reaktion wirkte unecht. „Das Licht da drin bedeutet hoffentlich, dass jemand das Bett gemacht hat. Ich weiß nicht, ob ich das jetzt noch schaffe."

Die beiden Frauen stiegen langsam aus und gingen zur hinteren Veranda. Ein schwarzes Gaslicht aus Eisen stand am Beginn des Fußweges, der zum Haus führte, aber es brannte nicht. Der Weg lag im Dunkeln. Beths Mutter betrat die mit Holzdielen belegte Veranda und drehte am Türknauf. „Abgeschlossen."

Beth ging zur Seite und versuchte, durch das Türglas ins Innere zu sehen. „Was machen wir jetzt?"

Einen Augenblick lang stand Marie da und starrte auf den Türknauf. Dann beugte sie sich nach unten. Sie hob die Fußmatte an einer Ecke hoch. Dann hielt sie mit einem triumphierenden Lächeln einen Schlüssel hoch. „Das ist noch genauso wie damals."

Beth sah ihre Mutter erstaunt an. „Hier draußen, wo jeder ihn finden kann?"

Maries Lachen klang diesmal nicht gekünstelt. „Du bist hier nicht in der Großstadt, Beth. Hier ist vieles … anders." Sie steckte den Schlüssel ins Schloss, drehte ihn herum, stieß die Tür auf und winkte Beth herein.

Beth betrat einen schwach beleuchteten, engen Raum. An jeder Wand sah sie eine Türöffnung. Sie strich mit der Hand am Türpfosten entlang. „Wo ist der Lichtschalter?"

Ihre Mutter ging hinein und machte die Tür hinter sich zu. „Mein Schatz, das habe ich dir doch erzählt. Hier gibt es keinen Strom. Geh einfach dem Lichtschein nach."

Der Lichtschein, den ihre Mutter meinte, kam aus einer Türöffnung an der Nordseite. Beth ging weiter und stand in einer schlichten Küche mit weiß gestrichenen Schränken und einem kleinen, runden Tisch, auf dem ein rot-weiß kariertes Tischtuch lag. Ein schwacher Lichtschein kam von einer Petroleumlampe, die auf der Anrichte stand.

Beth schüttelte den Kopf. „Du liebe Zeit, ist das primitiv hier."

Ihre Mutter ging an ihr vorbei. Dann blieb sie am Tisch stehen. Sie berührte das Tischtuch. Ihr Gesicht war blass. Kurz darauf ließ sie den Stoff los und griff nach der Lampe. Mit einem Lächeln in Beths Richtung fragte sie: „Sollen wir uns mal umsehen?"

Mit einem Achselzucken folgte Beth ihrer Mutter um eine Ecke und ins Esszimmer. Ein viereckiger, von vier Stühlen umgebener Holztisch stand in der Mitte des Raums, in dem kein Teppich lag. Eine Vitrine mit schlichtem, weißem Geschirr stand an der westlichen Zimmerwand. Das waren die einzigen Möbelstücke in diesem Raum.

Beth unterdrückte ein Frösteln. Sie hörte das laute Hallen ihrer Schritte auf dem Parkettfußboden, als sie hinter ihrer Mutter durch eine Art Torbogen zum Wohnzimmer ging. Unter dem einen Fenster stand ein Sofa, flankiert von einem kleinen Holztischchen mit schmalen Beinen. Neben dem Tischchen prangte ein Schaukelstuhl mit gebogener Rückenlehne. Ihre Mutter ging zu dem Möbelstück und setzte sich. Die Lampe stellte sie auf den Tisch. In ihrem Lichtschein wirkte ihr Gesicht blass, und ihre Augen blickten müde – oder traurig? Aber trotzdem umspielte ein Lächeln ihre Lippen.

„Das war Tante Lisbeths Lieblingsplatz." Mit den Händen strich sie liebevoll über die abgenutzten Lehnen des Schaukelstuhls. „Als ich klein war, bin ich immer schnell gerannt, damit ich noch vor ihr hier raufklettern konnte, weil ich unbedingt sehen wollte, wie sie die Hände in die Hüften stemmte und mich böse ansah. Sie konnte wirklich ein finsteres Gesicht machen, aber mit einem Augenzwinkern. Deshalb wusste ich immer, dass sie es nicht ernst meinte." Gedankenverloren sah sie sich im Zimmer um.

Beth ließ sich auf das Sofa sinken. Anders als bei ihrem samtweichen, gemütlichen Sitzmöbel zu Hause war das Polster starr und der Bezug kratzig. „Mami?"

Es vergingen ein paar Sekunden, bis ihre Mutter sich umdrehte und sie ansah.

„Wenn es hier keinen Strom gibt, wie heizen wir dann das Haus?"

Marie wirkte enttäuscht, als sie diese Frage hörte. Wieder folgte eine längere Pause, bis sie sich schließlich aus dem Schaukelstuhl erhob. Sie nahm die Lampe und sagte nur: „Komm mit."

Dann ging sie mit Beth zurück durch das Esszimmer, ging aber durch eine andere Türöffnung, und dann standen sie in einem geräumigen Abstellraum. Sie machte eine Tür auf, die nach draußen führte, und dann deutete sie nach unten. „Im Keller steht ein Heizofen, der mit Kohle befeuert wird. Damit wird das ganze Haus beheizt." Sie zog schnüffelnd die Luft ein, und Beth machte es ihr nach. Es roch warm und muffig. „Es war jemand hier und hat den Ofen schon angeworfen, aber wenn es dir kalt ist, lege ich noch Kohle nach."

Beth blickte skeptisch hinunter auf die dunkle Holztreppe und schüttelte den Kopf. „Nein, es geht schon. Ich kann ja noch ein Sweatshirt anziehen." Sie legte die Arme um ihren Oberkörper, aber sie wusste, dass dieses Frösteln noch eine andere Ursache hatte als die niedrige Temperatur im Haus. „Dort unten sieht es richtig gruselig aus."

Ihre Mutter musste lächeln. „Irgendwann müssen wir sowieso da runtergehen. Willst du sehen, wie der Heizofen funktioniert?"

Beth blieb unnachgiebig. Sie schüttelte erneut den Kopf. „Nein, danke!"

„Na gut." Marie machte die Tür wieder zu und drehte sich zu Beth um. „Ich zeige dir jetzt Lisbeths Schlafzimmer. Es gibt in diesem Haus nur ein Schlafzimmer. Wir werden also in einem Bett schlafen müssen."

Beth verzog unwillig das Gesicht. „Na toll!"

Ihre Mutter seufzte. „Beth, ich habe versucht, dich vorzubereiten auf das, was du hier vorfinden wirst. Aber du hast ja nichts hören wollen. Du hast gemeint, dass du dir lieber ein eigenes Bild machen willst, wenn du hier bist. Du hattest Angst, du könntest es dir doch noch anders überlegen. Jetzt sind wir hier, und da will ich nicht ständig dein Gemeckere hören."

Beth drehte beide Hände nach außen. „Wer meckert denn hier rum?"

Ihre Mutter sah sie nur schweigend an. Sie zog eine Augenbraue hoch und verzog den Mund zu einem schiefen Lächeln.

„Okay, okay. Tut mir leid. Du hast gesagt, dass alles einfach und schlicht ist, aber ich habe nicht gewusst … Wie konntet ihr nur so leben? Kohleöfen, kein Licht, und alles ist so … schmucklos."

„Wenn du nichts anderes kennst, kommt es dir nicht so schlimm vor." Sie ging zur Hintertür. „Warum holen wir nicht unsere Koffer? Dann zeige ich dir das Schlafzimmer. Und natürlich auch das Bad, denn deine Limonade fängt bestimmt schon an zu wirken."

Beth merkte, dass ihre Mutter sie wegen dieser Angewohnheit aufzog. Sie ahmte ihren leicht scherzhaften Tonfall nach, faltete die Hände unter dem Kinn und spielte die Bittstellerin. „Bitte, bitte, sag mir die Wahrheit. Es gibt kein Bad, sondern nur ein Plumpsklo draußen."

Ihre Mutter musste lachen, und ihre Locken flogen hin und her, als sie den Kopf schüttelte. „Oh nein, wir haben ein Bad im Haus."

„Na, das ist ja wenigstens etwas." Beth folgte ihrer Mutter nach draußen. Die kühle Luft ließ sie erneut frösteln, aber sie brachte einen frischen Duft, den sie von zu Hause her nicht kannte. Von oben kam ein lautes Rascheln, gefolgt von einem Flattern. Wahrscheinlich ergriff gerade ein Nachtvogel die Flucht. Beth duckte sich unwillkürlich. Aber als sie nach oben sah, um herauszufinden, wohin der Vogel flog, war sie plötzlich gefesselt von der Weite des Himmels über ihr. Sie hatte noch nie so viele Sterne gesehen. Der zunehmende Mond wirkte gegen die samtige Schwärze des Firmaments so hell wie ein Halogenscheinwerfer. „Wie toll!"

Ihre Mutter zog gerade einen Koffer aus dem Anhänger. Sie hielt inne und starrte nach oben. Dann musste sie lächeln. „Ja, natürlich. Bei den vielen Lichtern in der Großstadt vergisst man leicht, wie strahlend hell die Sterne eigentlich sind." Sie atmete tief ein und langsam wieder aus. Dann sagte sie: „Die Himmel erzählen die Ehre Gottes, und die Feste verkündigt seiner Hände Werk."

Die Stimme ihrer Mutter klang wehmütig. Beth warf ihr einen prüfenden Blick zu. Maries Augen glänzten so hell wie die Sterne. Beth fühlte sich plötzlich unbehaglich, aber sie wusste nicht so recht, warum. Deshalb zwang sie sich zu einer spöttischen Reaktion. „Die ‚Feste'? Was ist denn das?"

Ihre Mutter erschrak und war plötzlich verlegen. „Oh ..." Sie lachte leise. „Das habe ich als Kind auswendig gelernt. Seltsam ..." Sie biss sich auf die Unterlippe, dann sah sie wieder zum Himmel hoch. „Daran habe ich seit Jahren nicht mehr gedacht."

Beth wartete mit vor der Brust verschränkten Armen. Ihre Mutter starrte nach oben, und ihr Mund verzog sich zu einem schwachen Lächeln. Was dachte sie wohl gerade? Woran erinnerte sie sich? Sie konnte nicht sagen, warum, aber Beth fürchtete sich plötzlich vor einer Antwort auf diese Fragen.

Nach einer Zeitlang hörte Beth einen leisen Seufzer. Dann lächelte Marie ihre Tochter an. „Jetzt wollen wir aber die Koffer reintragen und auspacken. Alles andere kann bis morgen warten."

Marie zog das steife Laken und den Überwurf aus Chenille bis zum Kinn. Dann starrte sie die Zimmerdecke an. Ein mehrfaches Quietschen am anderen Ende des Flurs ließ sie vermuten, dass Beth es sich auf dem Feldbett bequem machte. Ihre Wangen brannten beim Gedanken an dieses Feldbett. Das zweite, kleinere Schlafzimmer war immer Lisbeths Nähzimmer gewesen. Der Klapptisch hatte Lisbeth zum Zuschneiden von Stoff oder als Unterlage gediente, wenn sie ihre Patchworkdecken zusammennähte. Jemand hatte den Tisch zusammengeklappt und das Feldbett aufgestellt. Sie glaubte zu wissen, wer das gemacht hatte.

Als sie gestern angerufen hatte, war Henry gerade zum Mittagessen im Café gewesen. Deborah hatte ihn ans Telefon gerufen. Seine Stimme hatte bestürzt geklungen, als sie ihm gesagt hatte, dass sie und Beth am nächsten Tag losfahren würden. Sie meinte, ihn noch immer hören zu können, als er erschrocken bemerkt hatte: „Aber dann bleibt keine Zeit, etwas vorzubereiten."

Genau das war ihre Absicht gewesen. Sie hatte nicht gewollt, dass er sich verpflichtet fühlte, das Haus für sie bewohnbar zu machen. Dann hatte er gefragt: „Weißt du noch, dass Lisbeth in ihrem Haus nur ein Bett hatte? Meinst du, du und deine Tochter könnt zusammen in einem Bett schlafen?"

Bevor sie erwidert hatte, dass das kein Problem sei, hatte sie kurz gezögert. Henry musste gemerkt haben, dass sie in Wirklichkeit nicht so begeistert gewesen war bei dem Gedanken, zusammen mit Beth in einem Zimmer zu kampieren. Deshalb hatte er wohl das Feldbett ins Haus geholt. Er hatte es sogar mit der bunten, mit Herzen verzierten Patchworkdecke bedeckt, einer Decke, die Marie immer besonders gemocht hatte. Hatte er sich noch an ihre Vorliebe für leuchtende Farben erinnert, als er das Feldbett zurechtgemacht hatte?

Es wurde ihr schwer ums Herz, und sie versuchte, diesen Gedanken zu verdrängen. Wie dumm von ihr, sich in Erinnerungen an alte Zeiten zu ergehen. Doch ihr Aufenthalt in Lisbeths Haus, hier in Sommerfeld, war für sie wie eine Reise in die Vergangenheit. Sie schloss die Augen. Obwohl sie müde war, konnte sie nicht so einfach abschalten. Da draußen, unter dem Sternenhimmel, war ihr der Vers aus den Psalmen so leicht über die Lippen gekommen. Sie wusste nicht mehr, wann sie zuletzt einen Bibelvers zitiert hatte. Als es dann so weit war, geschah es mühelos, als ob ihr Bibelwissen immer passiv vorhanden gewesen wäre, um im passenden Moment wieder aktiviert zu werden.

Als sie am Haus vorgefahren war und das schwach beleuchtete Küchenfenster gesehen hatte, hatte ihr Herz in freudiger Erwartung schneller geschlagen. Vielleicht – hoffentlich – wartete im Haus jemand auf sie, um sie zu begrüßen, sie zu umarmen, sie wieder zu Hause aufzunehmen. Aber natürlich war niemand da gewesen. Die Enttäuschung, die sie in diesem Augenblick empfand, tat ihr weh wie ein Messerstich. Hatte Sally ihr nicht gesagt, sie sollte nicht zu viel erwarten? Trotzdem hegte sie tief in ihrem Herzen eine winzig kleine Hoffnung, die eine abgeschlossene Hintertür gleich wieder zunichte machte. Nein, es wartete niemand auf sie.

Niemand außer Gott.

Marie riss plötzlich die Augen auf. Wie kam sie denn darauf? „Die Himmel erzählen die Ehre Gottes." Sie flüsterte die Worte in die Stille des Zimmers hinein. Sofort fühlte sie sich getröstet. Dieses Gefühl konnte sie nur schwer verstehen, und sie war zu müde, um festzustellen, woher es kam.

„Wenn du wirklich da bist, Gott", murmelte sie kampflustig, „dann kannst du mich auch einschlafen lassen. Es war ein langer Tag, und morgen habe ich genug Arbeit, wenn wir dieses Haus sauber machen und unsere Sachen hier unterbringen wollen."

Es war seltsam, mit Gott auf diese Art zu sprechen, aber so hatte Lisbeth auch immer mit ihm geredet, laut und ohne Getue, als ob man mit einem Nachbarn ein Gespräch führte. Wieder wurde ihr die Kehle eng, und das Atmen fiel ihr schwer. Aber jetzt schloss sie fest die Augen, verdrängte ihre innere Anspannung und zwang sich, endlich einzuschlafen.

„Mami?"

Als sie die leise Stimme hörte, war Marie sofort wieder hellwach. Ein Schatten stand neben ihrem Bett. Marie fühlte sich in die Zeit zurückversetzt, als Beth noch klein gewesen und zu ihr ins Schlafzimmer gekommen war, weil ein Alptraum sie geweckt hatte.

„Was ist denn los, mein Schatz?"

„Ich kann nicht schlafen. Ich bin so müde, aber hier ist es so still, dass es mich gruselt."

Marie konnte das verstehen. Sie rückte schnell zur Seite. „Komm rein. Heute schlafen wir mal in einem Bett."

Beth schlüpfte unter die Decke und rollte sich auf die Seite, sodass sie ihre Mutter anschauen konnte. „Ich hab dich reden gehört."

Marie meinte, ihr müsste das Herz still stehen. „Oh." Dann lachte sie leise. „Ich glaube, ich habe Selbstgespräche geführt und für morgen schon Pläne gemacht. Wir haben viel zu tun."

Im Schatten, den das Mondlicht auf das Bett warf, konnte Marie sehen, wie Beth nickte. „Meinst du, ich soll schon morgen ins Café gehen, oder kann das warten?"

„Das kann warten. Das Café ist montags immer geschlossen."

Ein langer Seufzer war von Beths Seite zu hören. „Ich hätte dich vor unserer Abreise wirklich mehr fragen sollen. Aber ich wäre nicht hierher gekommen, wenn ich mehr gewusst hätte …"

„Weißt du, eigentlich ist es gar nicht so schlimm." Maries Stimme klang schärfer, als beabsichtigt. Warum fühlte sie sich denn so angegriffen? Sommerfeld war nicht mehr ihr Zuhause. Weil niemand da gewesen war, um sie zu begrüßen, nahm sie an, dass sie ihre Familie glatt vergessen konnte. Warum erzählte sie Beth dann, dass es gar nicht so schlimm sei?

In einem freundlicheren Tonfall fügte sie hinzu: „Es ist ja nur für drei Monate, mein Schatz. Sieh es doch einfach als … als Abenteuer." Sie strich Beth das Haar aus dem Gesicht. „Wer weiß, vielleicht schreibst du eines Tages sogar ein Buch über deine Erlebnisse hier."

Beth musste lachen. Sie presste ihre zu Fäusten geballten Hände unter ihr Kinn. „Wer würde mir denn glauben?"

„Die Wahrheit ist manchmal seltsamer als eine erfundene Geschichte."

Wieder lachte Beth. „Oh ja, das stimmt."

Marie seufzte. „Mach die Augen zu, mein Schatz. Versuch zu schlafen."

Beths Augen schlossen sich. Die beiden Frauen lagen ein paar Minuten schweigend nebeneinander. Schließlich hörte Marie wieder die Stimme ihrer Tochter. „Mami?"

„Ja?"

„Danke, dass du mitgekommen bist."

Mit einem Lächeln strich Marie ihrer Tochter erneut über das Haar. „Nichts zu danken."

„Ich könnte das nicht alleine schaffen."

„Keine Sorge. Du bist nicht allein."

Obwohl Beth endlich einschlief, lag Marie noch wach. Sie

sah aus dem Fenster und zum Sternenhimmel hinauf. Ihre letzten Worte gingen ihr nicht aus dem Sinn. „Keine Sorge. Du bist nicht allein."

7

Marie trug einen Karton mit Lebensmitteln herein und stellte ihn auf die bereits volle Anrichte. Als sie sich die bereits dort stehenden Kartons ansah, stellte sie fest, dass sie alle selbst hereingeschleppt hatte. Sie spürte, wie sie ärgerlich wurde. Telefonierte Beth etwa schon wieder mit ihrem Handy?

Sie stemmte die Fäuste in die Hüften und brüllte: „Beth!"

„Ich bin hier."

Marie folgte der Stimme und fand ihre Tochter im Esszimmer. Sie lag auf dem Rücken unter dem Tisch. Marie beugte sich vor und musterte sie prüfend. „Was machst du denn hier?"

Beths Pferdeschwanz streifte über den Boden. „Ich sehe mir diesen Tisch an. Er ist aus Massivholz, Mami. Ich kann noch nicht einmal Nägel erkennen – nur Holzzapfen. Das ist der helle Wahnsinn!"

Marie hockte sich neben zwei Stühlen auf den Boden und starrte auf die Unterseite des Tisches. „Siehst du irgendwo ein Brandzeichen? Symbole, die ins Holz eingebrannt sind?"

Beth drehte den Kopf und sah suchend nach oben. Plötzlich leuchteten ihre Augen. „Ja! Genau dort!" Sie deutete mit dem Finger auf die Stelle. „Es sieht aus wie ein K mit einem O in der rechten Ecke." Dann sah sie mit einem Stirnrunzeln zu ihrer Mutter herüber. „Was hat das zu bedeuten?"

„Das bedeutet, dass dein Urgroßvater und dein Urgroßonkel diesen Tisch angefertigt haben." Marie richtete sich auf und wich aus, als Beth unter dem Tisch hervorkroch. „Meine Mutter war eine geborene Ortmann. Ihr Vater hat sich mit dem Onkel meines Vaters zusammengetan, um eine Möbelschreinerei zu eröffnen.." Marie ging durch die Küche, und Beth ging ihr hinterher. „Wenn du hier von Haus zu Haus gehen würdest, könntest du viele Möbelstücke mit diesem Brandzeichen finden."

„Wann haben sie ihre Schreinerei eröffnet?" Beth folgte Marie nach draußen zum Anhänger.

Marie reichte ihrer Tochter einen Karton und machte ein nachdenkliches Gesicht. „Hmm. Ich glaube, Opa Ortmann ist 1907 geboren, und er gründete die Schreinerei, als er Anfang zwanzig war … vielleicht war das Ende der zwanziger Jahre." Marie freute sich, dass sie Beth etwas aus der Familiengeschichte erzählen konnte. Sie nahm einen Karton und ging zurück zum Haus.

Beth trottete langsam die Treppe zur hinteren Veranda hoch. Dann ging sie durch die Tür des Abstellraums, die Marie weit aufgerissen hatte. „Dann ist dieser Tisch über siebzig Jahre alt." Ihre Stimme klang kühl überlegend. „Das Stück ist auf jeden Fall antik und ein Unikat. Ich muss mal im Internet recherchieren, um herauszubekommen, welchen Wert er hat."

Marie stellte ihren Karton auf den Küchentisch. Dann starrte sie ihre Tochter an. „Du willst ihn verkaufen?"

Beth sah sie über den Rand der Kiste groß an. „Na klar doch. Deshalb sind wir doch hier, oder etwa nicht? Ich trete mein Erbe an, verkaufe das ganze Zeug, und dann eröffne ich meinen Antiquitätenladen." Mit einem spöttischen Lachen fügte sie hinzu: „So, jetzt weißt du es!"

„Werde bloß nicht frech." Marie drehte sich auf dem Absatz um und ging wieder nach draußen.

Beth trottete neben ihr her. „Warum bist du auf einmal so eingeschnappt?"

Marie blieb stehen und drehte sich mit einer raschen Bewegung zu ihrer Tochter herum. Sie machte den Mund auf, um ihr etwas zu erwidern, aber sie brachte kein Wort heraus. Beth hatte recht. Warum war sie eigentlich so schnell beleidigt? Sie waren doch nur deshalb hierher gekommen, um die Bedingung in Tante Lisbeths Testament zu erfüllen, das gesamte Erbe für sich in Anspruch zu nehmen, alles zu verkaufen und wieder zu verschwinden. Warum also fühlte sie sich bei den Bemerkungen ihrer Tochter persönlich angegriffen? Mit einem Seufzer strich sie Beth über die Wange.

„Entschuldige, mein Schatz. Ich habe letzte Nacht nicht so gut geschlafen. Deshalb bin ich müde und schlecht gelaunt. Es tut mir leid, dass ich es an dir ausgelassen habe."

Jetzt lächelte Beth wieder. „Schon gut. Das verstehe ich." Sie ging zur Rückseite des Anhängers. Ihr Pferdeschwanz schwang fröhlich hin und her. „Heute Nachmittag, wenn ich meinen Computer ausgepackt und herausgefunden habe, wie ich von hier aus ins Internet komme, kannst du ein Mittagsschläfchen machen." Dann drehte sie sich auf dem Absatz um. Sie runzelte die Stirn. „So ein Mist. Hier gibt es ja keinen Strom und keine Telefonleitung. Also wird das auch nichts mit dem Internetzugang."

Marie legte ihrer Tochter den Arm um die Schultern und drückte sie kurz an sich. „Im Café gibt es eine Telefonleitung und auch Strom. Wir können den Computer dort anschließen."

„Super!" Beths Stimmung hob sich wieder. „Wie gut, dass das Café wenigstens halbwegs modernisiert ist." Sie griff nach einem Karton und ging langsam zurück zum Haus.

„Apropos Café. Ich habe Hunger. Kriegen wir irgendwo was zu essen?"

Marie folgte Beth in die Küche. „Wir räumen erst mal die Sachen weg, damit wir uns wieder bewegen können. Dann essen wir ein kaltes Müsli. Wir müssen uns ein bisschen einschränken mit dem Essen, bis mir wieder einfällt, wie Tante Lisbeths Herd funktioniert."

Ein Klopfen an der Hintertür ließ beide Frauen erschreckt auffahren. Marie klopfte plötzlich das Herz bis zum Hals. Sie waren doch gekommen! Ihre Familie war da! Sie rannte durch den Abstellraum zur Hintertür. Henry Braun stand vor der offenen Tür. Wieder war sie tief enttäuscht.

„Henry."

Er nahm den Hut ab und lächelte sie an. Ihm schien es nichts auszumachen, dass ihre Begrüßung nicht sehr freudig klang. „Guten Morgen, Marie. Wie ich sehe, hast du eine Menge Arbeit."

Ihr fiel sein gepflegtes Aussehen auf. Er trug gut sitzende Twillhosen und ein dunkelblaues Hemd. Sein Kinn war glatt rasiert und sein Haar ordentlich gekämmt. Sie fuhr sich mit einer zitternden Hand über ihre zerzausten Locken. Mit ihren ausgeblichenen Jeans und dem alten Sweatshirt sah sie aus, als würde sie auf einer Baustelle arbeiten. Sie war froh, dass nicht ihr Vater vor der Tür stand. Er hätte sie bestimmt ein zweites Mal verstoßen, wenn er sie so gesehen hätte.

Henry sah sie besorgt an. „Ist dir nicht gut?"

Sie zuckte zusammen und räusperte sich verlegen. „Mir geht es gut. Ich kann bloß nicht ..." Mit einem Kopfschütteln verdrängte sie das Gefühlschaos, das die Enttäuschung in ihr bewirkt hatte. Dann sah sie Henry in die Augen. Sie zwang sich zu einem Lächeln. „Bitte komm doch rein. Ich kann dir zwar keinen Kaffee anbieten ..."

Henry blieb in der Türöffnung zwischen der Küche und dem Abstellraum stehen. „Das macht nichts. Ich habe schon gefrühstückt."

„Aber wir nicht", meinte Beth. Sie räumte Gemüsekonserven aus einer Kiste in einen Hängeschrank. „Wir können uns nichts Anständiges zu essen machen, bis meine Mutter rauskriegt, wie der Herd funktioniert."

„Er läuft mit Propangas.“ Henry machte einen Schritt in den Raum. „Bestimmt ist noch was im Tank. Soll ich den Herd anmachen?“

„Das wäre prima … wenn wir überhaupt was zum Kochen haben.“ Marie warf Beth einen Blick zu. „Haben wir schon die Kühlbox rein gebracht?“

„Nein, sie ist noch im Anhänger.“

Henry drehte sich um und ging zur Hintertür. „Ich bring sie rein.“

Marie rannte ihm hinterher. „Das brauchst du nicht zu machen.“

Er sah sich nicht um, als er die Verandatreppe heruntertrampelte. Seine breiten Schultern zuckten kurz. „Das ist kein Problem. Ich bin vorbeigekommen, weil ich euch fragen wollte, ob ihr was braucht. So eine Kühlbox ist eine Kleinigkeit.“

Marie stand hinten am Anhänger, als Henry sich bückte und hineinging. Er packte die Kühlbox und zog sie zur offenen Anhängertür. Als er wieder draußen war, streckte er sich und sagte mit einem breiten Lächeln: „Das Ding ist ganz schön schwer. Hast du da einen Kühlschrank reingepackt?“

Marie schlug sich mit der flachen Hand an die Stirn. „Ein Kühlschrank! Ist der von Tante Lisbeth noch …“

„Im Keller“, unterbrach sie Henry. „Und er läuft mit einem Generator, wie immer.“

„Beth wird begeistert sein. Sie liebt diesen Keller.“ Marie packte ein Ende der Kühlbox, und Henry nahm das andere. Sie ächzte leise, als sie das gute Stück hochhoben.

Dann kämpften sie sich die Treppe hoch und gingen langsam ins Haus. Henry drehte sich um, damit sie durch die Türen kamen. In der Küche wanderte sein Blick suchend vom Tisch zur Anrichte. Beide waren mit Kisten zugestellt.

„Am besten, wir stellen das Ding auf den Boden“, schlug Marie vor.

„Bist du sicher, dass du sie nicht unten neben dem Kühlschrank haben willst?“

Marie stellte die Kühlbox auf ihrer Seite auf den Boden. „Ich trage dieses schwere Ding nicht die Kellertreppe herunter, und du machst das auch nicht. Lieber gehe ich ein paar Mal zum Kühlschrank.“

Henry ließ die Kühlbox mit einem Nicken nach unten gleiten. „Ich kann dir ja dabei helfen.“

Sie richteten sich gleichzeitig auf. Ihre Blicke trafen sich. Wieder merkte Marie, dass sie rot wurde. Warum war sie bloß immer so verlegen? Sie würde sich erst richtig wohlfühlen, wenn er wieder weg wäre. „Ich komme schon klar. Du hast bestimmt zu Hause genug Arbeit.“

Sie hatte recht. Henry hatte genug Arbeit. Albrechts Traktor klang immer noch komisch, wenn er den Anlasser betätigte. Aber dann dachte er sich, dass Mr Albrecht auch noch ein bisschen warten konnte. Denn wer sonst sollte Marie helfen? Als er auf ihren Hof fuhr, war er sich sicher gewesen, dort andere Fahrzeuge anzutreffen, von Familienmitgliedern, die den beiden Frauen beim Ausladen ihrer Sachen und beim Einräumen helfen würden. Schließlich hatte er nach Maries Anruf am Samstag allen von der bevorstehenden Ankunft von Mutter und Tochter erzählt. Deshalb fragte er sich jetzt, wo denn alle waren. Er war entrüstet über so viel Arroganz. Hatte J. D. Koeppler etwa das Gleichnis vom verlorenen Sohn vergessen? Wo blieb die freudige Begrüßung nach Maries langer Abwesenheit? Wo war das gemästete Kalb?

„Im Moment habe ich nichts Wichtigeres zu tun, als euch zu helfen“, meinte er nur und lächelte beschwichtigend, damit Marie auch wusste, dass er es ernst meinte.

„Dann lass dir von ihm zeigen, wie man den Herd anwirft“, fügte Beth hinzu, „oder ich fahre solange auf der Fernstraße, bis ich auf einen ‚McDonald's‘ stoße.“

Henry sah Marie immer noch lächelnd an, als er erwiderte:

„Ich fürchte, das wird eine längere Fahrt. Erst in Salina und Newtown findet man wieder einen Schnellimbiss, und beide Städte sind ganz schön weit weg, wenn man Hunger hat." Er ging um Marie herum zum Herd. „Hast du versucht, einen Brenner anzuzünden?"

„Ja." Sie lehnte sich an den Türpfosten. „Ich weiß noch, wie man einen Propangasherd anmacht. Als das nicht geklappt hat, hab ich gedacht, dass die Gasflasche leer ist."

Er nickte. „Ich habe den Gashahn zugedreht, weil ich nicht wollte, dass Gas ins Haus entweicht."

Mit einem Ruck zog er den Herd ein paar Zentimeter nach vorn. Die Füße des Gasherds quietschten laut auf dem Linoleum. Beth hielt sich beide Ohren zu.

Er lächelte ihr verlegen zu. „Entschuldigung." Dann griff er nach hinten und drehte am Gashahn. Danach schob er den Herd wieder an die alte Stelle. „Ein Streichholz, bitte."

Beth holte ein Streichholz aus dem metallenen Halter, der über dem Spülbecken hing, und reichte es ihm. Er drehte an einem Knopf, um den linken Gasbrenner in Betrieb zu setzen. Ein leises Zischen war für ihn das Zeichen, dass das Gas durch die Ritzen des Brenners strömte. Er strich das Streichholz an, hielt es an den Brenner, und schon zeigte sich ein Ring aus kleinen blauen Flammen.

„Hurra!" Beth klatschte begeistert in die Hände. „Okay, Mami, ich möchte gern Spiegeleier mit Toastbrot."

Marie und Henry lächelten sich an. Dann entgegnete Marie: „In diesem Fall muss Henry den Backofen anheizen."

„Den Backofen?" Beth zog skeptisch die Augenbrauen zusammen. „Für Eier und Toastbrot?"

Henrys Lippen zuckten, weil er ein Lachen unterdrücken musste, während Marie ihrer Tochter die Sache erklärte.

„Für das Toastbrot. Ich muss das Brot unter den Bratrost legen. Du weißt ja, dass wir hier keinen Toaster anschließen können."

Die junge Frau verdrehte die Augen, so wie Henry es schon oft bei seinen Nichten gesehen hatte. Er drehte ihr den Rücken zu und öffnete die Kühlbox. Er tat so, als ob er nach einem Eierkarton suchte, aber in Wirklichkeit wollte er nur nicht, dass Beth sah, wie sich sein Mund zu einem lange unterdrückten Schmunzeln verzog.

„Gibt es keine Möglichkeit, hier Stromkabel zu verlegen?“ Beth zog sich einen Küchenstuhl heran und setzte sich. „In der Stadt hab ich Stromleitungen gesehen. Also muss es hier Leute geben, die Strom im Haus haben.“

„Viele Bürger von Sommerfeld haben bereits Strom“, entgegnete Henry. „Die Amisch-Leute in unserer Umgebung lehnen immer noch Elektrizität in ihren Häusern ab, aber die meisten Mennoniten sind in dieser Hinsicht flexibler.“

Marie hob Lisbeths schwere Eisenpfanne aus der unteren Schublade des Ofens und stellte sie auf den Gasbrenner. Während sie in einem Karton wühlte, warf sie ihm einen Blick zu. „Wie aufwendig wäre es denn, ein Stromkabel zum Haus einer ehemaligen Mennonitin zu verlegen?“

Bei den Worten „ehemalige Mennonitin“ wurde es Henry schwer ums Herz. Er war froh, dass Lisbeth diese Aussage nicht hören konnte, denn schließlich war sie eine Bestätigung für ihn. Marie hatte den Glauben ihrer Kindheit endgültig aufgegeben. Er beobachtete sie, wie sie ein bisschen Öl in die Pfanne goss und es mit einem Pfannenwender verteilte. „Die Stromleitung zum Haus ist nicht das Problem, aber es ist schon schwieriger, die Anschlüsse zu verlegen, damit ihr auch den Strom nutzen könnt.“

Marie verzog die Lippen zu einem bezaubernden Schmollmund. „Natürlich. Wie dumm von mir.“ Sie schlug Eier in die Pfanne, und sofort hörte man ein appetitanregendes Brutzeln. „Tut mir leid, mein Schatz, aber dann müssen wir uns eben arrangieren. Für drei Monate lohnt es sich wohl kaum, im ganzen Haus Stromleitungen zu verlegen.“

Henry zuckte zusammen, als er Maries muntere Bemerkung hörte.

„Aber können wir nicht einen besseren Preis für das Haus erzielen, wenn es darin Stromanschlüsse gibt?", wollte ihre Tochter wissen.

Marie zog unwillig die Augenbrauen zusammen. „Eine solche Ausgabe können wir uns nicht leisten, Beth. Mit diesem Problem soll sich der neue Eigentümer herumschlagen."

Beth seufzte. „Also gut. Aber erwarte von mir bloß nicht, dass ich hier ständig rumhänge. Ich verbringe meine Tage im Café. Dort kann ich wenigstens ins Internet gehen und Radio hören." Wieder war ein Seufzer zu hören. „Drei Monate lang kein Fernsehen – das ist ja die reinste Folter!"

Marie musste lachen, aber Henry merkte, dass dieses Lachen angespannt klang. Er warf Beth einen Blick zu. „Sie werden im Café bestimmt so viel zu tun haben, dass Sie das Fernsehen kaum vermissen werden. Aber wenn Sie mal ein bisschen Unterhaltung brauchen ..."

„Ach, bitte!" Beth hielt beide Hände hoch, als ob sie einen Schlag abwehren wollte. „Sagen Sie bloß nicht, dass es hier Wettbewerbe im Melken und Maiskolbenenthülsen gibt!"

Marie drehte sich herum. Ihr Gesicht war flammend rot. „Beth!"

Die blauen Augen der jungen Frau blickten unschuldig drein. „Was ist denn? Ich hab das doch nicht ernst gemeint."

Marie wandte sich wieder dem Herd zu und wendete die Eier. Ihre Lippen waren fest zusammengepresst.

Henrys Blicke wanderten zwischen den beiden Frauen hin und her. Dann erst sprach er seinen Satz zu Ende. „Einmal oder zweimal im Monat mieten die unverheirateten jungen Leute aus unserer Gemeinde die Eislaufbahn in Newton. Sie verbringen dort zusammen den Abend. Vielleicht möchten Sie ja mal mitkommen. Das wäre eine gute Gelegenheit, Ihre Cousins und Cousinen kennenzulernen."

Beth machte den Mund auf, aber Marie warf ihr einen warnenden Blick zu. Die junge Frau überlegte kurz. Ihre Augen blitzten spöttisch. Dann lächelte sie Henry betont freundlich an und meinte: „Das kann ich mir ja noch überlegen."

„Hol schon mal das Brot und die Butter, Beth. Die Eier sind fertig." Marie schaufelte die Eier auf zwei Teller und stellte sie auf den Tisch. „Henry, möchtest du auch ein Spiegelei?"

„Nein, danke." Henry trat ein paar Schritte zurück, um Beth Platz zu machen. Die junge Frau lief hektisch durch die Küche. In der Hand hielt sie einen Laib Brot und ein Buttermesser. Er griff in die Kühlbox und holte die Butterdose heraus.

„Danke." Beth nahm ihm die Dose ab und setzte sich an den Küchentisch.

Henry blieb bei der Tür stehen, bis Marie sich neben Beth gesetzt hatte. Die beiden Frauen sprachen vor dem Essen kein Gebet. Mit einem Räuspern meinte er: „Wisst ihr was. Während ihr frühstückt, räume ich den Anhänger aus."

Marie erhob sich und streckte abwehrend eine Hand aus. „Das ist wirklich nicht nötig."

Er winkte ab. „Für mich ist das kein Problem. Es ist ja nicht mehr viel drin im Anhänger. Bleib ruhig sitzen. Du hast ein bisschen Ruhe verdient." Er ging schnell zur Tür hinaus, bevor Marie ihm widersprechen konnte.

Die meisten Kisten, die noch im Anhänger standen, trugen die Aufschrift MAMI oder BETH. Die mit MAMI beschrifteten stapelte er vor Lisbeths Schlafzimmer auf, die mit dem Namen BETH vor dem Nähzimmer. Die wenigen Kartons ohne Etikett stellte er in den Abstellraum. Mit jedem Weg vom Anhänger zum Haus wuchs seine Verärgerung über Maries Familie. Warum war denn niemand hier aufgetaucht, um ihr zu helfen?

Als J. D. erfahren hatte, dass seine Tochter auf dem Weg hierher war, hatte er brummig reagiert. Deshalb war Henry nicht überrascht, Maries Vater hier nicht anzutreffen. Aber weder ihr Bruder Art noch ihre Schwester Joanna hatten auf diese Ankündigung hin negativ reagiert. Im Gegenteil. Joannas Augen hatten sogar voller Vorfreude geleuchtet. Aber wo waren Maries Geschwister jetzt?

Er stellte den letzten Karton in den Abstellraum. Dann ging er zum Anhänger zurück, um ihn zu verschließen. Als das Schloss mit einem leisen Klicken einrastete, drehte er sich um und sah, dass Marie in seiner Nähe stand. Die Morgensonne warf ihre goldenen Strahlen auf ihr Gesicht, beleuchtete ihre helle Haut und zauberte goldene Strähnen in ihr nussbraunes Haar. Sie sah müde aus.

„Musst du den Anhänger heute noch zurückbringen?“, fragte er, um ihr keine persönlichere Frage stellen zu müssen.

„Ja, wenn ich nicht noch einen weiteren Tag Miete zahlen will. Aber ich muss ihn nur nach Newton bringen. Deshalb habe ich noch ein bisschen Zeit.“

Er nickte. Dann schlug er die Augen nieder. Ein paar Minuten lang standen sie schweigend nebeneinander. Er scharrte nervös mit den Füßen und lockerte mit der Schuhspitze die Erde. Er hielt den Kopf noch immer gesenkt. „Wenn du willst, packe ich dir ein paar Kisten aus.“

„Nein, danke. Du hast uns schon so viel geholfen.“

Er warf ihr einen Blick zu. Sie sah ihm direkt in die Augen. Ihre Lippen umspielte ein schüchternes Lächeln. „Hast du für Beth das Bett aufgestellt?“

„Ja.“

„Das war sehr lieb von dir. Danke.“

Er antwortete mit einem Schulterzucken: „Das war keine große Sache, nur ein Feldbett und Bettzeug, das ich in Lisbeths Wäscheschrank gefunden habe.“

„Die Steppdecke …“

„… hat ganz oben im Schrank gelegen“, meinte er. Er beobachtete, wie seine Fußspitze ein kleines Loch in die Erde bohrte. „Hoffentlich ist das in Ordnung.“

Ein leises Seufzen war zu hören, und er merkte, dass sie enttäuscht war. Er glaubte, den Grund dafür zu kennen. Sie wollte wieder an die Vergangenheit anknüpfen, aber es war besser, wenn diese Erinnerungen an früher nicht von ihm kamen. In Wirklichkeit brauchte sie ihre Familie.

Er trat einen Schritt zurück und zeigte auf sein Auto. „Am besten, ich mache mich aus dem Staub. Dann kannst du endlich diesen Anhänger wegbringen."

„Nochmals vielen Dank, Henry. Für alles."

In ihrem Blick lag echte Dankbarkeit. Zuerst musste er schlucken, aber dann nickte er. „Das ist gern geschehen. Ach, jetzt hätte ich beinahe etwas vergessen!" Er suchte in seiner Jackentasche, dann holte er einen Schlüsselring heraus und reichte ihn ihr. „Das sind die Schlüssel für das Café. Der Schlüssel mit der Nummer eins passt zum Eingang, die Nummer zwei zur Hintertür, und die Nummer drei ist für den Vorratsschrank im Café."

Sie nahm den Ring und strich mit dem Finger über jeden Schlüssel, als ob sie die ins Metall eingeritzten Nummern überprüfen wollte. Mit gesenktem Kopf sagte sie: „Danke."

„Nichts zu danken. Ich wünsche dir noch einen guten Tag, Marie. Und willkommen zu Hause."

Ihre Wangen färbten sich rosa, und sie fuhr sich mit der Hand durch die Locken. Er war sich sicher, dass er Tränen in ihren Augen sehen konnte, aber schon zwinkerte sie, und das verdächtige Glitzern verschwand. „Danke. Auch dir noch einen guten Tag."

Sie drehte sich auf dem Absatz um und ging mit hängenden Schultern zurück zur Veranda. Henry setzte sich hinter das Lenkrad seines Autos und schüttelte wieder den Kopf. Er hatte noch etwas zu erledigen, bevor er zu seiner Werkstatt fuhr.

8

Beth sah auf, als ihre Mutter in die Küche zurückkam. Wortlos ließ Marie einen silberfarbenen Schlüsselring neben Beths Teller fallen. Die Schlüssel machten ein leise klirrendes Geräusch. Beth nahm sie in die Hand und drehte sich, um ihre Mutter zu beobachten, die sich am Spülbecken die Hände wusch.

„Was sind das für Schlüssel?"

„Fürs Café. Eingang, Hintertür und Vorratsschrank."

Mit einem süffisanten Lächeln ließ Beth den Schlüsselring vom Zeigefinger herunterbaumeln. „Aha. Also legen sie die Schlüssel zum Café nicht unter die Fußmatte?"

Ihre Mutter antwortete mit einem schwachen Lächeln. Sie trocknete die Hände an den Hosenbeinen ab, und dann sagte sie zu ihrer Tochter: „Ich muss den Anhänger zur Autovermietung in Newton bringen. Ich kann dich mit deinem Computer am Café absetzen. Dann kannst du versuchen, von dort aus ins Internet zu kommen. Ich kann dir nicht garantieren, dass du hier einen Provider findest, aber vielleicht kann dir eine von diesen Telefongesellschaften weiterhelfen."

Beth stand langsam auf. Dann zeigte sie auf den ausgepackten Inhalt der Kisten. „Ist es nicht besser, wenn ich hierbleibe und dieses Chaos beseitige?"

Ihre Mutter zuckte mit den Schultern. „Das können wir auch noch heute Abend machen. Ich weiß, dass du dich von der Außenwelt abgeschnitten fühlst. Oder brauchst du etwa keine Internetverbindung?"

Beth machte einen Freudensprung und drückte ihre Mutter fest an sich. „Du bist doch die Beste, Mami! Danke."

Marie erwiderte die Umarmung, und dann schob sie Beth zur Seite. „Na ja, vielleicht änderst du deine Meinung heute Abend, wenn ich die Peitsche schwinge, weil ich das ganze Zeug schnell weggeräumt haben will."

Beth musste lachen. Sie folgte ihrer Mutter bis zum Badezimmer. Marie nahm ihre Haarbürste vom Rand des altmodischen Porzellanbeckens und fuhr sich damit durch die Locken, um sie wenigstens ein bisschen zu bändigen.

„Irgendwie ist es albern, alles einzuräumen, wenn wir nur so kurze Zeit hier sind", meinte Beth.

Ihre Mutter zog die Augenbrauen zusammen und warf ihr einen kurzen Blick zu. „Ich will aber nicht aus Kisten leben, auch nicht für drei Monate. Wenn wir schon hier sind, können wir es uns auch ein bisschen gemütlich machen."

Beth zuckte mit den Schultern. „Wie du willst. Soll ich mich umziehen, bevor ich ins Café gehe? Meinst du, ich bin ein öffentliches Ärgernis mit meinen atemberaubenden Klamotten?" Mit ihrem langärmeligen T-Shirt und ihrer hautengen Jeans stellte sie sich in Positur.

Ihre Mutter unterdrückte ein Lächeln. „Ich glaube nicht, dass heute jemand vorbeikommt. Das Café ist montags immer geschlossen gewesen. Außerdem sollst du dich in deinen Sachen wohlfühlen."

Beth zupfte am Saum ihres T-Shirts. „Ich fühl mich ganz wohl so."

„Gut." Ihre Mutter ging in ihr Schlafzimmer und kam mit einer Handtasche zurück. „Pack deinen Laptop ein."

„Und meinen Ghettoblaster!"

Marie quittierte diese Bemerkung mit einem Kopfschütteln und einem leisen Lachen. „Komm, gehen wir."

Eine Stunde später hatte Beth das Telefon im Café in ihrem Sinne genutzt und einen Internetprovider ausfindig gemacht, dessen Mitarbeiter hocherfreut waren, endlich einen Kunden aus Sommerfeld zu haben. Man versicherte ihr, dass sie bis zur Wochenmitte im Netz sein könne. Sie lud ihr Handy auf, und ihr Ghettoblaster bot ihr eine angenehme Geräuschkulisse. Nachdem sie ihre Anrufe erledigt hatte, schlenderte sie im Café herum und sah sich ihr neues Eigentum an.

Alles war so einfach. Die Wände waren weiß gestrichen, und keine Bordüre oder Täfelung unterbrach die Eintönigkeit. Der Boden war mit grauweiß gesprenkelten Fliesen belegt. An der Vorderseite zog sich eine breite Fensterfront entlang. Die Fenster waren wenigstens mit blauweiß karierten, an goldfarbenen Stangen hängenden Kaffeehausgardinen geschmückt. Sie ging auf den vorderen Bürgersteig, um die Fassade des Cafés zu betrachten, aber die neugierigen Blicke der Passanten ließen sie schnell den Rückzug antreten.

Beth hockte sich auf die Kante des schwarzen Vinylsitzes in einer der hölzernen Sitzgruppen, die sich an beiden Seiten des Gastraums entlangzogen. Sie kehrte dem Fenster den Rücken zu. Tische und Stühle im Stil der Fünfzigerjahre standen in der Mitte des Raums. Sie beugte sich vor und fuhr mit den Fingerspitzen über die glänzende Oberfläche eines Tischs. Dabei dachte sie an ein Lokal in Cheyenne. Dort standen ähnliche Möbelstücke, aber an den Wänden hingen LPs und andere Erinnerungsstücke aus der Musikszene der Fünfziger. Deshalb wirkte der Retrostil der Einrichtung sehr originell, aber hier in diesem Café sahen die gleichen Möbel einfach nur altmodisch aus.

„Es gibt bestimmt Leute, die so was trendy finden", überlegte sie laut. „Vielleicht sollte ich ein paar von den Möbelstücken für meinen Laden aussortieren."

Die Hintertür klappte zu.

Beth sprang auf. „Mami, was bin ich froh, dass du zurück bist", sagte sie und stürmte durch die Türöffnung, die zur Küche führte. „Stell dir vor, ich hab ..."

Sie blieb abrupt stehen. In der Küche stand ein Mädchen im Teenageralter. Ihr streng nach hinten gekämmtes, mit einem kleinen, weißen Häubchen bedecktes Haar und ihr gelb kariertes, bis über die Knie reichendes Kleid machten sie als Mennonitin kenntlich. Beth hätte beinahe laut losgelacht, als sie sah, dass das Mädchen an den Füßen dicke Sportsocken und lederne Turnschuhe trug. Im Vergleich zur restlichen Kleidung wirkte dieses Schuhwerk deplatziert. Aber dennoch passte das Mädchen besser zu den übrigen Einwohnern der Stadt als Beth.

Sie zog den Saum ihres T-Shirts über den Bund ihrer hüfttief sitzenden Jeans. Dann wechselte sie einen Blick mit dem Mädchen und lächelte verlegen. „Hallo. Das Café ist geschlossen."

Das Mädchen musste kichern. Ihre braunen Augen blitzten. „Das weiß ich doch. Ich hab hier für Miss Koeppler bedient, bevor sie starb. Und meine Mama und mein Papa haben das Café in den letzten Monaten weitergeführt. Aber das Licht war an, und da hab ich mir gedacht, dass jemand hier drin ist. Deshalb bin ich gekommen, um Guten Tag zu sagen. Ich bin Trina Müller." Sie rümpfte die Nase. „Eigentlich heiße ich Katrina. Aber ich mag Trina lieber. Mein Opa nennt mich Katrinka."

Das Mädchen warf einen Blick auf das Radio, das laute Rockmusik mit einem unanständigen Songtext spielte.

Beth war mit einem Sprung am Gerät und drückte auf die Aus-Taste. „Ich bitte um Entschuldigung." Sie zog eine Grimasse.

Das Mädchen reagierte mit einem Schulterzucken. „Du hast doch die Lieder nicht ausgesucht, oder? Dann brauchst du dich auch nicht zu entschuldigen." Mit einem herzlichen Lächeln kam sie näher. „Du musst Marie Koepplers Tochter sein, aber ich weiß nicht mehr, wie du heißt."

Beth schob die Fingerspitzen in die Taschen ihrer Jeans und lehnte sich mit hochgezogenen Schultern an die Anrichte. „Meine Mutter hat mich nach ihrer Tante Lisbeth genannt, aber ich habe immer auf den Namen Beth gehört."

„Ah." Wieder ließ das Mädchen ein Kichern hören. Sie war offensichtlich eine Frohnatur. „Dann hast du ja auch einen Spitznamen."

„Mein Freund nennt mich Lissie“, platzte Beth heraus.

Trinas braune Augen blitzten wieder auf. „Hast du gewusst, dass mein Onkel der Freund deiner Mama war, bevor sie von hier weggegangen ist?“

Das war eine faszinierende Neuigkeit. „Wer ist denn dein Onkel?“

„Henry Braun.“

Beths Mund stand vor Staunen weit offen. Sie richtete sich auf und nahm die Hände aus den Taschen. „Du meinst, der Henry, der zu uns gekommen ist, um uns davon zu erzählen, dass …?“

Trina nickte. Die schmalen weißen Bänder, die vorn an dem Häubchen herunterhingen, flogen auf und ab. „Er und Miss Koeppler – deine Großtante Lisbeth – waren gute Freunde. Beide haben deine Mama sehr gern gehabt. Sie sind niemals darüber hinweggekommen, dass sie mit diesem Lastwagenfahrer abgehauen und nicht mehr zurückgekommen ist, als er tot war.“

Dieser Lastwagenfahrer hat einen Namen, verteidigte Beth ihren verstorbenen Vater in Gedanken. *John Quinn.* Sie verschränkte die Arme vor der Brust. Das Herz schlug ihr bis zum Hals. „Sie wollte zurückkommen, aber mein Großvater hat sie verstoßen.“

Trinas Augen blickten plötzlich traurig. „Ich weiß. Mein Onkel Henry hat immer gehofft …“

Wieder klappte die Hintertür zu. Eine hochgewachsene Frau in Mennonitentracht trat über die Schwelle. Trina warf einen Blick über die Schulter. Ihr Gesicht wurde plötzlich flammend rot. Sie faltete krampfhaft die Hände und presste sie an den Bauch. Auf ihren Lippen zeigte sich ein unsicheres Lächeln. „Hallo, Mama.“

„Hier geht es zu wie auf dem Hauptbahnhof in New York“, murmelte Beth. *Hat Mami nicht gesagt, dass am Montag niemand hier ist?*

Die Frau stürmte mit hochgerecktem Kinn und vor Zorn sprühenden Augen, die sie auf Trina richtete, herein. Ohne Beth eines Blickes zu würdigen, ließ sie eine solche Schimpftirade los, dass Beths Ohren ganz heiß davon wurden. „Katrina Deborah Müller, du solltest direkt zum Lebensmittelladen gehen und schnurstracks wieder nach Hause. Ich kann an deinen leeren Händen sehen, dass du dich noch nicht einmal dorthin bequemt hast. Stattdessen bist du hier und redest mit …“ Sie wedelte mit einer Hand in Beths Richtung, aber sah sie immer noch nicht an.

Beth saß plötzlich der Schalk im Nacken. Sie packte die Hand der Frau und schüttelte sie. „Hallo. Schön, Sie kennenzulernen. Ich bin Lisbeth Quinn, aber Sie können mich Beth nennen.“

Die Frau riss ihre Hand los und zwang sich zu einem gekünstelten Lächeln. „Ich bin Deborah Müller.“ Dann drehte sie sich auf dem Absatz um und fixierte ihre Tochter. „Und du machst dich sofort auf den Weg zum Lebensmittelladen und dann nach Hause. Wir werden uns später noch miteinander unterhalten!“

Trina trottete zur Tür.

„Auf Wiedersehen, Katrinka“, rief Beth dem Mädchen zu. „Ich habe mich gefreut, dich kennenzulernen.“ Sie legte die Betonung auf das Wort „dich“, um Trinas mürrischer Mutter eine deutliche Botschaft zu vermitteln.

Trina antwortete mit einem verschmitzten Grinsen, bevor sie zur Tür hinausschlüpfte.

Ihre Mutter wollte ihr erst folgen, aber dann drehte sie sich noch einmal um. „Wollen Sie und Ihre Mutter ab morgen das Café alleine führen, oder brauchen Sie Hilfe?“

Beth wollte ihr schon sagen, dass sie und ihre Mutter gerne auf diese Hilfe verzichten könnten, aber dann überlegte sie kurz, bevor sie sprach. „Wenn Sie und Trina bereit sind, noch ein paar Tage weiter hier zu arbeiten, damit meine Mutter und ich sehen, wie der Laden läuft, würde uns das schon helfen." Ein Dankeschön ließ sie absichtlich weg.

Deborah Müller nickte nur. „Na gut. Das Café öffnet um sechs Uhr morgens. Ich bin immer gegen fünf hier. Bis morgen dann." Sie rannte zur Tür hinaus, bevor Beth etwas erwidern konnte.

Fünf Uhr morgens? Beth stöhnte leise auf. Sie stapfte zur Tür und spähte nach draußen. Der Weg zum Café war leer. Gut! Vielleicht waren das die letzten Besucher heute. Beim Gedanken an Trinas schelmisches Grinsen musste sie lächeln. Wie alt war das Mädchen wohl? Sie schätzte sie auf fünfzehn oder höchstens sechzehn, ein bisschen zu jung für eine Freundin, aber eine gute Gesprächspartnerin … wenn sie die abfälligen Kommentare über „diesen Lastwagenfahrer" für sich behalten würde, und erst recht diese Bemerkungen über den ehemaligen Freund ihrer Mutter. *Henry Braun und Mami …*

Beth schloss einen Augenblick lang die Augen. Sie dachte an Henrys Aufmerksamkeit und Hilfsbereitschaft an diesem Morgen. Mami hatte ihn herzlich begrüßt und sogar hereingebeten. Solange sie sich erinnern konnte, hatte ihre Mutter sich einem Mann gegenüber noch nie so verhalten.

Ein erschreckender Gedanke ließ sie erstarren. Empfand ihre Mutter vielleicht immer noch etwas für diesen Mennoniten? Sie spürte eine innere Unruhe in sich, die sie jedoch sofort mit einem verächtlichen Schulterzucken beiseite schob. Ihre Mutter war hier, um ihr zu helfen. So einfach war das. Beth holte tief Luft und stieß den Atem laut aus. Sie schüttelte den Kopf. Es war zwecklos, sich wegen so einer Nichtigkeit aufzuregen.

Nach dem kurzen Besuch der Müllers erschien ihr die Stille im Café fast unerträglich. Sie machte das Radio wieder an und stellte es so laut, dass der Gastraum vom Brummen der Bässe förmlich vibrierte. Sie musste grinsen. Diese Geräuschkulisse würde jeden anderen davon abhalten, hier reinzuschneien! Laut summend lehnte sie sich an die Theke mit der Registrierkasse, nahm sich eine Speisekarte und studierte ihren Inhalt. Als ihr jemand von hinten auf die Schulter klopfte, ließ sie ihre Lektüre mit einem lauten Aufschrei fallen.

Dann hörte sie das Lachen ihrer Mutter. „Ich hätte mich nicht anschleichen können, wenn du das Radio nicht so laut aufgedreht hättest.“ Sie hielt sich beide Ohren zu. „Kannst du das nicht leiser machen?“

Beth rannte um die Theke herum und stellte die Lautstärke auf die niedrigste Stufe. „Ich bin so froh, dass du zurück bist.“ Spontan drückte sie ihre Mutter fest an sich. „Es ist ziemlich einsam hier, aber ich hatte auch ungebetene Gäste.“ Sie berichtete kurz von dem Besuch von Trina und Deborah.

„Dieses Weibsbild!“, zischte Beth wütend. „Sie hat so getan, als hätte ich Lepra oder eine andere ansteckende Krankheit. Ich weiß, dass wir sie hier noch brauchen, zumindest, bis wir wissen, wie der Laden läuft. Aber ich hätte sie am liebsten mit einem Fußtritt zur Hintertür rausbefördert.“

Ihre Mutter verzog die Lippen zu einer Grimasse. Sie setzte sich auf einen Hocker vor eine lange Anrichte aus Metall. Dann seufzte sie. „Wir werden Deborah noch länger brauchen, wenn sie bleiben will. Wir können das Café nicht ohne fremde Hilfe führen.“

„Warum nicht?“ Beth ließ sich gegen die Anrichte fallen, aber das Metall fühlte sich kalt an. Sie fröstelte.

„Ich kann bedienen und Vorräte bestellen. Aber ich kann nicht kochen. Ich hab noch nie in einer Restaurantküche gearbeitet. Und wenn du es nicht lernen willst …“

„Oh Mann.“ Beth stieß einen lauten Seufzer aus. „Du meinst, ich muss dieses Weibsstück jeden Tag ertragen?“

Ihre Mutter lächelte verlegen. „Deborah ist gar nicht so schlimm. Sie ist eben schon immer ein bisschen … herrisch gewesen.“

Beth zog skeptisch eine Augenbraue hoch und tippte sich mit dem Finger ans Kinn.

Marie musste jetzt laut lachen. „Na gut, sie ist sehr herrschsüchtig, aber wir brauchen ihre Hilfe, wenn du wirklich vorhast, das Café weiterzuführen. Oder …“, sie zuckte mit den Schultern, „… wir schließen es und warten einfach ab.“

Beth seufzte wieder. „Das klingt zwar verlockend, aber Mitch meint, ein Café, das noch betrieben wird, bringt mehr Geld. Wenn es längere Zeit geschlossen ist, muss sich der neue Besitzer erst wieder einen Kundenstamm aufbauen.“

„Bist du ganz sicher, dass du das Café weiterführen willst?“

Beth musste grinsen. „Seit wann überlässt du mir solche wichtigen Entscheidungen?“

„Seitdem du die Erbin eines ganz beachtlichen Anwesens bist.“

„Na klar doch.“ Beth zog eine Grimasse und machte eine den ganzen Raum umfassende Handbewegung. „Das ist wirklich ein tolles Anwesen.“

Ihre Mutter stand auf und ging langsam im Kreis herum. Sie ließ ihren Blick durch die stille Küche schweifen. „Das ist in Wirklichkeit ein kostbares Geschenk, mein Schatz, weil es Tante Lisbeths Lebenswerk war. Sie hat dir alles gegeben, was für sie einen Wert hatte.“ Ihre Stimme klang wehmütig, und in ihren Augen schimmerten Tränen. „In den Augen der Welt ist es vielleicht nichts Besonderes, aber für sie …“

Beth legte ihrer Mutter den Arm um die Schultern. „Es fällt dir wirklich schwer, hier zu sein, oder?“

Marie blinzelte mehrmals, und dann schüttelte sie den Kopf. „Nein. Ich habe eine Menge guter Erinnerungen an diesen Ort. Seitdem ich die Schule beendet habe, habe ich fast jeden Tag hier bei Tante Lisbeth verbracht – bis ich deinen Vater geheiratet habe. Ach ja … komm mal mit.“ Beth folgte ihrer Mutter in den Gastraum, zu einem Tisch, der dicht beim

Eingang stand. Marie presste ihre Handflächen auf die Tischplatte. „Hier hat dein Vater gesessen, als ich ihn zum ersten Mal gesehen habe.“ Sie schloss die Augen, bog den Kopf zurück und lächelte, als sie sich an diese Begegnung erinnerte. „Er hat mir einen Blick zugeworfen …“ Sie schlug die Augen wieder auf und lächelte Beth zu. „Obwohl ich mich schon damals vor dem Flirten gehütet habe, hatte ich eine Schwäche für gutaussehende junge Männer. Und dein Vater hat wirklich sehr gut ausgesehen.“

Beth setzte sich an den Tisch und stützte das Kinn auf beide Hände. „Erzähl weiter.“

„Aber mein Schatz, ich habe dir doch schon hundert Mal erzählt, wie ich deinen Vater kennengelernt habe.“

„Dann kannst du es auch noch ein weiteres Mal machen.“ Als ihre Mutter noch immer zögerte, machte Beth einen Schmollmund. „Bitte, bitte.“

Marie ließ ein gurgelndes Lachen hören, als sie sich Beth gegenüber setzte und wie ihre Tochter die Ellbogen auf den Tisch und das Kinn auf die Hände stützte.

„Als er reinkam, war er total verschwitzt, die Haare waren pitschnass, seine Klamotten durchnässt … Ich habe gleich gemerkt, dass er viel zu lange in der Sonne gewesen war.“

„Und du hast ihm ein Glas eisgekühltes Wasser gebracht, das er in einem Zug leerte.“

„Ja. Deshalb habe ich ihm sofort ein zweites Glas serviert. Da hat er mich angesehen …“

„… dir zugezwinkert und gesagt: ‚Ein Mädchen, das genau weiß, was ein Mann will, ist eine echte Rarität.‘“

Marie lehnte sich mit einem Stirnrunzeln zurück. „He, wer von uns beiden erzählt eigentlich die Geschichte?“

Beth musste kichern. „Okay, ich bin jetzt still.“

Mit einem breiten Lächeln stützte ihre Mutter wieder das Kinn auf die Hände. „Obwohl es nicht gern gesehen wurde, wenn wir uns mit Außenseitern anfreundeten, aber ihm konnte man einfach nicht widerstehen. Er sah blendend aus, und er war so freundlich … und er saß fest." Sie lachte, und ihre Augen blitzten. „Sein Sattelschlepper war kaputt. Er musste hier bleiben, und das Café war der einzige Ort in der Stadt, an dem man sich aufhalten konnte."

Beth wusste, was als Nächstes kommen würde. Deshalb fragte sie mit zusammengezogenen Augenbrauen: „Mami, warum hast du mir nie erzählt, dass Henry Braun dein Freund war?"

Sie war verblüfft, als sich die Wangen ihrer Mutter rot färbten. „Wer … wer hat dir denn das erzählt?"

„Wenn du so reagierst, muss diese Geschichte stimmen." Beth verschränkte ihre Arme auf der Tischplatte. „Du hast mir erzählt, dass Henry den Laster von meinem Vater repariert hat, aber du hast nie erwähnt, dass du mit ihm befreundet warst."

Marie senkte den Kopf und fuhr mit den Fingerspitzen am Metallrand des Tisches entlang. „Das war nicht so wichtig. Und wir waren nicht befreundet." Sie schüttelte den Kopf und rümpfte die Nase. „Na ja, nicht so, wie du und Mitch befreundet seid. Wir waren bloß … Er und ich …" Mit einem leisen Seufzer sagte sie: „Wir waren nicht verlobt, wenn du das wissen willst."

Beth musste an Trinas Worte denken. Henry war offenbar nie darüber hinweggekommen, dass ihre Mutter einfach so weggegangen war. Vielleicht waren die beiden nicht verlobt gewesen, aber Henry musste es ernst gemeint haben mit ihrer Mutter. „Aber trotzdem muss es seltsam für ihn gewesen sein. Er hat schließlich den Sattelschlepper wieder flottgemacht, damit mein Vater weiterfahren konnte. Und dann musste Henry mit ansehen, wie du mit ihm weggefahren bist."

„Ja, das kann schon sein." Marie wandte sich von ihrer Tochter ab und sah aus dem Fenster.

Diese Reaktion weckte Beths Neugier. Sie beugte sich vor.

„Hast du dich eigentlich schon mal gefragt, wie dein Leben verlaufen wäre, wenn du hier geblieben wärst, wenn du Henry geheiratet hättest und nicht meinen Vater?“

Ihre Mutter warf den Kopf herum und sah Beth mit weit aufgerissenen Augen an. „Nein.“

Beth warf Marie einen skeptischen Blick zu. „Das glaube ich nicht. Sei doch mal ehrlich.“

Marie interessierte sich plötzlich für einen Kratzer in der Tischplatte. Mit zusammengezogenen Augenbrauen fuhr sie mit dem Fingernagel über die Rille. „Um ganz ehrlich zu sein, Beth, nein. Als ich Sommerfeld verlassen habe … zum zweiten Mal …“ Sie hob kurz den Kopf, um Beth in die Augen zu sehen. Dann beschäftigte sie sich wieder mit dem Kratzer. „Ich habe nie zurückgeblickt. Das habe ich einfach nicht zugelassen. Es hätte mir wohl zu wehgetan. Ich bin jetzt auch nur deshalb hier, weil …“

Sie unterbrach sich, weil plötzlich ein Räuspern zu hören war. Beth sah herüber zur Küche. Henry Braun stand in der Schwingtür, die die Küche vom Gastraum trennte. Hinter ihm war ein zweiter, älterer Mann zu sehen. Er hatte buschige graue Augenbrauen und ein ernstes Gesicht. Mit einem Stirnrunzeln warf er einen Blick über Henrys Schulter. Dann ging er um Henry herum und betrat den Gastraum.

Marie ließ einen erstickten Laut hören. Beth richtete ihre Aufmerksamkeit wieder auf ihre Mutter, deren Gesicht kreidebleich war. Mit einer Hand versuchte sie, ihr Haar glatt zu streichen, mit der anderen fasste sie sich an den Hals, weil ihr plötzlich die Kehle eng wurde.

Beth sah zurück zu dem Mann mit den grauen Augenbrauen. Jetzt ging ihr ein Licht auf. Sie erhob sich von ihrem Platz. „Hallo, Großvater.“

9

Henry wartete, bis J. D. Koeppler in den Gastraum hineinging und Beths Begrüßung erwiderte. Aber der Mann stand wie angewurzelt da und starrte seine Tochter böse an.

Marie erhob sich langsam. Sie stützte sich mit den Händen auf die Tischplatte, als ob sie Halt suchte. Dann fuhr sie mit der Zunge über ihre Lippen und blinzelte mehrmals mit den Augen.

„H-hallo … Vater." Sie warf ihrer Tochter einen Blick zu, dann wandte sie sich wieder an J. D. „Das ist deine Enkelin Beth."

J. D. nickte kurz. Sein Gesicht wirkte steinern. Henry dachte kurz daran, den Mann am Hemdkragen zu packen, ihn mit einem Ruck in den Raum hineinzuziehen und ihm zu befehlen, endlich etwas zu sagen. Aber J. D. war bekannt für seinen Starrsinn. Wenn man ihn zu etwas drängte, würde er das Gegenteil von dem tun, was man von ihm verlangte.

Die Spannung im Raum stieg mit jeder Sekunde, die verging, und Henry sprach in Gedanken ein Gebet. *Oh Herr, bitte mach, dass jemand anfängt zu sprechen, dass jemand den ersten Schritt tut.*

Aber nichts dergleichen geschah. Stattdessen schien es, als ob alle sich in Stein verwandelt hätten. Die Szene erinnerte an ein Gemälde mit dem Titel „Familie ohne Ausweg". Beth wirkte arrogant. Sie trug den Kopf hoch und fixierte mit zusammengekniffenen Augen einen undefinierbaren Punkt ihr gegenüber. Marie sah aus, als hätte sie die Luft angehalten. Mit weit aufgerissenen Augen sah sie das Gesicht ihres Vaters unverwandt an. J. D. stand stocksteif da und starrte ebenfalls seine Tochter an.

Plötzlich bewegte sich Beth, und ein seltsames Lächeln umspielte ihre Lippen. Sie ging mit einem provokativen Hüftschwung auf die Tür zu und streckte ihre Hand aus. „Ich freue mich, dich endlich kennenzulernen. Wie lange ist das jetzt her? Einundzwanzig Jahre? Ja, das kommt ungefähr hin. Ich glaube, ich war erst zwei Wochen alt, als du mich das letzte Mal gesehen hast." Sie lachte blechern. „Natürlich kann ich mich nicht mehr daran erinnern, und weil du keine Anstalten gemacht hast, dich für mich zu interessieren, ist es jetzt wohl zu spät dafür ..."

Sie zuckte verächtlich mit ihren Schultern. Ihr T-Shirt schob sich nach oben. Man konnte ihren Bauchnabel und darin einen winzigen Silberring sehen.

Marie schien mit einem Ruck zu erwachen, als die Miene ihres Vaters immer finsterer wurde. Sie verschränkte ihre Hände vor der Brust und machte ein paar schnelle Schritte nach vorne. „Beth, bitte ..." Ihr Flüstern übertönte die laute Musik, die aus dem Radio in der Küche kam.

Beth sah zu ihrer Mutter herüber und breitete die Arme aus. „Habe ich etwa was Falsches gesagt? Ist das denn nicht der Mann, der sich geweigert hat, dir zu helfen, mich großzuziehen, als mein Vater starb?"

J. D. machte endlich einen Schritt in den Raum hinein. Unter seinen buschigen, grauen Augenbrauen funkelten seine Augen. „Wenn ich dabei geholfen hätte, dich großzuziehen, hättest du mehr Respekt vor dem Alter." Hastig drehte er sich zu Marie um. Mit einer Hand zeigte er auf Beth. „Hast du deiner Tochter keine Manieren beigebracht?"

Marie machte den Mund auf, um etwas zu erwidern, aber Beth kam ihr zuvor. „Meine Mutter hat mir nicht nur gutes Benehmen beigebracht, sondern eine ganze Menge anderer Dinge. Sie hat mir zum Beispiel beigebracht, bei allem, was ich mache, mein Bestes zu geben, immer ehrlich zu sein und andere so zu behandeln, wie ich von ihnen behandelt werden will." Die junge Frau verschränkte die Arme vor der Brust, hob das Kinn und musterte J. D. prüfend. „Es sieht ganz so aus, als ob du diesen dritten Grundsatz vergessen hast, als Mami vor zwanzig Jahren zu dir gekommen ist, weil sie Hilfe brauchte."

Marie legte Beth beruhigend eine Hand auf den Arm. „Mein Schatz, das ist nicht der richtige Zeitpunkt, um …"

Beth riss ihren Arm weg. „Wann ist denn der richtige Zeitpunkt? Sieh ihn dir doch an!" Beth zeigte auf J. D. Ihr Zeigefinger war nur ein paar Zentimeter von dem fest zusammengepressten Mund des alten Mannes entfernt. „Sieh dir doch sein Gesicht an. Er will uns jetzt genauso wenig wie damals vor zwanzig Jahren."

Henrys Blick wanderte vom Großvater zur Tochter und dann zur Enkelin. Die Gesichter der drei waren Spiegelbilder der unterschiedlichsten Gefühle. In der Miene des alten Mannes las er stoischen Gleichmut, im Mienenspiel der Jüngsten Zorn und Bitterkeit. Marie stand zwischen den beiden, und ihrem Gesicht sah Henry an, dass sie zutiefst verletzt war.

Marie bekam einen Kloß im Hals, als sie die drohende Tränenflut unterdrückte, und Beth ließ ein verächtliches Schnauben hören.

Wieder verschränkte Beth die Arme vor der Brust und starrte ihren Großvater böse an bei den Worten: „Aber du brauchst keine Angst zu haben, Großvater. Wir sind nicht für immer hier, und so musst du uns nicht lange ertragen. Sobald die Zeit abgelaufen ist und ich das Geld aus dem Verkauf des Hauses und des Cafés in der Tasche habe, verschwinden wir wieder aus deinem Leben. Und eins steht jetzt schon fest: Wir werden dich kein zweites Mal belästigen."

Die junge Frau stürmte auf die Türöffnung zu. J. D. war gezwungen, ihr aus dem Weg zu gehen, wenn er nicht mit ihr zusammenstoßen wollte. Sie hielt an der hinteren Anrichte inne, um ein kleines, silberfarbenes Telefon vom Kabel zu lösen, und dann lief sie zur Hintertür. Anschließend drehte sie sich noch einmal kurz um. Sie starrte J. D. zornig an und sprach:

„Ich gehe jetzt in mein Haus und mache ein großes Kreuz in den Kalender." Ihre Lippen verzogen sich zu einem höhnischen Lächeln. „Ein Tag ist schon um. Es bleiben noch neunundachtzig übrig." Dann knallte sie die Tür hinter sich zu.

Marie wollte ihr nachlaufen. „Ich muss ihr den Rückweg zeigen."

Henry packte sie am Arm. „Wir sind hier in einer Kleinstadt. Sie wird sich schon zurechtfinden. Wenn sie zu Fuß zurückgeht, kann sie ihre Wut besser verarbeiten."

Marie kamen die Tränen, aber sie unterdrückte sie mit einem Blinzeln. „Das verstehst du nicht. Das ist keine Wut, obwohl es so aussieht. Tief in ihrem Inneren ist es aber …" Sie sah J. D. vorwurfsvoll an. „Sie fühlt sich verletzt, weil sie schon als kleines Kind Ablehnung und Zurückweisung erfahren hat."

J. D. hob das Kinn. Seine Augen verengten sich zu kleinen Schlitzen. „Du hast doch uns abgelehnt."

Marie stand vor Verblüffung der Mund offen. „Wie bitte? Ich habe euch nie abgelehnt."

„Du hast dich gegen deine Familie und für diesen Lastwagenfahrer entschieden!"

„Ich habe ihn geliebt!"

J. D. zuckte zurück, weil sie diese Worte fast herausschrie. Henry schlug das Herz bis zum Hals.

Marie holte tief Luft, und als sie weitersprach, hatte sie sich wieder im Griff. „Ich habe mich in John verliebt. Ich wollte mein Leben mit ihm verbringen."

Henry ging langsam zurück, als ob er sich von Maries ernsten Worten distanzieren wollte.

„Ich bin nicht von hier weggegangen, weil ich von euch weg wollte. Ich bin … einfach mit ihm mitgegangen."

In Sekundenbruchteilen tauchte vor Henrys geistigem Auge eine Szene von Maries Abreise an dem damaligen Tag auf. Er sah einen Sattelschlepper mit laufendem Motor. Hinter dem

Lenkrad wartete ein Mann, und Marie stand neben der offenen Tür des Fahrerhäuschens. Sie wirkte verunsichert.

„Ja, du bist mit ihm mitgegangen und hast deine Familie, dein Zuhause und deinen Glauben hinter dir gelassen." Dieser Vorwurf ihres Vaters ließ das Bild vor Henrys Augen verschwinden.

Marie schüttelte den Kopf. Eine Träne lief ihr die Wange herunter. Mit einer ungeduldigen Handbewegung wischte Marie sie weg. „Nein, ich habe meinen Glauben nicht aufgegeben, zunächst nicht. Ich bin regelmäßig zu Versammlungen gegangen. Ich habe meinen Glauben nicht verraten. Natürlich bin ich von Sommerfeld weggezogen und habe meinen Mann begleitet. Aber das weißt du, weil ich dir geschrieben habe. Ich wollte, dass ihr Anteil habt an meinem Leben. Ich habe erst dann alles hinter mir gelassen, als du mich dazu gezwungen hast." Ihre Stimme klang jetzt müde und traurig. „Das war erst nach Johns Tod und nach der Geburt von Beth, als ich dich um Hilfe bat. Aber du hast dich geweigert. Ich hatte keine andere Wahl. Ich musste weggehen, Vater."

„Und was ist deine Wahl gewesen?" J. D.s abgearbeitete Finger berührten kurz die Locken über Maries rechtem Ohr. Seine Lippen verzogen sich zu einem höhnischen Lächeln. „Geschorenes Haar und ein unbedeckter Kopf? Eine Art, sich zu kleiden, die …"

Henry hielt beide Hände hoch. Er konnte nicht länger schweigend zusehen. „Schluss jetzt! Das führt doch zu nichts!"

J. D. zeigte anklagend auf Henry. „Du hast mich hierher gebracht. Du hast gesagt, dass ich meine Tochter wiedersehen sollte. Na gut …" Er musterte Marie von oben bis unten. „Ich habe sie gesehen. Ich bin aus Gutmütigkeit hierher gekommen, und was ist der Dank dafür? Ich muss mir freche Antworten anhören und Vorwürfe, weil sie törichte Entscheidungen getroffen hat." Er schüttelte den Kopf mit einem verächtlichen Schnauben, das ähnlich klang wie das seiner Enkelin.

„Das ist nicht das Mädchen, das ich großgezogen habe. Das ist eine Frau aus der Welt, eine Frau, die wieder in die Welt zurück will. Ich habe mit ihr nichts gemeinsam.“ Er drehte sich auf dem Absatz um und ging mit schweren Schritten zur Hintertür. Er schlug sie ohne einen weiteren Blick hinter sich zu.

Henry sah Marie an. Er erwartete Tränen, aber es kamen keine. Ihr Gesicht war kreidebleich, ihre blauen Augen weit aufgerissen, und ihr Kinn zitterte. Sie beherrschte sich, wenn auch mühsam.

Henry sehnte sich danach, ihr zu helfen. „Marie, entschuldige bitte.“

Sie ging mit steifen Schritten zur Anrichte. Dort stand das noch immer laufende Radio. Sie drückte auf eine Taste, und die schrille Musik brach unvermittelt ab. Es herrschte plötzlich eine peinliche Stille. Sie ließ die Schultern nach vorne fallen und blieb eine ganze Weile mit gesenktem Kopf neben der Anrichte stehen. Er verharrte neben der Tür zum Gastraum, weil er nicht wusste, was er machen sollte.

Sie hatte ihm noch immer den Rücken zugekehrt, als sie endlich die richtigen Worte fand. „Du musst dich nicht entschuldigen, Henry. Du hast es gut gemeint. Ich muss zugeben, als ich ihn sah, habe ich gehofft …“ Sie seufzte und hob den Kopf, als ob sie die Zimmerdecke betrachten wollte. Ihre nussbraunen Locken fielen ihr anmutig auf die Schultern. Sie drehte sich langsam um und sah ihm direkt in die Augen. Ihr Gesichtsausdruck war nicht mehr traurig, sondern sie sah aus, als ob sie sich mit der Situation abgefunden hätte.

„Ich sehe jetzt mal nach Beth. Danke für …“ Sie musste schlucken und schüttelte den Kopf. „Danke.“ Dann ging sie zur Tür. „Schließt du bitte ab, wenn du gehst?“

Sie wartete nicht, bis er etwas erwiderte, sondern zog die Tür leise hinter sich zu. Kurz darauf hörte er, wie der Motor ihres Autos aufheulte. Die Reifen knirschten über den Schotter, als sie wegfuhr. Dann war alles ruhig.

Henry blieb allein zurück. Niedergeschlagen steckte er die Hände in die Hosentaschen: „Es will einfach nicht klappen, Lisbeth."

Marie traf Beth in Lisbeths Haus an. Wie Henry es vorausgesehen hatte, hatte sie den Weg allein gefunden. Aber der Spaziergang hatte ihre Wut und ihre verletzten Gefühle nicht abgemildert. Das war an der Art zu erkennen, wie sie Kleidungsstücke auf Bügel warf und diese dann mit einem lauten Knall in den Schrank hängte.

Marie wusste genau, wie Beth sich fühlte, weil es ihr vorkam, als habe man ihr das Herz aus der Brust gerissen. Sie lehnte sich an den Türrahmen von Lisbeths Nähzimmer und verschränkte die Arme vor der Brust. „Hallo."

Beth sah nur kurz auf. Sie presste ihre Lippen fest zusammen, während sie einen weiteren Bügel an die hölzerne Kleiderstange hängte. „Sag mir bloß nicht, dass ich mit ihm nicht in diesem Ton hätte reden dürfen. Ich sehe nicht ein, mich dafür zu entschuldigen."

„Du bist eine erwachsene Frau und kannst selbst entscheiden, ob du jemandem eine Entschuldigung schuldest oder nicht."

„Wenn sich hier jemand entschuldigen muss, dann ist er das. Aber er hat uns angestarrt, als wären wir der letzte Abschaum." Sie rollte ein T-Shirt zusammen und warf es in eine Kommodenschublade. „Nachdem er uns zwanzig Jahre lang ignoriert hat, hat er es noch nicht mal fertiggebracht, Hallo zu sagen. Was meint er denn, wer er ist? Hält er sich vielleicht für einen Halbgott?"

Beth hielt inne. In der Hand hielt sie einen weiteren Kleiderbügel, aber sie stieß erst einmal einen tiefen Seufzer aus. Nachdem sie den Bügel mit einer hastigen Handbewegung an

Ort und Stelle gehängt hatte, drehte sie sich zu ihrer Mutter um. In ihren Augenwinkeln glitzerten Tränen. „Warum hasst er mich so sehr? Was hab ich ihm bloß getan?"

„Ach, mein Schatz." Marie eilte mit ausgestreckten Armen zu ihrer Tochter. Aber Beth wich ihrer Mutter aus, ging zu einem Karton und zog einen Pullover heraus.

Marie schlang sich die Arme um den Bauch, als ob sie sich selbst anstelle ihrer Tochter umarmen wollte. „Wie kann er dich hassen, Beth? Er kennt dich doch noch nicht einmal."

„Und er will mich auch nicht kennen." Wieder hatte ihre Stimme diesen harten Unterton. Mit einem Stirnrunzeln betrachtete sie den Pullover. „Wenigstens kann ich mich noch an Opa Quinn erinnern. Als er nach Omas Tod nach Florida gezogen ist, haben wir ihn zwar seltener gesehen, aber trotzdem war er immer da, und er hat mich auch nicht verleugnet."

Marie kämpfte gegen die Tränen an, als sie ihrer Tochter zuhörte.

„Aber dein Vater … und die Leute in dieser Stadt … das ist was ganz anderes." Beth zog den Pullover über einen weiteren Kleiderbügel, aber dann stand sie einfach nur da und umklammerte mit beiden Händen fest den Bügel. Sie zog die Augenbrauen zusammen und presste die Lippen aufeinander. Plötzlich drehte sie sich auf dem Absatz zu Marie um. „Liegt es daran, dass mein Vater kein Mennonit war? Ich bin für diese Menschen so was wie … wie ein Mischling."

Marie sank auf das Feldbett, das durch den Druck ihres Körpers leise quietschte. Sie fuhr mit dem Finger um den Rand eines sauber applizierten Herzens. Vor ihrem geistigen Auge sah sie, wie die von bläulichen Adern durchzogenen Hände von Tante Lisbeth eine Nadel durch mehrere Schichten Stoff führte. Ihre Lippen verzogen sich zu einem schwachen Lächeln. Dann sah sie plötzlich eine andere Hand – die Hand ihres Vaters, wie sie verächtlich ihre kurz geschnittenen

Locken berührte. Sie zuckte zusammen und verdrängte diese Erinnerung.

„Hinter den Gefühlen meines Vaters liegt eine lange … Geschichte, Beth. Ich weiß nicht, ob ich dir das so erklären kann, dass du es richtig verstehst."

Beth hängte den Bügel in den Kleiderschrank. Dann setzte sie sich im Schneidersitz auf den Fußboden. Sie warf ihrer Mutter einen kalten Blick zu und sagte im Befehlston: „Ich will es aber wissen!"

Marie spitzte ihre Lippen und versuchte, ihre Gedanken zu ordnen. „Am einfachsten lässt sich das Ganze so erklären: Außenseiter kommen mit neuen Gedanken, die nicht zur Lehre der Gemeinde passen, aber diese Lehre hat einen großen Stellenwert. Wir müssen uns von der Welt unterscheiden, selbst wenn wir dann als Sonderlinge gelten. Wenn unsere Mitmenschen uns sehen, sollen sie durch diesen äußeren Unterschied zu einem Herz hingeführt werden, in dem Jesus wohnt."

„Es gefällt mir nicht, wenn du ‚uns' sagst, als ob du noch zu denen gehörst."

Marie wurde das Herz schwer, als sie den aggressiven Tonfall in der Stimme ihrer Tochter hörte. „Ich sage ‚uns', weil dieser Glaube mein geistiges Erbe ist – deins übrigens auch, obwohl du nicht damit aufgewachsen bist." Beths düsterer Blick ermunterte sie nicht gerade zum Weitererzählen, aber sie fügte trotzdem hinzu: „Nicht der Glaube an sich ist verkehrt, sondern die Tatsache, dass manche Leute es damit übertreiben."

Beth sah ihre Mutter mit zusammengezogenen Augenbrauen an. „Ich erinnere mich noch an das, was man mir in der Sonntagsschule über Jesus beigebracht hat. Er hat alle Menschen geliebt. Sollte sich ein Mensch nicht ähnlich verhalten wie er, wenn Jesus in dem Herzen dieses Menschen wohnt? Ich habe aber nicht viel von einer solchen Liebe gesehen an der Art, wie dein Vater uns heute behandelt hat."

Marie drehte sich von ihrer Tochter weg. Die Erinnerung an die unerbittliche Verachtung ihres Vaters tat weh. Sie seufzte. „Ja, christlich bedeutet Christus ähnlich sein. Manchen Christen gelingt es nicht sehr gut, so zu leben wie ihr Herr." Sie sah Beth erneut an, legte die Ellbogen auf die Knie und faltete die Hände. „Aber du darfst nicht schlecht von allen Christen oder Mennoniten denken, nur weil mein Vater sich heute so verhalten hat. Das wäre unfair."

Beth richtete sich auf und stand wieder auf den Füßen. Sie warf ihren Pferdeschwanz über die Schulter und griff nach einem weiteren Pullover. „Natürlich. Dann wäre ich ja wie dein Vater, der alle Nicht-Mennoniten für den Abschaum der Menschheit hält. So will ich ganz bestimmt nicht sein."

Marie saß schweigend da und beobachtete Beth, wie sie den Karton ausräumte und nach einer weiteren Kiste suchte.

Als Beth weiterarbeitete, ohne ihre Mutter anzusehen, stand sie schließlich mit einem Seufzer vom Feldbett auf, ging zur Tür und sagte: „Ich denke, ich mache uns ein paar belegte Brote."

„Ich habe keinen Appetit."

„Na ja …"

„Mein Handy ist wieder aufgeladen. Ich versuche noch mal, Mitch zu erreichen."

Beth machte ihrer Mutter die Tür vor der Nase zu.

Marie stand einen Augenblick lang da und starrte die Holztür an. Sie kämpfte mit sich selbst. Natürlich war Beth erschüttert. Natürlich war sie wütend, und ihre Gefühle waren verletzt. Als Beth noch klein gewesen war, hatte Marie immer darauf bestanden, dass sie ein Problem so lange miteinander besprachen, bis sie eine praktikable Lösung gefunden hatten. Aber jetzt? Sie war sich nicht sicher, ob sich dieses Problem lösen ließ, selbst wenn sie bis zum Jahreswechsel darüber redeten. Ihr Vater war unflexibel, und er würde seine Meinung wohl nicht mehr ändern.

Sie hatte noch nie darüber nachgedacht, aber J. D. Koeppler und Beth waren sich sehr ähnlich. Sie waren beide eigensinnig und unnachgiebig. Sie lachte kurz auf. Wahrscheinlich würde keiner von beiden diesen Vergleich zu würdigen wissen.

Durch die Tür hörte sie Beths Stimme. Sie hatte ihren Freund wohl erreicht. Mit einem leisen Seufzer ging sie in ihr Zimmer, um ihre Sachen in den Kleiderschrank zu räumen. Ihr war inzwischen auch der Appetit vergangen.

10

Marie wischte sich die Hände an der Baumwollschürze ab, die ihr vom Westchen bis weit über die Knie reichte. Wie vor zwanzig Jahren machten Pendler aus den kleineren Dörfern in der Umgebung auf dem Weg zur Arbeit in den größeren Städten einen Umweg, um in Lisbeths Café ein gutes Frühstück zu genießen. Deshalb ging es ab sechs Uhr morgens hektisch zu. Jetzt, um halb zehn, waren die Gäste weg, und Marie war froh, dass sie ein bisschen Ruhe hatte.

Der Stoff ihres wadenlangen Jeansrocks fühlte sich an ihren bloßen Beinen kratzig an. Sie trat von einem Bein auf das andere, damit der Rocksaum nicht ihre Haut berührte. Als Beth sie heute früh mit ihrem gerade geschnittenen, langen Rock und ihrer hochgeschlossenen Bluse sah, zog sie erstaunt die Augenbrauen hoch. Marie hatte auf den Anblick ihrer Tochter jedoch genauso reagiert.

Beth hatte ihre schäbigsten Jeans und ein hautenges, bauchfreies Mini-T-Shirt angezogen. „Willst du nicht wenigstens einen Pullover drüberziehen?“

Auf diesen zaghaft vorgebrachten Vorschlag ihrer Mutter

reagierte Beth aufbrausend: „Du hast mir doch gesagt, dass ich mich so anziehen kann, wie ich mich wohl fühle. Und ich fühle mich wohl so."

Marie hatte resigniert die Hände gehoben, aber in den Morgenstunden fragte sie sich, ob Beth sich wirklich so wohl fühlte, wie sie vorgab. Sie verbrachte den ganzen Morgen in der Vorratskammer. Angeblich machte sie dort Inventur. Aber sie hielt die meiste Zeit ihr Handy ans Ohr und sprach mit gedämpfter Stimme mit unbekannten Frühaufstehern.

Sie konnte gut verstehen, warum Beth sich versteckte. Die Gäste, die von außerhalb kamen, hatten nicht seltsam reagiert, als sie Marie sahen. Aber die wenigen Frühstücksgäste aus Sommerfeld hatten sie ungeniert angestarrt. Sie wichen ihrem Blick aus, wenn Marie sie direkt ansah, und sie sagten nur das Nötigste, wenn sie etwas bestellten.

Auch Deborah hatte für sie und Beth kein freundliches Wort übrig. Sogar jetzt, als keine Gäste im Café waren und es eine Gelegenheit zum Plaudern gegeben hätte, saß Deborah auf einem Hocker am anderen Ende der Küche. Sie hatte Marie den Rücken zugekehrt und war in die Lektüre des Mennonitischen Wochenblattes vertieft. Heute früh hatte sie ihr lediglich kurz angebunden erklärt, wie der Betrieb im Café ablief. Deshalb hätte Marie, wenn es nach ihr gegangen wäre, sich auch lieber in der Vorratskammer versteckt, aber schließlich musste ja jemand die Gäste bedienen und kassieren.

Nun stand vor ihr ein Stapel Geschirr, und Marie seufzte, als sie die weißblauen Teller, Schüsseln und Tassen anstarrte. Bis die Mittagsgäste kamen, musste alles fertig sein. Deborah hatte gemeint, dass mittags kaum jemand hereinschauen würde. Vielleicht könnten sie das Café um die Mittagszeit sogar schließen. Sie und Beth mussten später darüber sprechen, aber das Geschirr konnte nicht länger warten.

Marie entschloss sich, dass sie diese Arbeit nicht auch noch machen wollte. Es war schon genug, wenn sie die Gäste bediente und für die Vorratshaltung sorgte. Beth sollte ruhig auch einmal mit anpacken. Deshalb ging Marie mit entschlossenem Schritt zur Vorratskammer. Sie machte die Tür hinter sich zu, damit Deborah das Gespräch mit ihrer Tochter nicht mithören konnte.

Beth war gerade wieder in ein Telefongespräch vertieft. Mit einer Handbewegung bat sie ihre Mutter um etwas Geduld. Also lehnte Marie sich gegen die verschlossene Tür.

„Okay. Ich fang gleich damit an, und ich gebe mein Bestes. Du weißt ja, dass ich sehr überzeugend auftreten kann, wenn ich will." Als sie Beths leises, vertrauliches Lachen hörte, lief es Marie kalt den Rücken herunter. „Ich muss jetzt Schluss machen. Mami ist hier. Ich ruf dich später zurück. Ja, ich liebe dich auch. Mach's gut." Mit einem Lächeln klappte Beth das Handy zu.

„Mitch hat ein paar tolle Ideen für unseren Laden. Deshalb fahre ich heute Nachmittag mal raus zu den Bauernhöfen und frag die Leute, ob sie Möbelstücke oder andere Sachen zu verkaufen haben. Mitch beantragt einen Kredit für Kleinunternehmen, damit wir das Zeugs bezahlen können. Den Kredit zahlen wir dann zurück, wenn wir das Café verkaufen."

„Das klingt vernünftig." Marie verschränkte die Arme vor der Brust und machte eine Kopfbewegung zur Küche hin. „Mein Schatz, Deborah bereitet die Mahlzeiten zu, ich bediene die Gäste und kassiere. Wir brauchen jemanden, der die Spülmaschine bedient."

Beth hob den Kopf und zog die Augenbrauen zusammen. „Trina hat mir gesagt, dass sie hier bei deiner Tante gearbeitet hat. Bestimmt weiß sie, wie man die Spülmaschine anwirft. Wo ist sie eigentlich?"

„Ich habe nicht von Trina gesprochen", entgegnete Marie verärgert, „sondern von dir. Ich brauche deine Hilfe in der Küche."

Beth verzog das Gesicht zu einer Grimasse. „Ich glaube

nicht, dass ich mit dieser Frau zusammenarbeiten kann. Sie ist eine zickige Ziege."

„Du musst ja nicht mit ihr zusammenarbeiten. Ich habe schon erwähnt, dass sie kocht. Die Spülmaschine steht am anderen Ende der Küche und ist weit vom Herd entfernt."

Beth reagierte eingeschnappt. „Aber ich will heute die Bauernhöfe abklappern."

Marie zog eine Augenbraue hoch. „Beth, du hast mich gebeten, mitzukommen und dir zu helfen, und das mache ich sehr gerne. Aber du musst auch deinen Teil dazu beitragen." Als sie Beths verbissenen Gesichtsausdruck sah, fügte sie hinzu: „Vielleicht kannst du Deborah fragen, ob Trina morgen kommen und die Spülmaschine bedienen kann, aber heute brauche ich dich hier."

„Ich sehe gar nicht ein, Deborah irgendwas zu fragen, geschweige denn, sie um etwas zu bitten."

Marie musste plötzlich lachen.

„Was ist denn so witzig?", fragte Beth mit einem Stirnrunzeln.

„Du. Du siehst genauso aus wie dein Großvater, wenn du so ein böses Gesicht machst."

Wie Marie richtig vermutete, diente diese Bemerkung über J. D. Koeppler für Beth als Ansporn. Sie steckte das Handy in die Tasche ihrer Jeans und drängte sich an ihrer Mutter vorbei. Marie blieb in der Tür der Vorratskammer stehen und beobachtete, wie Beth zu Deborah stolzierte.

„Mrs Müller." Diese respektvolle Anrede ließ Maries Herz vor Stolz höher schlagen.

Deborah drehte sich um und sah Beth in die Augen. Ihr Gesicht blieb ernst. „Ja?"

Obwohl Beth die Arme vor die Brust verschränkte und eine kämpferische Haltung annahm, blieb ihr Tonfall ruhig. „Könnte Trina vielleicht morgen kommen und die Spülmaschine bedienen?"

Deborah legte die Zeitung beiseite. „Werden Sie auch da sein?"

Mit einem Achselzucken erwiderte Beth: „Je nachdem."

„Trina ist in einem Alter, in dem sie leicht zu beeinflussen ist. Ihr Vater und ich legen Wert darauf, dass sie sich auf die Dinge konzentriert, die unserer Meinung nach für ihr geistliches und seelisches Wohl wichtig sind."

Beth warf Marie einen Blick zu. Marie sah die Verärgerung in den Augen ihrer Tochter. Sie hielt die Luft an, weil sie hoffte, dass Beth sich ihre nächsten Worte gut überlegte. Beth ließ die Arme sinken und steckte die Fingerspitzen in die Gesäßtaschen ihrer Jeans. Dann wandte sie sich wieder Deborah zu. Ein schwaches Lächeln umspielte ihre Lippen. „Sie können sicher sein, dass ich nicht vorhabe, Trina zu verderben. Sie ist ein nettes Mädchen, und ich will ihr keinen Schaden zufügen. Sie ist hier gut aufgehoben."

Deborah schien Beth eingehend zu mustern. Beth hielt diesen prüfenden Blicken stand. Schließlich nickte Deborah. „Ich frage ihren Vater. Wenn er einverstanden ist, kann sie morgen kommen."

Beth drehte sich kurz um und sah ihre Mutter mit einem triumphierenden Lächeln an, bevor sie Deborah antwortete. „Danke."

Deborah griff wieder nach ihrer Zeitung, und Beth hüpfte über den gefliesten Boden, bis sie wieder vor Marie stand.

„Das war ein Kinderspiel." Sie schlang einen Arm um die Schultern ihrer Mutter und sagte: „Okay, dann zeig mir, wie man dieses alte Monstrum bedient."

Marie war erleichtert, als Beth den ganzen Tag lang in guter Stimmung war. Obwohl Deborah kein weiteres Wort mit den beiden Frauen wechselte, wirkte sie bald weniger angespannt. Marie hoffte, dass Deborah im Laufe der Zeit etwas nachgiebiger werden würde. Denn sie wollte in den drei Monaten ihrer Zusammenarbeit mit der anderen Frau nicht jedes Wort auf die Goldwaage legen müssen. Obwohl sie daran zweifelte, ob sie und Deborah jemals wieder zu ihrem früheren freundschaftlichen Verhältnis zurückfinden würden, wäre sie froh, wenn diese seltsame Spannung zwischen ihnen verschwinden würde.

Henry war einer der Gäste, die zum Abendessen kamen. Als Marie einen Teller mit Schmorbraten, Kartoffeln und grünen Bohnen vor ihm hinstellte, lächelte er ihr zu. „Wenn ihr hier abschließt, komme ich noch mal vorbei."

Maries Augen weiteten sich vor Erstaunen.

Seine Wangen, auf denen sich ein paar Bartstoppeln zeigten, färbten sich knallrot. „Ich möchte dir die Bücher von den vergangenen Wochen zeigen, in denen Deborah das Café geführt hat. Sie hat mich gebeten, die Buchführung zu machen, weil das Rechnen noch nie ihre Stärke gewesen ist."

Sein Besuch hatte also einen geschäftlichen und keinen privaten Grund. Marie wäre vor Erleichterung beinahe in sich zusammengesunken. Oder spürte sie etwa doch ein leises Bedauern? Sie rieb sich die Augen. Wenn sie so etwas dachte, war sie bestimmt sehr müde.

„Danke, Henry. Ich bleibe solange da." Sie eilte davon, bevor sie von einem weiteren Blick in seine braunen Augen schwach werden konnte.

Beth ging nach Hause, als der letzte Teller aus der Spülmaschine kam, aber Deborah blieb da, als Henry die Kontobücher aufschlug und Marie die Ausgaben und Einnahmen der letzten beiden Monate zeigte. Ihr wurde es schwer ums Herz, als sie die andere Handschrift in den Zahlenkolonnen sah. Sie fuhr mit dem Finger über die letzten von Tante Lisbeth geschriebenen Reihen.

„Alle Einnahmen sind direkt auf das Geschäftskonto bei der

Bank in McPherson überwiesen worden", meinte Deborah. Ihre braunen Augen blitzten. „Das ganze Geld ist dort."

Marie warf noch einen Blick auf das Kontobuch. Dann runzelte sie die Stirn. „Haben du und Trina etwa nichts für eure Arbeit behalten?"

Deborah presste die Lippen zusammen. „Natürlich nicht. So was kann ich doch nicht einfach selbst entscheiden."

„Aber das ist nicht fair." Marie blätterte ein paar Seiten zurück. Sie suchte nach Einträgen, aus denen sich eine Bezahlung der Mitarbeiter erschließen ließ. „Wenn du arbeitest, solltest du dafür auch bezahlt werden. Hier ist es." Sie hatte gefunden, was sie suchte. Mit dem Finger zeigte sie auf die Zahlen und warf Henry einen Blick zu. „Hier steht ein Stundenlohn plus Trinkgelder für Trina, als sie bei Tante Lisbeth gearbeitet hat. Wir müssen ausrechnen, wie viel sie in den Wochen nach Tante Lisbeths Tod verdient hätte und ihr diesen Betrag auszahlen. Wir müssen auch Deborah eine Summe geben für …"

„Ich verlange keine Bezahlung für einen Dienst, den ich einer lieben Freundin erwiesen habe." Der Klang von Deborahs fester Stimme ließ Marie erschreckt auffahren. Marie musterte die andere Frau kurz. Deborahs braune Augen blickten so entschlossen wie früher in ihrer Jugend. In Streitgesprächen war sie meistens die Überlegene gewesen. Als Marie an so manche Zänkerei aus Jugendtagen dachte, musste sie ein amüsiertes Lächeln unterdrücken.

Sie durchdachte verschiedene Wege, wie sie Deborah überreden konnte, für ihre Arbeit im Café eine Bezahlung anzunehmen, aber ihr fiel nichts ein. Doch dann dachte sie an Deborahs Worte über den Dienst, den sie einer lieben Freundin erwiesen hatte. Das bisher unterdrückte Lächeln umspielte jetzt Maries Lippen.

„Deborah, du hast Tante Lisbeth mit deiner Arbeit im Café ein großes Geschenk gemacht. Du warst ihr eine gute Freundin, und dafür danke ich dir. Aber wie du weißt, brauche ich deine Hilfe, solange Beth und ich hier sind. Ich kann dich aber nicht guten Gewissens ohne Bezahlung weiterarbeiten lassen – nicht für Beth und mich."

Deborah warf Henry einen kurzen Blick zu. Er sah aus, als ob er sich auf die Lippen beißen würde.

Marie sprach weiter. „Bitte setz dich mit Henry zusammen und besprich mit ihm, wie hoch ein angemessener Lohn sein sollte. Und wir stellen dich offiziell als Mitarbeiterin ein – ab heute."

Lange Zeit stand Deborah wie angewurzelt da. Sie schien Marie mit ihren Blicken zu durchbohren, aber endlich ließ sie einen Seufzer hören. Sie fuhr mit den Fingern über die schwarzen Bänder ihres Häubchens. Dann nickte sie. „Na gut. Ab heute."

Marie atmete erleichtert auf. Eine Schlacht war gewonnen.

„Ich gehe jetzt nach Hause. Henry, kommst du mit?" Diese gezielte Frage Deborahs ließ Henry keine Wahl. Er stand auf.

„Natürlich. Wir sehen uns morgen Abend, Marie." Er ging zur Hintertür.

Marie sah ihm verwirrt nach.

Deborah machte wieder ein verkniffenes Gesicht. Sie beugte sich zu Marie herunter und senkte ihre Stimme zu einem verschwörerischen Flüstern. „Henry ist in den vergangenen zwanzig Jahren fast täglich hierher zum Abendessen gekommen." Ihr strenger Blick wanderte kurz in seine Richtung, dann sah sie wieder Marie an. „Wenn Feierabend war, hat er Lisbeth nach Hause begleitet." Ihre strenge Miene wurde ein wenig weicher. „Ich bin mir sicher, dass sie ihm fehlt. Sie waren sehr gute Freunde." Dann richtete sie sich auf, und der Ausdruck in ihren Augen wurde wieder hart. „Aber er hat sich mit ihrem Tod abgefunden. Ich glaube nicht, dass er einen Ersatz für Lisbeth braucht."

Marie merkte, dass Deborah ihr mit ihren Worten eine Botschaft vermitteln wollte, aber sie war müde von ihrem langen Arbeitstag, und deshalb konnte sie deren Sinn nicht erfassen. Sie nickte bloß zustimmend. Deborah zog ihre Schürze aus, schlüpfte in ihre Strickjacke und folgte Henry zur Hintertür hinaus.

Als Marie wieder in Lisbeths Haus war, sah sie, dass Beth am Küchentisch saß, die brennende Lampe neben ihr. Die Skizze einer Landkarte lag auf der karierten Tischdecke.

Beth sah auf und lächelte ihrer Mutter zu. „Guck mal, Mami, ich hab das in der Post von der Wandkarte abgezeichnet. Das wird mir morgen bei meiner Antiquitätensuche helfen. Ich will jedes Haus in der Stadt aufsuchen, und auch alle Bauernhöfe in der Umgebung von Sommerfeld. Vielleicht sogar alle im ganzen Landkreis. Mal sehen." Plötzlich zog sie die Augenbrauen zusammen. „Du siehst total fertig aus. Warum nimmst du nicht ein schönes Bad und haust dich dann in die Falle?"

Marie strich ihrer Tochter zärtlich über den Kopf und gab ihr einen Kuss auf die Stirn. „Danke, mein Schatz. Das ist eine gute Idee." Sie nahm eine Lampe von der Anrichte, zündete sie an und machte sich auf den Weg zum Flur. Bevor sie um die Ecke bog, warf sie noch einmal einen verstohlenen Blick auf Beth. „Ach, noch etwas. Bevor du morgen zu deiner Antiquitätenjagd aufbrichst, schau doch noch im Café vorbei. Vielleicht erlaubt Trinas Vater ihr ja nicht, bei uns zu arbeiten."

„Keine Angst – er wird nichts dagegen haben."

Marie stemmte eine Hand in die Hüfte. „Da bist du dir aber sehr sicher."

Beth reagierte mit einem selbstgefälligen Grinsen. „Ich hab so ein Gefühl, dass ihre Mutter sie gerne unter der Fuchtel hat. Wenn sie den ganzen Tag im Café arbeitet, ist das die beste Lösung für dieses Problem."

Marie lachte leise und ging zum Badezimmer. Wie gut ihre Tochter Deborah schon kannte! Als sie sich in Lisbeths altmodischer Emaillewanne ausstreckte und durch das mit einer Spitzengardine bedeckte Fenster auf den Sternenhimmel sah, musste sie plötzlich wieder an Deborahs Bemerkung über Henry und seine Trauer um Lisbeth denken. Mit einem Stirnrunzeln fragte sie sich, was Deborah wohl damit gemeint haben könnte. Als ihr langsam ein Licht aufging, hätte sie beinahe laut aufgelacht.

Deborah hatte Marie auf unterschwellige Art gewarnt, sie solle nicht meinen, sie könnte in Henrys Leben Lisbeths Platz einnehmen. Sie versank noch ein wenig tiefer in den duftenden Schaum ihres Badewassers und schloss lächelnd die Augen. Deborah hatte keinen Grund zur Sorge. Die Kreuze, die Beth jeden Abend auf dem Kalender machte, würden sich schnell vervielfachen. Wenn sie erst wieder auf dem Heimweg war, brauchte niemand auch nur einen Gedanken an sie zu verschwenden, auch Henry nicht.

Seltsamerweise tat ihr dieser Gedanke weh.

Sie drehte mit dem Zeh den Heißwasserhahn auf, dabei flüsterte sie laut vor sich hin: „Das liegt nur daran, dass die Erinnerungen an meine Kindheit wieder hochkommen, seitdem ich hier bin. Henry hat in dieser Zeit eine wichtige Rolle für mich gespielt. Deshalb ist es nur natürlich, dass ich öfter an ihn denke als an andere."

Sie erinnerte sich immer wieder an dieses Selbstgespräch, während die Woche verstrich. Am Mittwochabend brachte sie es fertig, Henry sein Essen zu servieren, ohne ihn besonders zu beachten. Aber am Donnerstag berührten sich zufällig ihre Hände, als sie einen neu gefüllten Salzstreuer auf seinen Tisch stellte. Sie spürte, wie sie sofort errötete, aber sie eilte davon, bevor Henry deswegen verlegen werden konnte. Am Freitag tat sie so, als ob sie zur Toilette müsste. Sie bat Trina, Henry seinen Teller zu bringen. Das kontaktfreudige Mädchen willigte so arglos ein, dass Marie sich wegen dieser Lüge schuldig fühlte.

Obwohl Deborah Henry am Samstagabend sein Steak mit Bratkartoffeln selbst an den Tisch brachte, konnte Marie ihm nicht mehr entkommen. Er rief ihren Namen, als sie auf dem Weg zur Küche an ihm vorbei eilte. Sie hielt etwa einen Meter weiter inne und sah ihn mit hochgezogenen Augenbrauen an, um ihm den Eindruck zu vermitteln, sie sei stark beschäftigt, obwohl momentan nicht sehr viele Gäste im Café saßen.

„Ich möchte dich etwas fragen." Sein Blick wanderte zu den Nebentischen. Damit signalisierte er ihr, dass er keine Zuhörer haben wollte.

Mit einem Seufzer ging sie zu seinem Tisch und stellte sich auf die ihm gegenüberliegende Seite. „Ja?"

Plötzlich zögerte er. Seine starken Augenbrauen zogen sich zusammen. „Ich wollte dich fragen, ob … ob du zur Versammlung kommen möchtest."

Marie trat einen Schritt zurück. „Über dieses Thema sollten wir lieber nicht sprechen, Henry." Sie versuchte, ihren Worten mit einem Lächeln die Härte zu nehmen, aber bevor er etwas erwidern konnte, rannte sie in die Küche. Sie blieb dort, bis er ein paar Geldscheine auf den Tisch legte, aufstand und ging.

11

Marie goss sich eine Tasse aus Lisbeths großem Kaffeebereiter aus Aluminium ein und krönte den Kaffee mit reichlich flüssiger Sahne, die sie bei einem Bauern aus der Umgebung gekauft hatte. Sie setzte sich schwerfällig an den Küchentisch und hielt den warmen Kaffeebecher in beiden Händen. Am anderen Ende des Hauses war alles still. Beth schlief noch, und wahrscheinlich würde sie bis um die Mittagszeit nicht aufwachen. Marie kuschelte sich noch fester in ihren weichen Bademantel und trank ihren Kaffee in kleinen Schlucken. Sie fragte sich, um welche Uhrzeit ihre Tochter wohl ihr Handy ausgeschaltet hatte und endlich ins Bett gegangen war. Wahrscheinlich war das in den frühen Morgenstunden gewesen.

Sie seufzte. Beths Unternehmen verlief nicht so, wie sie es sich erhofft hatte. Sie hatte pro Tag zwei Familien besucht. Obwohl sie sich um Höflichkeit bemühte und ihnen hohe Preise bot, wollte ihr niemand etwas für ihren geplanten Laden verkaufen. Marie wurde es ganz schwer ums Herz, als sie an das lange Gespräch dachte, das sie gestern Abend mit ihrer Tochter geführt hatte.

„Mami, ich versteh das einfach nicht. Vieles von dem Zeug, das ich kaufen wollte, steht in Scheunen oder auf den Veranden rum. Die Sachen werden nicht mehr verwendet und nehmen nur Platz weg. Warum verkaufen sie die Möbel nicht, um sich damit noch ein bisschen Geld zu verdienen?"

Marie versuchte, ihrer Tochter begreiflich zu machen, dass für Mennoniten der Erwerb irdischen Wohlstands einfach nicht wichtig ist und Geld deshalb für sie keinen Reiz hat. Beth wollte wissen, was für diese Leute denn sonst ein Anreiz sein könnte. Als Marie erklärte, dass es für Mennoniten wichtiger sei, ihren Mitmenschen zu helfen als Reichtümer anzuhäufen, reagierte Beth mit Spott und Hohn.

„Diese Leute sind doch total rückständig."

Marie fühlte sich durch die Worte ihrer Tochter angegriffen. „Sie sind nicht rückständig, nur anders. Offen gestanden ist es mir sehr angenehm, wenn es heute noch Menschen in der Welt gibt, die sich umeinander kümmern und nicht ständig dem Geld nachjagen."

Als sie das hörte, verzog Beth ihr Gesicht zu einer spöttischen Grimasse. Dann stand sie abrupt auf und meinte nur:

„Na ja, diese Leute kümmern sich ganz bestimmt nicht um mich, wenn sie ihr Zeugs nicht verkaufen wollen. Ich rufe jetzt Mitch an."

Das Gespräch mit ihrem Freund dauerte bis weit in die Nacht hinein, und so hatte Marie einen ruhigen Morgen vor sich. Sie hob den Becher an den Mund und atmete das volle Aroma des Kaffees tief ein. Nachdem sie sich im Laufe der letzten Woche an den stärkeren Geschmack des im Kaffeebereiter zubereiteten Getränks gewöhnt hatte, fragte sie sich, ob der Kaffee, der zu Hause aus der Kaffeemaschine kam, im Vergleich dazu nicht fade schmecken würde. Plötzlich musste sie schmunzeln. Fade … Wer hätte gedacht, dass sie dieses Wort einmal im Zusammenhang mit ihrem Zuhause in Cheyenne gebrauchen würde?

Sie stand auf, ging zum Fenster und starrte auf das Stoppelfeld, das sich westlich vom Haus erstreckte. Bereits als kleines Mädchen hatte sie mit Lisbeth zusammen an diesem Fenster gestanden und „zugesehen, wie der Weizen wächst". So hatte ihre Tante es ausgedrückt. Diese Erinnerung zauberte ein Lächeln auf ihre Lippen.

Sie hätte meinen können, dass sie immer noch spüren konnte, wie die Bänder von Lisbeths Häubchen sie an der Wange gekitzelt hatten, wenn sich ihre Tante nach vorn gebeugt hatte, um ihr etwas ins Ohr zu flüstern. „Kannst du sehen, wie die Halme sich der Sonne entgegen recken, mein Schatz? Ein Weizenhalm streckt sich nach der Sonne aus, und ein kluger Mensch streckt sich nach der Sonne der Gerechtigkeit aus."

Die kleine Marie war daraufhin hinaus in den Garten gerannt. Sie hatte im Kreis herumgetanzt und die Hände hochgehalten, um einen Sonnenstrahl einzufangen. Dabei hatte sie laut gelacht, und auch Lisbeth hatte lachen müssen, als sie ihr vom Fenster aus zugesehen hatte. Als Marie dann älter geworden war, hatte sie begriffen, dass Tante Lisbeth mit der

Sonne der Gerechtigkeit den Sohn Gottes gemeint hatte und nicht die Sonne, die am Himmel stand. Als sie endlich ihren Mut zusammengenommen und Tante Lisbeth davon erzählt hatte, hatte ihre Tante sie mit der Spitze ihres langen Zopfs an der Nase gekitzelt. Die kleine Marie hatte daraufhin kichern müssen.

„Und das ist für mich der Beweis, mein liebes Kind, dass du langsam klüger wirst", hatte Lisbeth stolz gemeint. Tränen hatten in den Augen der älteren Frau geglänzt, als sie weitergesprochen hatte. „Strecke dich immer nach der Sonne der Gerechtigkeit aus, Marie. Nimm den Sohn Gottes in dein Herz auf, lass ihn in dein Leben hinein, und dann wird deine Weisheit zunehmen."

An jenem Nachmittag hatte Marie unter der behutsamen Führung ihrer Tante Lisbeth Jesus, den Sohn Gottes, gebeten, in ihr Herz zu kommen und ihre Sünden zu vergeben. Lisbeth hatte vor Freude gestrahlt, als sie Marie anschließend umarmt und geflüstert hatte: „Willkommen in der Familie Gottes, meine Marie."

Marie konnte das leuchtende Gesicht ihrer Tante nicht vergessen.

Plötzlich lief ihr etwas die Wange herunter. Als sie sich mit den Fingern über das Gesicht fuhr, merkte sie, dass sie feucht waren. Marie erschrak. Warum weinte sie denn? Sie kannte die Antwort auf diese Frage. Tante Lisbeth wäre sehr enttäuscht, wenn sie wüsste, wie weit sich ihre geliebte Nichte vom Sohn Gottes entfernt hatte.

„Es tut mir leid, Tante Lisbeth", flüsterte sie. Jetzt schmerzte sie der Verlust mehr als damals, als Henry ihr die Nachricht vom Tod ihrer Tante überbracht hatte.

Plötzlich spürte Marie den starken Wunsch, ihre Lieblingstante noch ein letztes Mal zu sehen. Natürlich war das unmöglich, aber sie konnte ihre letzte Ruhestätte besuchen. Sie stellte den Becher mit dem jetzt kalten Kaffee auf den mit dem rot karierten Tischtuch bedeckten Küchentisch und lief eilig zu Lisbeths Schlafzimmer. Noch im Laufen zog sie ihren Bademantel aus.

Eine Viertelstunde später saß sie hinter dem Lenkrad ihres Autos. Sie trug Jeans und ein Sweatshirt mit Kapuze. Aber als sie den Zündschlüssel umdrehte, fiel ihr ein, dass heute Sonntag war. Der Friedhof lag neben dem Versammlungshaus, in dem um diese Zeit der Gottesdienst stattfand. Sie lehnte den Kopf auf das Lenkrad und stöhnte leise auf. Jetzt konnte sie nicht zum Friedhof … oder doch? Sie schloss die Augen und versuchte, sich an die genaue Lage des Versammlungshauses zu erinnern, auch an die Außenanlagen mit dem von einem schmiedeeisernen Zaun umgebenen Friedhof.

Wenn sie nicht die breite Einfahrt zu den Hintertüren des Versammlungshauses benutzte, sondern vor dem Zaun parkte und durch das kleine Türchen an der Rückseite des Friedhofs ging, würde sie vielleicht niemand bemerken. Tante Lisbeths Grab lag bestimmt auf der Begräbnisstätte der Familie Koeppler in der nordwestlichen Ecke, also genau gegenüber vom Versammlungshaus.

Vielleicht sollte ich doch bis morgen warten. Am Montag habe ich schließlich frei. Vielleicht passt es morgen besser, dachte sie. Aber das Bedürfnis, das Grab von Tante Lisbeth zu besuchen, wurde in ihr fast übermächtig. Marie konnte nicht anders. Sie drehte den Zündschlüssel um. Das Auto sprang an, und sie fuhr langsam die Straße entlang.

Henry schlug seine Bibel auf und blätterte bis zum Epheserbrief, wie Bruder Strauss ihn angewiesen hatte. Dann warf er dem Pastor einen Blick zu. Eine Bewegung vor dem Fenster erregte seine Aufmerksamkeit. Vielleicht nur ein paar flüchtende Gänse. Er blickte zur Seite, ohne den Kopf zu verdrehen und starrte durch das schlichte Fenster des Versammlungsraums, um sich noch einmal zu vergewissern. Er sah keine Vögel, sondern eine schlanke Gestalt, die sich am äußersten Ende des Friedhofs zwischen den Grabsteinen bewegte.

Henrys Herz schlug plötzlich schneller. Obwohl eine Kapuze das Gesicht und die Haare der Gestalt verbarg, wusste er, dass es nur Marie sein konnte. Sie war auf der Suche nach Lisbeths Grab. Er fragte sich, warum er sich seiner Sache so sicher war, aber er wusste es einfach, weil er Marie kannte, auch nach so vielen Jahren.

Obwohl er sein Gesicht auf die Vorderseite des schlichten Versammlungsraums richtete und so tat, als ob er dem Pastor aufmerksam zuhörte, war er in Gedanken in der Vergangenheit, bei einer anderen Versammlung in einer anderen Zeit, als er noch ein Junge war. Er war zwölf Jahre alt gewesen, als Marie zum ersten Mal sein Herz erobert hatte.

Am Samstag hatte sie der Bischof, der gerade zu Besuch gewesen war, unten am Fluss getauft – als äußeres Zeichen ihrer Entscheidung für Jesus Christus. Als er sie am darauffolgenden Sonntag auf der anderen Seite des Versammlungshauses hatte sitzen sehen, hatte er sich nicht auf den Gottesdienst konzentrieren können. Ihr nussbraunes Haar war zurückgekämmt gewesen, und die weiße Gebetshaube mit den herunterhängenden Bändern hatte einen vollkommenen Rahmen für ihr niedliches Gesicht gebildet. Nach dem Gottesdienst war er im Hof des Versammlungshauses an ihre Seite geschlichen. Vor lauter Verlegenheit hatte er zwar den Kopf gesenkt gehalten, aber er hatte es trotzdem fertiggebracht, ihr zu sagen, wie hübsch sie aussah.

Maries Lächeln schien damals die ganze Umgebung zu erhellen. Obwohl sie ihm nicht mit Worten für dieses Kompliment gedankt hatte, hatte ihr strahlendes Gesicht Bände gesprochen. Nach dieser Begegnung hatte es für ihn nur noch

Marie gegeben – bis zu dem Tag, an dem er hatte zusehen müssen, wie sie in einen Sattelschlepper eingestiegen und weggefahren war. Die weißen Bänder ihres Häubchens hatten im Wind geflattert, der durch das offene Autofenster geweht war.

Plötzlich spürte er einen Kloß im Hals. Er musste schlucken. Dann bewegten sich seine Augen nochmals ruckartig zur Seite. Sie war immer noch da. Sie beugte sich über den kleinen Erdhügel, in dem Lisbeth zur letzten Ruhe gebettet worden war. Er wusste, was Marie durchmachte, weil auch er um Lisbeth trauerte. Sie hatte ihm sehr viel bedeutet, mehr als seine eigenen Verwandten. Zwischen ihnen hatte es eine Seelenverwandtschaft gegeben, die aus ihrem gemeinsamen Kummer über Maries Weggang entstanden war.

Lisbeth war nicht mehr, aber Marie war zurückgekehrt. Henry schlug das Herz bis zum Hals.

Sein Blick wanderte zu J. D. Koeppler, der wie immer auf seinem Platz ein paar Reihen vor ihm saß. Der Mann saß kerzengerade, und er sah unverwandt nach vorne. Zu seiner Linken war ein Fenster. Hatte er seine Tochter gesehen, wie sie im kalten Wind traurig an einem Grab kniete? Henry unterdrückte ein verächtliches Schnauben. J. D. kannte kein Mitgefühl. Sein Herz war im Laufe der Jahre zu Stein geworden. Das war nicht immer so gewesen. Henry erinnerte sich noch, wie die Augen von Maries Vater freundlich und humorvoll geblitzt hatten, als er ihn im Alter von fünfzehn Jahren verlegen stammelnd um Erlaubnis gebeten hatte, um seine Tochter zu werben.

J. D. hatte seine große, schwielige Hand auf Henrys Schulter gelegt. Und ein Schmunzeln hatte bei seiner Antwort seine Lippen umspielt: „Mein Sohn, sie wird es schwer haben, einen Besseren als dich zu finden. Aber sie ist erst dreizehn geworden. Kannst du noch ein paar Jahre warten, bis sie den Kinderschuhen entwachsen ist?“

Henry war wie ein begossener Pudel davongeschlichen, aber er hatte getan, was J. D. Koeppler ihm vorgeschlagen hatte. Er hatte ein paar Jahre gewartet. Als Marie endlich alt genug gewesen war, um eine feste Bindung zu einem Mann einzugehen, war John Quinns Sattelschlepper an der Ausfahrt nach Sommerfeld auf der Autobahn liegen geblieben. Eine Woche später war Marie fort gewesen.

Henry seufzte. Sein Bruder Claude, der neben ihm auf der Bank saß, stieß ihn mit dem Ellbogen an. Claudes finstere Miene war für Henry ein Zeichen, dass man ihn ertappt hatte, wie er vor sich hin träumte. Er setzte sich gerade hin und zwang sich, der Predigt zuzuhören. Aber er konnte es nicht lassen, noch einmal einen Blick aus dem Fenster zu werfen. Marie war nicht mehr da.

„Wo bist du denn gewesen?“ Beth wartete an der Hintertür auf ihre Mutter. Sie hatte die Arme um ihren Oberkörper geschlungen und fröstelte, als ein Windstoß durch die offene Tür drang. „Ich hab überall nach dir gesucht.“

„Ich war auf dem Friedhof.“ Marie ging durch den Abstellraum in die Küche und zog sich das Sweatshirt aus.

Beth folgte ihr. Sie schimpfte weiter: „Warum hast du mir nicht einen Zettel hingelegt? Es nervt, wenn man aufwacht und niemand da ist. Was hast du denn überhaupt auf dem Friedhof zu suchen gehabt?“

Marie griff nach ihrem Kaffeebecher und goss die jetzt kalte Flüssigkeit in den Abfluss. „Ich habe Tante Lisbeth besucht.“ Sie spürte, wie ihr etwas die Brust zusammenschnürte. Als sie neben dem Grab gekniet hatte, hatte sie Trost gesucht, aber nicht gefunden. Mit der Tasse in der Hand ging sie zum Kaffeebereiter.

„Hoffentlich können wir heute Wäsche waschen. Ich brauche ein paar saubere Jeans, und unsere Handtücher im Bad müssen auch gewaschen werden. Ich will nicht die Dinger benutzen, die deine Tante hinterlassen hat. Die riechen so komisch."

Marie biss die Zähne zusammen und unterdrückte eine scharfe Erwiderung. Sie goss sich Kaffee in die Tasse. Dabei hielt sie den Blick auf den kleinen Strudel gerichtet, den die dunkle Flüssigkeit in ihrer Tasse machte.

„Ich hab von deinem Kaffee probiert, aber der ist ja total bitter." Beth lehnte sich mit hängenden Schultern an die Anrichte. „Deshalb hab ich noch nicht gefrühstückt. Und dann ist es eiskalt hier drin. Kann man diesen Heizofen nicht höher stellen?"

Marie holte tief Luft, weil sie nicht die Geduld verlieren wollte. „Beth, du brauchst nur die Klappe aufzumachen und Kohle nachzulegen. Dann wird es wärmer. Aber das hab ich dir schon gesagt."

Beth warf den Kopf zurück. „Und ich hab dir gesagt, dass ich nicht in diesen Keller gehe. Mir ist es zu gruselig da unten."

„Also, ich habe seit deinem vierzehnten Lebensjahr keine Wäsche mehr für dich gewaschen, und ich habe keine Lust, jetzt damit anzufangen", entgegnete Marie kurz angebunden. „Die Waschmaschine steht im Keller. Wenn du saubere Wäsche haben willst, musst du dich schon dort runter bequemen."

Beth stieß sich von der Anrichte ab und machte einen Schmollmund. „Warum bist du denn so zickig?"

„Warum …" Marie schüttelte den Kopf, schluckte und holte noch einmal tief Luft. „Ich bin doch nicht zickig, aber seitdem ich zur Tür hereingekommen bin, hast du nur rumgemeckert."

Marie ärgerte sich nicht so sehr über die beißenden Bemerkungen ihrer Tochter als vielmehr über ihr offensichtliches

Desinteresse an ihren eigenen Gefühlen. Sie schien überhaupt nicht zu merken, wie schwierig der Besuch auf dem Friedhof für sie gewesen war. Sie brauchte dringend ein paar mitfühlende Worte, aber darauf konnte sie wohl lange warten.

„Ich meckere doch nicht rum", protestierte Beth und hielt sich ihre schlanke Hand an die Brust.

Marie musterte ihre Tochter mit einem kritischen Blick.

Die junge Frau stieß hörbar die Luft aus. Die Haare ihres Ponys bewegten sich im Luftzug. „Okay, vielleicht ein bisschen." Sie gähnte, ohne sich die Hand vor den Mund zu halten. Dann fuhr sie sich mit den Händen durch das ungekämmte Haar. „Ich hab letzte Nacht kaum geschlafen."

Marie hatte auch eine schlaflose Nacht hinter sich, aber das wollte sie Beth nicht sagen. Sie hob die Kaffeetasse an den Mund und nippte vorsichtig an der heißen Flüssigkeit. „Und daran bin ich schuld, weil …"

„Ich hab nicht gesagt, dass du daran schuld bist, ich bin bloß …" Beth wandte kurz den Blick ab, dann sah sie ihre Mutter wieder an. „Ich bin frustriert, Mami, und Mitch auch. Wir haben alle unsere Hoffnungen darauf gesetzt, unseren Anfangsbestand für den Laden in dieser Stadt zu bekommen, und jetzt ist niemand bereit, uns was zu verkaufen. Ich weiß, dass wir ein paar Sachen haben, wenn wir alle Möbel, die Patchworkdecken und das Geschirr aus diesem Haus dafür verwenden …"

Marie meinte, das Herz müsste ihr aussetzen.

„… aber wir brauchen noch mehr. Und ich weiß nicht, wie ich die Leute dazu bringen soll, sich von ihrem alten Zeug zu trennen."

Während sie in kleinen Schlucken den dampfenden Kaffee trank, machte sich Marie ihre Gedanken. Es wurde ihr ganz flau im Magen, wenn sie daran dachte, dass Lisbeths Dinge in die Hände fremder Menschen geraten sollten. Aber das hatten sie beide von Anfang an vorgehabt. Sie wollten alles verkaufen und den Erlös für Beths Laden verwenden. Marie war bloß nicht bewusst gewesen, wie viele ihrer Kindheitserinnerungen an Lisbeths Zuhause hingen. Wenn sie das Eigentum ihrer Tante verkaufte, dann war das so, als würde sie ein Stück von sich selbst zu Geld machen.

„Mitch kommt in den nächsten Wochen mal hierher, sobald er weg kann."

Marie zuckte zusammen. Sie konzentrierte sich wieder auf das, was Beth sagte.

„Er meint, wenn ich mehr Bargeld habe und mit den Geldscheinen winke, sind die Leute eher bereit, mir was zu verkaufen."

Obwohl Marie daran zweifelte, dass eine Handvoll Banknoten die Menschen hier beeindrucken würde, wollte sie Beth nicht entmutigen. Stattdessen entgegnete sie nur: „Na ja, hoffen wir mal, dass euch das weiterhilft. So, und jetzt zu deiner Wäsche."

Beth zog eine Grimasse. „Können wir nicht irgendwo in einen Waschsalon gehen?"

Marie stellte ihre Kaffeetasse auf den Tisch und verschränkte die Arme vor der Brust. „Wenn du in einen Waschsalon gehen willst, kannst du das ruhig machen. Aber ich finde, wir verschwenden nur unser Geld, wenn wir im Keller eine Waschmaschine haben."

Beth biss sich auf die Unterlippe. Sie musterte ihre Mutter prüfend. Plötzlich riss sie die Augen auf. „Sag mal … was ist denn das für eine Waschmaschine, die ohne Strom läuft?"

Marie musste trotz allem lächeln. „Komm mit." Sie griff nach einer Lampe, zündete den Docht an und ging voraus.

Beth lief auf Zehenspitzen und umklammerte mit den Armen ihren Oberkörper, als ob sie sich kleiner machen wollte. Sie folgte Marie die schmalen, offenen Treppenstufen herunter.

Als sie den gestampften Lehmboden des Kellers erreichten, warf Beth mit einem Schaudern einen Blick auf die schweren Deckenbalken. „Wetten, dass dort oben Spinnen sitzen und nur darauf warten, mir auf den Kopf zu fallen."

„Du bist doch größer als die kleinen Tierchen", entgegnete Marie. Sie ging am Kühlschrank vorbei und bückte sich an einer Öffnung in der Wand aus Schlackenbeton, die den Keller in zwei Hälften teilte. In der Mitte des zweiten Raums stand in voller Pracht Tante Lisbeths Waschmaschine der Marke Maytag aus dem Jahr 1936.

Beth machte große Augen. „Das ist doch nur eine Wanne mit Beinen!"

„Aber sie funktioniert", erwiderte Marie mit fester Stimme. Sie nahm Beths Arm und zog sie zum weißen Emaillebecken. „Guck dir das an. Du schaltest da drüben das Wasser an."

Sie deutete in die andere Richtung, und Beth ging auf Zehenspitzen zu der Kupferleitung, die aus einem Loch in der Decke herunterhing. Sie betastete den kleinen, eisernen Hahn in der Mitte der Leitung. Ein am Ende der Leitung festgeklammerter Gummischlauch lag auf dem Kellerboden und hing über den Rand der Wanne. Beth folgte dem Verlauf des Schlauchs bis zur Waschmaschine, beugte sich darüber und warf einen Blick unter die Wanne. Sie fragte: „Und wo fließt das Wasser ab?"

„Hier unten ist ein Stöpsel." Marie zeigte auf einen Gummistöpsel im Inneren der Wanne. „Wenn du den rausziehst, läuft das Wasser durch dieses Rohr und in einen Abfluss dort drüben." Sie deutete in eine dunkle Ecke. Dort verschwand das Gummirohr in der Erde.

Als sie sich aufrichtete, griff sie in die Wanne und stieß eine große, quirlähnliche Schraube aus Metall an. „Nachdem die Wäsche hin und her gerüttelt worden ist, lässt du das Seifenwasser abfließen, füllst die Wanne mit frischem Wasser und drehst die Wäsche durch die Mangel, die hier steht. Dann hängst du die Sachen draußen auf die Wäscheleine." Sie untermalte ihre Erklärung mit den passenden Handbewegungen.

Beths Gesichtsausdruck wurde von Minute zu Minute skeptischer. „Das ist doch nicht dein Ernst."

Marie zog eine Augenbraue hoch. „Ich meine es sehr ernst. Ich habe so manche Ladung Wäsche in dieser alten Maytag-Maschine gewaschen." Sie klopfte beinahe zärtlich auf die Maschine. „Tante Lisbeth hat sie hier unten versteckt, weil sie nicht wollte, dass die Nachbarn erfuhren, wie verdorben sie schon war."

Beth ließ einen erstickten Laut hören. „Verdorben?"

Marie nickte mit einem breiten Lächeln. „Siehst du den Motor da unten? Er wird mit Gas angetrieben. Man muss die Maschine nicht mit der Hand bedienen."

Beth bekam einen Lachkrampf. Auch Marie konnte sich ein Lächeln nicht verkneifen, als sie sah, wie ihre Tochter sich über diese Waschmaschine amüsierte. Als Beth sich wieder im Griff hatte, umrundete sie die Maschine und trat vorsichtig über die Wasserleitungen. Sie untersuchte jeden Zentimeter des altmodischen Geräts. Als sie alles erkundet hatte, wandte sie sich mit einem breiten Lächeln an ihre Mutter.

„Ich werde dieses Ding bestimmt nicht verwenden, um meine Wäsche zu waschen, aber ich glaube, das ist ein tolles Teil für meinen Laden. Ich kann es mir gut auf einer Veranda vorstellen, über und über mit Fleißigen Lieschen bepflanzt." Ihre Augen blitzten vor Begeisterung. „Oder als dekorativen Behälter für Eis und Getränke bei einer Party." Sie klatschte in die Hände. „Ich ruf gleich Mitch an. Er wird mir nicht glauben, wenn ich ihm das erzähle!"

Beth stürmte die Kellertreppe hinauf, aber Marie blieb zurück. Ihre Finger krallten sich um den kalten Rand der Emaillewanne. Sie musste an die Frage ihres Vaters denken. „Hast du deiner Tochter etwa keine Manieren beigebracht?" Beths

Kaltschnäuzigkeit gegenüber den Dingen, die für Marie einen Wert hatten, brachte sie zum Nachdenken. Sie fragte sich, ob sie bei der Erziehung ihrer Tochter versagt hatte. Als sie neben der Waschmaschine stand, kamen ihr viele schöne Erinnerungen an ihre Kindheit in den Sinn. Aber für Beth hatte dieser Gegenstand nur eine einzige Funktion – für sie war es wichtig, diese Waschmaschine zu Geld zu machen.

12

Marie schloss die Kellertür. Als sie zur Küche gehen wollte, sah sie einen Schatten vor der Hintertür. Sie hielt inne. Die Gestalt auf der Veranda hatte die Hände trichterförmig an die Ohren gelegt und starrte durch die Spitzengardine. Marie kniff die Augen zusammen, um besser sehen zu können. Vor Erstaunen stand ihr plötzlich der Mund offen.

Sie rannte zur Tür und riss sie auf. „Joanna?"

Ein schüchternes Lächeln umspielte die Lippen der anderen Frau. „Hallo, Marie. Darf ich reinkommen?"

Marie trat hastig einen Schritt zurück und machte eine einladende Handbewegung. „Ja, natürlich. Wie schön, dich zu sehen."

Am liebsten hätte Marie ihre Schwester fest an sich gedrückt. Der Altersunterschied zwischen den beiden betrug nur ein Jahr. In ihrer Kindheit waren sie unzertrennlich gewesen. Man hätte sie für Zwillinge halten können, obwohl Joannas Haar eher bräunlich und Maries eher rötlich war. Aber sie hatten die gleichen herzförmigen Gesichter mit dem typischen Grübchen im Kinn. Die beiden Schwestern hatten sich einen Spaß daraus gemacht, wenn man sie verwechselte. Noch als Teenager nähten sie sich deshalb die gleichen Kleider.

Bei einem Blick in Joannas Gesicht, das von ihrem weißen Häubchen mit schwarzen Bändern umrahmt war, kam es Marie so vor, als ob sie ihr eigenes Spiegelbild sehen und darin die Frau erkennen würde, die aus ihr geworden wäre, wenn sie in Sommerfeld geblieben wäre. Anstatt die Arme nach ihrer Schwester auszustrecken trat sie einen Schritt zurück.

Joanna sah plötzlich betrübt drein. „Wäre es dir lieber, wenn ich nicht hier wäre?"

Maries Hand schoss nach vorn und berührte ihre Schwester zart am Ärmel ihres Mantels. „Oh nein! Ich bin nur ... ich bin nur überrascht." Mit einem nervösen Auflachen zeigte sie zur Küche. „Komm doch rein. Setz dich. Oder sollen wir ins Wohnzimmer gehen? In der Kanne ist noch Kaffee, aber ich hab noch kein Mittagessen gemacht ..."

Joannas blaue Augen blitzten schelmisch. „Jetzt hör mit dem Geplapper auf, Marie. Du hast schon immer so belangloses Zeug von dir gegeben, wenn du nicht wusstest, was du sagen solltest."

Marie starrte ihre Schwester verblüfft an. Dann musste sie lachen. Joanna konnte sich auch nicht mehr zurückhalten, und so waren sie ein paar wunderbare Augenblicke lang wieder zu Teenagern geworden, die sich gemeinsam über einen Witz amüsierten, den nur sie verstanden. Als das Gelächter verklang, standen die beiden Frauen da und sahen sich lächelnd in die blauen Augen.

„Also ..." Marie räusperte sich und zog sich einen Küchenstuhl heran. „Was bringt dich hierher?"

Joanna nahm sich auch einen Stuhl und wollte sich gerade setzen. Plötzlich platzte Beth in die Küche hinein. Sie trug einen überfüllten Wäschekorb. Joanna stand mit einem Ruck wieder auf und musterte die junge Frau.

Beth hielt inne und starrte die Ältere an. Ihr Blick wanderte zwischen den beiden Frauen hin und her. Dann pfiff sie leise durch die Zähne. „Oh Mann. Sie gehören bestimmt zur Verwandtschaft. Zuerst hab ich gedacht, Mami hätte sich verkleidet."

Marie zog die Luft hörbar ein, aber Joanna ließ ein silberhelles Lachen hören. Mit einem Kopfschütteln lächelte sie Marie zu. „Und das muss deine Tochter sein. Sie hat zwar blondes Haar, aber deine Augen und dein Kinn, und sie ist genau so offen und direkt wie du."

Beth zog eine Augenbraue hoch und sah ihre Mutter an. „Du hast mir immer erzählt, dass ich diese zu große Offenheit von der Familie meines Vaters geerbt hätte."

Joanna musste wieder lachen. „Tatsächlich? Also wirklich, Marie …" Noch immer lachend schüttelte sie den Kopf. Dann drehte sie sich wieder zu Beth um. „Ich bin deine Tante Joanna. Und ich könnte dir über deine Mutter Geschichten erzählen, dass dir der Kopf schwirrt."

Beths Lippen zuckten. „Ach, tatsächlich?"

„Aber das wird sie nicht machen", meldete sich Marie zu Wort.

Beth und Joanna mussten lachen. Sie zwinkerten sich verschwörerisch zu.

„Ein andermal?", fragte Beth.

„Ein andermal", versprach ihr Joanna.

Marie blickte zwar finster drein, aber das Herz schlug ihr vor Freude bis zum Hals, weil sich diese beiden Frauen, die ihr so viel bedeuteten, auf Anhieb verstanden.

Beth wirkte plötzlich verlegen. Sie stellte den Wäschekorb auf den Boden und wühlte darin herum, bis sie die Patchworkdecke herausholte, die auf ihrem Feldbett gelegen hatte. „Sagt mal, wisst ihr, wie man Nagellackflecken aus Stoff rauskriegt?"

Marie sprang auf und riss Beth die Decke aus der Hand. In der Mitte prangte ein großer, hellrosa Fleck. „Beth! Wie ist denn das passiert?"

Mit einem Achselzucken erklärte sie es ihrer Mutter. „Ich

hab mir die Fußnägel lackiert, und dann ist das Fläschchen mit dem Nagellack umgekippt. Ich hab versucht, den Fleck wegzukriegen, aber ..."

Joanna trat zwischen die beiden und fuhr mit dem Finger über den Fleck. Sie schüttelte den Kopf. „Ich glaube, du ruinierst den Stoff, wenn du einen Fleckentferner verwendest. Diese Decke ist mindestens vierzig Jahre alt."

Beth stöhnte laut auf. „Oh nein, dann ist die nicht mehr zu verkaufen."

Marie lag eine scharfe Erwiderung auf der Zunge, aber sie hielt sich zurück. Diese Decke bedeutete ihr weitaus mehr als ein paar Dollar Profit. Warum konnte Beth nicht verstehen, dass ihre Mutter mit diesen Gegenständen Erinnerungen und Gefühle verband?

„Na gut." Beth rollte die Decke zusammen und warf sie gleichgültig zur Seite. „Ich kann sie immer noch als Stoffrest verkaufen. Vielleicht kann jemand das Material verwenden, um daraus einen Teddybären oder so was Ähnliches zu machen." Sie stemmte den Wäschekorb hoch. „Wo sind die Autoschlüssel? Ich mach mich auf die Suche nach einem Waschsalon."

Joanna drehte sich abrupt herum und starrte Marie mit offenem Mund an. „Wäsche waschen ... am Sonntag?" Dann schlug sie ächzend beide Hände vor den Mund. „Oh nein, ich hab mir doch vorgenommen, tolerant zu sein." Sie faltete krampfhaft die Hände, drückte sie sich in die Magengegend, holte tief Luft und lächelte Beth an. „Es gibt einen Waschsalon in der 1st Street in Newton. Wenn du auf der Autobahn 135 nach Norden fährst, kommst du an eine Ausfahrt zur 1st Street. Sie ist leicht zu finden."

„Gibt's dort auch einen McDonald's?"

Joanna musste lachen. „Die gibt's doch überall. Du brauchst nur den Hinweisschildern zu folgen."

Mit einem breiten Lächeln sagte Beth: „Danke!" Dann

wandte sie sich mit hochgezogenen Augenbrauen an Marie. „Die Autoschlüssel?“

Marie holte sie aus ihrer Hosentasche und reichte sie ihrer Tochter. Sie zwang sich, ihren Kummer über die ruinierte Decke herunterzuschlucken und sich auf Naheliegendes zu konzentrieren. „Hast du genug Geld?“

„Klar doch.“ Beth ging zur Tür. Ihr Pferdeschwanz schwang bei jedem Schritt hin und her. „Bis später!“

Als die Tür hinter ihr zuschlug, zog Joanna ihren Mantel aus, hängte ihn über die Stuhllehne und setzte sich. „Sie ist eine hübsche junge Frau, Marie.“

Lag in ihrer Stimme etwa ein leiser Vorwurf? Marie hob die Patchworkdecke auf, legte sie liebevoll zusammen und trug sie zum Tisch. Nachdem sie die Decke weggelegt hatte, setzte sie sich auch. „Ja, das ist sie. Sie ist manchmal ziemlich schwierig, aber ich kann mir mein Leben ohne sie nicht vorstellen.“

Mit einem Blick auf die Decke dachte sie daran, dass Beth ihr um ein Vielfaches wichtiger war als ein paar zusammengenähte Stoffstücke.

Joanna nickte. „Mit meinen dreien geht es mir genauso. Kyra, die Älteste, hat genauso viel Temperament wie deine Beth. Wie schade …“ Sie drehte abrupt den Kopf weg. Dabei fiel ihr das schwarze Band ihres Häubchens auf die Schulter.

„Wie schade, dass die beiden nicht zusammen aufgewachsen sind?“ Marie beendete den Satz, den ihre Schwester angefangen hatte.

Joanna biss sich auf die Unterlippe und sah ein paar Sekunden lang aus dem Fenster. Dann suchte ihr Blick den ihrer Schwester. Ihre Augen blickten traurig. „Du hast mir so sehr gefehlt. Kein Tag ist vergangen, an dem ich nicht an dich gedacht habe. Ich habe mich immer gefragt, wie es dir wohl geht. Ich hätte so gerne mit dir geredet. Dass du weg warst – das war wirklich schlimm für mich.“

Marie versuchte, den Ärger über diesen leisen Tadel in den Worten ihrer Schwester herunterzuschlucken, aber eine Frage musste sie trotzdem loswerden. „Und wo warst du letzte Woche, als ich hier angekommen bin? Weißt du, wie schwer es mir gefallen ist, Abend für Abend hier in diesem Haus zu sitzen und zu wissen, dass meine Familie dort draußen ist, es aber nicht für nötig hält, mal vorbeizukommen?"

Joanna ließ den Kopf sinken. Marie starrte auf die Stelle, an der Joannas Mittelscheitel unter dem fast durchsichtigen Gewebe ihres Häubchens verschwand.

Joanna hielt den Kopf gesenkt. Sie seufzte: „Ich wollte zu dir kommen. Aber woher sollte ich wissen, dass ich willkommen bin?" Sie hob abrupt das Kinn. In ihren Augen schimmerten Tränen. „Zwanzig Jahre sind vergangen, Marie, und du hast nie geschrieben oder angerufen. Woher sollte ich dann wissen, wie ich mich verhalten soll?"

Eine innere Stimme schien Marie zuzuflüstern: Du hast mich auch nicht angerufen. Du hast mir auch nie geschrieben. Aber sie sprach diese Worte nicht aus, weil sie damit mehr Schaden angerichtet als Gutes bewirkt hätte. Zwischen den beiden Schwestern herrschte eine peinliche Stille.

Endlich brach Joanna dieses Schweigen mit einem Seufzer. „Ich bin nicht hierher gekommen, um einen Streit vom Zaun zu brechen. Ich wollte nur wissen, wie es dir geht. Ich wollte dich wieder sehen. Ich ..." Joanna stand unsicher von ihrem Stuhl auf und breitete die Arme aus.

Marie erhob sich eilig und fiel ihrer Schwester um den Hals. Die beiden Frauen umarmten sich, lachten und weinten gleichzeitig, und Marie meinte, ihr Herz müsste vor Glück zerspringen. Schuldgefühle und Bitterkeit schienen plötzlich wegzuschmelzen, und als Joanna sich losmachte, um sich bei ihrer Schwester unterzuhaken, wusste Marie, dass nichts mehr zwischen ihnen stand.

Sie gingen ins Wohnzimmer. Dort setzten sie sich auf das

Sofa. In den nächsten drei Stunden erzählten sie sich, was in den letzten zwei Jahrzehnten gewesen war. Manchmal kicherten sie wie Teenager, wenn sie sich an lustige Erlebnisse aus ihrer Kindheit erinnerten. Dann wieder konkurrierten sie um die skandalösesten Geschichten aus ihren Erfahrungen mit der Kindererziehung.

Als Marie der Magen knurrte, dachte sie an das versäumte Mittagessen. Schuldbewusst hielt sie inne: „Ich halte dich auf. Deine Familie fragt sich bestimmt, wo du bist und wann es endlich was zu Essen gibt."

Joanna schüttelte den Kopf. „Sie wissen, wo ich bin. Kyra und Kelly sind durchaus in der Lage, ein Essen auf den Tisch zu bringen."

Marie zog eine Grimasse. „Wird Hugo nicht mit dir schimpfen, weil du den Nachmittag nicht zu Hause verbringst?"

„Wozu haben wir denn den Sonntag? Das ist der einzige Tag, an dem wir lange Besuche machen können." Joannas Augen mit den kleinen Lachfältchen blitzten fröhlich. „Aber wenn du mir ein belegtes Brot anbietest, sage ich nicht nein."

Sie gingen in die Küche zurück. Dort machten sie belegte Brote, und dann setzten sie sich an den Küchentisch. Marie fühlte sich unwohl, als Joanna laut betete und Gott um seinen Segen für diese einfache Mahlzeit bat. Es war schon zu lange her, dass sie ein Tischgebet gesprochen hatte. Aber das entspannte Gespräch, das sie danach mit ihrer Schwester führte, ließ dieses unbehagliche Gefühl schnell wieder verschwinden.

Es war fast siebzehn Uhr, als Beth zurückkam. Im Wäschekorb lagen ordentlich zusammengelegte Wäschestücke. Sie wirkte überrascht, als sie Joanna sah.

„Du bist ja immer noch da. Ich hab gedacht, dass du schon zu Hause bist."

Joanna warf einen Blick auf die rote Wanduhr. Sie zuckte zusammen. „Du liebe Zeit. Es ist schon spät. Ich muss jetzt endlich nach Hause gehen." Sie stand auf und griff nach ihrem Mantel. Noch während sie ihn überzog, warf sie einen Blick auf Beth. „Beim nächsten Mal bringe ich meine Töchter mit, damit ihr euch kennenlernen könnt. Deine Mutter hat mir gesagt, dass sie hier keine Außenseiterin mehr sein will."

Beth warf ihrer Mutter einen kritischen Blick zu, aber dann nahm sie sich zusammen und lächelte Joanna an. „Das wäre schön. Wie alt sind deine Töchter?"

„Kyra ist neunzehn und Kelly ist dreizehn." Sie lächelte selbstgefällig. „Ich habe auch noch einen elfjährigen Sohn. Er heißt Hugo junior. Wir nennen ihn Gomer. Aber er mag Verwandtenbesuche nicht gern. Er ist zu lebhaft." Zu Marie gewandt fügte sie noch hinzu: „Ach, das hab ich ganz vergessen. Kyras Verlobung mit Claude Brauns Sohn wurde heute im Gottesdienst bekannt gegeben. Sie wollen im Januar heiraten."

Marie spürte einen Kloß im Hals. Sie und Beth mussten vor der Hochzeit verschwinden. Weil sie keine Gemeindemitglieder waren, würde man sie ohnehin nicht einladen. Und wenn sie dann noch in der Stadt wären, würden sie sich ausgeschlossen fühlen, und das würde ihr wehtun. Sie nickte zustimmend. „Ich wünsche ihnen alles Gute."

Joannas Augen verengten sich. Sie musterte Marie prüfend, dann entspannten sich ihre Gesichtszüge wieder. „Jetzt muss ich aber gehen."

Sie drückte Marie kurz an sich. „Aber ich komme wieder, mit Kyra und Kelly im Schlepptau."

Sie trat einen Schritt zurück, hob die Hand und strich Marie zärtlich über die Wange. „Bald?"

Marie musste schlucken, weil sie einen Kloß im Hals spürte. „Sehr bald!"

Mit einem strahlenden Lächeln schlüpfte Joanna zur Hintertür hinaus.

Beth stemmte die Hände in die Hüften. „Pass bloß auf, Mami."

Marie warf ihrer Tochter einen skeptischen Blick zu. „Wie bitte?"

Sie deutete auf die Tür, durch die Joanna gerade verschwunden war. „Die wollen, dass du hier bleibst, und du spielst auch schon mit dem Gedanken. Ich kenne diesen Ausdruck in deinen Augen. Aber denk dran, dass wir nicht für immer hier sind." Sie sprach die letzten Worte bewusst langsam. „Denk dran!"

Marie nickte und zwang sich zu einem leisen Lachen. „Klar denk ich dran." Sie holte die Handtücher aus dem Wäschekorb. „Ich räume die weg", meinte sie, weil sie das Thema wechseln wollte. „Und du übernimmst den Rest."

Beth sah ihrer Mutter besorgt nach, bevor sie zu den Schlafzimmern ging. Marie machte sich auf den Weg zum Bad, aber als sie am Küchenfenster vorbeikam, sah sie nach draußen auf die Landschaft hinter dem Haus. Wieder musste sie an Tante Lisbeths Worte denken. „Ein kluger Mensch streckt sich nach der Sonne der Gerechtigkeit aus." Einen Augenblick lang fragte sie sich, ob diese Verlockung, die sie spürte und die Beth erwähnt hatte, von ihrer Familie ausging oder von dem Einen, den sie früher als ihren Herrn und Erlöser gekannt hatte.

Das schrille Klingeln des Telefons auf seinem Schreibtisch schreckte Henry auf. Er wischte sich den Mund mit der Serviette ab, ließ sie neben seinen Teller fallen und stand auf. Er nahm den Hörer ab, als es zum zweiten Mal klingelte. „Hallo?"

„Henry, hier ist Joanna."

„Sag bloß, du hast wieder Probleme mit dem Anlasser von deinem Auto."

Joannas helles Lachen weckte schmerzliche Erinnerungen, weil ihre Stimme fast wie die von Marie klang. Nachdem

Marie weggegangen war, hatte er zuerst eine Freundschaft mit Joanna anfangen wollen, aber zum Glück hatte sein gesunder Menschenverstand ihn davon abgehalten. Für Marie gab es keinen Ersatz. Sein guter Freund Hugo Dick hatte schließlich um Joannas Hand angehalten, und die beiden waren glücklich verheiratet. Henry dagegen war Junggeselle geblieben.

„Nein, nein. Ich rufe nicht wegen meines Autos an. Es geht um … eine Privatsache."

Henrys Schultern strafften sich.

„Ich bin endlich bei Marie gewesen."

Er spürte, wie sein Herz schneller schlug.

„Und ich bin froh, dass ich mich dazu durchgerungen habe. Wir waren den ganzen Nachmittag zusammen und haben miteinander geplaudert."

Henry lächelte. „Das ist gut. Und … hat sie dich herzlich aufgenommen?"

Es folgte eine kurze Pause. „Ja. Ich glaube, zuerst hat sie Bedenken gehabt, aber mir ist es genauso gegangen. Wir haben uns trotzdem gut unterhalten, und wir wollen uns bald wieder treffen, damit unsere Töchter sich kennenlernen können."

Henry versuchte sich eine Begegnung vorzustellen zwischen Beth, die kein Blatt vor den Mund nahm, hautenge Jeans und drei Nummern zu kleine T-Shirts trug, und Joannas niedlichen Töchtern mit ihren weißen Häubchen und den sittsam hochgeschlossenen Kleidern. Er schüttelte den Kopf. „Hoffentlich geht das gut."

Joanna lachte. Sie hatte den Zweifel in seiner Stimme gehört. „Das wird schon interessant werden, aber die drei sind Cousinen. Sie sollten sich wenigstens kennen."

„Da hast du recht", entgegnete Henry. „Ich bin froh, dass du den ersten Schritt gemacht hast." Er hielt inne, weil er sich überlegte, ob er ihr sagen sollte, was ihm gerade in den Sinn kam, aber dann sprach er weiter. „Ich weiß, dass Lisbeth sich darüber freuen würde."

Am anderen Ende war ein langer Seufzer zu hören. „Jedes Mal, wenn die Familie zusammen war, hat Lisbeth von Marie und Beth gesprochen. Dadurch hat sie uns geholfen, die beiden nicht zu vergessen. Vater hat ihr zwar nicht erlaubt, viel zu erzählen, aber für mich war es ein Trost zu wissen, dass wenigstens einer aus der Familie die Verbindung zu Marie nicht abreißen ließ." Ihre Stimme klang plötzlich unsicher. „Als ich heute bei ihr war, habe ich erkannt, wie viel wir durch diese Trennung verloren haben. Ich wünschte …"

Obwohl Joanna den Satz nicht zu Ende sprach, wusste Henry, was sie sagen wollte. „Ich auch", ergänzte er leise.

Nach einer längeren Pause hörte Henry wieder Joannas leises Lachen. „Wir sind vielleicht ein tolles Paar, mit unseren Münzen, die wir in einen nicht vorhandenen Wunschbrunnen werfen."

Henry zwang sich zu einem Lachen anstelle einer Antwort.

„Ich muss jetzt Schluss machen. Ich wollte dir nur sagen, dass ich deinem Rat gefolgt bin und meine Schwester besucht habe. Danke, dass du mich dazu gedrängt hast."

Er lächelte. „Dafür hat man gute Freunde."

„Mach's gut, Henry." Danach hörte er das Freizeichen.

Noch immer lächelnd legte Henry ebenfalls auf. Sein Blick fiel auf ein gerahmtes Stickbild, das ihm Lisbeth geschenkt hatte. Er las den Text laut vor. „Jetzt aber in Christus Jesus seid ihr, die ihr einst Ferne wart, Nahe geworden durch das Blut Christi." Er fuhr mit dem Finger über den oberen Rand des Holzrahmens.

„Mach dir keine Sorgen, Lisbeth", sagte er. „Ich lasse nicht locker, bis sie wieder nach Hause kommt."

13

Marie musterte den Haufen aus schwarzen Kohlestücken, die auf dem festgestampften Lehmboden neben dem riesigen Heizofen lagen. In den beiden Wochen ihres Aufenthaltes in Lisbeths Haus hatte sich Marie daran gewöhnt, dieses Monstrum zweimal täglich mit Kohle zu füttern, aber sie hatte nicht darauf geachtet, dass der Vorrat allmählich kleiner wurde. Das Wetter in den Ebenen von Kansas konnte in den Wintermonaten unberechenbar sein. Wenn sie den Kohlevorrat nicht bald aufstockte, standen ihr und Beth womöglich ein paar ungemütlich kalte Tage bevor. Sie hängte den Kohleneimer wieder an den dafür bestimmten Nagel und rieb sich die Handflächen. Dann überlegte sie, wer ihr hier in der Gegend Kohle liefern könnte. Bestimmt hatte sich auch das geändert, seitdem sie zusammen mit John weggefahren war.

Frag doch Henry. Dieser Gedanke kam ihr sofort. Das sollte nicht allzu schwierig sein, da er nach wie vor jeden Abend zum Essen ins Café kam. Ihre Lippen verzogen sich zu einem schwachen Lächeln. Obwohl ihre Gespräche mit Henry immer kurz waren, weil beide merkten, wie Deborah sie beobachtete, freute sie sich, gegen Ende eines langen Arbeitstages stets mit ihm ein wenig plaudern zu können.

Trotz ihres anfänglichen Versuchs, Henry auf Distanz zu halten, gelang es ihm, langsam die Kluft zwischen ihnen beiden zu überbrücken. Es entwickelte sich zwischen ihnen so etwas wie eine freundschaftliche Beziehung. Deshalb würde es ihm bestimmt nichts ausmachen, wenn sie ihn fragte, wer ihr eine Ladung Kohlen liefern könnte. Aber dann verdrängte sie diesen Gedanken wieder. Es wäre besser, sich nicht zu stark auf seine Hilfe zu verlassen. Er führte bereits die Bücher des Cafés, und er würde auch die Abwicklung des Verkaufs in die Wege leiten, wenn es so weit war. Sie wollte ihn auch nicht ausnutzen. Andererseits, so gestand sie sich mit einem leisen Seufzer ein, könnte er auch falsche Schlüsse ziehen, wenn sie sich von ihm zu oft unter die Arme greifen ließe. Vielleicht würde sie an seiner Stelle genauso denken.

Langsam stieg sie die Kellertreppe hinauf. In der Küche ging sie zum Spülbecken und wusch sich den Kohlenstaub von den Händen. Vor dem Küchenfenster zeigte sich der Himmel in einem düsteren, bleiernen Grau.

Vielleicht fielen Beths Pläne für den heutigen Tag buchstäblich ins Wasser. Als Beth und sie gestern Abend gerade hatten ins Bett gehen wollen, war Mitch hereingeschneit gekommen. Er wollte Beth bei ihrer Suche nach passenden Sachen für den Laden helfen. Marie bekam jetzt noch Gänsehaut, als sie daran dachte, wie Beth ihrem Freund in die Arme gefallen war und ihn abgeküsst hatte.

Er schlief noch auf dem Sofa. Etwa eine halbe Stunde nach seiner Ankunft hatte er sich müde auf dieser provisorischen Schlafstätte niedergelassen. Marie atmete jetzt noch erleichtert auf, als sie sich daran erinnerte, wie Beth sie um Bettzeug gebeten hatte, weil sie für Mitch im Wohnzimmer das Sofa hatte herrichten wollen.

Obwohl Marie seit Beths Kindheit nur noch selten einen Gottesdienst besucht hatte, hatte sie ihre Tochter mit klaren Moralvorstellungen erzogen. Deshalb war Beth auch nicht bereit, mit ihrem Freund ein Bett zu teilen.

„Danke, dass Beth die richtige Entscheidung getroffen hat“, murmelte Marie.

Sie erstarrte. Das klang ja fast wie ein Gebet! Hatte sie tatsächlich gebetet? Sie schüttelte den Kopf. Nein, das war kein Gebet gewesen, sondern eher ein Ausdruck ihrer Erleichterung. Aber es hatte sich angefühlt wie ein Gebet. Sie spürte ein leichtes Frösteln und ging endlich an die Arbeit.

Das Frühstück macht sich schließlich nicht von allein, sagte sie zu sich selbst.

So leise wie möglich holte sie das Backblech und ein Brotmesser aus dem Schrank. Leise vor sich hinsummend bestrich sie die Vorder- und Rückseite jeder Brotscheibe mit Butter. Sie hatte sich nicht nur an das kräftige Aroma von Kaffee aus dem Kaffeebereiter gewöhnt. Auch der unter dem Backofengrill gebräunte Toast aus dem selbstgebackenen Brot, das es beim Lebensmittelhändler gab, schmeckte herrlich mit Joannas Pfirsichmarmelade.

Obwohl Beth immer noch herumjammerte, weil sie hier auf viele Annehmlichkeiten der modernen Technik verzichten musste, machte sich Marie gerne die zusätzliche Arbeit.

Sie plante sogar, bei ihrer Rückkehr nach Hause nicht mehr den Toaster, sondern den Backofengrill zu verwenden. Auch Tante Lisbeths rot-weiß gesprenkelten Kaffeebereiter würde sie behalten und neben ihren Elektroherd stellen.

Sie klappte die Tür des Backofens auf, um nach dem Brot zu sehen. Als der köstliche Duft heraufstieg, musste sie lächeln. Die Brotscheiben waren genau richtig.

In dem Moment, in dem sie das Blech aus dem Backofen zog, erschien Mitch in der offenen Küchentür.

„Morgen, Marie." Sein Oberkörper war nackt und seine Haare vom Schlaf zerzaust. Er gähnte mit weit offenem Mund und kratzte sich mit beiden Händen am muskulösen Bauch. Es war jetzt zwei Jahrzehnte her, dass ein Mann morgens in ihrer Küche gestanden hatte, entspannt und schläfrig. Marie spürte, wie sie rot wurde, als sie sich an dieses letzte Mal erinnerte.

Sie merkte, dass ihr Bademantel offen stand und darunter ihr rosa gepunkteter Schlafanzug sichtbar wurde. Deshalb wandte sie dem jungen Mann abrupt den Rücken zu, stellte das Backblech auf die Anrichte und zog rasch den Gürtel ihres Bademantels fester zu. Dann drehte sie sich wieder um.

„Guten Morgen, Mitch. Hast du gut geschlafen?"

„Na ja, es ging so. Dieses Sofa ist ja bretthart." Er presste die Hand an sein Hinterteil, streckte sich und bewegte seine breiten Schultern.

Marie ging zur Anrichte und schraubte das Marmeladenglas auf. Sie löffelte eine kleine Menge heraus und bestrich ein Stückchen Toast damit. „Dieses Sofa gibt es schon ziemlich lange. Die Polster sind bestimmt mit Sägespänen gefüllt. Entschuldige, dass es so unbequem war."

Sie hörte ein leises Lachen, und dann räusperte er sich. „Das ist schon okay. Wenn man todmüde ist, kann man fast überall schlafen."

Am schlurfenden Geräusch seiner Füße merkte sie, dass er sich weiter in die Küche hinein bewegte. Plötzlich erschien sein Gesicht über ihrer Schulter. „Mann, dieser Toast riecht ja toll."

Ohne ihn eines Blickes zu würdigen, machte Marie ihm einen Vorschlag. „Wie wär's, wenn du dir den Schlaf aus den Augen wäschst, dir ein Hemd anziehst und dich dann an den Frühstückstisch setzt. Ich habe genug Toast für uns alle gemacht."

Wieder hörte sie sein leises Lachen mit diesem amüsierten Unterton, der sie aufs Neue erröten ließ. „Danke." Er schlenderte um die Ecke zum Badezimmer.

Marie ließ den Toast stehen, ging rasch in ihr Schlafzimmer und schlüpfte in eine Jeans. Dann zog sie eine hochgeschlossene Bluse an. Als sie in dem kleinen Spiegel über der Frisierkommode ihr vor Hitze glühendes Gesicht sah, fragte sie sich, ob er wusste, welche Wirkung er auf sie hatte. Dann zog sie eine verächtliche Grimasse. Natürlich wusste er das! Warum hatte er sonst so selbstgefällig gelacht?

Diese seltsamen Gefühle hatte nicht Mitch in ihr geweckt. Sie war klug genug das zu erkennen. Es war viel mehr die Nähe eines männlichen Wesens in dieser vertrauten Umgebung. Seit Johns Tod hatte kein Mann mehr eine Nacht unter ihrem Dach verbracht. Jeder andere hätte dieselbe Wirkung auf sie gehabt wie Beths Freund. Plötzlich wurde sie unruhig. Wenn es Mitch gelang, sie durch seine bloße Anwesenheit durcheinander zu bringen, wie reagierte dann Beth auf diesen jungen Mann?

Mit zusammengebissenen Zähnen fuhr sie sich mit der Haarbürste durch ihre widerspenstigen Locken. Wenn er noch länger hier bleiben wollte, musste er sich in einer der größeren Städte ein Hotelzimmer suchen, ansonsten könnte seine ständige Gegenwart im Haus für die beiden jungen Leute eine zu große Versuchung darstellen. Sie musste mit Beth darüber reden, sobald sie wach war.

Als sie die Haarbürste zurück auf die Frisierkommode legte, hörte sie ein Klopfen an der Hintertür.

Dann rief Mitch: „Ich geh schon."

Sie lief schnell um die Ecke, aber da war es schon zu spät. Noch immer mit freiem Oberkörper riss Mitch gerade die Tür auf. Auf der Veranda stand Henry.

Er trat einen Schritt zurück, als ein halb bekleideter junger Mann die Tür von Lisbeths Abstellraum öffnete. Plötzlich bemerkte er eine heftige Bewegung hinter dem Mann, und an dessen breiter Schulter vorbei sah er, wie Marie den Flur entlang eilte.

Sie drängte sich vor den Mann. „Ich bin schon da, Mitch. Geh wieder rein, und zieh dir was an!"

Mit einem breiten Grinsen kratzte sich der Angesprochene am Kinn, auf dem sich ein paar Bartstoppeln zeigten. „Okay, Marie." Er hob die Hand zu einem trägen Gruß und schlenderte den Flur entlang zum Badezimmer.

Henry warf ihm einen erstaunten Blick nach. Seine Neugier war zwar geweckt worden, aber er wollte nicht nachfragen.

Marie sah ihn an. Ihre Wangen waren leicht gerötet. Mit vor der Brust verschränkten Armen stemmte sie sich gegen die Tür, damit diese nicht wieder zufiel.

„Guten Morgen. Möchtest du … möchtest du einen Toast mit Marmelade?“

Henry schüttelte den Kopf. „Nein, danke. Ich habe schon gefrühstückt.“

„Na, dann komm wenigstens rein ins Warme.“ Sie drückte die Tür weiter auf.

Weil ein anderer Mann im Haus war, blieb Henry draußen stehen. Er hielt sich mit der einen Hand den Ausschnitt seiner Jacke zu, um sich vor dem kalten Wind zu schützen. „Das ist schon in Ordnung. Ich möchte nur nachfragen, ob du …“

„Marie?“ Wieder war die Stimme des anderen Mannes zu hören. „Kann ich mir deine Zahnpasta ausleihen?“

Marie drehte sich zum Badezimmer um. „Klar. Nimm dir, was du brauchst.“ Ihre Stimme klang belegt. Dann wandte sie sich Henry zu. „Entschuldige. Du möchtest nachfragen, ob …?“

„Ob du noch Kohle brauchst. Ich will für meine Familie eine Tonne bestellen. Da habe ich gedacht, ich frage mal bei dir nach.“

Ihre Augen weiteten sich vor Erstaunen. „Wie kannst du wissen …“

„… dass du noch Kohle brauchst?“ Henry musste lächeln. „Ich habe immer welche für Lisbeth mitbestellt, wenn ich eine Lieferung für meine Familie geordert habe. Der Vorrat wird immer gleichzeitig knapp.“

Sie starrte ihn eine Weile schweigend und mit zusammengezogenen Augenbrauen an. Er sah die Verwirrung in ihrem Blick. Dann schüttelte sie den Kopf. Ihre Locken flogen hin und her. „Heute früh habe ich gesehen, dass ich noch Kohle brauche, aber ich wollte dich damit nicht belästigen. Ich kann sie selbst bestellen, wenn du mir die Adresse nennst.“

Henry musste schmunzeln. „Du würdest dich schwer tun, wenn du sie mit deinem kleinen Auto holen wolltest. Ich borge mir einen Kleinlaster von einem Bauern aus der Umgebung, und dann liefere ich die Kohle an meine Familie aus.

Sie wird mit der Bahn in die Stadt geliefert, aber der Zug hält ja nicht vor deinem Haus."

Sie senkte den Kopf und lachte leise. Als sie Henry wieder ansah, wirkte sie nicht mehr so verlegen und reserviert. „Danke, Henry. Du tust wirklich mehr für uns als wir erwarten können. Meinst ... meinst du, du kannst mir sagen, wie viel Kohle ich bis Ende Dezember brauche?"

Dezember. Henry schlug das Herz bis zum Hals, als er an die kurze Zeit ihres Aufenthaltes hier dachte. „Du kannst zuerst eine Vierteltonne nehmen. Wenn du mehr brauchst, kannst du später immer noch Nachschub bekommen."

Nachdenklich biss sie sich auf die Unterlippe. Dann nickte sie zustimmend. „Nochmals danke für deine Hilfe, Henry."

Wieder erschien der junge Mann. Jetzt hatte er zwar ein mit einem auffallenden Blumenmuster bedrucktes Hemd an, aber er hatte sich nicht die Mühe gemacht, es zuzuknöpfen. Er trat neben Marie und legte einen Arm um ihre Schultern. Die freie Hand streckte er Henry entgegen.

„Hallo. Ich bin Mitch Rogers, Beths bessere Hälfte. Sie müssen Henry sein, von dem Beth mir erzählt hat."

Henry schüttelte dem jungen Mann die Hand, aber dessen vertraulicher Umgang mit Marie verwirrte ihn. Ihre Wangen färbten sich schon wieder rot. Am liebsten hätte er dem Jungen den Arm von Maries Schulter geschlagen.

„Ich bin Henry Braun. Schön, Sie kennenzulernen." Er hoffte, dass der Herr ihm diese kleine Lüge vergeben würde.

Marie bewegte nervös ihre Schultern, und Mitch nahm seinen Arm endlich weg. „Henry bringt uns heute eine Ladung Kohlen, damit uns der Ofen nicht ausgeht."

„Ach ja?" Mitch lehnte sich an den Türpfosten, als ob er Marie beschützen müsste. „Na prima. Wir können ein bisschen Wärme brauchen. Morgens ist es hier saukalt."

Henry dachte, dass es dem jungen Mann gleich wärmer wäre, wenn er sein Hemd zuknöpfen würde. Er trat einen

Schritt zurück und griff nach dem Treppengeländer. „Ich bringe die Kohle heute Nachmittag vorbei, Marie. Ich werfe sie wie immer durch das Kellerfenster."

„Das klingt gut."

Irgendetwas hielt ihn zurück, aber er hatte keinen Vorwand mehr, hier zu bleiben. „Bis später dann." Henry drehte sich um und rannte zu seinem Auto, in der Hoffnung, dass sein Gesicht nicht so rot war wie die Hitze in seinen Wangen vermuten ließ.

Auf dem Weg zu seiner Werkstatt fragte er sich, warum er so seltsam reagiert hatte. Wieso regte es ihn auf, wenn ein junger Mann den Arm um Marie legte? Schließlich ging ihn das nichts an. Marie stand auf eigenen Füßen, seitdem Beth klein gewesen war, und sie war für sich selbst verantwortlich. Trotzdem meinte er, sie beschützen zu müssen.

Als er hinter seiner Werkstatt angekommen war, stellte er den Motor ab und blieb noch eine Weile nachdenklich im Auto sitzen. „Ich hab Lisbeth versprochen, dass ich alles tun werde, damit Marie wieder nach Hause kommt. Aber zu Hause ist Sommerfeld, nicht mein Herz", ermahnte er sich mit strenger Stimme. „Ich kann ihr zwar helfen, wie das jeder Christ tun würde, aber ich muss mit dieser dummen Eifersucht aufhören."

Eifersucht. Bei diesem Wort biss er die Zähne zusammen. Er hatte kein Recht, eifersüchtig zu sein, wenn ein anderer Mann Marie seine Aufmerksamkeit schenkte. Und er kannte genau das richtige Mittel, um dieses Gefühl loszuwerden. Er stieg rasch aus dem Auto, ging zur Hintertür der Werkstatt und steckte den Schlüssel ins Schloss.

„Arbeit ist die beste Ablenkung", sagte er, als er die Tür aufstieß und das Licht anknipste.

Leider wirkte dieses Mittel nicht. Er musste trotzdem ständig daran denken, wie Mitch den Arm um Maries Schultern gelegt hatte.

„Du warst also bei allen Farmern in der Umgebung, und alle haben Nein gesagt?“

Beth nickte. Sie musste sich immer noch ärgern, wenn sie an die höflichen, aber bestimmt formulierten Antworten der Leute dachte.

„Und dabei haben die so tolle Sachen.“ Mit einem Seufzer fegte sie die Krümel von der Tischplatte. „Aber ich habe noch andere Adressen. Wir müssen einfach weitermachen.“

Mitch schüttelte den Kopf. Seine dunklen Augen blitzten. „Zuerst gehen wir noch mal zu diesen Bauernhöfen. Sie verdienen eine zweite Chance.“ Er steckte eine Hand in die Gesäßtasche seiner Hose und holte seine Brieftasche heraus. Mit einem breiten Grinsen klappte er sie auf und fuhr mit dem Daumen durch das Bündel mit den Geldscheinen.

„Das ist unsere Munition, liebe Lissie. Damit locken wir sie aus der Reserve.“

Marie unterbrach ihn unwirsch. „Seid bloß nicht zu aufdringlich. Wenn die Leute nicht verkaufen wollen, dürft ihr sie nicht dazu zwingen. Es ist ihr gutes Recht, ihre Sachen zu behalten.“

Beth drehte sich um und warf ihrer Mutter einen finsteren Blick zu. Marie stand am Spülbecken und trocknete das Geschirr vom Mittagessen ab. Ihre Mutter war schon den ganzen Morgen so kurz angebunden gewesen. Sie hatte herumgemeckert, weil Mitch hier war und es nicht richtig sei, dass er mit ihnen unter einem Dach wohnte. Und jetzt wollte sie die beiden auch noch daran hindern, Antiquitäten für den Laden einzukaufen. Begriff sie denn nicht, dass ein erfolgreich geführtes Antiquitätengeschäft ihnen allen Vorteile bringen würde?

„Was hast du denn heute?“, fragte Beth ihre Mutter.

Marie warf ihr einen erstaunten Blick zu. „Ich habe gar nichts. Ich meine nur, dass ihr auf die Leute keinen Druck ausüben sollt. Ihr müsst es respektieren, wenn sie nicht verkaufen wollen."

Mit einem breiten Grinsen stützte sich Mitch mit dem Ellbogen auf die Lehne des Küchenstuhls. „Jetzt mach mal halblang, Marie. Ich will doch niemandem drohen. Aber hier gibt es einfach zu viel von dem Zeug. Beth hat mir von einer langen Bank mit einem Deckel und einem Federbett innen drin erzählt. So was gibt's in keiner Großstadt."

Marie nickte zustimmend. „Das ist eine Schlafbank. Als ich noch ein Kind war, gab es die noch sehr oft." Sie lehnte sich an die Anrichte. Ihre Lippen verzogen sich zu einem schwachen Lächeln. „Meine Mutter hatte eine im Keller. Im Sommer hat sie dort geschlafen, wenn es ihr im Haus zu warm war."

Mitch stieß Beth an der Schulter an. „Siehst du? Da gibt es noch so ein Ding. Wo wohnen deine Großeltern eigentlich? Wir können sie fragen, ob das Teil noch bei ihnen rumsteht."

Maries Lächeln wurde zu einer verächtlichen Grimasse. „Das könnt ihr euch sparen. Sie werden euch das Stück bestimmt nicht verkaufen."

Beth reagierte eingeschnappt. Sie zeigte anklagend auf ihre Mutter. „So denken die Leute hier, Mitch. Sie haben kein Interesse, ihr Zeug zu verkaufen." Ihre Stimme klang verärgert und hoffnungslos zugleich. Mit einem Achselzucken fügte sie hinzu: „Am besten, wir katalogisieren gleich alles hier im Haus und verwenden die Sachen für unseren Anfangsbestand. Vielleicht können wir einen Teil deines Geldes verwenden, um den Rest bei Auktionen zu ersteigern."

Mitchs Augen verengten sich zu kleinen Schlitzen. „Das kommt überhaupt nicht in Frage. Ich hab extra Urlaub genommen, um hierher zu kommen und Sachen für den Laden zu kaufen, und das werden wir auch machen." Er nahm Beths Hand und hob sie an seine Lippen. Seine Bartstoppeln fühlten sich kratzig an. Dann strich er zärtlich über ihre Fingerknöchel, beugte sich zu ihr herüber und flüsterte: „Du weißt, ich bin ein Geschäftsmann. Zusammen bringen wir die Leute schon noch dazu, dass sie verkaufen. Vertrau mir, Lissie."

Beth lachte leise. Die Leidenschaft in seinem Blick machte ihr wieder Mut. Sie sprang auf. „Jetzt gehen wir erst mal ins Café. Im Internet können wir uns die Sachen angucken, die ich schon gesehen habe, damit wir ungefähr wissen, wie hoch die Verkaufspreise sind."

Mitch erhob sich langsam von seinem Platz. Seine lockere, entspannte Art war das genaue Gegenteil von Beths heftigem Temperament, und ihr gefiel es, dass sie sich so gut ergänzten. Bestimmt würden sie gemeinsam viel Erfolg haben – beruflich und auch in der Liebe. Bei diesem Gedanken schlug ihr Herz schneller. Sie lehnte sich an ihn und seufzte zufrieden, als seine Arme sich um sie schlossen.

Über seine Schulter warf sie ihrer Mutter einen Blick zu. „Wir gehen ins Café, Mami. Zum Abendessen sind wir wieder zurück."

Marie nickte nur. Sie brachte kein Wort über ihre fest zusammengepressten Lippen.

14

„Hallo, Tante Marie." Joannas Tochter Kyra ließ sich in einer Ecknische nieder und nahm die Speisekarte, die Marie ihr reichte.

Maries Herz schlug unruhig, wie beim ersten Mal, als eines von Joannas Kindern sie so genannt hatte. Das Gefühl des Angenommenseins, das dieses einfache Wort Tante ausdrückte, tat ihr gut. Am liebsten hätte sie die Augen geschlossen und es genossen.

„Hallo. Was bringt dich so früh am Nachmittag hierher? Kocht deine Mutter heute etwa kein gutes Abendessen?“

Kyras silberhelles Lachen klang fast wie das ihrer Mutter. „Nein, deswegen bin ich nicht hier.“ Sie legte die Speisekarte auf den Tisch und stützte sich mit den Armen darauf. „Eigentlich bin ich wegen Beth hier, aber sie ist schon wieder nicht da. Ich hab sie die ganze Woche nicht gesehen.“

Marie runzelte die Stirn. Beth hatte viel Zeit mit Mitch verbracht. Sie erschien nur im Café, um sich etwas zu Essen mitzunehmen und dann gleich wieder zu verschwinden. Mitch hatte angedeutet, dass sich sein Urlaub dem Ende nähere, und Marie war im Grunde genommen froh darüber. Beths Unzufriedenheit mit ihrem Leben hier in Sommerfeld hatte um ein Vielfaches zugenommen, während ihr Freund bei ihnen war. Die letzten Kreuze auf dem Kalender hatte sie voller Wut angebracht. Auch das war ein Ausdruck ihrer Frustration.

„Sie ist oft mit Mitch unterwegs.“ Marie zwang sich zu einem Lächeln.

Kyra nickte kurz. Die Bänder ihres Häubchens folgten dieser Bewegung. „Hat sie viele Sachen kaufen können?“

Marie schüttelte den Kopf. „Leider nicht. Nur ein paar wenige Dinge, aber längst nicht so viele wie sie es sich erhofft hat. Aber sie hat den Dickkopf ihrer Vaters geerbt, und so gibt sie sich nicht so schnell geschlagen. Sie will jedes Haus hier im Bezirk abklappern, bevor sie wieder nach Hause fährt.“

Kyra musste erneut lachen. „Du liebe Zeit, sie ist ja wirklich hartnäckig!“

„Besser gesagt stur“, entgegnete Marie mit einem leisen Seufzer.

„Eigentlich bewundere ich sie“, meinte Kyra nachdenklich. „Sie weiß, was sie will, und sie ist fest entschlossen, ihr Ziel zu erreichen. Wenn andere Leute so viele negative Antworten bekommen, geben sie auf. Aber Beth macht weiter, weil es ihr so viel bedeutet.“

Marie war sich nicht sicher, ob Kyra begriff, was wirklich hinter Beths Entschlossenheit steckte, nämlich finanzielle Sicherheit um jeden Preis. Aber sie war ihrer Nichte dankbar für die freundlichen Worte. „Vielleicht hast du recht."

„Ich weiß, dass ich recht habe." Kyra kicherte leise. Dann sah sie sich im fast leeren Café um, bevor sie sich vorbeugte und vertraulich flüsterte: „Ich habe auch nicht nachgegeben, als es um Jacob ging. Er ist genauso schüchtern wie sein Onkel Henry, und er wäre nie auf mich zugegangen, wenn ich ihm nicht gezeigt hätte, dass ich an ihm interessiert bin." Sie schüttelte den Kopf. Ihre blauen Augen blitzten schelmisch. „Aber es zahlt sich aus, wenn man hartnäckig ist." Sie hielt inne und fuhr sich mit der Zunge über die Lippen. „Seid ihr, ich meine, du und Beth, zur Hochzeit noch hier?"

Marie wurde es schwer ums Herz. Obwohl sie in den vergangenen Wochen oft mit Joanna und ihrer Familie zusammen gewesen war, hatte sich niemand von ihren anderen Verwandten bei ihr blicken lassen, um sie in Sommerfeld willkommen zu heißen. Deshalb glaubte sie nicht, dass ihre Anwesenheit bei dieser Familienfeier erwünscht war, aber sie wollte Kyras Gefühle nicht verletzen. Sie wog sorgfältig ihre Worte ab. „Ich weiß es noch nicht so genau. Vielleicht fahren wir schon nach Weihnachten zurück nach Cheyenne."

Kyra nickte. Auf ihren Lippen zeigte sich ein freundliches Lächeln. „Ich verstehe schon. Aber … wenn ihr es einrichten könnt, würde ich mich sehr freuen."

Diese Einladung rührte Marie. „Oh, danke, ich würde mich auch freuen." Sie holte tief Luft und wechselte das Thema. „Du hast gesagt, dass du auf der Suche nach Beth warst. Was wolltest du denn von ihr?"

Kyra setzte sich gerade hin. Sie wirkte freudig erregt. „Wir wollen morgen Abend nach Newton zum Schlittschuhlaufen. Ich wollte Beth fragen, ob sie und Mitch mitkommen möchten. Es sind ein paar Freunde dabei und auch einige Cousins und Cousinen von Beth. Bei dieser Gelegenheit könnte sie uns näher kennenlernen."

Marie setzte sich auf den gegenüberliegenden Platz in der Sitznische. „Oh Kyra, das ist wirklich lieb von dir, aber ..." Marie konnte sich beim besten Willen nicht vorstellen, wie Beth einen Abend mit den jungen Mennoniten verbrachte, während Mitch noch hier in Sommerfeld war.

„Wir sind bald wieder zurück", fügte Kyra hinzu. „Weil am Sonntag Gottesdienst ist, müssen wir bis spätestens zehn Uhr wieder zu Hause sein. Wir wollen uns alle vor dem Geschäft von Onkel Art treffen und eine Fahrgemeinschaft bilden. Bevor wir zur Eisbahn fahren, gehen wir immer bei McDonald's essen. Deshalb fahren wir hier schon um fünf Uhr los."

Marie saß schweigend da. Sie wusste nicht so recht, was sie sagen sollte, ohne die Gefühle ihrer Nichte zu verletzen.

Kyra lehnte sich zurück und legte die Finger ihrer beiden Hände zusammen. „Sag's ihr einfach. Wenn sie und Mitch da sind, können sie bei Jacob und mir mitfahren. Wenn nicht, weiß ich, dass sie nicht mitkommen wollen."

„Ich komm mir richtig komisch vor." Beth stand im Flur, die Hände in die Hüften gestemmt. Ihr hübsches Gesicht verzog sich zu einer ungläubigen Grimasse. „Schlittschuhlaufen und dann auch noch mit einem Rock!"

Marie musterte ihre Tochter prüfend. Diese trug einen rosa Stickpulli, einen weiten Rock im Landhausstil und braune Schnallenschuhe. Zwischen Rocksaum und Schuhen waren etwa fünfzehn Zentimeter Bein zu sehen. „Du brauchst Socken."

„Die sind in meiner Handtasche. Ich ziehe diese Dinger erst dann an, wenn ich in die Schlittschuhe schlüpfe." Sie schüttelte den Kopf. Dabei schwang ihr Pferdeschwanz hin und her. „Ich fühle mich schon jetzt fehl am Platz."

Marie spürte die Unsicherheit in Beths Stimme. Sie ging einen Schritt auf ihre Tochter zu, legte ihr beide Hände an die Wangen und gab ihr einen Kuss auf die Stirn. „Das wird schon klappen."

Beth packte ihre Mutter an beiden Handgelenken und drückte sie sanft. „Mir wäre es lieber, wenn Mitch mitkommen würde."

„Warum begleitet er dich nicht?"

Die junge Frau zog die Augenbrauen zusammen. „Er hat gesagt, dass er seine Sachen packen will, weil er morgen früh zurück nach Cheyenne fährt. Aber ich glaube, er hat einfach keine Lust, mit Kyra, Jacob und den anderen abzuhängen. Er fühlt sich bei ihnen wie ein Außenseiter."

Marie nickte zustimmend. „Ja, das kann ich verstehen."

Beth verlagerte ihr Gewicht auf ein Bein, senkte den Kopf und seufzte. „Sag mir bitte noch mal, warum ich mit denen mitfahre."

Marie imitierte Beths Körperhaltung. „Erstens tut es dir gut, wenn du mit Gleichaltrigen zusammen bist. Und zweitens lernst du weitere Cousins und Cousinen kennen … wenigstens ein bisschen. Schließlich gehören sie zu deiner Familie."

Beth quittierte diese Bemerkung mit einem übertriebenen Seufzer, aber wenigstens reagierte sie darauf nicht geringschätzig. „Okay. Wenn die jungen Leute mich kennen, sagen sie ihren Eltern vielleicht, dass sie mir ruhig ihr Zeugs verkaufen können. Dann hätte sich die Mühe wenigstens gelohnt."

Nach dieser erneuten Anspielung auf den finanziellen Profit biss Marie die Zähne zusammen.

„Ich hoffe nur, dass ich mich auf den Beinen halten kann. Sonst sieht jeder, was ich unter dem Rock anhabe." Mit einem selbstgefälligen Lächeln hob Beth den Rocksaum. Sie trug knielange Radlerhosen.

Marie musste wider Willen lachen.

„Ich weiß, ich weiß", nörgelte Beth, „aber ich hab nichts anderes. In Jeans würde ich noch mehr auffallen."

„Du kannst dir auch meinen Jeansrock leihen. Der fällt nicht so glockig."

Beth schüttelte den Kopf. „Nee, nee. Das ist nicht mein Stil. Außerdem ..." Sie grinste schelmisch. „Wenn ich über die Eisfläche wirbele, bietet dieser Rock einen wirklich tollen Anblick." Sie stellte sich auf die Zehenspitzen und drehte eine Pirouette. Der bunt gemusterte Stoff ihres Rocks wurde zu einem Farbklecks. Marie kamen die Tränen, als vor ihrem geistigen Auge ein anderes Bild erschien. Sie sah Beth an ihrem ersten Tag im Kindergarten. Sie trug ein rosa gepunktetes Kleid und drehte sich im Kreis, damit der weite Rock sich bauschte. Ihr niedliches Gesicht wurde von einem strahlenden Lächeln erhellt.

„Also gut." Marie drückte ihre Tochter fest an sich. Es war seltsam, aber sie ließ sie mit einem lachenden und einem weinenden Auge ziehen – wie damals am ersten Kindergartentag. „Viel Spaß."

„Ich gebe mir Mühe." Beth ging zur Tür. Sie hatte den Arm um ihre Mutter gelegt. „Und was machst du, während ich weg bin?"

„Ich räume Tante Lisbeths Kleiderschrank und Sekretär aus, damit ich meine eigenen Sachen rein tun kann. Ich hab das immer wieder vor mir her geschoben, aber jetzt kann ich nicht mehr aus Kisten leben."

„Okay." Sie standen an der Hintertür. Beth packte den Türgriff. „Ich bin so gegen zehn zurück."

Marie hielt die Tür auf und sah ihrer Tochter nach, wie sie die Treppe herunterhüpfte. Als sie unten angekommen war, hob sie kurz die Hand. Dann ging sie um die Ecke zum Auto. Marie wartete ab, bis ihre Tochter die Einfahrt hinter sich gelassen hatte. Dann schloss sie die Tür und ging in Tante Lisbeths Zimmer.

Sie saß eine Zeitlang schweigend auf dem Bett, weil sie eine seltsame Einsamkeit in sich spürte. Sie hätte jetzt jemanden gebraucht, mit dem sie ihre Sorgen um Beth besprechen konnte. Dieses Bedürfnis war ihr nicht neu. Sie hatte es als alleinerziehende Mutter oft gehabt, aber sie hatte sich nie daran gewöhnen können. Im Laufe der Jahre hatte sie sich gelegentlich nach einem Partner gesehnt, mit dem sie das Leben teilen konnte.

Sally hatte sie immer gedrängt, sich doch mit Männern zu treffen, um herauszufinden, ob der Passende dabei wäre. Aber die Angst hatte sie immer wieder daran gehindert, die Angst, jemanden zu treffen, der Beth nicht mögen oder schlimmer noch misshandeln würde. Jede Woche konnte sie in der Zeitung lesen, wie Männer ihre Stiefkinder schlugen oder sexuell missbrauchten. Allein der Gedanke, jemanden mit nach Hause zu bringen, der Beth Schaden zufügen könnte, war furchtbar. Deshalb hatte Marie immer das Gefühl der Einsamkeit verdrängt und stattdessen die Beziehung zu ihrer Tochter zu ihrem Lebensinhalt gemacht.

Aber jetzt war Beth erwachsen. Sie wagte die ersten, unsicheren Schritte in die Welt hinaus. Schon bald würde Beth das Nest verlassen, und Marie wäre ganz allein. Aber wenn sie weiter Trübsal blies, würde ihr das auch nicht weiterhelfen. Ihre Kleider räumten sich schließlich nicht von selbst in den Schrank.

Sie erhob sich vom Bett und ging zum Kleiderschrank. Durch die offene Tür warf sie einen Blick ins dunkle Innere. Etwa ein Dutzend Kleider hingen auf der Stange. Sie waren alle gleich geschnitten. Obwohl Joanna, Deborah und viele andere Frauen in der Mennonitengemeinde auch bunte Farben trugen, waren alle Kleider von Tante Lisbeth einfarbig – die meisten von ihnen dunkelblau, dunkelbraun oder dunkelgrün.

Marie holte ein Kleidungsstück heraus und betrachtete es, indem sie es auf Armeslänge von sich weg hielt. Auffallend waren der runde Halsausschnitt und das daran befestigte, spitz zulaufende Extra-Oberteil, das den Oberkörper vollständig verdeckte. Sie strich mit dem Finger an der Naht dieses Oberteils entlang und verglich das Kleid ihrer Tante mit ihren eigenen Sachen in der Kleiderkiste. Seitdem sie Sommerfeld verlassen hatte, hatte sich ihre Garderobe stark verändert.

Sie legte das Kleid auf das Bett und die anderen darüber. Jetzt konnte sie ihre eigenen Sachen auf die nun freien Kleiderbügel hängen. Als sie damit fertig war, ging sie zu dem Stapel mit den Kleidern ihrer Tante. Sie legte eines nach dem anderen zusammen. Schon bald füllte sich ihre jetzt leere Kleiderkiste. Bevor sie das letzte Kleid einpackte, hielt sie kurz inne. Spontan schlüpfte sie aus ihrem T-Shirt und zog sich das ungewohnte Kleidungsstück über den Kopf.

Ihre Lippen verzogen sich zu einem schwachen Lächeln. Tante Lisbeth war immer klein und zierlich gewesen, aber mit zunehmendem Alter musste sie an Gewicht zugenommen haben. Das Kleid hing in losen Falten an Marie herunter. Sie schloss die Augen und fuhr noch einmal mit den Fingern an den Nähten des Extra-Oberteils entlang. Dabei erinnerte sie sich daran, wie ihre Mutter sie oft ausgeschimpft hatte, weil sie damals schon diese Angewohnheit gehabt und damit häufig schwer zu entfernende Schmutzflecke auf dem Stoff hinterlassen hatte.

Als sie sich zum kleinen Spiegel über Tante Lisbeths Frisierkommode umdrehte, musste sie laut lachen. Sie war froh, dass es hier keinen Ganzkörperspiegel gab. Der schlichte Halsausschnitt des traditionellen Kleides wirkte lächerlich zu ihrer nicht zu bändigenden Lockenpracht.

Aber wenn ihr Haar zurückgekämmt und von einem Häubchen bedeckt wäre …

Hastig zog sie das Kleid aus und ihr T-Shirt wieder an. Aber als sie das Kleid zusammenlegen und wegpacken wollte, hielt sie etwas zurück. Ihr kam es vor, als ob sie sich mit dem weggepackten Kleidungsstück ihrer Vergangenheit entledigen wolle – ein für alle Mal.

Verblüfft schüttelte sie den Kopf. Was war denn bloß mit ihr los? Sie ließ das Kleid zurück auf das Bett fallen und tappte auf Strümpfen ins Wohnzimmer. Dort machte sie es sich in Tante Lisbeths Schaukelstuhl bequem. Während sie sanft vor und zurück schaukelte, sah sie aus dem Fenster. Draußen bildete die Abenddämmerung dunkle Schatten. Marie dachte an die anderen Bewohner der Kleinstadt. Ein paar Straßen weiter stand Joanna um diese Zeit bestimmt am Bügelbrett und bügelte exakte Falten in die Hosen, die ihr Mann und ihr Sohn morgen zum Gottesdienst tragen würden. Mit einem Lächeln erinnerte sie sich an die hektischen Vorbereitungen für den Sonntag, als sie noch ein kleines Mädchen gewesen war.

Als Mittlere von sieben Geschwistern hatte sie es sich immer gefallen lassen müssen, wenn ihre älteste Schwester Abigail sie herumkommandierte und sie hatte sich Mühe gegeben, die Hänseleien ihrer jüngeren Brüder zu ignorieren. Sie war dafür verantwortlich gewesen, dass am Sonntagmorgen jeder mit geputzten und polierten Schuhen in den Gottesdienst ging. Sie fragte sich, ob ihre Mutter an Samstagabenden für die Schuhe ihres Vaters noch immer ein trockenes Brötchen benutzte oder endlich auf Schuhcreme und ein Poliertuch zurückgriff.

Dieses Gefühl der Zusammengehörigkeit war etwas besonderes, wenn die ganze Familie schließlich am Sonntagmorgen in die Pferdekutsche stieg und bei der Fahrt über Feldwege andere Familien traf. So etwas hatte sie seit ihrer Teenagerzeit nicht mehr erlebt. Als Kind hatte sie keine Einsamkeit gekannt. Sie war immer von Menschen umgeben gewesen. Ein Bruder, eine Schwester oder eine Freundin – immer war jemand da gewesen. Diese fest zusammengewachsene Gemeinschaft ihrer Kindheit hatte jedes Bedürfnis nach Gesellschaft erfüllt. Sie hätte sich damals nie vorstellen können, wie es war, wenn man sich allein fühlte.

Die Erinnerung an Johns Tod tat ihr noch immer weh. Sie drückte krampfhaft ihre Hände an den Magen, als sie daran dachte, wie man ihr nur ein paar Wochen vor Beths Geburt die Nachricht überbracht hatte, dass Johns Sattelschlepper eine Böschung heruntergestürzt war. Als ihr Mann bei dem Unfall gestorben war, hatte sie auch ihre Träume von einer eigenen Familie begraben müssen. Von da an war sie mit ihrem Baby allein gewesen. Marie hatte ihren Mann verloren, und ihre Tochter kannte keinen Vater und keine Geschwister. Als Maries Vater sich geweigert hatte, seine Tochter und sein Enkelkind wieder zu Hause aufzunehmen, hatte es für sie auch keine Cousins, Tanten, Onkel und Großeltern mehr gegeben, sondern nur noch sie und ihr kleines Mädchen.

Marie erhob sich abrupt aus dem Schaukelstuhl. Sie wollte nicht mehr an diese schmerzlichen Erinnerungen denken. Sie ging zwischen Esszimmer und Küche auf und ab, auf der Suche nach einer sinnvollen Aufgabe. Aber alles war weggeräumt. Es gab nichts mehr zu tun. Hier gab es keinen Fernseher, der ihr als Geräuschkulisse dienen konnte. Ein Blick auf die Uhr zeigte ihr, dass es viel zu früh war, um ins Bett zu gehen. Außerdem wollte sie wach sein, wenn Beth nach Hause kam.

Ruhelos ging sie weiter durch das Haus, bis sie im Schlafzimmer ankam. Dort lag noch immer Tante Lisbeths Kleid auf dem Bett. Es schien sie zu verspotten, weil ihr dadurch der Unterschied zwischen ihrer Kindheit und ihrem Leben als Erwachsene wieder bewusst wurde. Sie zerrte das Kleid vom Bett, rollte es zusammen und warf es in die Kiste zu den anderen Kleidungsstücken.

Nachdem sie die Kiste fest verschlossen hatte, schlüpfte sie in eine Jacke und stürmte zur Hintertür hinaus. Ein langer Spaziergang würde ihr gut tun. Sie würde ihren Erinnerungen einfach davonlaufen. *Auch wenn ich die ganze Strecke zurück nach Cheyenne zu Fuß zurücklegen müsste.*

Henry hielt sein mit Erdnussbutter bestrichenes Brot mit einer Serviette fest und schlenderte zum Wohnzimmerfenster. Während er aß, beobachtete er, wie zwei Eichhörnchen miteinander Fangen spielten. Ihre buschigen Schwänze sahen aus wie aufgeplustert. Wenn er noch seinen alten Hund Skippy gehabt hätte, hätten die niedlichen Tierchen einen dritten Spielgefährten gehabt. Skippy hatte es immer riesigen Spaß gemacht, die rotbraunen oder schwarzen Plagegeister an einem Baum hochzujagen. Sein Bellen hätte die piepsenden Protestlaute der Eichhörnchen übertönt.

Sein Hund fehlte ihm. Er war für ihn wie ein guter Freund gewesen. Als Lisbeth und Skippy noch gelebt hatten, hatte er immer jemanden gehabt, mit dem er an den langen Abenden hatte reden können. Aber jetzt? Jetzt leisteten ihm nur noch die Eichhörnchen Gesellschaft.

Gerade wollte er sich wieder umdrehen, als ihn eine Bewegung stutzig machte. Er beugte sich vor und sah auf die Straße hinaus. Eine Frau lief mit schnellen Schritten an seinem Haus entlang. Sie hatte beide Hände in die Taschen ihrer Jacke gesteckt. Eine Kapuze verdeckte ihr Profil. Aber an den Hosen, die sie anhatte, war sie leicht zu erkennen. Es war Marie. Keine andere Frau in Sommerfeld trug Jeans.

Schnell trat er vom Fenster zurück. Er wollte nicht, dass sie sich beobachtet fühlte.

Als er wieder in der Küche war, lehnte er sich an die Anrichte und aß sein Brot auf. Er dachte daran, wie Marie mit gesenktem Kopf die Straße entlang lief, und das Herz schlug ihm bis zum Hals. Er fragte sich, ob sie wohl wieder zum Friedhof ging. Auf jeden Fall lief sie in diese Richtung. Sie wirkte verloren. Einsam. Henry konnte gut nachempfinden, wie sie sich fühlen musste.

Er knüllte die Serviette zusammen und warf sie weg, bevor er ins Wohnzimmer zurückkehrte. Als er es sich auf seinem Sofa bequem gemacht hatte, schloss er die Augen und dachte an die Abende in Lisbeths Wohnzimmer. Oft hatte er neben ihr gesessen und einen Blick auf die eng beschriebenen Seiten in Lisbeths Hand geworfen. Sie hatte ihm jeden Brief von Marie gezeigt. Marie war keine fleißige Briefschreiberin. Manchmal waren Monate vergangen, bis wieder eine Nachricht von ihr gekommen war. Jedes Mal, wenn Lisbeth einen Brief erhalten hatte, hatte sie ihn erst geöffnet, als Henry sie vom Café nach Hause fuhr. Dann hatte sie Maries Zeilen laut vorgelesen.

Er erinnerte sich, wie sie ihrer Tante von Beths ersten Gehversuchen erzählt hatte. Als Beth ihren ersten Milchzahn verloren hatte, hatte sie sich über das Geldstück gefreut, das die Zahnfee ihr dafür hinterlassen hatte. Marie hatte ihrer Tante geschrieben, wenn sie eine neue Arbeitsstelle gefunden hatte. Sie hatte voller Trauer von der Krebserkrankung und dem Tod ihrer Schwiegermutter berichtet. Sie hatte Lisbeth geschrieben, als Beth ihren Schulabschluss gemacht hatte.

Auf den Seiten von Maries Briefen waren die Erinnerungen an ein ganzes Leben festgehalten, und Henry hatte durch die geschriebenen Worte Anteil an diesem Leben gehabt.

Er hatte immer die Luft angehalten, wenn Lisbeth zu lesen begonnen hatte, weil er Angst gehabt hatte, dass Marie ihr mitteilen könnte, sie hätte einen neuen Lebensgefährten gefunden. Aber sie hatte nie erwähnt, dass sie sich mit Männern traf. Es war ihr immer um das Wohl ihrer Tochter gegangen.

Das kleine Mädchen, das sie so sehr liebte, war zu einer jungen Frau herangewachsen. Noch immer bedeutete sie Marie so viel, dass sie bereit war, an einen Ort zurückzukehren, den sie lieber vergessen hätte. Als sie an seinem Haus vorbeiging, zeigte ihm ihre gebückte Haltung, dass ihr Aufenthalt hier für sie eine schwere Last bedeutete. In den fast drei Wochen, die sie bereits in Sommerfeld verbracht hatte, hatte sie nur von wenigen Menschen echte Zuwendung erfahren. Nur ihre Schwester Joanna war auf sie zugegangen. Es war für sie bestimmt sehr schwer, jeden Tag im Café zu arbeiten und diese kühle Ablehnung der Menschen zu spüren.

Er sehnte sich danach, ihr einen Teil dieser Last abzunehmen. Obwohl es ihm peinlich war, musste er sich eingestehen, dass er sie immer noch liebte. Es war schon seltsam, dass er nach über zwei Jahrzehnten immer noch so empfand, auch wenn der Kontakt zu Marie abgebrochen war. Aber seine Liebe zu ihr war lebendig geblieben, nicht zuletzt deshalb, weil Lisbeth bereit gewesen war, ihm Maries Briefe vorzulesen. Am liebsten hätte er ihr gesagt, dass es außer Joanna noch jemanden gab, der sie liebte, aber das war natürlich unmöglich.

In einem Fach seines Kleiderschranks lag eine kleine Schachtel. Sie enthielt einen stummen Zeugen seiner Liebe zu Marie. Beinahe hätte er die Schachtel aufgemacht und den Inhalt betrachtet – eine kleine, in weißes Leder gebundene Bibel, die er damals gekauft hatte, weil er sich nicht getraut hatte, Marie einen Heiratsantrag zu machen. Er hasste es, dass ihm in den entscheidenden Momenten immer die Worte fehlten. Aber die kleine weiße Bibel, die nach der mennonitischen Tradition den Brautstrauß ersetzte, sollte Marie zeigen, was er für sie empfand.

An jenem Tag, als bereits festgestanden hatte, dass sie mit John Quinn weggehen würde, hatte Henry versucht, ihr seine Liebe zu gestehen. Er hatte sie sanft am Arm berührt und ihr zugeflüstert: „Ich warte auf dich, Marie."

Damals hatte er sich so sehr gewünscht, dass sie ihm in die Augen sehen und erkennen würde, wie sehr er sie liebte und wie sehr er sich wünschte, sie würde zu ihm zurückkommen. Obwohl seine Gefühle noch immer die gleichen waren, war er älter geworden – und klüger. Noch immer tat es ihm weh, wenn er daran dachte, wie damals der Sattelschlepper weggefahren und damit die Frau, die er liebte, für ihn unerreichbar geworden war.

Ein Herz kann einen solchen Schmerz nur einmal im Leben ertragen. Er hatte aus seinem Fehler von damals gelernt. Offenbar war seine Liebe vor zweiundzwanzig Jahren nicht stark genug gewesen, um Marie in Sommerfeld zu halten. Dieses Risiko wollte er nicht noch einmal eingehen. Diesmal wollte er nicht hilflos zusehen, wenn sie ihre Heimatstadt wieder verließ.

15

Beth winkte Kyra und den anderen zum Abschied nach, bevor sie ins Auto stieg und losfuhr. Erleichtert atmete sie auf. Sie hatte den Abend überstanden. So schlimm war es gar nicht gewesen, nachdem sie ihre anfängliche Unsicherheit überwunden hatte. Ein bisschen peinlich war es schon gewesen, vor allem bei Mac Donald's. Dort hatten die Leute die seltsam gekleideten Mennoniten mit unverhohlener Neugier angestarrt. Aber im Großen und Ganzen war der Abend recht angenehm gewesen. Beth bog in die First Street ein.

Verwundert schüttelte sie den Kopf. Wie ertrug Kyra eigentlich diese neugierigen Blicke der Menschen, wenn sie sich in der Außenwelt bewegte? Beth war es durchaus gewohnt, dass die Leute ihr nachsahen. Mit ihrer Art, sich zu kleiden, betonte sie ihr gutes Aussehen zusätzlich. Da war es nur normal, wenn die Leute einen zweiten Blick riskierten. Aber als die Menschen sie heute Abend anglotzten und sich dann hinter vorgehaltener Hand etwas zuflüsterten, war dieses Verhalten kein Ausdruck von Bewunderung, sondern von dumpfer Neugier gewesen. Das hatte Beth überhaupt nicht gefallen.

Als sie in die Straße zu Tante Lisbeths Haus abbog, fiel das Licht der Scheinwerfer auf einen dunkel gekleideten Fußgänger. Beth erkannte die graue Kapuzenjacke. Es war ihre Mutter. Sie bremste und kurbelte das Fenster herunter.

„Was machst du denn so spät hier draußen?", fragte sie.

Ihre Mutter riss die Tür auf der Beifahrerseite auf und ließ sich auf den Sitz fallen, obwohl es nur noch wenige Meter bis zum Haus waren. „Ich habe einen Spaziergang gemacht und bin auf dem Friedhof gelandet."

„Mitten in der Nacht?" Beth starrte ihre Mutter verblüfft an.

Marie lehnte sich im Beifahrersitz zurück. „Puh! Ich bin fix und fertig! Das war ein zu weiter Weg nach einem langen Tag."

Mit einem Kopfschütteln fuhr Beth auf die Aufahrt zum Haus. „Also wirklich, Mami! Spät am Abend noch zu Fuß zum Friedhof gehen – das wäre dir zu Hause nicht im Traum eingefallen!"

Marie lachte leise. „Natürlich nicht. Bei uns liegt der Friedhof weit außerhalb der Stadt. Aber hier kann man alles leicht zu Fuß erreichen." Mit einem Lächeln sah sie ihre Tochter an. „Wie war es beim Schlittschuhlaufen?"

Beth stellte den Motor ab und verzog das Gesicht. „Es war eigentlich ganz nett. Und als ich endlich Kurven fahren konnte, ohne mich idiotisch anzustellen, hat es mir sogar Spaß gemacht. Aber wie hast du es eigentlich ausgehalten, wenn dich die Leute ständig angestarrt haben? Ich bin mir vorgekommen wie ein Clown im Zirkus!"

Ihre Mutter seufzte. Dann warf sie Beth einen Blick zu. „Man gewöhnt sich daran. Oder man achtet einfach nicht darauf."

„Also, ich hab mich dabei sehr unwohl gefühlt. Wenn ich zu den Mennoniten gehören würde, würde ich die Kleiderordnung ändern."

Marie musste plötzlich laut lachen.

„Ich finde das gar nicht komisch!"

Ihre Mutter konnte sich nicht beruhigen. Schließlich meinte sie: „Mein Schatz, ich will dich nicht auslachen. Aber du hättest eben dein Gesicht sehen sollen."

Jetzt musste auch Beth lächeln. Es tat gut, ihre Mutter lachen zu hören. Ihr fiel es schließlich schwer genug, hier zu sein. Beth hatte oft gesehen, wie sie abwesend vor sich hin starrte oder mit gesenktem Kopf in der Küche des Cafés stand. Aber wenn die drei Monate erst einmal vorbei waren und Beth endlich ihr Erbe zu Geld machen konnte, würde sie sich bei ihrer Mutter für alles revanchieren.

Liebevoll drückte sie Maries Hand. „Komm jetzt. Wir müssen noch ein Kreuzchen auf dem Kalender machen und unsere baldige Rückkehr nach Hause feiern."

Marie warf sich im Bett hin und her. Der Gesang eines Kardinals aus dem herbstlich bunten Gebüsch vor ihrem Fenster hatte sie geweckt. Sie blieb mit geschlossenen Augen liegen und hörte dem fröhlichen Zwitschern zu. Plötzlich fielen ihr die Worte eines Liedes ein. „Glaube unserer Väter, kostbares Gut …"

Sie schlug die Augen auf, als die Melodie wie ein Echo durch ihre Seele drang. Wie von einer fremden Macht getrieben stand sie auf, ging zum Fenster und starrte hinaus auf die Stoppelfelder. Am Horizont sah sie die Autobahn wie eine kaum sichtbare graue Linie. Gestern Abend wäre Beth am liebsten auf dieser Straße nach Cheyenne weitergefahren. Aber das nächste Kreuzchen auf dem Kalender hatte Marie auf unerklärliche Weise traurig gestimmt. „Glaube unserer Väter, kostbares Gut …" Die düstere Stimmung des gestrigen Abends kehrte zurück und legte sich wie ein Trauerflor um ihr

Herz. Ihr Blick fiel auf die Kiste in der Ecke. Sie enthielt die Kleider von Tante Lisbeth, die äußeren Zeichen eines Glaubens, den Marie vor langer Zeit ebenfalls praktiziert hatte.

„Ich hätte gern deinen Glauben, Tante Lisbeth", flüsterte sie laut. Endlich kannte sie den Grund für die seltsame Sehnsucht, die sie spürte. Aber wie sollte sie zurückfinden zum Glauben ihrer Kindheit? Diese Frage konnte sie nicht beantworten, und diese Erkenntnis tat ihr weh. Sie ließ sich auf die Bettkante sinken und schlug beide Hände vor das Gesicht. Dieses Gefühl der Einsamkeit war kaum zu ertragen, aber es war schon seit Jahren ihr ständiger Begleiter.

Früher hatte sie ihre innere Leere mit hektischer Betriebsamkeit füllen können. Als alleinerziehende Mutter hatte sich alles um ihre Tochter gedreht. Weil sie ihre kleine Familie hatte ernähren müssen, hatte sie ihre ganze Kraft für die Arbeit gebraucht. Aber hier in Sommerfeld erfüllte sich Beth ihre eigenen Träume und genoss ihre Freiheit.

Für Marie gab es deshalb kein Entrinnen mehr. Die Einsamkeit hatte sie eingeholt, und mit ihr kam die Sehnsucht, diese innere Leere zu füllen – mit einem neuen Ziel im Leben oder mit einem anderen Menschen an ihrer Seite.

„Tante Lisbeth, ich würde viel darum geben, wenn du jetzt hier wärst und mir einen Rat geben könntest." Sie sprach diese Worte unsicher und traurig aus, aber die Antwort kam sofort: Streck dich aus nach der Sonne der Gerechtigkeit.

Natürlich, das war es. Tante Lisbeth hatte immer gesagt, dass Gott in seinem Handbuch, der Bibel, für jedes Problem eine Lösung habe. Marie wusste, wo ihre eigene Bibel war. Sie stand in ihrer Wohnung in Cheyenne im Bücherregal und war staubbedeckt, weil sie so selten benutzt wurde. Aber Tante Lisbeths Bibel war bestimmt noch hier im Haus.

Marie setzte sich auf. Ihr Blick wanderte suchend umher – von der Frisierkommode zur Truhe in der Ecke, dann wieder zum Schreibtisch ihrer Tante und schließlich zum Nachtschränkchen neben dem Bett. Sie streckte die Hände zur Schublade des kleinen Möbelstücks aus. Mit angehaltenem Atem zog sie sie heraus. Erleichtert atmete sie auf. Das Buch mit dem abgenutzten schwarzen Einband und der goldenen Aufschrift BIBEL schien auf Marie gewartet zu haben. Mit beiden Händen nahm sie es heraus und trug es ins Wohnzimmer. Dort zog sie Tante Lisbeths Schaukelstuhl zum Fenster an der Ostseite des Raums. Dann setzte sie sich. Sie zögerte kurz. Wo sollte sie anfangen? „Glaube unserer Väter, kostbares Gut …"

Sie holte tief Luft, legte das Buch in den Schoß und ließ die Seiten auseinander fallen. Die Bibel öffnete sich bei Psalm 23. Jeder Vers war mit blauer Tinte unterstrichen. Marie beugte sich über die Seite und begann zu lesen. Sie nahm kaum noch ihre Umgebung wahr. Sie merkte nicht, wie sich die nächtlichen Schatten über den Parkettboden bewegten, wie Beths Feldbett leise knarrte. Sie hörte auch nicht das Motorengeräusch der vorbeifahrenden Autos.

Als sie mit den Psalmen fertig war, las sie im Buch Jesaja weiter und dann im Johannesevangelium die Texte, die ihre Tante unterstrichen oder mit Randbemerkungen versehen hatte. Anschließend schlug sie die Lieblingstexte aus ihrer Kindheit auf, verschlang ganze Kapitel und sog den Inhalt regelrecht in sich auf. Vieles war ihr vertraut, manches musste sie sich erneut ins Gedächtnis rufen, aber sie bejahte alles, was sie las.

Als jemand ihren Namen rief, zuckte sie zusammen. Es überraschte sie, dass es eine weibliche Stimme und kein himmlischer Bote mit einem tiefen, Furcht erregenden Donnergrollen war. Erschreckt sah sie hoch. Beth stand in der breiten Türöffnung zwischen Wohn- und Esszimmer. Ihre Tochter zog unwillig die Augenbrauen zusammen, als ihr Blick auf das aufgeschlagene Buch fiel.

„Was machst du denn da?"

„Ich lese." Maries Finger bewegten sich eifrig durch die Seiten. „Wenn du Hunger hast, kannst du dir ein Müsli machen." Hoffentlich verstand Beth die Botschaft hinter diesen Worten. Bitte kümmere dich um deine eigenen Bedürfnisse, damit ich in Ruhe weiterlesen kann.

„Alles klar. Willst du auch was?"

„Nein, danke." Beth kratzte sich mit beiden Händen am Kopf und zersauste sich dabei das Haar.

„Geht es dir nicht gut?"

Marie lächelte ihre Tochter an. „Mir geht es gut, mein Schatz, und von Minute zu Minute fühle ich mich besser. Genieße noch den schönen Morgen, Beth."

„Dann nehme ich erst mal ein Bad." Beth warf ihrer Mutter einen irritierten Blick zu und machte sich auf den Weg zum Badezimmer.

Marie wandte sich wieder ihrer Lektüre zu. Sie las begierig weiter, bis ein lautes Klappern aus der Küche sie ablenkte. Schließlich legte sie die Bibel weg, um nachzusehen, was sich dort tat.

Beth hatte sich ein Handtuch um den Kopf gewickelt. Sie warf ihrer Mutter einen finsteren Blick zu. „Bist du endlich fertig mit Lesen?"

Marie ignorierte den bissigen Tonfall ihrer Tochter. „Fürs Erste." Sie bemerkte mehrere Töpfe und Pfannen auf dem Herd. „Was machst du da?"

Mit einem Achselzucken holte Beth eine Gabel aus einer Schublade. „Das Mittagessen. Offenbar hast du keine Lust zum Kochen. Ich hab dich zweimal gebeten, mir zu helfen."

Marie starrte ihre Tochter ungläubig an. „Was?"

„Klar doch. Aber du hast nicht reagiert." Marie hob die Topfdeckel und begutachtete den Inhalt. Es gab Maisgemüse, Kartoffeln und Schweinekoteletts. Überrascht drehte sie sich zu Beth um. „Warum macht du so viel?"

Beth fiel vor Verblüffung die Kinnlade herunter. „Du hast

Joanna und ihre Familie zum Mittagessen eingeladen." Sie machte eine abfällige Handbewegung zum Wohnzimmer hin. „Dann hast du dich da draußen in deinem Buch vergraben und keine Anstalten gemacht, etwas zu kochen. Die anderen sind schon in einer halben Stunde hier. Ich bin noch nicht mal angezogen, weil ich erst mal die Kartoffeln schälen musste." Mit einem langen Blick auf Marie, die ebenfalls noch im Schlafanzug war, fügte sie hinzu: „Was ist eigentlich los mit dir?"

Marie streckte die Arme aus und drückte Beth kurz an sich. Die junge Frau erwiderte die Umarmung ihrer Mutter nicht. „Es ist alles in Ordnung mit mir, mein Schatz. Im Gegenteil. Mir geht es so gut wie schon lange nicht mehr. Aber das können wir später besprechen. Ich nehme jetzt ein Bad.".

„Ein Bad?" Empört stemmte Beth die Hände in die Hüften. „Und wer kümmert sich um das Essen?" Sie zeigte demonstrativ auf den Herd.

„Du machst das schon sehr gut." Marie warf Beth einen Handkuss zu, als sie um die Ecke bog. „Pass auf die Koteletts auf, sonst verbrennen sie dir." Das laute Plätschern des Badewassers übertönte Beths Protest.

In den nächsten beiden Wochen begann und beendete Marie jeden Tag mit einem Abschnitt aus Tante Lisbeths Bibel. Wie selbstverständlich nahm sie sich anschließend noch Zeit zum Gebet. Am Ende der zweiten Woche merkte Marie, wie sie auch tagsüber innehielt und kurze Gebete flüsterte. Aus einem übervollen Herzen kamen diese Gespräche mit ihrem himmlischen Vater zustande.

Gerne hätte sie mit Beth über diese Veränderungen in ihrem Herzen gesprochen, aber ihre Tochter wollte nichts davon hören. Beths Laune schien von Tag zu Tag schlechter zu werden. Ständig beklagte sie sich über Mitchs Abreise und die geringen Fortschritte, die sie beim Kauf von Gegenständen für ihren Laden machte. Ihr einziger Lichtblick war das schwarze Kreuzchen, das sie täglich im Kalender einzeichnete.

Joanna dagegen stieß laute Freudenschreie aus, als sie erfuhr, dass ihre Schwester zum Glauben ihrer Kindheit zurückgefunden hatte.

„Oh Marie! Wie ist es denn passiert? Und wann?“ Joanna drückte ihre Schwester so fest an sich, dass Marie die Luft wegblieb. „Aber diese Einzelheiten sind gar nicht so wichtig. Ich sehe ja, wie deine Augen strahlen.“ Sie trat zurück, legte sanft die Hände um Maries Gesicht und lächelte sie unter Tränen an. „Marie, willkommen daheim.“

„Willkommen daheim.“ Obwohl Marie sich über diese Worte sehr freute, sehnte sie sich danach, sie aus dem Mund ihres Vaters zu hören. Als sie mit Joanna darüber sprach, wurde das Gesicht ihrer Schwester schlagartig ernst.

„Marie, erwarte nicht zu viel von Papa, sonst erlebst du wieder eine Enttäuschung.“

Marie musste an diese warnenden Worte ihrer Schwester denken, als sie im Café die letzte Ladung Geschirr in die Spülmaschine räumte. Sie hatte den ganzen Samstag hart gearbeitet, und jetzt taten ihr die Schultern weh. Aber das war gar nichts verglichen mit dem Schmerz, der sie jedes Mal durchfuhr, wenn sie an den verächtlichen Tonfall ihres Vaters und seine wie versteinert wirkende Miene dachte. Sie wusste, dass sie sich erst dann wirklich zu Hause fühlen würde, wenn sie sich mit ihrem Vater versöhnen konnte. Aber wie sollte das geschehen? Die Hintertür quietschte laut.

Ohne aufzusehen, sagte Marie: „Hallo, Beth.“

„Ich bin es, Henry.“

Marie stand ruckartig auf und drehte sich zur Tür um. Automatisch strich sie sich mit der freien Hand das Haar glatt. Ihre Locken waren gewachsen und ließen sich kaum noch bändigen. Obwohl sie ihre Haare zu einem Pferdeschwanz hochgebunden hatte, lösten sich immer wieder einzelne Strähnen und lockten sich in alle Richtungen. Sie wusste nicht so genau, warum es sie störte, wenn Henry sie mit diesem wirren Haar sah. Aber sie fühlte sich immer unwohl in seiner Gegenwart.

Sie machte sich wieder an die Arbeit und räumte die Teller weiter in die Spülmaschine. Dabei plapperte sie munter drauflos, um das schnelle Klopfen ihres Herzens zu übertönen. „Deborah und Trina sind nicht da. Ich hab ihnen gesagt, dass sie früher Feierabend machen können und ich hier alles fertig mache. Was bringt dich zurück? Deborah hat mir erzählt, dass du die Buchführung für diese Woche schon abgeschlossen hast."

„Ein Gewitter ist im Anzug. Im Osten sieht man schon das Wetterleuchten."

Marie warf ihm einen Blick zu. Seine dunklen Augen folgten jeder ihrer Bewegungen. Sie schluckte und wandte sich wieder ihrer Arbeit zu. „Ein Gewitter im November?"

Er zuckte mit den Schultern. „Das ist zwar ungewöhnlich, kann aber vorkommen. Das Wetter in Kansas ist unberechenbar."

Genau wie du, dachte Marie. „Ich … ich habe noch keinen Donner gehört."

Er machte einen Schritt nach vorn, damit sie ihn sehen konnte. „Das Gewitter ist noch zu weit weg. Aber der Wind ist schon stärker geworden. Bald wird es donnern."

Deswegen war er bestimmt nicht hier. „Danke, dass du es mir gesagt hast. Dann mache ich mich wohl besser schnell auf den Heimweg."

„Ich kann dich mitnehmen." Diese ruhig ausgesprochenen Worte ließen Maries Herz schneller schlagen. Sie sah nicht zu ihm hin.

„Ich kann auch zu Fuß gehen."

„Ich weiß, dass du das kannst. Schließlich habe ich gesehen, dass du immer lange Spaziergänge machst."

Der leicht scherzhafte Unterton in seiner Stimme ließ Marie aufblicken. Sein Lächeln wirkte wie eine Einladung zu einer Erwiderung im gleichen Tonfall.

„Diese Gewitter können sehr schnell kommen. Ich will nicht, dass es dich unterwegs überrascht. Deshalb fahre ich dich lieber nach Hause."

Marie stand schweigend da. Ihre Hände umklammerten einen Teller. Sie sah Henry in die Augen. Er war zurückgekommen, weil er um ihre Sicherheit besorgt war. Sie spürte Dankbarkeit, aber da war noch ein anderes Gefühl, für das sie keine Worte fand.

„Das ist sehr nett von dir, Henry, danke." Sie konzentrierte sich wieder auf das Geschirr und beeilte sich mit ihrer Arbeit. „Beth ist nach Newton gefahren. Ich weiß nicht, ob sie schon zurück ist."

Henry lehnte sich an das andere Ende der Spülmaschine. „Sie ist noch nicht zu Hause."

Mit einem Schmunzeln schob Marie das letzte Tablett mit Geschirr in die Spülmaschine, verschloss die Tür und drückte auf den Schalter. Das Rauschen des Wassers an den Metallwänden des Geschirrspülers übertönte ihr lautes Lachen.

„Was ist denn daran so witzig?" Henry musste laut rufen, weil die Maschine so viel Lärm machte.

Mit einem Kopfschütteln zog Marie die Schürze aus. „Ich habe vergessen, dass es in Sommerfeld keine Geheimnisse gibt. Ich hätte dich einfach fragen sollen, ob Beth schon zu Hause ist."

Henry musste grinsen. „Wenn wir schon über Geheimnisse reden …" Er zögerte. Sein Gesicht wurde ernst, und an seinem Hals zeigten sich rote Flecken. Marie wollte gerade ihre Schürze zusammenrollen, aber seine Worte ließen sie innehalten. Ihr Herz schlug im Takt des Motors der Spülmaschine.

„Joanna hat mir erzählt, dass du jeden Tag betest und in der Bibel liest." Er schluckte, und dabei hüpfte sein Adamsapfel auf und ab. „Ich freue mich für dich, Marie. Lisbeth würde sich auch freuen."

Ihre Blicke begegneten sich. In seinen Augenwinkeln schimmerten Tränen. Marie schlug das Herz bis zum Hals. Anstelle einer Antwort nickte sie schweigend.

Henry blinzelte, und das verdächtige Glitzern verschwand aus seinen Augen. Er zeigte mit dem ausgestreckten Arm zur Tür. „Bist du fertig?"

Wieder nickte sie, griff nach dem Wäschekorb mit den benutzten Tischdecken und eilte auf die Tür zu, während Henry die Lichter ausknipste. Kühle, regenfeuchte Luft schlug ihr entgegen. In der Ferne war ein erstes Donnergrollen zu hören.

Henrys zitternde Finger berührten sie sanft am Rücken. Sie spürte, wie sie rot wurde. „Komm schon, Marie. Ich will, dass du zu Hause bist, bevor es losgeht."

16

Marie stand vor Lisbeths Kleiderschrank. Sie erinnerte sich, wie sie am vergangenen Abend auf die kaum wahrnehmbare Berührung von Henrys Fingern reagiert hatte, als er sie zu seinem Auto geführt hatte, um sie nach Hause zu bringen.

Das ist nur das ständige Alleinsein, redete sie sich ein. Schließlich hatte sie den gleichen Aufruhr in ihren Gefühlen gespürt, als Mitch in die Küche gekommen war. Sie hätte wohl bei jedem Mann so reagiert, der ihr diese für sie ungewohnte Aufmerksamkeit entgegengebracht hätte.

Es lag nicht an Henry, sondern am Alleinsein.

Sie sagte sich das erneut, als sie sich für den Gottesdienst anzog. Das Herz schlug ihr bis zum Hals, während sie sich überlegte, welche Folgen ihr Auftauchen in der Versammlung haben könnte. Sie wusste, dass Joanna und auch Henry vor Freude außer sich sein würden. Aber wie würden die anderen reagieren? Hoffentlich würde ihr niemand, besonders ihr Vater, eine Szene machen und ihre Schwester oder Henry damit in Verlegenheit bringen. Aber Marie spürte, dass es an der Zeit war, ihren Glauben auch öffentlich zu leben.

Beth konnte oder wollte das nicht verstehen. Als sie im strömenden Regen aus Newton zurückgekommen war, hatte Marie ihr von ihrem Wunsch erzählt, wieder regelmäßig in den Gottesdienst zu gehen. Beth hatte deswegen Bedenken gehabt, und manche ihrer Argumente deckten sich mit Maries eigenen Ängsten.

„Du tust dir nur weh, wenn du das machst!" Ihre Stimme hatte lauter geklungen als die Donnerschläge, die das Haus hatten erzittern lassen. Als Marie sich dann von ihrem Entschluss nicht hatte abbringen lassen, war Beth wütend aus dem Wohnzimmer gestürmt und hatte sich ins Bett gelegt.

Marie schloss den obersten Knopf ihrer Bluse und steckte die Zipfel in den Rock. Vielleicht hat Beth ja recht, dachte sie. Man könnte ihr wehtun. Aber ihr Schmerz wäre noch größer, wenn sie der Aufforderung des Heiligen Geistes nicht folgte und sich von der Gemeinde fernhielt. Selbst wenn die Menschen dort ihr nur Ablehnung entgegenbringen würden, wollte sie wenigstens einen Versuch wagen.

Im Badezimmer band sie ihr Haar zusammen und drehte es unbeholfen zu einem Knoten. Mit Haarklammern befestigte sie ein paar lose Strähnen. Im Kleiderschrank hatte sie eine Schachtel mit Lisbeths Häubchen gefunden. Sie wollte zuerst eines davon aufsetzen, aber dann entschied sie sich dagegen. Schließlich gehörte sie nicht zur Gemeinde, und sie wusste auch nicht, ob sie überhaupt eine Mitgliedschaft anstrebte. Im Moment wollte sie einfach nur den Gottesdienst besuchen, zuhören, lernen und jenen Glauben wieder entdecken, den sie teilweise hinter sich gelassen hatte, als sie damals zusammen mit John weggefahren war.

Alles zu seiner Zeit.

Sie warf einen verstohlenen Blick in Beths Zimmer. Ihre Tochter schlief noch fest. Ihr langes Haar lockte sich über das Kopfkissen. Marie spürte das vertraute Gefühl der Mutterliebe, als sie auf Zehenspitzen den Raum betrat. Sie strich die zerzausten blonden Locken glatt und hauchte Beth einen Kuss auf die Stirn.

Beth bewegte sich und verzog das Gesicht. Dann schlug sie die Augen auf und blinzelte Marie verschlafen an.

„Mami?“, fragte sie mit belegter Stimme.

„Entschuldige. Ich wollte dich nicht wecken.“

Beth sah ihre Mutter mit zusammengezogenen Augenbrauen an. „Du gehst wirklich?“

Marie nickte.

„Aber es regnet doch noch!“

Das Prasseln der Regentropfen auf dem Dach war die Antwort. Marie lächelte. „Ich bin doch nicht aus Zucker.“

Wie oft hatte sie Beth erzählt, dass sie keine Angst vor dem Regen zu haben brauchte, weil sie nicht aus Zucker war. Schon ihre Mutter hatte ihr das gesagt.

Beth drehte sich um. „Na, dann viel Spaß.“

Der spöttische Ton ihrer Tochter tat ein bisschen weh, aber Marie strich ihr wieder über das Haar. Sie musste einfach dem Ruf ihres Herzens folgen. „Ich bin gegen Mittag wieder zurück. Dann koche ich uns was Leckeres.“

Beth antwortete nicht. Marie verließ das Zimmer wieder auf Zehenspitzen und zog leise die Tür hinter sich zu. Sie nahm eine Jacke vom Haken an der Hintertür und hielt sie sich über den Kopf, während sie auf dem Weg zum Auto um die Pfützen herumhüpfte. Als sie am Parkplatz des Versammlungshauses ankam, fühlte sie sich irgendwie fehl am Platze. Ihr hellrotes Auto passte nicht zu den schlichten, schwarzen Fahrzeugen, die vor dem Gebäude parkten.

„Auffallend wie mein unbedeckter Kopf", murmelte sie. Dann suchte sie unter dem Sitz nach einem Regenschirm. Mit einem erleichterten Seufzer stellte sie fest, dass es ihr eigener war. Er war aus einem einfarbigen blauen Stoff, im Gegensatz zu Beths leuchtend orangefarbenem, mit Gänseblümchen bedrucktem Schirm. Ihrer war wenigstens unauffällig. Scheinwerferlicht drang durch den Regenvorhang, als neben ihr ein anderes Auto hielt.

Marie sah angestrengt durch das regenfeuchte Beifahrerfenster. Sie entdeckte ein bekanntes Gesicht. Dankbar für dieses wie geplante Zusammentreffen stieß sie ihre Autotür auf und spannte den Schirm aus. Joanna stieg aus dem anderen Fahrzeug aus und kam zu Marie unter das schützende Dach des Regenschirms.

„Bist du so weit?"

Marie holte tief Luft. „Ja, ich bin so weit."

Joannas Mann und ihre Kinder stiegen rasch aus und liefen eilig zu dem mit weißen Holzschindeln verkleideten Versammlungshaus. Hugo und Gomer betraten das Gebäude durch die Tür an der rechten Ecke des Hauses. Die beiden Mädchen rannten Seite an Seite zur Hintertür. Joanna und Marie folgten ihnen. Sie hatten sich untergehakt und wichen gemeinsam den Pfützen aus.

Der feuchte Geruch tropfnasser, an Haken hängender Mäntel schlug Marie entgegen, als sie die Garderobe betrat. Mehrere Frauen standen da und unterhielten sich leise. Als Marie hereinkam, schwiegen alle. Die peinliche Stille war deutlicher als Worte.

Marie hängte ihren Mantel an einen Haken und drehte sich zu Joanna um. Ihre Schwester lächelte ihr aufmunternd zu. „Komm, wir gehen zu unseren Plätzen."

Plötzlich lief es Marie kalt den Rücken herunter. Sie hatte keinen Platz mehr in dieser Gemeinde. Nachdem sie zusammen mit John weggegangen war, hatten die Gemeindeleiter über ihren Ausschluss abgestimmt. Was würde passieren, wenn sie jetzt den Saal betrat? Würden die Leute mit Fingern auf sie zeigen und sie wegschicken, wie damals ihr Vater?

Joanna nahm Maries Arm. „Komm schon." Ihre Stimme klang sanft und verständnisvoll.

Marie schluckte und hielt sich dicht an Joanna, als sie an den schweigenden Frauen vorbeigingen, die jede ihrer Bewegungen beobachteten.

Ein Raunen erfüllte den Raum, nachdem die beiden Schwestern die Garderobe verlassen hatten. „Das ist doch Marie! Ja, Marie Koeppler. Weißt du noch?"

Marie versuchte, die geflüsterten Bemerkungen zu überhören.

Als sie zusammen mit ihrer Schwester den schlichten, quadratischen Saal betrat, sah sich Marie suchend um. Sofort erinnerte sie sich an ihre Kindheit, als sie die Bank des Predigers sah, die an der Seitenwand hinter der Kanzel aus unbehandeltem Holz stand. Zwei Reihen aus Bänken befanden sich direkt vor der Kanzel. Mehrere bekleidete Männer und Jungen, fast identisch gekleidet in schwarze Anzüge und weiße Hemden, saßen auf der rechten Seite des Saals. Eine an der Decke befestigte Hutablage hing über der letzten Reihe. Von den regennassen Hüten fielen Wassertropfen auf die darunter sitzenden Männer.

Joanna zog Marie am Arm. Dann führte sie sie zu einer in der Mitte stehenden Bank auf der linken Seite des Saals. Joanna schlüpfte als erste auf den Platz. Marie folgte ihr, dann setzten sich Kyra und Kelly auf die andere Seite. Die Gegenwart ihrer Schwester und Nichten gab Marie Sicherheit. Mit einem verstohlenen Blick vergewisserte sie sich, dass ihre Eltern noch nicht da waren. Sie saß mit gesenktem Kopf da. Das

Herz schlug ihr bis zum Hals aus Angst vor dem Augenblick, in dem ihr Vater durch den Haupteingang kommen und seine Tochter sehen würde. Weil sie kein Häubchen trug, musste sie ihm sofort auffallen.

Ohne aufzublicken merkte sie es, als er hereinkam. Plötzlich herrschte im ganzen Saal eine angespannte Stille. Marie spürte ein nervöses Kribbeln auf der Kopfhaut. Sie rechnete damit, dass die große Hand ihres Vaters sie von hinten packen und vom Sitz zerren würde. Ihr Herz schlug im Rhythmus seiner schweren Fußtritte auf den hölzernen Bodendielen. Dann hörte sie das leise Knarren einer Sitzbank. Ein erleichtertes Raunen ging durch den Raum.

Aus den Augenwinkeln beobachtete Marie, wie sich der Schatten eines dunkelblauen Kleides auf den seitlichen Gang zu bewegte. Als sie kurz aufblickte, sah sie das Profil der Frau, die sich zwei Reihen vor ihr auf einen freien Platz setzte. Maries Herz raste, und sie spürte, wie ihr Tränen in die Augen traten. Mama. Sie schluckte, weil sie am liebsten aufgesprungen wäre und den Namen herausgeschrien hätte, der ihr seit mehr als zwei Jahrzehnten nicht mehr über die Lippen gekommen war. Sie unterdrückte den Wunsch, diese Frau, die sie zur Welt gebrachte hatte, in die Arme zu schließen.

Joannas Hand umklammerte Maries zur Faust geballte Hand. Marie hob ruckartig den Kopf. Auch in den Augen ihrer Schwester glänzten Tränen. Marie sah an Joanna vorbei zur anderen Seite des Saals. Dort saß der Mann, der sie großgezogen hatte. Er blickte unverwandt nach vorn, mit zusammengepressten Lippen und finsterer Ablehnung in seinen Augen.

Marie musste schlucken. Es passte ihm nicht, dass sie hier war. Sie konnte das an seiner starren Körperhaltung und den verhärteten Gesichtszügen erkennen. Aber er blieb ruhig auf seiner Bank sitzen. Während des gesamten Gottesdienstes verharrte er in dieser Haltung, auch beim Einzug der Gemeindeleiter, beim Singen, beim Gebet und der Schriftlesung, bei der Predigt, dem Schlussgesang und den Bekanntmachungen. Nicht einmal warf er einen Blick in die Richtung, wo seine Tochter saß. Nach dem Segensspruch stürmte er zur Hutablage, packte seinen Hut und rannte hinaus. Seine Frau folgte ihm.

Marie meinte, ihr müsste das Herz stehen bleiben. Bevor ihre Mutter die Tür zur Garderobe erreichte, hielt sie inne und sah zurück. Die Blicke der beiden Frauen begegneten sich kurz, und Marie sah in den Augen ihrer Mutter eine leise Sehnsucht. Dann verschwand sie hinter der Tür.

Joanna drückte die Hand ihrer Schwester, als drei Männer auf sie zukamen. Marie unterdrückte die Tränen, die ihr in die Augen getreten waren und drehte sich um. Mit angehaltenem Atem wartete sie ab. Offenbar wollte man ihr mitteilen, dass ihre Anwesenheit in den Gottesdiensten nicht erwünscht sei. Aber zu ihrer Verblüffung begrüßte sie der Größte von ihnen mit einem schüchternen Lächeln.

„Marie?“ Er hielt seine Hände krampfhaft gegen den Bauch gepresst. Seine blauen Augen musterten sie prüfend. „Kennst du mich noch?“

Mit einem Stirnrunzeln blickte sie in von Lachfältchen umkränzte Augen. Plötzlich erkannte sie den Mann. „Art?“

Er nickte, und sein Lächeln wurde breiter. Dann zeigte er auf die beiden jüngeren Männer hinter ihm. „Und das sind Conrad und Leo.“

Marie sah ihren Brüdern in die Augen. Sie hielt noch immer Joannas Hand, als sie stammelte: „Du liebe Zeit. Ihr … ihr seid ganz schön gewachsen, ihr kleinen Plagegeister.“

Sie wurde rot, als sie merkte, was sie gerade gesagt hatte, aber alle drei Männer lachten laut. Der Prediger reagierte mit einem strengen Blick.

Art berührte Maries Arm, aber er sprach leise weiter. „Wo können wir miteinander plaudern?“ Sein Blick wanderte zu den anderen Familienmitgliedern, die im Kreis zusammenstanden.

„In meinem Haus", platzte Marie heraus. *Mein Haus? Seit wann ist es mein Haus?* Zu spät dachte sie daran, dass Beth vielleicht noch im Bett lag, weil sie keinen Besuch erwartete.

Joanna schüttelte den Kopf, als Hugo und Gomer sich dem kleinen Kreis anschlossen. „Unser Haus ist größer, und ich habe einen Truthahn im Ofen. Gehen wir heute lieber zu mir."

Maries Augen füllten sich mit Tränen. Offenbar hatte Joanna schon im Voraus eine Willkommensfeier für sie geplant. Das Wissen, dass ihre Eltern nicht dabei sein würden, war zwar ein Wermutstropfen in ihrer Freude, aber sie genoss trotzdem die Herzlichkeit, die ihre Geschwister ihr entgegenbrachten.

„Danke. Ich muss trotzdem zuerst nach Hause und …" Sie wollte eigentlich hinzufügen: „Beth sagen, wo ich bin."

Aber Art machte einen Vorschlag. „Du kannst deine Tochter mitbringen. Wir möchten sie gerne kennenlernen."

Jetzt liefen Marie die Freudentränen die Wangen herunter. Sie musste zuerst schlucken, dann stimmte sie mit einem eifrigen Kopfnicken zu. „Ich bin bald zurück."

Sie wollte gerade ihre Jacke aus der Garderobe holen, aber dann erstarrte sie, als sie die Stimme ihrer Schwester hörte. „Henry, wenn du noch keine Einladung zum Mittagessen hast, komm doch zu uns. Es reicht für uns alle."

Mit klopfendem Herzen wartete Marie auf seine Antwort.

„Sonntags bin ich immer bei Deborahs Familie zum Essen eingeladen. Sie erwarten mich schon. Aber danke für die Einladung. Ich komme gern ein andermal."

Joannas silberhelles Lachen war zu hören. „Na klar. Es wird noch viele weitere Gelegenheiten geben."

Marie erlebte ein kurzes Wechselbad der Gefühle. Auf ihre Erleichterung folgte die Enttäuschung, die wiederum von einer unbändigen Freude abgelöst wurde. Bevor sie darüber nachdenken konnte, rannte sie in die Garderobe, riss ihre Jacke vom Haken und lief durch den Sprühregen zu ihrem Auto.

Henry schlug mehrmals mit dem Hut gegen sein Bein, um die Regentropfen abzuschütteln. Dann klopfte er an Deborahs Haustür. Normalerweise benutzte er immer die Hintertür, aber an Sonntagen bestand seine Schwester auf dieser Formalität. Trina öffnete die Tür und nahm ihm den Hut ab. Sie begrüßte ihn mit einem Augenzwinkern und einem schelmischen Grinsen. Zum Dank kitzelte er sie am Kinn. Er musste lächeln, als sie anfing zu kichern. Trina flitzte zum Kleiderständer im Flur, hängte seinen Hut dort auf und ging dann nach hinten.

„Komm, Onkel Henry. Mama hat schon alles auf dem Tisch stehen."

Mit einem Lächeln folgte Henry ihr. Trina war seine Lieblingsnichte. Ihr ansteckendes Kichern und ihre von Sommersprossen übersäte Nase verliehen ihr einen unwiderstehlichen Charme. Manchmal tat das Mädchen ihm leid, weil er fand, dass ihre Eltern zu streng mit ihr waren und zu viel von ihr erwarteten. Aber er war vorsichtig genug, diese Meinung für sich zu behalten, weil seine Nichte in einem schwierigen Alter war und er sie nicht zur Rebellion anstiften wollte. Er achtete auch darauf, sie nicht zu sehr zu bevorzugen, um Streitigkeiten mit ihren Cousins zu vermeiden. Aber trotzdem hatte sie in seinem Herzen einen besonderen Platz. Wenn er eine Tochter gehabt hätte, dann hätte sie Trina gleichen sollen.

Plötzlich erschien Beth Quinn vor seinem geistigen Auge. Mit ihren abgewetzten Jeans und ihrem hautengen T-Shirt hatte sie keinerlei Ähnlichkeit mit Trina. Hatte er nicht beschlossen, heute seine Schwester zu besuchen, um Marie Koeppler-Quinn und ihrer Tochter nicht begegnen zu müssen? Es brachte ja doch nichts, wenn er sich Gedanken über die beiden machte.

Aber als er dann am Tisch von Troy und Deborah saß, das gute Essen seiner Schwester genoss und sich mit den anderen unterhielt, dachte er immer wieder an das Haus ein paar Straßen weiter, in dem sich die Hälfte der Familie Koeppler versammelt hatte. Er aß den gebratenen Schinken, den Deborah gemacht hatte, und fragte sich, ob Marie und Beth der von Joanna zubereitete Truthahn wohl schmeckte. Er hörte Troy zu, als dieser über die richtige Methode für die Bewässerung von Winterweizen sprach. Gleichzeitig überlegte er, über welche Erinnerungen man an Joannas Esszimmertisch wohl gerade sprach. Er beobachtete, wie Trina und ihr Bruder Tony sich heimlich mit den Ellbogen anstießen und fragte sich, ob Beth sich in der Gesellschaft von Kyra und ihren anderen Cousins und Cousinen wohlfühlte.

Als Deborah endlich den Nachtisch servierte, war Henry klar, dass er an diesem Abend keine Ruhe finden würde, wenn er nicht herausfand, wie das Wiedersehen zwischen Marie und ihren Brüdern verlaufen war. Er verabschiedete sich früher als sonst, obwohl er sich schuldig fühlte, als er sah, wie enttäuscht Trina war, weil er mit ihr nicht wie sonst jeden Sonntagnachmittag eine Partie Wahoo spielen wollte.

Er drückte seine Nichte kurz an sich. „Nächsten Sonntag spielen wir zwei Runden, okay?“

Trina nickte. Sie seufzte leise. „Dann spiele ich eben mit Tony.“ Sie warf ihrem Bruder einen vielsagenden Blick zu. „Aber nur, wenn er nicht schummelt. Dann hör ich gleich wieder auf.“

Henry drohte dem Dreizehnjährigen mit erhobenem Zeigefinger. „Du darfst nicht schummeln, Tony. Wenn du im Spiel fair bleibst, bist du es auch im Leben.“

Der Junge sah ihn mit unschuldigem Augenaufschlag an. „Ich schummle doch nicht … so oft."

Henry unterdrückte ein Lachen und setzte eine strenge Miene auf. „Einmal ist schon zu viel. Alles klar?"

Tony zuckte mit den Schultern und grinste verlegen. „Okay." Er versetzte Trina einen Faustschlag gegen den Arm. „Ich nehme die blauen Steine."

Die beiden huschten aus dem Wohnzimmer. Henry rief seiner Schwester und seinem Schwager einen kurzen Gruß zu und ging zu seinem Auto. Es hatte aufgehört zu regnen, aber der Himmel war immer noch grau und wolkenverhangen, fast wie an einem Abend mitten im Winter. Mit einem Blick auf die Armbanduhr vergewisserte sich Henry, dass es noch früher Nachmittag war. Es war töricht von ihm gewesen, schon so bald nach Hause zu gehen.

Die Koepplers hatten sich nach all diesen Jahren bestimmt viel zu sagen. Er hätte mit seiner Nichte und seinem Neffen ruhig noch eine Partie Wahoo spielen können. Sollte er noch einmal hineingehen? Nein, das würde nichts bringen. Er könnte sich sowieso nicht auf das Spiel konzentrieren. Also startete er sein Auto, legte den Gang ein und fuhr langsam durch die regennassen Straßen. Die Reifen schlitterten über die aufgeweichte Erde. Die Fenster seines Autos beschlugen sich. Deshalb kurbelte er eines davon einen Spalt weit auf und ließ die frische, vom Regen sauber gewaschene Luft herein. Als er am Haus von Hugo und Joanna vorbeikam, sah er sich suchend nach Maries Auto um, aber es war nicht da.

Sein Herz schlug schneller, weil er sich Sorgen machte. Mit zusammengezogenen Augenbrauen sah er wieder nach vorne auf die Straße. Warum war sie so früh nach Hause gefahren? Vielleicht war das Zusammentreffen mit ihren Geschwistern nicht so verlaufen, wie sie es sich erhofft hatte. Jetzt war er wirklich beunruhigt. Seine Finger umklammerten das Lenkrad. Er fuhr schneller, weil er Hugo unbedingt anrufen wollte.

Als er zu Hause ankam, streifte er seine Füße auf der Fußmatte ab und eilte zum Telefon, ohne den Hut abzunehmen. Mit zitternden Fingern wählte er die Nummer und ließ es viermal klingeln, bis endlich jemand abnahm.

Eine weibliche Stimme meldete sich. „Hallo?"

„Bist du das, Kyra?"

„Nein, ich bin's, Kelly."

Sie konnte ihm auch weiterhelfen. „Hier ist Henry Braun. Ich möchte nur wissen …" Plötzlich fühlte er sich idiotisch, einen Teenager über Marie auszufragen. Deshalb fügte er unbeholfen hinzu: „Ist dein Vater oder deine Mutter da?"

„Moment mal."

Er hörte gedämpfte Stimmen im Hintergrund, aber dann war Joanna am Apparat. „Hallo, Henry. Kann ich etwas für dich tun?"

Er hatte den Hörer fest an sein Kinn geklemmt, als er flüsterte: „Ist Marie schon weg?"

„Nein, sie ist noch hier." Joanna sprach genauso leise wie er. Es war, als ob sie miteinander ein Geheimnis teilten. „Sie und die Jungs haben sich viel zu erzählen."

Henry runzelte die Stirn. „Ich bin bei euch vorbeigefahren. Ihr Auto war weg, und da habe ich mir Sorgen gemacht."

„Aha." Joanna fragte ihn nicht, warum er an ihrem Haus vorbeigefahren war, obwohl es für ihn ein Umweg war. „Beth ist vor etwa einer Stunde mit dem Auto weggefahren. Sie hatte heute Nachmittag noch was zu erledigen. Aber sie kommt so um sieben Uhr wieder, um ihre Mutter abzuholen."

„Oh." Henry war erleichtert, und er atmete hörbar aus. „Hoffentlich ist alles gut gegangen."

„Sogar sehr gut." Joannas Stimme klang freudig.

„Gut." Henry musste schlucken. Plötzlich wünschte er sich, er könnte bei Joanna sein und Maries Heimkehr miterleben. „Dann machen wir jetzt besser Schluss."

„In Ordnung. Mach's gut, Henry."

Er legte auf, aber er hielt den Hörer immer noch in der Hand. Sein Blick wanderte zu Lisbeths Stickerei. Seine Lippen verzogen sich zu einem Lächeln. Marie war zu Hause angekommen, zuerst bei ihrer Schwester und jetzt bei drei ihrer Brüder. Es war nur noch eine Frage der Zeit, bis ihre Eltern und ihre anderen Geschwister sie wieder in die Familie aufnahmen. Lisbeth hatte immer gehofft, dass das geschehen würde, und dafür hatte sie gebetet.

Aber ... Sein Gesicht wurde wieder ernst. Beth könnte ihrer Mutter Schwierigkeiten machen. Warum war sie nicht dageblieben? Wollte sie ihre Verwandtschaft nicht näher kennenlernen? Beth war Maries Ein und Alles. Es war gut möglich, dass diese rebellische junge Frau sie ihrer Familie wieder entfremden könnte.

17

Marie füllte den Kaffeebecher eines Gastes nach. Dabei lächelte sie und fragte mit fröhlicher Stimme: „Kann ich sonst noch etwas für Sie tun?"

Der Mann warf seiner Frau einen Blick zu. Dann schüttelte er den Kopf. „Nein, danke. Bitte bringen Sie die Rechnung."

„Kommt sofort." Marie ging mit beschwingtem Schritt nach hinten, um die Rechnung zu schreiben. Ihr Herz sang förmlich vor Freude, trotz des düsteren, wolkenverhangenen Himmels draußen. Die Erinnerung an den wunderschönen Nachmittag vor zwei Tagen war in ihr noch lebendig, weil das Zusammensein mit Art, Joanna, Leo, Conrad und den Familien ihrer Geschwister so herzlich verlaufen war. Sie hatten miteinander geredet und gelacht, sie hatten sich umarmt und hatten nach den vielen Jahren der Trennung schnell wieder zueinander gefunden. Dieses Gefühl des Angenommenseins und des Friedens hatte in Marie eine wahrhaft explosive Freude ausgelöst. *Danke, Herr, für diesen Schritt hin zur Versöhnung mit meiner Familie.*

Sie konnte das strahlende Lächeln auf ihren Lippen nicht unterdrücken, auch wenn die Gäste es nicht erwiderten. Irgendwann würden sie zurücklächeln – davon war Marie überzeugt. Wenn ihre Familie sie wieder willkommen heißen konnte, würden die anderen Leute aus der Gemeinde irgendwann dasselbe tun. Und wenn das nicht geschehen sollte? Mit einem Achselzucken schrieb sie die Summe unter die Beträge auf dem Zettel. Sie würde damit leben können. Schließlich hatte sie Gott, ihre Tochter und jetzt auch wieder ihre Geschwister. Das war mehr, als sie jemals zu hoffen gewagt hatte – mehr als genug.

Sie ging zum Tisch zurück und legte dem Mann die Rechnung vor. „Einen schönen Tag noch, und kommen Sie bald wieder."

„Das machen wir gerne", erwiderte der Mann. „Vielleicht haben Sie bis dahin ja auch das Rätsel gelöst."

Marie blickte den Gast erstaunt an. „Welches Rätsel?"

Das Ehepaar wechselte vielsagende Blicke. „Die Gerüchteküche brodelt in der ganzen Stadt", meinte der Mann. „Wir haben das sogar bei uns in Lehigh mitbekommen."

Marie ging näher an den Tisch. Ihre Neugier war geweckt worden. „Was ist denn passiert?"

Die Frau beugte sich vor. Ihre Augen blitzten. „Als am letzten Sonntag zwei Familien von ihren Nachmittagsbesuchen nach Hause gekommen sind, haben sie gemerkt, dass während ihrer Abwesenheit Einbrecher bei ihnen gewesen sind."

Marie zuckte zusammen. „Hier in Sommerfeld?"

Der Mann zuckte mit den Schultern. Seine buschigen Augenbrauen zogen sich zusammen. „Ehrlich gesagt überrascht es mich, dass es nicht schon eher passiert ist. Hier gibt es keine Polizei, und Ihr Städtchen liegt an der Autobahn. So was ist wie eine Einladung für Verbrecher."

Maries Blick wanderte zwischen dem Mann und der Frau hin und her. „Ist in den Häusern der beiden Familien auch etwas beschädigt worden?"

„Oh nein", entgegnete die Frau. „Es ist kein Schaden entstanden."

Marie atmete erleichtert auf. „Das ist immerhin etwas."

Die Miene des Mannes wurde nachdenklich. „Wie ich gehört habe, hat der Einbrecher kein Durcheinander hinterlassen und nur einen oder zwei Gegenstände aus jedem Haus mitgenommen. Es scheint so, als ob der Dieb genau gewusst hat, was er stehlen will und wo er es findet."

Bei diesen Worten wurde Marie hellhörig. Sie zwang sich zu einem unsicheren Lächeln. „Dann wollen wir hoffen, dass das nur ein unglücklicher Zufall war. Es wäre schlimm, wenn es in dieser Stadt eine Einbruchsserie geben würde."

„Bestimmt war das ein Einzelfall", meinte der Mann und stand langsam auf. „Aber es ist trotzdem schade. Nach den vielen Jahren der Ruhe wird Ihre kleine Stadt von den Übeln dieser Welt heimgesucht."

Marie blieb neben dem Tisch stehen, während der Mann und seine Frau in ihre Jacken schlüpften und mit der Rechnung zur Kasse gingen. Einbrecher. In Sommerfeld. Jetzt wusste sie, warum viele ihrer Gäste an diesem Morgen so bedrückt wirkten.

Die Geräusche der Betriebsamkeit im Café rückten in weite Ferne, als Marie an die Worte des Mannes dachte, der Dieb habe genau gewusst, was er wolle und wo er es finden könne. Ihr kam ein schrecklicher Verdacht, der ihr ihre überschäumende Freude raubte. Sobald das Ehepaar gegangen war, stürmte Marie durch den Raum auf Trina zu. Das Mädchen drückte gerade die Schublade der Registrierkasse zu, und sie gab einen erschreckten Laut von sich, als Marie sie am Arm berührte.

„Trina, weißt du etwas über die Einbrüche vom Sonntag?"

Das Mädchen senkte den Kopf und biss sich auf die Unterlippe.

Marie drückte Trinas Arm. „Bitte, mein Schatz. Ich will es wirklich wissen."

Trina sah Marie mit weit aufgerissenen Augen an. „Ich weiß nur das, was ich im Vorbeigehen aufgeschnappt hab. Am besten du fragst Mama."

Marie warf einen Blick auf den Durchgang zur Küche. Obwohl die andere Frau im Laufe ihrer Zusammenarbeit ein bisschen aufgeschlossener geworden war, lief Deborah heute wieder mit fest zusammengepressten Lippen herum – wie in Maries ersten Tagen im Café. Das Herz schlug ihr bis zum Hals, und die Angst gewann die Oberhand in ihr. Ahnte Deborah etwa, was Marie gerade dachte? Sie tätschelte Trinas Arm, und dann ging sie in die Küche.

Deborah saß auf einem Hocker bei der Spülmaschine. Sie hatte den Kopf zurückgelegt und die Augen geschlossen. Marie räusperte sich. Die andere Frau schlug die Augen auf und sah sich um. Als sie Marie entdeckte, wurden ihre Lippen ganz schmal, bevor sie ihre Frage stellte. „Brauchst du etwas?"

Marie stellte sich vor Deborah hin. „Ja. Ich will, dass du mir erzählst, was am Sonntagnachmittag hier in der Stadt passiert ist."

Deborahs Augen verengten sich zu schmalen Schlitzen. „Ich will keinen Klatsch verbreiten."

Marie holte tief Luft. „Das verlange ich ja gar nicht von dir. Aber ich muss unbedingt wissen, was passiert ist."

Deborah seufzte. „Marie." Sie schüttelte den Kopf. Einen Augenblick lang sah es so aus, als ob sie zögerte. Auf ihrer Stirn zeigten sich Sorgenfalten. Aber dann schob sie entschlossen ihre Unterlippe vor. „Ich kann dazu nichts sagen.

Ich weiß das alles nur vom Hörensagen, und diesen Klatsch möchte ich nicht wiederholen." Sie ging mit festen Schritten zum Herd und hantierte mit den Töpfen und Pfannen.

Marie stand da und starrte auf Deborahs Rücken. Ihr Herz klopfte so laut, dass sie Angst hatte, es könnte zerspringen. Sie zog die Schürze über den Kopf und rief: „Der größte Andrang beim Frühstück ist vorbei. Ich mache eine kurze Pause. In einer halben Stunde bin ich zurück."

Deborah nickte, aber sie drehte sich nicht zu Marie um.

Marie verließ das Café und ging auf dem Bürgersteig bis zu Henrys Werkstatt. Ein kalter Wind wehte um ihre nackten Beine. Ihre Füße rutschten über das regennasse Pflaster, aber sie ging trotzdem weiter.

Die obere Garagentür stand halb offen, und sie hörte ein gedämpftes Klirren aus dem Inneren von Henrys Werkstatt. Sie bückte sich unter der Türöffnung und blinzelte, weil ihre Augen sich an das helle Licht der von der Decke herunterhängenden Neonlampen gewöhnen mussten. Ein Lastwagen stand in der Mitte des Betonbodens, und zwei Beine lugten darunter hervor.

Marie ging zu den Beinen. Ihre nassen Schuhe machten quietschende Geräusche. „Henry?"

Die Beine zuckten. Dann schoben sich die Füße nach vorn, und sein Oberkörper glitt auf einer flachen, mit Rollen versehenen Plattform unter dem Lastwagen hervor. Als er von dem Fahrzeug weit genug entfernt war, setzte er sich auf und starrte sie erstaunt an. Auf seiner linken Wange prangte ein schwarzer Ölfleck, und er hielt einen Schraubenschlüssel in der Hand.

„Was bringt dich hierher?"

Marie kauerte sich hin und sah ihm direkt in die Augen. „Henry, bitte sag mir was über die Einbrüche, die am Sonntag passiert sind."

Er zog eine Grimasse und fuhr sich mit der Hand über das Gesicht. Dabei verschmierte er das Öl beinahe bis zum Kinn.

Wenn die Lage nicht so ernst gewesen wäre, hätte Marie ihn spöttisch darauf hingewiesen.

„Ich weiß nicht allzu viel", antwortete er langsam. Er legte den Schraubenschlüssel neben sich auf den Boden.

„Bitte." Marie war verärgert, weil ihre Stimme zitterte. „Sag es mir. Ich muss es wissen."

Er sah sie an, und sie bemerkte das Mitleid in seinen dunklen Augen. „Als die Albrechts und die Goerings am Sonntagnachmittag ihre Nachbarn besuchten, ist wohl ein Dieb in ihre Häuser eingebrochen und hat ein paar Gegenstände mitgehen lassen."

Marie runzelte die Stirn. Ihr Mund war plötzlich ganz trocken. „Waren es Antiquitäten?"

Henry hantierte mit dem Schraubenschlüssel. Er hielt den Kopf gesenkt. „Ja."

Sie spürte plötzlich einen Kloß im Hals und musste schlucken. „Weißt du, was gestohlen wurde?"

Sein Seufzer klang schmerzerfüllt. „Bei den Goerings war es ein russischer Schrankkoffer und bei den Albrechts eine Kaminuhr."

Marie hielt den Atem an.

Henry sah nach unten. „Sie sind vielleicht nicht die einzigen, denen etwas fehlt."

„Was willst du damit sagen?"

„Nachdem sich diese Sache herumgesprochen hat, haben die Leute in ihren Scheunen und Schuppen nachgesehen. Bei manchen fehlen Sachen, die sie nicht vermisst haben, weil es Gegenstände sind, die sie nicht jeden Tag benutzen."

Marie stand unbeholfen auf.

Henry presste eine Hand an den Betonboden und stand ebenfalls auf. Er streckte ihr seine ölverschmierte Hand entgegen. „Du darfst jetzt nicht zu falschen Schlussfolgerungen kommen."

Marie drehte sich abrupt zu ihm um. Sie konnte sich nicht

mehr beherrschen. „Das ist nicht nötig. Alle Leute in der Stadt werden Beth die Schuld an diesen Diebstählen geben."

Sein Schweigen diente ihr als Bestätigung.

Sie antwortete mit einem bitteren Lachen. „Den ganzen Morgen haben mich die Leute komisch angeschaut und hinter der vorgehaltenen Hand geflüstert. Ich habe gedacht, dass sie sich darüber mokiert haben, weil ich plötzlich im Gottesdienst aufgetaucht bin, aber jetzt weiß ich es besser. Sie halten meine Tochter für eine Diebin!"

„Marie …"

Sie drehte sich rasch weg, als sie seine ausgestreckte Hand und seinen zärtlichen Blick sah. „Ich habe sie in der Welt großgezogen, aber das heißt nicht, dass ich ihr nicht beigebracht habe, Recht und Unrecht voneinander zu unterscheiden."

„Natürlich nicht."

Seine ruhige Erwiderung dämpfte ihren Zorn. Glaubte er ihr tatsächlich? Glaubte sie das auch selbst? Ihre Augen füllten sich mit Tränen. „Aber außer uns wird das niemand glauben, oder?"

Wieder schwieg Henry.

Marie schüttelte den Kopf. „Ich will dich nicht länger bei der Arbeit stören. Danke, dass du es mir erzählt hast." Sie hörte, wie er ihren Namen rief, als sie zur Tür rannte, aber sie drehte sich nicht mehr um.

Als sie eilig den Bürgersteig entlanglief, pochte ihr Herz im Rhythmus ihrer Gedanken. *Bitte lass es nicht Beth gewesen sein. Nicht Beth, nicht Beth.*

Marie ging am Café vorbei und direkt zu Lisbeths Haus. Sie sah hinten nach. Das Auto war nicht da. Also war Beth immer noch auf der Suche nach Antiquitäten. Oder auf Diebestour. Hör endlich auf damit! Nach dem Tod von Johns Mutter waren sie zwar nicht mehr regelmäßig in den Gottesdienst gegangen, und sie hatten nicht miteinander gebetet, wie Marie es von ihren Eltern her gewöhnt gewesen war, aber sie hatte

Beth trotzdem bestimmte Werte vermittelt. Deshalb würde Beth niemals stehlen – niemals!

Marie sagte sich das immer wieder, als sie in dem kleinen Haus von Zimmer zu Zimmer ging, in Schränken und unter Beths Feldbett nachsah. Sie fand nichts, was nicht hierher gehörte, außer zwei nicht zusammenpassende Socken unter dem Bett. Weil sie Beths unbegründete Angst vor dem Keller kannte, ging sie nicht dort hinunter. Als sie im Esszimmer stand, kam ihr ein Gedanke.

Im Haus konnte man nichts verstecken, aber hinter dem Café stand ein Schuppen. Er hatte früher als Unterstand für Lisbeths Pferdekutsche gedient, aber sie hatte das Fahrzeug schon vor Jahren verkauft. Deborah hatte gemeint, das Gebäude stehe leer, weil es zu baufällig sei, um noch von Nutzen zu sein. Dieser Schuppen wäre ein ideales Versteck für Diebesgut.

Marie nahm den kürzeren Weg, der zwischen den Häusern entlang zum Durchgang zu Lisbeths Café führte. Trotz der Kälte brach ihr der Schweiß aus. Sie war außer Atem, als sie das Tor des Schuppens erreichte. Zuerst suchte sie auf dem Boden vor dem Schuppen nach Spuren, aber der Regen hatte alles weggewaschen.

Das Herz klopfte ihr bis zum Hals. Sie packte das Brett, mit dem die zweiflügelige Tür verschlossen war, drückte es zur Seite und griff mit den Fingern in das Loch, das früher den Türgriff gehalten hatte. Die verrosteten Türangeln gaben nicht nach. Marie zog angestrengt an der Tür, bis sie endlich aufschwang. Ein unangenehmer, modriger Geruch schlug ihr entgegen. Sie bedeckte ihre Nase mit einer Hand und ging widerwillig hinein. Drinnen fielen nur ein paar Lichtstrahlen durch die Ritzen in den Holzwänden. Marie kniff die Augen zusammen, um besser sehen zu können. Als sie sich an die Dunkelheit gewöhnt hatte, wäre sie vor Erleichterung beinahe zu Boden gesunken. Im Schuppen lagen nur zwei rostige Blechbüchsen und ein Haufen löchriger Leinensäcke.

Sie ging wieder hinaus und schlug die Tür zu, lehnte sich erschöpft dagegen und holte tief Luft. Als das Zittern in ihren Gliedern endlich aufhörte, konnte sie wieder aufrecht stehen. Sie verschloss die Tür mit dem Brett und machte sich Vorwürfe. Natürlich war Beth unschuldig. Wie konnte sie nur etwas anderes vermuten? Sie fühlte sich schuldig. Ihre Tochter durfte nicht erfahren, was sie einen Moment lang befürchtet hatte.

Heute Abend würde sie Beth fragen, wo sie am Sonntagnachmittag gewesen war. Wenn sie das wusste, würde sie ihre Tochter verteidigen können, falls jemand es wagen sollte, sie zu verdächtigen.

Sie ging zurück zum Café. Unterwegs atmete sie die klare Luft tief ein. Sie war erleichtert, dass ihre Angst unberechtigt gewesen war. Die Gäste aus Lehigh hatten recht. Weil es in der Stadt keine Polizei gab, konnte so etwas leicht passieren. Beth hatte mit den Diebstählen nichts zu tun.

Marie betrat mit hoch erhobenem Kopf das Café.

Am Abend saßen sie und Beth zusammen am Küchentisch, tranken ein Glas Milch und genossen ein Stück Apfelkuchen aus dem Café.

Marie lehnte sich mit einem tiefen Seufzer zurück und sagte: „Du hast bestimmt schon von dem Gerücht gehört, das in der Stadt die Runde macht."

Beth zog eine Augenbraue hoch. Sie wollte sich gerade einen Bissen Kuchen in den Mund schieben. „Ich bin seit ein paar Tagen nicht mehr in der Stadt gewesen. Aber die Leute sind schon ein bisschen komisch. Heute früh hat sogar jemand einfach die Tür zugeknallt, als ich geklingelt habe." Sie biss in den Apfelkuchen.

„Ich habe gehört, dass es in der Stadt mehrere Einbrüche gegeben hat."

Beth aß seelenruhig weiter. „Aha."

„Antiquitäten aus Wohnhäusern und Gegenstände aus Scheunen und Geräteschuppen."

Beth legte die Gabel auf den Teller. „Na toll."

Marie nickte. „Das habe ich mir heute früh auch gedacht, als man mir das erzählt hat."

Beth schob den Teller weg. „Und weil wir hier neu sind, will man wohl uns die Diebstähle in die Schuhe schieben."

Marie zuckte mit den Schultern. „Na ja, auf die Idee könnte man kommen. Zuerst gehst du von Haus zu Haus, um den Leuten Antiquitäten abzukaufen, und dann verschwinden plötzlich die Sachen."

Beth presste beide Hände auf den Tisch und wollte aufspringen, aber Marie legte eine Hand auf den Arm ihrer Tochter. „Wir können diesen Verdacht leicht entkräften."

Beth ließ sich wieder auf den Stuhl sinken und zog eine Grimasse. „Wie denn? Sollen wir den Leuten etwa Tür und Tor öffnen, damit sie das Haus durchsuchen können? Sie werden ja doch nichts finden."

„Das weiß ich." Marie schob Beth den Teller mit dem halb gegessenen Kuchenstück wieder zu und griff dann selbst zur Kuchengabel. „Wir müssen ihnen nur sagen, wo wir am Sonntagnachmittag waren, als die Diebstähle passiert sind. Dann kann niemand mit dem Finger auf uns zeigen."

Beth lehnte sich zurück und verschränkte die Arme vor der Brust. „Warum soll ich so was machen? Genügt es dir nicht, wenn ich dir mein Wort gebe, dass ich mit dieser Sache nichts zu tun habe?"

„Natürlich, mein Schatz, aber …"

„Nein!" Beth hielt beide Hände hoch, als ob sie einen Schlag abwehren wollte. „Ich bin niemandem Rechenschaft schuldig. Ich hab die Sachen nicht gestohlen, und das sage ich jedem, der mich fragt. Das muss reichen."

Marie schüttelte den Kopf und warf ihrer Tochter einen flehenden Blick zu. „Beth, ich weiß, wie du dich fühlst, aber wenn du die Leute nicht beruhigen willst, können sie uns das Leben hier schwermachen."

„Das ist mir egal." Beth warf den Kopf zurück und deutete auf den Kalender. „Siehst du die vielen Kreuzchen? Meine Tage hier sind gezählt. Es ist mir gleichgültig, was die Leute von mir halten."

Maries Hand zitterte, als sie die Gabel wieder hinlegte. „Willst du nicht wenigstens mir sagen, wo du am Sonntag warst?"

„Das ist ganz allein meine Sache." Beth stand mit hochgezogenen Augenbrauen auf und hob stolz den Kopf. „Du musst mir eben vertrauen, Mami. Ich weiß schon, was ich mache."

Dann stürmte sie aus der Küche und knallte die Tür hinter sich zu.

18

Henry saß an seinem üblichen Tisch in „Lisbeths Café". Vor ihm stand ein Teller mit Rührei und Schinken, aber er rührte das Essen nicht an. Er war der einzige Gast aus Sommerfeld. Alle anderen Besucher stammten nicht aus der Stadt. In den vergangenen beiden Wochen waren immer weniger Stadtbewohner ins Café gekommen, aber heute war es das erste Mal, dass kein einziger Einwohner aus Sommerfeld seinen Tag mit einem von Deborahs frisch gebackenen Zimtbrötchen begann.

Thanksgiving rückte näher, und die Atmosphäre in der Stadt wurde immer angespannter. Die Gemeindemitglieder sprachen schon darüber, die gegenseitigen Besuche an den Sonntagnachmittagen für eine Weile einzustellen, damit die Leute nach dem Gottesdienst auf ihre Häuser aufpassen konnten. Henry war nicht dafür, diese über Generationen ausgeübte Sitte kurzfristig aufzugeben, weil sie dadurch vielleicht ganz verloren gehen könnte.

Veränderungen dieser Art hatten in der Vergangenheit zu Spaltungen in der Gemeinde geführt. Obwohl er damals noch klein gewesen war, konnte er sich noch gut erinnern, welchen Aufruhr es gegeben hatte, als die Gemeindeleitung entschieden hatte, den Leuten die Benutzung von Elektrizität und Autos zu erlauben.

Manche Gemeindemitglieder waren strikt gegen die Einführung dieses weltlichen Komforts gewesen und hatten sich einer anderen Gemeinde im Südosten von Kansas angeschlossen. Seine Eltern und Lisbeth hatten wie ein paar andere Familien in der Gemeinde zwar nicht mitgemacht, als diese Neuerungen eingeführt wurden, aber sie hatten nicht diejenigen verurteilt, die die Errungenschaften der Technik für sich hatten nutzen wollen.

Doch seitdem es jede Woche zu neuen Einbrüchen kam und die Gerüchteküche brodelte, wurde der Ruf nach Schutz und Sicherheit immer lauter. Henry fürchtete die Folgen, wenn man den Dieb nicht bald dingfest machte.

Marie hetzte mit Tellern beladen an ihm vorbei. Sie warf ihm einen kurzen Blick zu, aber ihr Gesicht blieb ernst. Es tat ihm weh, sie so zu sehen. Sie wirkte erschöpft. Die Fältchen um ihre Augen waren nun deutlicher zu sehen, und ihr Gang war nicht mehr so federnd wie noch vor ein paar Wochen. Er freute sich zwar, dass sie noch immer zum Gottesdienst kam, aber er fragte sich, wie lange sie wohl das abweisende Verhalten der anderen Gemeindemitglieder aushalten würde.

Sie ging zurück zur Küche. Er sah ihr noch nach, als sie durch die Türöffnung verschwunden war und wünschte sich plötzlich Lisbeth zurück. Die kluge Frau hätte vielleicht gewusst, wie sie die Menschen hier in der Stadt zusammenbringen, die Ängste abbauen und die Wahrheit herausfinden konnte.

Die Wahrheit. Henry senkte den Kopf. Was war eigentlich die Wahrheit? Marie war sich so sicher gewesen, als sie vor zwei Wochen in seiner Werkstatt gewesen war und alles hatte genau wissen wollen. Er hätte gerne ihre Meinung geteilt, dass ihre Tochter mit dem Verschwinden der Antiquitäten nichts zu tun hatte, aber diese Zufälle waren einfach zu seltsam. Beth hatte bestimmte Gegenstände erwerben wollen. Und nachdem sich die Besitzer der Antiquitäten geweigert hatten, Beth die Sachen zu verkaufen, waren sie plötzlich gestohlen worden.

In der Stadt hatte man über Beth bereits das Urteil gefällt. Er wusste, dass die Leute deshalb nicht mehr ins Café kamen. Sie wollten ihr Geld nicht bei jemandem ausgeben, den sie für schuldig hielten.

Lisbeth, das hast du bestimmt nicht gewollt, als du diese Bedingung in dein Testament aufgenommen hast. Wie konnte Marie überhaupt noch daran denken, für immer in Sommerfeld zu bleiben, wenn jeder hier eine so schlechte Meinung von ihr und ihrer Tochter hatte?

Er schob seinen Teller weg. Ihm war der Appetit endgültig vergangen. *Oh Herr, warum muss das gerade jetzt passieren, jetzt, da Marie zu dir und zu ihrem Glauben zurückgefunden hat?*

Marie bog um die Ecke, mit einem Plastikbehälter in der Hand. Normalerweise räumte Trina die Tische ab, aber seit ein paar Tagen hatte Deborah sie zu Hause gelassen, angeblich weil immer weniger Gäste ins Café kamen. Aber Henry vermutete, dass das nur ein Vorwand war, um jeden Kontakt zwischen ihrer Tochter und Marie und Beth zu vermeiden.

Auch diese Sache machte Henry traurig.

Marie blieb neben seinem Tisch stehen und warf einen besorgten Blick auf den vollen Teller. „Hat es dir nicht geschmeckt?"

Henry schüttelte den Kopf. „Nein, das ist es nicht. Ich habe keinen Appetit."

Mit einem Seufzer sah Marie sich in dem fast leeren Gastraum um. „Da bist du wohl nicht der Einzige."

Henry sah sich kurz um. Die wenigen Gäste schienen vollauf mit dem Essen beschäftigt zu sein. Er deutete auf den Stuhl ihm gegenüber. „Möchtest du dich kurz setzen?"

Sie senkte den Kopf. Ein schwaches Lächeln umspielte ihre Lippen. „Aber nur, wenn du das Wort ‚Dieb' nicht erwähnst."

Die Traurigkeit in ihren Augen tat ihm weh. Lächelnd deutete er mit einer Kopfbewegung zum Stuhl. „Einverstanden."

Sie setzte sich hin und stellte den Behälter auf die andere Ecke des Tischs. Dann sah sie ihn erwartungsvoll an.

Plötzlich verschlug es ihm die Sprache. Mit ihrem zurückgekämmten Haar und dem kleinen Kopftuch, mit dem sie ihre Locken bändigte, und ihren blauen Augen hatte sie die gleiche Wirkung auf ihn wie damals, als sie fünfzehn war. Die Stille zwischen ihnen machte ihn verlegen.

Sie rückte auf ihrem Stuhl unruhig hin und her.

„Hast du schon Pläne für Thanksgiving?" Er platzte mit dieser Frage heraus, um sie am Aufstehen zu hindern.

Marie sah ihn erstaunt an, und dann senkte sie den Blick. Sie holte tief Luft und zuckte anmutig mit den Schultern. „Joanna hat mich zu sich eingeladen, aber ich weiß noch nicht, ob ich hingehe."

Henry zog die Augenbrauen zusammen. Sie sollte diesen Tag nicht allein verbringen. „Warum?"

„Na ja …" Sie legte ihre gefalteten Hände auf die Tischkante und betrachtete ihre Daumen. „Wenn Joanna bei sich zu Hause feiern will, geht sie nicht zu meinen Eltern. Das macht sie aber nur, weil sie weiß, dass Beth und ich auf der Farm nicht willkommen sind. Ich will aber nicht, dass sie sich meinetwegen von der Familie fernhält."

Ihre traurige Stimme rührte Henry zu Tränen. Sie war ihrer Familie hier räumlich so nah und doch so weit von ihr entfernt. Am liebsten würde er eine Brücke bauen und sie mit ihren Eltern zusammenbringen. Er streckte den Arm aus und legte seine Hand auf die ihre. Verblüfft hob sie den Kopf und sah ihm in die Augen.

Er spürte, wie er rot wurde, aber er wandte den Blick nicht von ihr ab. „Joanna hätte dich nicht einladen müssen, wenn sie es nicht so gewollt hätte."

„Ich weiß, aber ..." Sie schwieg und sah kurz weg. Offenbar wog sie ihre Worte sorgfältig ab. „Ich möchte nicht, dass sich die Leute für die eine oder die andere Seite entscheiden müssen." Dann sah sie ihn wieder an und zog eine Augenbraue hoch. „Es bringt doch nichts, Unruhe zu stiften, wenn wir sowieso nicht mehr lange hier sind."

Henry zog erschrocken seine Hand weg, aber er bereute diese übereilte Reaktion, als er sah, wie sich ihre Gesichtszüge verhärteten. Er musste sich räuspern. „Es spielt eigentlich keine Rolle, wie lange du hier bist. Jede Versöhnung kann deiner Familie nur gut tun, oder nicht?"

Ihr schwaches Schulterzucken zeigte ihm, dass sie genauso dachte wie er. „Vielleicht sollte ich die Hoffnung nicht aufgeben. Auch nach unserer Rückkehr nach Cheyenne möchte ich den Kontakt zu meiner Familie nicht wieder abbrechen. Aber sie müssen das natürlich auch wollen."

Henry nickte. Wieder schwiegen beide, und wieder wünschte sich Henry Lisbeth herbei. Sie hätte bestimmt zwischen Marie und ihrer Familie vermitteln können. Seine Fähigkeiten auf diesem Gebiet waren eher begrenzt. Er hatte nicht die leiseste Ahnung, wie er so etwas anstellen sollte.

„Also dann ..." Marie wurde unterbrochen, als ein Gast nach ihr rief und sie um eine weitere Portion Kaffee bat.

Henry sah zu, wie sie aufsprang, zu dem Tisch mit den Kaffeekannen und dann zu dem Gast eilte. Danach machte sie ihre Runde, aber sie mied seinen Tisch. Weil er wusste, was sein Frühstück kostete, zog er seine Brieftasche aus der Gesäßtasche seiner Hose, nahm einen Fünfdollarschein heraus und legte ihn unter den Tellerrand.

Als er draußen auf dem Bürgersteig stand, atmete er die kühle Luft tief ein, um wieder klar denken zu können. Auf dem Weg zur Werkstatt überlegte er weiter. Henry wusste, dass die Familie für Marie wichtiger war als die Gemeinde, aber Beth für sie an erster Stelle stand. Wenn die junge Frau sich entschließen würde, in Sommerfeld zu bleiben, würde Marie sich bestimmt auch hier einleben. Dann würde vielleicht auch eine Versöhnung mit ihrer gesamten Familie zustande kommen.

Als er die Tür zu seiner Werkstatt aufschloss, schüttelte Henry den Kopf. Beth würde bestimmt nicht hierbleiben, vor allem nicht, nachdem die Atmosphäre in der Stadt so vergiftet war. Wenn sie die Diebstähle tatsächlich begangen hätte, würde sie sich früher oder später mit ihrem Diebesgut davonmachen.

Er schaltete das Licht an. Dann ließ er sich neben seiner Werkbank auf einen Hocker fallen. Die Lage schien hoffnungslos zu sein, aber er wusste, dass es immer einen Ausweg gab.

Er senkte den Kopf, schloss die Augen und begann zu beten. *Sie ist zurück, Herr, und sie sucht dich. Bitte sorge dafür, dass dieses Chaos sich für alle zum Guten wendet.* Seine Bitte war nicht ganz frei von Eigennutz, aber schließlich liebte er sie noch immer. Er wollte, dass sie hier blieb – hier bei ihm. Aber er wollte auch ihr Glück. Wirklich glücklich würde sie erst dann sein, wenn sie sich mit ihrer ganzen Familie versöhnt hatte.

Schließlich schlug er sich mit den flachen Händen auf die Knie. Wenn er weiter herumsaß und über Marie nachgrübelte, würde er seine Arbeit nicht schaffen und Lucas Schrag müsste noch länger auf sein Auto warten. Er musste seine Sorge um Marie in die Hand Gottes legen.

Beth nahm ein Stück von dem mit viel Bratensoße getränkten Truthahn in den Mund, kaute und schluckte den Bissen herunter. Es kam ihr so vor, als hätte sie Sägespäne im Mund. Obwohl auf dem Tisch eine spitzenbesetzte Tischdecke lag und die Kerzen brannten, das Essen verlockend aussah und das Silber auf Hochglanz poliert war, fühlte Beth sich schlecht.

Joanna hatte sich zwar sehr viel Mühe gegeben, dieses erste gemeinsame Thanksgiving nach mehr als zwei Jahrzehnten festlich zu gestalten, aber es war trotzdem ein Reinfall. Die Spannung war so deutlich spürbar, dass Beth das Schlucken schwer fiel. In Mamis Augen glänzten Tränen, und auch in Joannas Augen glitzerte es verdächtig. Beth hatte zwar Mitleid mit den beiden, aber ihre Wut war größer als ihr Mitleid.

Ihr Onkel Leo, seine Frau und Kinder waren zu Joanna gekommen, aber weder Art noch Conrad waren da. Sie waren zur Farm ihrer Großeltern gegangen, um dort Thanksgiving zu feiern. Aus der geflüsterten Unterhaltung, die sie zufällig in der Küche mitgehört hatte, schloss sie, dass eine Tante und ein Onkel, die sie noch nicht kannte und die in Nachbarorten wohnten, ebenfalls auf der Farm ihrer Großeltern waren. Sie hatten Joannas Einladung abgelehnt.

Es war kein Wunder, dass ihre Mutter mit den Tränen kämpfte. Beth konnte ihren Kummer zwar nachvollziehen, aber gleichzeitig ärgerte sie sich darüber. Hatte Mami denn immer noch nicht begriffen, dass es sich nicht lohnte, wegen dieser Leute Tränen zu vergießen? Sie beide waren doch immer sehr gut zurechtgekommen. Als Oma Quinn gestorben und Opa nach Florida umgezogen war, hatte ihre Mutter sich gefragt, ob sie es allein schaffen würden, aber es war alles prima gelaufen. Für Beth war das der beste Beweis, dass sie niemanden brauchten, weil sie schließlich einander hatten. Und vor allem brauchten sie nicht diese ganze Stadt voller selbstgerechter Heuchler.

Sie hatte beobachtet, wie die Gäste im Café ihre Mutter

behandelten. Wenn sie in ihrer Ecke gesessen und am Computer gearbeitet hatte, hatte sie oft vor Wut gekocht, wenn die Leute ihrer Mutter die kalte Schulter gezeigt hatten.

Und seitdem sie diese Gottesdienste besuchte, war alles noch viel schlimmer geworden. Beth hatte das Problem für sich gelöst, indem sie weniger Zeit im Café verbrachte und viel unterwegs war. Aber ihre Mutter hatte keine andere Wahl. Beth unterdrückte einen frustrierten Seufzer. Sie wünschte sich, sie wäre nie nach Sommerfeld gekommen. Ihr Aufenthalt hier war ein großer Fehler.

Auf dem Platz zu ihrer Linken saß ihre Cousine Kyra. Plötzlich hörte Beth, wie sie leise fragte: „Kann ich bitte mal die eingelegte Rote Bete haben?“

Beth reichte ihr die Schüssel. Die beiden Cousinen wechselten einen kurzen Blick. Beth fühlte sich plötzlich schuldig, weil sie Kyra und ihre Familie mit den anderen Einwohnern von Sommerfeld auf eine Stufe gestellt hatte. Joanna, ihr Mann und ihre Kinder hatten Beth und ihre Mutter nicht ins Abseits gedrängt. Dafür war Beth ihnen dankbar, aber das reichte leider nicht aus. Ihre Mutter hatte etwas anderes verdient, nämlich alles oder gar nichts. Sie konnte nicht alles haben, also …

Beth schob ihren Stuhl zurück und stand auf. Alle, die um den Tisch saßen, hörten auf zu essen und sahen sie verblüfft an.

„Es tut mir leid, aber ich fühle mich nicht wohl. Bitte entschuldigt.“ Ohne eine Antwort abzuwarten, stürmte sie durch die Küche zur Hintertür.

Wie erwartet kam ihre Mutter kurz darauf um die Ecke. Ihre Augen blickten sorgenvoll. „Geht es dir wieder besser, mein Schatz?“

Beth schüttelte den Kopf. „Nein, und dir geht es auch nicht gut.“ Sie nahm die Hand ihrer Mutter und sah sie flehend an. „Komm, wir gehen zurück in Tante Lisbeths Haus.“

Marie musterte ihre Tochter ängstlich. „Fühlst du dich so schlecht?"

Beth reagierte verärgert. „Ich bin nicht krank, aber ich habe das alles hier so satt. Diese Stadt und diese Leute. Wir hätten nie hierher kommen sollen. Es tut mir so leid, dass ich dich dazu überredet habe. Ich …" Sie schüttelte den Kopf und zog ihre Mutter an der Hand. „Komm, gehen wir."

„Einfach so, während des Essens?" Ihre Mutter zog ihre Hand weg. „Joanna hat sich wegen uns so viel Mühe gemacht. Sie, Leo und ihre Familien sind um unsretwillen hier. Ich kann sie jetzt nicht einfach sitzen lassen."

„Doch, das kannst du."

„Nein, mein Schatz, das kann ich nicht." Ihre Mutter senkte ihre Stimme zu einem Flüstern, aber sie klang dennoch entschlossen. „Ich lasse die Leute nicht bei einer Feier sitzen, die sie nur für uns organisiert haben, damit wir den Feiertag mit meiner Familie verbringen können."

Beth starrte ihre Mutter verblüfft an. Sie wurde immer wütender. Begriff ihre Mutter denn nicht, dass sie noch mehr Probleme und Kummer haben würden, wenn sie blieben? Sie musste ihre Mutter unbedingt von hier wegbringen. Sie riss ihre Jacke vom Haken und zog sie sich hastig über.

„Also, ich hab genug von dieser Familie. Ich gehe jetzt."

Ihre Mutter bewegte nervös die Hände. Beth zögerte. Diese innere Zerrissenheit ihrer Mutter machte ihr schwer zu schaffen. Aber diese Familie hatte sie vor langer Zeit ausgegrenzt, und sie würde sie wieder im Stich lassen, wenn die Zeit für ihre Rückkehr nach Hause gekommen war. Mit dem Erlös aus dem Verkauf von Café und Haus wollte Beth sich bei ihrer Mutter für die vielen Opfer revanchieren, die sie in den vergangenen Jahren gebracht hatte. Aber dieses Erbe war den ganzen Kummer, den es mit sich brachte, nicht wert. Es war besser, bereits jetzt alle Zelte abzubrechen, bevor ihre Mutter eine zu tiefe Bindung an die Leute hier aufbauen konnte.

Marie berührte ihre Tochter am Arm. „Ist es für dich in Ordnung, wenn du allein zu Hause bleibst?“

Zu Hause? Seit wann war Lisbeths Haus denn ihr Zuhause? Beth traute ihren Ohren nicht. Deshalb zwang sie sich zu einer sarkastischen Antwort. „Mach dir um mich keine Sorgen. Ich bin an Thanksgiving gern allein.“

Ihre Mutter schüttelte den Kopf, und ihre Augen blickten traurig. „Mein Schatz, es ist deine Entscheidung, wenn du gehst. Du kannst genauso gut hier bei uns bleiben.“

Beth drehte sich um. Ihre Unterlippe zitterte. „Uns“ bedeutete früher immer Mutter und Tochter. Sie schloss kurz die Augen, um den Aufruhr ihrer Gefühle in den Griff zu bekommen. Als sie merkte, dass sie wieder sprechen konnte, ohne dass ihr die Stimme versagte, sah sie ihre Mutter an. „Dann noch viel Spaß. Ich ruf Mitch an. Der hat heute bestimmt Zeit für mich.“

Sie schlug die Tür hinter sich zu und schob wütend die Hände in die Jackentaschen. Sie und ihre Mutter waren zu Fuß zu Joanna gegangen. Deshalb nahm sie jetzt den gleichen Weg. Als sie an den Häusern vorbeiging, musste sie immer wieder einen Blick in die erleuchteten Fenster werfen. Die fröhlich feiernden Menschen, die in den Häusern versammelt waren, bildeten einen auffallenden Kontrast zu ihrer eigenen Einsamkeit, als sie unter kahlen Bäumen hindurch und an spätherbstlich tristen Gärten vorbeiging.

Obwohl sie zu Hause in Cheyenne anstelle einer Familie nur ihre Mutter gehabt hatte, hatte sie sich nie so allein gefühlt wie jetzt in dieser Stadt, in der ihre Großeltern, Tanten, Onkel, Cousins und Cousinen wohnten.

Sie beugte sich nach vorn und zwang sich, geradeaus zu schauen, während sie so schnell wie möglich über den hubbeligen Boden lief. Wie sehr wünschte sie sich, dass Lisbeth Henry Braun nicht mit jener Nachricht zu ihnen geschickt hätte. Hätte Mitch sie bloß nicht überredet, dieser Bitte ihrer

Großtante zu folgen! Sie wünschte … Dann seufzte sie. Diese Wünsche waren die reinste Zeitverschwendung. Nichts würde mehr so sein wie vorher.

Als sie bei Lisbeths Haus ankam, ging sie in die Küche und holte die Autoschlüssel von der Anrichte. Natürlich würde sie nicht allein hier bleiben, vor allem deshalb nicht, weil sie noch viel zu erledigen hatte. Wenn ihre Zeit in Sommerfeld vorbei wäre, würden sie und ihre Mutter davon profitieren.

„Ich mache das für dich, Mami“, murmelte sie. „Du wirst alles verstehen, wenn ich endlich von hier weg bin.“

Beth ließ den Motor an, fuhr rückwärts die Auffahrt hinunter, bis sie die Schotterstraße erreichte, die aus der Stadt hinausführte.

19

Marie reichte Joanna einen nassen Teller. Dann tauchte sie die Hände wieder in das warme, schaumige Wasser. Sie lachte leise. „Ich hätte nie gedacht, dass mir nach so vielen Jahren mit Geschirrspüler das Spülen von Hand Spaß macht.“

Joanna musste ebenfalls lachen. „Wenn man diese Arbeit nicht allein machen muss, ist sie beinahe angenehm. Haben wir früher beim Geschirrspülen nicht so manches gute Gespräch geführt?“

Marie reagierte auf diese Frage mit einem süffisanten Grinsen. „Ja, vor allem dann, wenn Abigail uns nicht belauscht hat, um uns zu verpetzen, wenn wir etwas Unanständiges gesagt haben.“

„Als ob wir jemals etwas Unanständiges gesagt hätten.“ Joanna zwinkerte ihrer Schwester zu und stieß sie mit dem Ellbogen an.

Marie musste kichern. Sie genoss es, dass die Seelenverwandtschaft mit Joanna wieder vorhanden war. Dann warf sie ihrer Schwester einen Blick zu und wagte es, ihr etwas Vertrauliches zu sagen. „Ich bedaure es sehr, dass Beth keine Geschwister hatte. Du und ich haben so viel Freude miteinander erlebt, als wir zusammen aufwuchsen, und sie hat diese Erfahrung nie machen können."

„Heißt das, dass sie eine freudlose Kindheit hatte?"

Joannas übertrieben erschrockener Gesichtsausdruck entlockte Marie wieder ein Lachen, aber sie schüttelte den Kopf. „Du weißt doch, was ich damit sagen will. Sie hat bestimmte Dinge nie erlebt."

Joanna legte ihr Geschirrhandtuch weg und drückte Marie fest an sich. „Bestimmt hat sie nie gemerkt, dass ihr etwas fehlt. Sie hängt sehr an dir."

Marie zog skeptisch eine Augenbraue hoch.

Joanna drohte Marie mit erhobenem Zeigefinger. „Jetzt hör aber auf. Beth wird erwachsen, und das tut manchmal ganz schön weh. Aber sie liebt dich sehr, genauso wie du sie lieb hast, und das wird immer so bleiben." Sie nahm einen weiteren Teller und trocknete ihn mit dem bestickten Geschirrhandtuch ab.

Wieder spürte Marie tief in ihrem Inneren einen Schmerz, als sie an ihre zerstörte Beziehung zu ihren Eltern dachte. Ihre Hände bewegten sich nicht mehr im Wasser, als sie daran dachte, welche schlimmen Folgen ihre Entscheidung gehabt hatte, mit John wegzugehen.

Joanna musste ähnliche Gedanken gehabt haben, weil sie mit einem Stirnrunzeln den Kopf senkte. „Manchmal bleibt zwischen Menschen nicht alles beim Alten. Aber …" Sie sah wieder auf, und ihre Stimme klang hoffnungsvoll. „Wenn man sich ein bisschen Mühe gibt, kann alles wieder gut werden."

Wenn sie an das bisherige Verhalten ihres Vaters dachte, konnte Marie ihrer Schwester nicht zustimmen, aber sie wollte sich nicht mit ihr streiten und ihre Gefühle verletzen. Beths verfrühter Aufbruch vor drei Stunden hatte schon gereicht.

Deshalb zwang sie sich zu einem Lächeln, als sie eine Schüssel aus dem Wasser hob und sagte: „Mühe … und Zeit … und Gebet."

Joanna drückte sich die Schüssel an die Brust. Auf dem Latz ihrer Schürze bildete sich ein feuchter Kreis. Ihre Augen füllten sich mit Tränen. „Oh Marie, es freut mich so sehr, dass du das sagst. Weißt du, wie oft Lisbeth, Henry und ich in all den Jahren für dich gebetet haben, damit du zu Gott zurückfindest? Und jetzt sehe ich, wie das geschieht. Ich bin ja so dankbar!" Sie konnte vor Rührung nicht mehr weitersprechen.

Marie spürte ebenfalls, wie ihr die Tränen kamen. Sie stellte sich vor, wie ihre Schwester, ihre Tante und Henry sich niedergekniet und gebetet hatten … für sie. Diese unverbrüchliche Treue ließ sie Dankbarkeit und gleichzeitig Demut empfinden. Von Tante Lisbeth und Joanna hätte sie diesen Wunsch, dass sie zu Gott zurückfindet, erwartet, aber von Henry … Sie konnte darüber nur staunen. Der Mann, dem sie den Laufpass gegeben hatte, betete zwanzig Jahre lang für sie. Wie dankte man einem Menschen für eine solche Hingabe?

„Und ich bin mir sicher", fuhr Joanna mit einem leisen Schniefen fort, „dass unsere Gebete auch bei unserem Vater etwas bewirken werden. Wenn er bereit ist, sich mit dir auszusöhnen, werden ihm die anderen folgen, bei Abigail angefangen und bei Conrad aufgehört. Also, lass dich nicht entmutigen!"

Marie musste sich jetzt nicht mehr zum Lächeln zwingen. Sie senkte den Kopf und berührte mit ihm Joannas Stirn. Dieses kleine Zeichen der Zuneigung hatten sie als Kinder und Jugendliche oft ausgetauscht.

„Nein." Sie richtete sich wieder auf und fügte hinzu: „Aber ich hoffe …"

Ein Klopfen an der Haustür unterbrach sie. Joanna riss die Augen weit auf. „Na siehst du! Bestimmt sind das Abigail, Ben und Conrad mit ihren Familien."

Marie schlug das Herz bis zum Hals. Sie fuhr sich mit der Zunge über die Lippen, und sie holte tief Luft. In Gedanken formulierte sie bereits einen Willkommensgruß für ihre älteren Geschwister, als sie Joanna ins Wohnzimmer folgte. Nervös wischte sie sich die Hände an ihrer Schürze ab. Kyra, Kelly und Gomer kamen gleichzeitig aus ihren Zimmern, und so waren sie alle versammelt, als Hugo die Haustür aufmachte.

Marie war enttäuscht. Zwei Männer aus der Stadt standen auf der Veranda. Sie hielten ihre Hüte in der Hand und blickten düster drein.

Hugo bat sie herein, und Joanna trat auf die beiden zu und sagte: „Kurt, Robert, wie schön, euch heute Abend zu sehen. Ich habe noch ein bisschen Kürbiskuchen und Sahne übrig, wenn ihr ein Stück mögt."

Die beiden Männer wechselten einen Blick, und der Größere schüttelte den Kopf. „Das ist nett von dir, Joanna, aber wir sind nicht hier, um euch einen Besuch abzustatten."

Hugo verschränkte die Arme vor der Brust und runzelte die Stirn. „Was gibt es denn?"

Marie spürte ein Kribbeln auf der Kopfhaut, als die beiden Männer sie ansahen.

Der zweite entgegnete: „Heute ist in der Stadt etwas vorgefallen, und wir wollen euch nur darüber informieren."

Ein Arm legte sich um Maries Taille. Sie sah sich erschreckt um. Kyra stand ganz nah bei ihr. Marie lächelte der jungen Frau dankbar zu, bevor sie sich wieder den Männern zuwandte.

„Was ist passiert?"

„Leonard Dick hat den Nachmittag bei seiner Tochter verbracht. Als er nach Hause kam, stand die Haustür offen. In seinem zweiten Schlafzimmer fehlt die Schlafbank."

Marie bekam weiche Knie, und wenn Kyra sie nicht gestützt hätte, wäre sie zu Boden gesunken. Joanna führte sie zum Sofa. Dort ließ sie sich auf das Polster fallen. In ihren Ohren rauschte es, und ihr Herz raste. Beth hatte eine Schlafbank erwähnt, als sie von den Gegenständen sprach, die sie kaufen wollte. Aber sie würde bestimmt nicht … oder etwa doch?

„Wir sagen jetzt allen Leuten in der Stadt, dass sie gut aufpassen sollen", meinte der größere von den beiden Männern. „Schließt die Türen ab. Schützt eure Wertsachen vor neugierigen Blicken."

„Danke, Kurt. Das werden wir machen." Hugos Stimme klang angespannt.

Der Mann scharrte nervös mit den Füßen. Marie starrte auf seine Hände, die mit der Krempe seines Hutes spielten. „Ein paar Männer aus der Stadt wollen rund um die Uhr eine Bürgerwache aufstellen. Wenn du mitmachen möchtest …"

„Klar mache ich mit", unterbrach ihn Hugo.

„Wir treffen uns heute Abend um acht im Versammlungshaus. Bis dann."

Die beiden Männer gingen. Hugo machte die Haustür wieder zu. Dann drehte er sich zu Marie um. Seine Miene war düster. „Es wäre besser gewesen, wenn Beth heute hiergeblieben wäre."

Joanna sah ihren Mann verblüfft an. „Du glaubst doch nicht etwa …"

„Ich will es nicht glauben." Hugo steckte die Hände in die Taschen und ließ die Schultern hängen. „Aber alle anderen aus der Stadt haben zusammen mit ihren Familien gefeiert."

Marie stand auf, obwohl ihr die Knie zitterten. „Sie ist nach Hause gegangen. Das weiß ich ganz genau. Sie ist bestimmt noch dort und wartet auf mich – ganz bestimmt."

Hugo warf Joanna einen Blick zu. In ihren Augen las er eine flehentliche Bitte. Dann drehte er sich zu Marie um. „Es wird schon dunkel. Ich fahre dich heim."

Marie wusste, dass Hugo sich selbst davon überzeugen wollte, ob Beth zu Hause war, aber sie nickte stumm. Sie umarmte ihre Schwester, ihre Nichten und ihren Neffen. Dann folgte sie Hugo zum Auto.

Alle Häuser waren hell erleuchtet, heller als jemals zuvor. Die Leute standen in kleinen Gruppen zusammen und unterhielten sich. Sie starrten ihnen nach, als Hugo langsam die schattigen Straßen entlangfuhr.

Bitte sei da. Bitte beweise ihnen, dass sie Unrecht haben.

Als Hugo auf Lisbeths Grundstück fuhr, sah Marie ein Licht im vorderen Schlafzimmer. Das war Beths Zimmer. Sie lehnte sich erleichtert im Sitz zurück. Hugo fuhr zur Rückseite des Hauses. Dort stand Maries Auto nur wenige Meter von der hinteren Veranda entfernt, auf demselben Fleck, an dem sie es gestern nach ihrer Rückkehr aus dem Café geparkt hatte.

Ein warmes Hochgefühl durchströmte sie. „Siehst du? Das Auto ist da, und Beth auch."

Hugo begleitete sie zur Veranda, aber er ging nicht die Treppe hoch, sondern zu Maries Auto. Er legte beide Hände auf die Kühlerhaube. Dann warf er Marie einen Blick zu. Der Ausdruck auf seinem Gesicht sprach Bände. Plötzlich stand Marie der kalte Schweiß auf der Stirn.

„Der Motor ist noch warm."

„Wir müssen zu diesem Haus gehen, an die Tür klopfen und uns Einlass verschaffen, um dort alles zu durchsuchen." Jay Albrecht stand mit vor der Brust verschränkten Armen neben seiner Bank. Unter seinen zusammengezogenen dunklen Augenbrauen blickte er grimmig drein.

Albrecht hatte sich zum Sprecher dieser Versammlung gemacht. Weil ihm die Kaminuhr seines Großvaters gestohlen worden war, war er von allen Opfern des Diebes am zornigsten.

Henry sah, wie ein paar Männer diesen dreisten Vorschlag mit einem zustimmenden Kopfnicken quittierten. Jedes männliche Wesen über zwanzig nahm an diesem Treffen der Gemeinde teil, auch die vier Brüder von Marie, zwei erwachsene Neffen und ihr Vater. Alle saßen schweigend in einer Reihe auf der Bank des Predigers hinter dem leeren Podium.

„Und was ist, wenn wir was finden?" Diese Frage kam von Allen Wedel aus dem hinteren Teil des Raums. Bei ihm waren ein paar Emailleeimer und ein Handpflug verschwunden.

„Dann hätten wir Beweismaterial", verkündete Albrecht mit laut dröhnender Stimme. „Und dann könnten wir die Quinns bei der Polizei anzeigen."

Bei dem Gedanken, dass Marie und Beth zu einer Polizeistation in einer der größeren Städte in der Umgebung abgeführt werden könnten, hatte Henry das Gefühl, als ob man ihm einen Schlag in die Magengrube versetzt hätte. Er wollte die beiden Frauen verteidigen, aber die Zunge schien ihm am Gaumen zu kleben.

Henrys Neffe Jacob stand auf und trat vor Albrecht. „Selbst wenn wir bei ihnen die fehlenden Sachen finden würden, wäre das noch kein Beweis, dass die Quinns sie gestohlen haben, es sei denn, wir ertappen sie auf frischer Tat."

Albrecht lachte verächtlich. „Warum sollten sie dann die Sachen haben, wenn sie nicht für die Diebstähle verantwortlich wären?"

Jacob zuckte mit den Schultern. „Vielleicht hat jemand anderer die Sachen gestohlen und sie bei ihnen versteckt."

Die Versammelten lachten wiehernd.

Doug Ortmann fragte: „Welchen Sinn hätte so was?"

„Damit könnte man den Verdacht auf die Quinns lenken."

Albrecht winkte ab. „Pah! Niemand sonst hat einen Grund, diese Sachen zu stehlen. Wir alle wissen doch, warum diese

Frauen hier sind. Sie wollen haben, was sie kriegen können. Und genau das tun sie jetzt!“

Beim zustimmenden Gemurmel der Versammelten wurde es Henry ganz flau im Magen.

Hugo Dick stand auf und stellte sich neben Jacob. „Da bin ich anderer Meinung, Jay. Vielleicht will die Tochter sich nehmen, was sie kriegen kann, aber ich glaube nicht, dass das auch auf die Mutter zutrifft.“

„Und warum meinst du, dass sie hier ist?“ Abrechts Stimme klang spöttisch.

Hugo warf Henry einen Blick zu. „Weil Gott Gebete erhört hat.“

Henry senkte den Kopf. Er spürte, wie er rot wurde.

„Meine Frau Joanna, ihre Tante Lisbeth Koeppler und Henry Braun haben jahrelang dafür gebetet, dass Marie hierher zurückkommt und sich mit ihrer Familie versöhnen kann. Deshalb ist Marie hier.“

Im Saal war jetzt ein lautes Raunen zu hören. Alle sprachen durcheinander. Henry konnte nicht widerstehen. Er musste einen Blick auf Maries Familie werfen. Die Gesichter der Männer waren unbewegt. Sie blickten zu Boden, aber J. D. starrte geradeaus. Er hatte die Arme fest vor der Brust verschränkt.

„Mach dich doch nicht lächerlich.“ Albrechts Miene verfinsterte sich weiter, und seine Augen glitzerten böse. „Du weißt genauso gut wie ich, dass so was in unserer Stadt noch nie passiert ist. Aber kaum sind diese beiden Frauen da, gibt es Ärger.“

Ortmann drehte sich auf seinem Platz zu Jacob und Hugo um. „Jay hat recht. Die junge Frau will unsere Sachen unbedingt haben, und deshalb stiehlt sie alles.“

„Niemand hat gesehen, wie Beth etwas gestohlen hat“, entgegnete Jacob. Er erhob die Stimme, um das Geraune im Saal zu übertönen. „Und niemand hat die gestohlenen Sachen gesehen." Er sah sich im Raum um. Das Stimmengewirr verstummte. „Ich denke, wir sind hier, um eine Bürgerwache zu organisieren, damit weitere Diebstähle verhindert werden. Stattdessen spielen wir Richter und Geschworene."

„Werde bloß nicht frech, mein Junge", brummte Albrecht.

Henry konnte seinen Zorn über Albrechts Selbstgerechtigkeit nicht mehr zurückhalten. In Gedanken betete er um Kraft. Dann sprang er auf und legte den Arm um seinen Neffen. „Jacob hat wie du ein Recht, seine Meinung zu sagen, Jay." Seine Stimme klang ruhig. „Und in diesem Fall muss ich Jacob zustimmen. Wir erreichen überhaupt nichts, wenn wir hier über andere zu Gericht sitzen. Wir sollten unsere Wache organisieren und abwarten, was dann passiert."

„Und wenn der Dieb nicht wieder auftaucht? Was ist dann?", wollte Ortmann wissen.

„Dann haben wir mit unserer Wache Erfolg gehabt", antwortete Jacob.

Albrecht streckte die Arme aus. „Aber dann bekommen wir unsere Sachen nicht zurück!"

„Vielleicht nicht." Henry sah die Versammelten an. „Aber wir sollten mal unsere eigenen Motive hinterfragen." Sein Blick fiel auf Abrecht. „Manche von uns scheinen auf Rache aus zu sein. Aber die Bibel sagt, dass Rache die Sache des Herrn ist."

Ein peinliches Schweigen breitete sich im Saal aus. Albrechts Gesicht wurde dunkelrot. Er setzte sich abrupt hin und presste die Lippen zusammen.

„Wer von euch hat ein Stück Papier?", fragte Jacob.

Henry klopfte auf die Brusttasche seines Hemds. „Ich habe einen kleinen Notizblock und einen Stift."

Jacob lächelte ihm zu. „Gut. Onkel Henry, schreibst du bitte die Namen aller hier Anwesenden auf?"

Henry klappte den Notizblock auf und notierte die Namen. Er hielt inne und sah hoch. „Jay?" Er wartete, bis Albrecht den Kopf hob. „Willst du die Zeiten für die Wachen planen?"

Die Augen des Mannes verengten sich zu schmalen Schlitzen. Henry befürchtete, dass er wütend aus dem Saal stürmen würde. Aber dann nickte er kurz. „In Schichten von vier Stunden?"

Die Versammelten nickten und murmelten zustimmend.

Albrecht nannte Uhrzeiten und forderte die Männer auf, sich für die Wachen einteilen zu lassen. Henry schrieb sorgfältig mit. Als sie gerade dabei waren, alles zu planen, hörte er auf dem Podium ein Geräusch. J. D. Koeppler stand auf, und seine Söhne und Enkel taten es ihm gleich. Die ganze Familie Koeppler verließ nacheinander das Versammlungshaus. Keiner von ihnen meldete sich freiwillig für den Wachdienst. Henry sah ihnen schweren Herzens nach. Keiner von ihnen hatte nur ein gutes Wort über Marie gesagt. Aber plötzlich ging ihm ein Licht auf. Das Gegenteil traf auch zu. Niemand aus der Familie Koeppler hatte sie beschuldigt.

20

„Das ist wirklich schön." Beth legte die Hände um ihren Kaffeebecher und lächelte ihrer Mutter zu. „Du verbringst so viele Stunden im Café. Wir haben kaum noch Zeit füreinander. Ich bin froh, dass wir das Café übers Wochenende geschlossen haben."

Als sie diese Worte hörte, bekam Marie einen Kloß im Hals. Auch sie hatte das Zusammensein mit ihrer Tochter vermisst. In letzter Zeit herrschte eine solche Spannung zwischen ihnen, dass es Marie schwer fiel, mit ihrer Tochter normale Gespräche zu führen.

Gestern Abend, als Hugo entdeckt hatte, dass der Motor ihres Autos noch warm war, hatte Marie Beth darauf angesprochen. Sie wollte wissen, wohin ihre Tochter gefahren war. Aber weil Beth eine so trotzige Verschlossenheit an den Tag gelegt hatte, hatte sie sich nicht getraut. Vielleicht fürchtete Marie sich auch vor der Wahrheit.

Aber an diesem Morgen war Beth wie umgewandelt. Sie wirkte offen und entspannt und glich wieder der jungen Frau, die Marie noch aus Cheyenne kannte. Marie schöpfte neue Hoffnung. Vielleicht hatte Joanna doch recht. Beth hatte wohl Probleme, weil sie erwachsen wurde, aber das hatte nichts mit dem Verhältnis zwischen Mutter und Tochter und auch nichts mit ihrer gemeinsamen Zeit hier in Sommerfeld zu tun.

„Was wollen wir heute machen?" Marie nippte vorsichtig von ihrem heißen Kaffee.

„Wie wäre es, wenn wir unsere Sachen packen und wegfahren?" Beths Augen glänzten. „Wenn wir uns beeilen, könnten wir am frühen Nachmittag in Kansas City sein."

Beths Begeisterung wirkte ansteckend, aber Marie fragte: „Was sollen wir denn dort?"

Beth zuckte mit den Schultern. „Wir könnten in einem netten Hotel übernachten, ein heißes Bad nehmen, uns vor den Fernseher setzen … irgendwas Normales machen. Das Café ist ja erst ab Dienstag geöffnet. Also können wir bis Montag bleiben und einen Kurzurlaub machen."

„Aber ich möchte am Sonntag zum Gottesdienst." Marie löste in sich mit ihrer Antwort gleichzeitig zwei widerstreitende Gefühle aus. Sie selbst war überrascht, weil der Gottesdienstbesuch für sie so wichtig geworden war, aber sie bereute es auch, dass die Begeisterung ihrer Tochter sofort zu Nichts zerstob.

Beth schüttelte den Kopf. Dabei flog ihr das lange Haar um die Schultern. „Also, das verstehe ich nicht. Du verzichtest auf einen Kurzurlaub, nur damit du in diese komische Gemeinde gehen kannst."

Marie ließ den Kopf hängen. Sie wünschte sich, Beth würde begreifen, was in ihr vorging. Aber sie konnte es selbst kaum fassen. Deshalb war sie auch nicht in der Lage, jemand anderem diese Veränderungen, die in ihr stattfanden, zu erklären. Sie wusste nur, dass sie den Gottesdienst im Versammlungshaus nicht versäumen wollte.

Deshalb legte sie Beth besänftigend eine Hand auf den Arm. „Hoffentlich bist du jetzt nicht enttäuscht, mein Schatz."

Beth sprang hastig auf und ging mit steifen Schritten zum Herd. Dort goss sie sich noch eine Tasse Kaffee ein.

Dann lehnte sie sich an die Anrichte und fixierte ihre Mutter mit einem düsteren Blick. „Ich hätte nicht gedacht, dass unsere Familie zerbricht, nur weil wir hier sind."

Diese Worte taten Marie weh. Jahrelang hatte ihre Familie nur aus Mutter und Tochter bestanden. Jetzt war sie größer geworden. Selbst wenn die anderen aus Maries Familie sie nie akzeptieren würden, würde es Beth gut tun, wenigstens Joanna und ein paar ihrer Cousins und Cousinen zu kennen. Aber wie konnte sie ihr das begreiflich machen?

„Du bist nicht mehr die Mutter, die ich zwanzig Jahre lang gekannt habe. Du kleidest dich anders. Ich weiß schon gar nicht mehr, wann du zum letzten Mal eine Jeans angehabt hast. Du redest auch ganz anders. In fast jedem Gespräch erwähnst du Gott und das Gebet und dann erst dein Verhalten. Du nimmst alles so hin, wie es ist, anstatt um dein Recht zu kämpfen. Ich habe das Gefühl, dass ich dich gar nicht mehr kenne!"

Marie wiegte nachdenklich den Kopf. „Seitdem ich hier bin, hat sich sicherlich manches geändert. Ich habe mich an das erinnert, was man mir als Kind beigebracht hat, und ich merke, dass mir das immer noch sehr viel bedeutet. Hoffentlich habe ich mich nicht zum Negativen verändert." Sie sprach langsam und bedächtig weiter. „Aber ich merke auch, dass du nicht mehr dieselbe bist wie vorher. Du bist so zynisch geworden, so trotzig und … so hinterhältig."

Beth zuckte zusammen. Auf ihrer Stirn zeigten sich Zornesfalten.

Marie wusste, dass sie ihre Tochter an einer empfindlichen Stelle getroffen hatte. Deshalb wählte sie ihre nächsten Worte sorgfältig. „Was machst du eigentlich den ganzen Tag, während ich im Café arbeite?"

Obwohl ihre Stimme ruhig und gelassen klang, wurde Beth rot. „Jetzt geht das schon wieder los. Beth die Diebin klaut alles zusammen."

„Warum beweist du nicht das Gegenteil, wenn das nicht stimmt? Warum bist du nicht offen und ehrlich zu mir?"

Beth sah weg. In ihrem Gesicht arbeitete es. Obwohl Marie auf eine Antwort wartete, schwieg ihre Tochter.

Marie seufzte schwer. „Na gut. Du bist mir keine Rechenschaft schuldig."

Beth zuckte zurück und zeigte anklagend mit dem Finger auf ihre Mutter. „Siehst du? Genau das ist es! Als wir noch zu Hause waren und ich dir was verschwiegen habe, hast du mich so lange genervt, bis ich nachgegeben habe."

„Willst du etwa, dass ich dich nerve?"

„Nein."

„Was willst du dann?"

Beth starrte ihre Mutter an. Sie beugte sich vor, als ob sie mit ihr kämpfen wollte. „Ich will, dass alles wieder so ist wie früher. Du und ich gegen den Rest der Welt. Vielleicht war das auch nicht das Ideale, aber es hat mir wenigstens Sicherheit gegeben."

Marie schüttelte den Kopf. „Du weißt, dass ich dich lieb habe, und das wird sich niemals ändern. Du bist meine Tochter und das Kostbarste, was ich hier auf Erden habe." Die Stimme versagte ihr beinahe. „Aber ich glaube nicht, dass alles wieder so sein kann wie früher. Ich habe hier etwas gefunden, das mir zu lange gefehlt hat, und das werde ich nie wieder aufgeben."

Beth zog ihre Lippen nach unten. „Du meinst deinen Glauben an Gott, oder?"

Marie spürte erneut zwei widerstreitende Gefühle in sich. Einerseits freute sie sich, dass Beth die Ursache für ihr verändertes Verhalten erkannte, aber andererseits tat es ihr weh, dass sie so verächtlich von Gott sprach.

„Ja, genau."

Beth stürmte zum Spülbecken und schüttete den Kaffee aus. Die heftige Bewegung hinterließ dunkle Flecken auf dem weißen Emaille. „Dann ist dir Gott also wichtiger als ich, genauso wie deine Familie."

Marie sprang hastig auf und schloss Beth in die Arme. Obwohl ihre Tochter die Umarmung nicht erwiderte, sondern stocksteif dastand, strich Marie ihr zitternd über das Haar. „Mein Schatz, nichts ist mir wichtiger als du, und ich werde dich immer liebhaben. Aber ich kann wegen dir nicht meinen Glauben an Gott aufgeben. Ich hoffe, du kannst das verstehen."

Beth ließ die Umarmung ihrer Mutter noch ein paar Sekunden lang zu, aber dann befreite sie sich aus ihren Armen. Der verletzte Ausdruck in ihren Augen tat Marie weh.

„Nein, Mami, das verstehe ich nicht. Und ehrlich gesagt will ich das auch nicht verstehen." Sie ging zu der Tür, die in den Flur führte. Dann hielt sie inne, und ihre Schultern strafften sich. „Weil du übers Wochenende nicht mit mir wegfahren willst, fahre ich eben allein. Ich brauche dringend eine normale Umgebung. Am besten rufe ich Mitch an. Vielleicht kann er noch einen Flug buchen und nachkommen."

Marie biss die Zähne zusammen, weil sie darauf nicht antworten wollte. Es brachte ja doch nichts. Beth wusste bereits, dass Marie es nicht gut hieß, wenn sie mit Mitch zusammen war. Stattdessen stellte sie eine praktische Frage. „Wovon willst du deinen Kurzurlaub eigentlich bezahlen?"

„Vielleicht hebe ich was von unserem gemeinsamen Konto ab, wenn du nichts dagegen hast."

Marie seufzte. „Natürlich habe ich nichts dagegen. Dieses Konto wird sowieso bald dir allein gehören."

Beth warf Marie einen fragenden Blick zu. Als Marie ihre Tochter nur schweigend ansah, verschwand Beth beleidigt um die Ecke.

Marie setzte sich wieder an den Tisch und vergrub ihr Gesicht in beiden Händen. Oh Gott, schrie sie in ihrem Herzen. *Du bist mir wichtiger als Beth. Aber bitte lass nicht zu, dass ich sie verliere. Sie ist alles, was ich hier auf Erden habe.*

Henry warf einen Blick auf den bedeckten Himmel, als er in sein Auto stieg. Er spürte ein leises Frösteln. Über Nacht war das Thermometer gefallen. Die grauen Wolken und der kalte Wind waren sichere Zeichen, dass es bald schneien würde. Er musste lächeln. Seit seiner Kindheit hatte er sich immer auf den ersten Schnee gefreut. Oft kam er kurz nach Thanksgiving, und er brachte die Vorfreude auf Weihnachten mit. Als er auf die von Nebelschwaden umwehte Straße fuhr, dachte er an das diesjährige Fest.

Ohne Lisbeth würde ihm etwas fehlen. Ein Lächeln umspielte seine Lippen, als er sich an die vergangenen Jahre erinnerte und an die Traditionen, die die gemeinsamen Weihnachtsfeiern mit seiner alten Freundin geprägt hatten, an ihre selbst gemachten Nudeln und ihre leckeren Weihnachtsplätzchen. Er hatte ihr immer Stoffe für ihre Patchworkdecken geschenkt, und sie hatte sich über ihn lustig gemacht, weil er so triste Farben ausgesucht hatte.

Noch immer sah er vor seinem geistigen Auge das Lächeln ihrer faltigen Lippen, noch immer meinte er, ihre nicht ganz ernst gemeinte Bemerkung zu hören: „Ihr Männer habt doch wirklich keine Ahnung." Ihre Worte hatten beide zum Lachen gebracht.

Aber am meisten fehlte ihm Lisbeth – und das Zusammensein mit ihr.

Wahrscheinlich fanden Außenstehende seine enge Freundschaft mit Lisbeth merkwürdig, aber es ließ sich nicht leugnen, dass er im Laufe der Jahre eine große Zuneigung zu der alten Frau entwickelt hatte. Sie dagegen hatte ihn geliebt wie einen eigenen Sohn.

Der hart gefrorene Boden knirschte unter den Rädern seines Autos, als er langsam auf das Gemeindegebäude zurollte. Der leere Beifahrersitz neben ihm war eine weitere Erinnerung an Lisbeths Abwesenheit. Auch als sie noch ihre Kutsche gehabt hatte, hatte er sie bei schlechtem Wetter immer mit dem Auto zum Gottesdienst mitgenommen. Wenn sie noch leben würde, säße sie heute neben ihm.

Im düsteren Morgenlicht sah er eine Gestalt, die wegen des kalten Windes vornübergebeugt in die Richtung des Versammlungshauses lief. Er kniff die Augen zusammen, um sie besser erkennen zu können. War es etwa Marie? Er bremste neben ihr ab, streckte den Arm aus und öffnete die Tür des Beifahrersitzes.

„Marie!“ Er hörte, wie besorgt seine Stimme klang, aber er versuchte nicht, diese Sorge zu unterdrücken. „Was machst du denn da draußen in der Kälte? Komm, steig ein!“

Ohne Widerrede ließ sie sich auf den Sitz fallen und schlug die Tür zu.

„Brr!“ Sie schlang die Arme um ihren Körper und lächelte ihn an. Ihre Nase war rot, und ihre Augen tränten. Aber sie sah trotzdem wunderschön aus. „Danke. Ich habe gar nicht gemerkt, wie kalt es ist. Der Wind ist richtig eisig heute Morgen.“

„Ja, das stimmt. Es ist unvernünftig, in dieser Kälte zu Fuß zu gehen.“ Er legte den Gang ein, aber das Herz schlug ihm wegen seiner Dreistigkeit bis zum Hals. Hatte er sie etwa ausgeschimpft?

Aber sie musste lachen. „Das hat nichts mit Unvernunft zu tun. Meine Füße sind heute mein einziges Fortbewegungsmittel. Ich habe kein Auto.“

Er warf ihr einen skeptischen Blick zu, bevor er sich wieder auf die Straße konzentrierte. „Ist der Motor kaputt?"

„Nein. Beth ist übers Wochenende weggefahren, und dafür hat sie das Auto gebraucht." Ihre Stimme klang traurig. „Wenn ich zum Gottesdienst will, muss ich eben laufen."

„Nein, das musst du nicht", platzte er heraus. „Nächstes Mal ruf mich an. Du solltest nicht draußen herumlaufen, wenn es so eisig kalt ist. Du könntest dir eine Erkältung holen."

Er spürte, dass sie sich über dieses Angebot freute, weil sie lächelte, obwohl sie weiter geradeaus blickte. „Danke, Henry, aber ich möchte dir nicht zur Last fallen."

„Ich habe Lisbeth immer zum Gottesdienst mitgenommen." Er sah kurz zu ihr herüber. „Ich habe gerade daran gedacht, wie leer das Auto ohne sie ist. Es ist schön … wenn jemand neben einem sitzt." Ihr Lächeln war wie eine Belohnung für ihn. Er holte tief Luft, und dann nahm er seinen Mut zusammen. „Ich kann dich jeden Sonntag abholen, wenn du möchtest. Und wenn Beth das Auto braucht …"

Marie sah ihn an. Sie wirkte nachdenklich. Als sie endlich sprach, klang ihre Stimme sanft und unsicher, aber er hörte auch Dankbarkeit aus ihren Worten heraus. „Das ist wirklich sehr nett von dir, Henry. Danke."

„Nichts zu danken."

Er fuhr in den Hof des Gemeindegebäudes und parkte in der Nähe des Eingangs für die Frauen anstatt auf seinem üblichen Platz vor dem Haus. Sie stieg aus, bevor er um das Auto herumgehen und ihr die Tür aufhalten konnte. Er war zwar ein bisschen enttäuscht, aber er verdrängte dieses Gefühl rasch.

„Ich fahre dich nachher wieder nach Hause. Bitte warte hier nach dem Gottesdienst."

Sie schenkte ihm noch einmal ein dankbares Lächeln. Dann zog sie die Kapuze ihres Pelzmantels tiefer ins Gesicht und eilte zum Eingang. Henry fiel es schwer, sich auf die Lieder und die Predigt zu konzentrieren, weil er sich auf die Rückfahrt mit Marie freute. Die Fahrt zu Lisbeths Haus war zwar nur kurz, aber für ihn war dieses Zusammensein kostbar.

Sein Herz schlug hoffnungsvoll, als er daran dachte, wie sie dem kalten Wetter getrotzt hatte, um den Gottesdienst zu besuchen. Ihr Wunsch nach einer Rückkehr zum Glauben ihrer Kindheit musste sehr stark sein. In Gedanken betete er, dass das Wirken Gottes an ihrer Seele weitergehen sollte und sie wieder ganz in den Schoß ihrer Familie und der Gemeinde zurückfand, so wie Lisbeth es gehofft hatte.

Sein Blick fiel auf den Hinterkopf von J. D. Koeppler. Das dichte, stahlgraue Haar des alten Mannes stand hinten ein bisschen ab. Darunter war ein kleines Stück seiner sommersprossigen Kopfhaut zu sehen. Henry starrte diese Stelle an und wünschte, er könnte die harte Schale, die der Mann um sein Herz gelegt hatte, nach und nach abtragen, um zu seinem weichen Kern vorzudringen.

Im Laufe der Jahre war J. D. Koeppler immer unerbittlicher und strenger geworden. Lisbeth meinte einmal, dass der Kummer wegen Maries Weggang das Herz ihres Vaters verhärtet hätte. Damals war Henry mit seinem eigenen Schmerz beschäftigt gewesen. Deshalb hatte er nur wenig Mitleid mit J. D. gehabt. Heute fragte er sich jedoch, wie der alte Mann die Nähe seiner Tochter und seine eigene innere Distanz zu ihr ertragen konnte. Oder war sein Herz so verhärtet, dass es ihm gar nichts ausmachte? Henry war sich da nicht so sicher.

Er sah auf den Platz, auf dem Maries Mutter saß. Emma würde Marie bestimmt in die Arme schließen, wenn sie die Gelegenheit dazu hätte. Er hatte bemerkt, wie sie ihre Tochter sehnsüchtig von der Seite ansah. Aber wenn J. D. nicht nachgab, waren Emma die Hände weiterhin gebunden. Sie brachte ihrem Mann Respekt und Ehrerbietung entgegen, selbst wenn sie unter seinen Entscheidungen leiden musste.

Henry bewunderte Joanna, weil sie sich gegen ihre Familie behauptet und Marie wieder in ihr Leben aufgenommen hatte. Er wusste, dass sie dafür einen hohen Preis zahlte. Ihre Eltern und Geschwister behandelten sie wegen dieser Entscheidung wie einen Außenseiter, aber Joanna folgte ihrem Herzen. Sie und Marie waren sich sehr ähnlich. Marie war vor zwanzig Jahren auch ihrem Herzen gefolgt und hatte Sommerfeld verlassen. Aber würde sie das heute wieder tun? Henry wurde es eng um die Brust, als er sich diese Frage stellte. Er traute sich nicht, über eine Antwort zu spekulieren.

Die Gemeinde stand auf, um sich zum Schlussgebet niederzuknien. Auch Henry ging auf die Knie. Als er die Hände faltete und die Augen schloss, wiederholte er das Gebet, das er in den letzten zwanzig Jahren so oft gesprochen hatte: *Bring sie zu uns zurück, himmlischer Vater.* Er bat nicht nur um Maries Rückkehr zum Glauben, sondern auch um ihre Rückkehr in sein Leben.

Als der Gottesdienst zu Ende war, griff Henry nach oben, um seinen Hut von der Ablage zu nehmen. Er spürte, wie jemand ihn am Arm packte, und er drehte sich herum. Doug Ortmann stand neben ihm. Der andere Mann bedeutete ihm mit einer Handbewegung, ihm in die Ecke des Saals zu folgen.

Als sie allein waren, sprach Doug im Flüsterton mit ihm. „Hast du schon gehört, Henry? Seit Thanksgiving hat es keine Diebstähle mehr gegeben.“

Henry nickte. Offenbar hatte ihr Wachsystem seine Wirkung gezeigt. Natürlich hielt niemand während der Gottesdienste Wache. Die Männer waren sich einig gewesen, dass kein Gemeindemitglied den Gottesdienst versäumen sollte.

„Vielleicht weiß der Dieb, dass die Leute nach ihm Ausschau halten. Er ist wohl aus unserer Gegend verschwunden.“

Doug nickte. „Das hoffe ich. Ich kann einfach nicht glauben, dass Marie …" Er schüttelte den Kopf. Seine Augen blickten traurig. „Sie ist doch meine Cousine."

Henry legte dem anderen Mann die Hand auf die Schulter. „Ich weiß. Diese Situation ist für viele Leute schlimm – die Verdächtigungen und die Unruhe."

Doug nickte zustimmend. „Aber wenn keine weiteren Diebstähle begangen werden, wird sich die Lage doch wieder beruhigen. Oder was meinst du?"

Henry holte tief Luft. „Dafür bete ich, Doug."

„Ich auch." Der andere Mann lächelte. „Meine Familie wartet. Ich gehe jetzt lieber."

Diese fröhlichen Worte trafen Henry ins Herz. Wie wäre es wohl, wenn eine Familie auf ihn wartete? Dann hob sich seine Stimmung wieder. Heute wartete jemand auf ihn. Marie. Er machte sich eilig auf den Weg zu seinem Auto.

21

Marie zog sich die Kapuze über den Kopf und verschränkte die Arme vor der Brust. Die Hände versteckte sie unter den Armen, während sie neben Henrys Auto auf ihn wartete. Sie beobachtete den Eingang der Männer und trat von einem Fuß auf den anderen, um warm zu bleiben. Als sie ihn entdeckte, sprang sie zwei Schritte nach vorn. Dann standen sich die beiden vor der Kühlerhaube seines Autos gegenüber.

„Henry, Joanna hat mich zum Mittagessen eingeladen. Deshalb fahre ich mit Hugo mit."

Sein Gesicht wurde ernst. „Ach so." Er zuckte mit den Schultern, und seine Lippen verzogen sich zu einem Lächeln, das seine Augen jedoch nicht erreichte. „Natürlich, dann ist es sinnvoller, wenn du bei ihnen mitfährst."

Seine Enttäuschung stand in keinem Verhältnis zu dieser Situation. Marie hatte Schuldgefühle, als sie daran dachte, dass er ihr gesagt hatte, der leere Beifahrersitz in seinem Auto erinnere ihn an Lisbeths Abwesenheit. Vielleicht sollte sie sich doch von ihm fahren lassen. Aber sie war kein Ersatz für Lisbeth. Ein solcher Gedanke wäre nicht gesund für Henry. Oder für sie.

Eigentlich wollte sie seinen Arm fest drücken, aber sie streifte ihn nur mit den Fingerspitzen. „Ich weiß es wirklich zu schätzen, dass du mich fahren möchtest." Sie fuhr sich mit der Zunge über die Lippen. Plötzlich schlug ihr das Herz bis zum Hals. „Deshalb wäre ich dir dankbar, wenn du mich am nächsten Sonntag abholen könntest, aber nur, wenn dein Angebot noch gilt."

„Natürlich gilt es noch. Der Winter steht vor der Tür, und bei diesem Wetter kann man sich leicht Frostbeulen holen."

Sein humorvoller Tonfall entlockte Marie ein Lächeln. „Danke." Sie ging langsam zu Hugos Auto. „Dann sehen wir uns am Dienstag."

Zuerst sah er sie verwirrt an, aber dann hellten sich seine Gesichtszüge auf. „Wie bitte? Ach so. Im Café. Natürlich komme ich. Das weißt du doch."

Sie winkte ihm kurz zu, dann lief sie rasch zu Hugos Auto. Als sie zu Kyra, Kelly und Gomer auf den Rücksitz schlüpfte, musste sie kichern. „Du liebe Zeit! Ich hätte mich doch von Henry fahren lassen sollen. Hier ist es wirklich eng!"

Gomer rutschte nach vorn und legte die Arme um die Lehne des Vordersitzes, damit die anderen drei mehr Platz hatten. „Und jetzt?"

Marie fuhr ihm mit den Fingerspitzen durch sein kurzes Haar. „Danke, Kleiner."

Er grinste breit.

Kelly klopfte Marie auf den Arm, als das Auto rückwärts aus dem Hof des Gemeindegebäudes fuhr. „Tante Marie, wirbt Mr Braun um dich?"

„Kelly!“ Joanna drehte sich abrupt um und starrte ihre Tochter entrüstet an.

Kelly drückte sich in den Sitz und ließ ihre Blicke zwischen Marie und ihrer Mutter hin- und herwandern. „Was hab ich denn gesagt?“

Kyra stieß ihre Schwester mit dem Ellbogen an. „Sei nicht so neugierig, Kel.“

Kelly verschränkte die Arme vor der Brust und schob die Unterlippe vor. „Ich bin gar nicht neugierig. Ich will's nur wissen.“

Marie musste schlucken. „W-wie kommst du denn auf diese Idee, mein Schatz?“

Das Mädchen zuckte mit den Schultern. „Ich weiß nicht. Ihr wart doch schon mal verlobt. Das hat Mami erzählt.“

Joanna drehte sich hastig nach vorne um. Das zwischen Mantelkragen und Haaransatz sichtbare Stück ihres Nackens färbte sich plötzlich rosarot.

„Und manchmal passiert es“, fügte Kelly hinzu, „dass Leute, die als Jugendliche verlobt waren, wieder zusammenkommen, wenn sie alt sind.“

Marie hätte beinahe losgelacht, als ihre Nichte sie als „alt“ bezeichnete, aber wahrscheinlich hätte sie Kelly mit dieser Reaktion gekränkt.

Hugo hielt das Lenkrad fest umklammert. Er warf einen verärgerten Blick auf seine Tochter. „Hast du schon wieder Liebesromane gelesen?“

Kelly wurde dunkelrot und senkte den Kopf.

Kyra musste laut lachen. „Also wirklich, Kel!“

„Ich weiß nicht, was daran so komisch ist.“ Kelly fühlte sich angegriffen.

Hugo machte ein grimmiges Gesicht. „Ich finde das auch nicht komisch. Diese Bücher vermitteln dir falsche Vorstellungen. Hör auf, sie zu lesen, Kelly.“

Das Mädchen hielt den Kopf gesenkt. „Ja, Papa.“

Kyra musste immer noch lachen.

Kelly boxte ihrer Schwester gegen den Arm. „Hör auf zu lachen!“

Kyra versuchte, sich zu beherrschen, bis Hugo die Einfahrt zum Haus hinauffuhr. Gomer kletterte über Maries Beine und stieg hastig aus. Marie folgte ihm langsam. Sie hakte sich bei Kelly unter, damit sie hinter der Familie hergehen konnten.

Als sie auf der Veranda angekommen und alle anderen schon im Haus waren, nahm Marie Kelly kurz in den Arm. „Mein Schatz, ich bin wirklich nicht beleidigt.“

In Kellys blauen Augen glänzten Tränen, als sie Marie ansah. „Bist du sicher? Ich hab's ja nicht böse gemeint. Ich hab nur gedacht …“ Sie ließ den Kopf hängen.

Marie umfasste sanft das Kinn des Mädchens und hob es an. „Sag mir, was du denkst.“

Kelly zuckte die Achseln. „Ich meine nur, es wäre doch toll, wenn du und Mr Braun zusammen wärt. Dann könntest du hier bleiben und müsstest nicht zurück nach Cheyenne.“

Ein schwaches Lächeln umspielte Maries Lippen. „Wieso kann ich nicht hier bleiben und alleine leben?“

Kelly kicherte verlegen und ließ die Schultern hängen. „Klar könntest du das.“ Sie legte den Kopf auf die Seite und sah Marie aus den Augenwinkeln an. „Aber wäre es nicht viel spannender, wenn du einen Verehrer hättest?“

Marie kniff ihre Nichte in die Nasenspitze. „Du hast wirklich zu viele Liebesromane gelesen.“

Das Mädchen kicherte wieder, und ihre Augen blitzten schelmisch. „Sag bloß Papa nichts davon, aber meine Freundin Abbie Müller hat mir ein Buch geliehen. Es ging um dieses Pärchen, das während der ganzen Schulzeit befreundet war. Die beiden wollten heiraten, aber dann hat sich das Mädchen auf den ersten Blick in einen Vertreter verliebt, der auf der Durchreise war. Doch der Vertreter ist gestorben, und das Mädchen kam zurück in ihre Heimatstadt. Sie und ihr Freund aus der Schulzeit haben sich dann wieder gefunden." Kelly seufzte tief auf. „Das war eine richtig schöne Geschichte."

Marie schüttelte bloß den Kopf.

„Sie hat mich an dich und Mr Braun erinnert." Kelly erzählte begeistert weiter. „Das Pärchen in der Geschichte ist miteinander sehr glücklich geworden. Meinst du nicht, dass du mit Mr Braun auch glücklich werden kannst?"

Mary strich Kelly eine Haarsträhne aus dem Gesicht. „Mein Schatz, das Leben ist kein Roman. In der Theorie klingen diese Geschichten gut, aber …"

Kelly legte den Kopf wieder auf die Seite. „Aber was?"

„In Romanen fragen die Leute oft nicht nach dem Willen Gottes für ihr Leben." Marie musste vor Freude darüber lächeln, dass ihr der Wille Gottes in den letzten Wochen so wichtig geworden war. Damals, als sie mit John weggegangen war, hatte sie keinen Gedanken daran verschwendet, ob dieser Schritt in den Augen Gottes richtig gewesen war. Sie war einfach gegangen. Heute wollte sie diesen Fehler nicht wieder machen, sondern Gott bei jeder Entscheidung um seinen Segen bitten. „Ich tue etwas, weil es in den Augen Gottes richtig ist, aber nicht, weil es romantisch klingt. Verstehst du?"

Kelly nickte, aber ihre Augen hatten an Glanz verloren. Das Mädchen war enttäuscht.

Marie legte ihr einen Arm um die Schultern und führte sie zur Tür. „Weißt du was? Wenn Gott mich wissen lässt, dass er etwas Romantisches mit mir vorhat, bist du die Erste, die es erfährt. Okay?"

Mit einem strahlenden Lächeln antwortete die Dreizehnjährige: „Okay!"

Als sie es sich am Abend im Bett bequem machte, sich in eine der von ihrer Tante angefertigten Patchworkdecken hüllte und das Licht einer Öllampe auf Lisbeths Bibel fiel, dachte Marie über ihr Gespräch mit Kelly nach. Sie gestand es sich zwar nur ungern ein, aber die in aller Unschuld gestellte Frage des Mädchens ging ihr nicht aus dem Kopf.

„Meinst du nicht, dass du mit Mr Braun auch glücklich werden kannst?"

Sie hatte an Henry viele Erinnerungen, und keine von ihnen war unangenehm, bis auf die von dem Tag, an dem sie aus Sommerfeld weggegangen war. Vor ihrem geistigen Auge sah sie sein schmerzerfülltes Gesicht. In seinen dunklen Augen glänzten Tränen. Sie fühlte sich heute noch genauso schuldig wie damals. Obwohl sie nicht zurückgeschaut hatte, wusste sie, dass Henry an der Straßenseite gestanden hatte, bis der Sattelschlepper hinter einer Biegung verschwunden war. Er hatte um ihre verlorene Liebe getrauert. Marie wusste auch das, obwohl Lisbeth in ihren Briefen nichts von Henrys Schmerz geschrieben hatte.

Aber sie hatte John von ganzem Herzen geliebt. Sie waren glücklich gewesen. Er hatte sie zwar scherzhaft als sein kleines Mennonitenmädchen bezeichnet, aber ihr Häubchen und ihre schlichten Kleider hatten ihn nie gestört. Er hatte von ihr nicht verlangt, dass sie ihre Art sich zu kleiden ändern sollte, nachdem sie von einem Friedensrichter getraut worden waren.

John war in einer Baptistengemeinde aufgewachsen, aber seine Arbeit als Lastwagenfahrer hatte ihn seinem Glauben entfremdet. Weil er oft weite Strecken hatte fahren müssen, war er nicht mehr regelmäßig in den Gottesdienst gegangen, aber als Marie ihn auf seinen Fahrten begleitet hatte, hatte sie darauf bestanden, jeden Sonntag mit ihm in eine Gemeinde zu gehen.

Sie musste lächeln, als sie sich voller Dankbarkeit daran erinnerte, wie John sie in den Armen gehalten und ihr zugeflüstert hatte: „Marie, mein Liebling, du tust mir wirklich gut. Jesus ist wieder mein Freund. Danke, dass du mich wieder auf den Weg mit ihm gebracht hast."

Sie war mit ihm so glücklich gewesen und so sicher, dass

Gott sie zusammengeführt hatte. Aber ihnen war nur so wenig Zeit geblieben – kaum zwei Jahre. Sie drückte die Bibel fest an sich und durchlebte noch einmal den gleichen Schmerz wie damals, als der Polizist an die Wohnungstür geklopft und ihr mitgeteilt hatte, dass John nicht mehr lebte. Er war am Lenkrad eingeschlafen, und der Sattelschlepper war eine Böschung heruntergerollt. Er sei sofort tot gewesen und habe nicht gelitten, meinte der Polizist. Diese Worte hatten tröstlich klingen sollen, aber für Marie waren sie kein Trost gewesen.

In den düsteren Tagen nach der Beerdigung waren Johns Eltern einfach wunderbar gewesen. Liebevoll hatten sie ihr versichert, dass sie ihr helfen würden, das Baby großzuziehen, das erst nach dem Tod seines Vaters zur Welt gekommen war. Aber Marie hatte nur zu ihrer eigenen Mutter zurück gewollt. Als Beth zwei Wochen alt gewesen war und Marie sich und dem Kind eine längere Reise hatte zumuten können, war sie in einen Bus gestiegen und nach Sommerfeld zurückgekehrt.

Aber ihr Vater hatte sie verstoßen.

Am Boden zerstört über diesen Verlust ihrer Familie war sie zu Johns Eltern gezogen. Sie hatte ja nun niemanden mehr. Am Tag ihres Umzugs hatte sie die äußeren Zeichen ihres mennonitischen Glaubens abgelegt.

Marie fuhr sich mit der Hand in ihr wirres Haar. Sie erinnerte sich daran, wie seltsam es sich damals ohne ihr Häubchen angefühlt hatte. Und nun spürte sie plötzlich in sich ein seltsames Verlangen. Beinahe gegen ihren Willen legte sie die Bibel beiseite und schlüpfte aus dem Bett. Mit bloßen Füßen und heftig klopfendem Herzen tappte sie zum Kleiderschrank und suchte nach der alten, vertrauten Kopfbedeckung. In einer Schachtel lagen Lisbeths Häubchen. Sie holte die Schachtel aus dem Schrankfach, stellte sie auf das Bett und holte ein Häubchen heraus. Ihr zitterten die Hände, als sie das weiße Band berührte. Es war weiß, weil Lisbeth nie geheiratet hatte. Für Maries eigenes Häubchen wären schwarze Bänder nötig.

Sie hielt die Luft an. Wollte sie tatsächlich wieder ein Häubchen tragen?

Sie fuhr sich mit der Zunge über die trockenen Lippen. Dann ging sie zur Frisierkommode und dem runden Spiegel, der darüber hing. Sie legte das Häubchen auf die Kommode, strich sich das widerspenstige Haar aus dem Gesicht und musterte prüfend ihr Spiegelbild. Wenn sie ihr Haar losließ, fielen ihr die Strähnen unordentlich ins Gesicht. Das Licht der Lampe zauberte goldene und rote Glanzlichter in ihre Locken. Henry hatte immer diesen rötlichen Schimmer in ihrem Haar bewundert.

Mit einem entschlossenen Kopfschütteln verdrängte sie den Gedanken an Henry. Das hier hatte nichts mit ihm zu tun. Sie nahm das Häubchen, holte tief Luft und zog es über ihre Locken. Mit zitternden Fingern steckte sie die widerspenstigen Strähnen seitlich fest. Ihr Spiegelbild zeigte eine blasse Frau mit weit aufgerissenen Augen. Die weißen Bänder des Häubchens fielen ihr nach vorne über die Schultern. Die Zeit schien stehengeblieben zu sein. Marie sah in ein anderes, jüngeres Gesicht. Eine Träne lief ihr die Wange herunter.

Sie schloss die Augen und fiel neben ihrem Bett auf die Knie. „Oh himmlischer Vater, wie sehr habe ich dich vermisst. Ich bin so froh, dass du in mein Leben zurückgekehrt bist. Eins ist sicher: Wenn ich von hier weggehe, wirst du mit mir gehen. Ich kann dich auch woanders anbeten. Aber ich weiß nicht, was ich machen soll."

Lange Zeit kniete sie neben dem Bett. Ihre gefalteten Hände hatte sie unter das Kinn gelegt. Die Fingerknöchel gruben sich in ihre Gesichtshaut, und in ihrem Herzen flehte sie Gott an, er solle ihr den richtigen Weg zeigen.

Als sie endlich aufstand, hatte sie zwar keine konkrete Antwort, aber sie wusste eines: Wenn sie in Sommerfeld bleiben sollte, wollte sie wieder zu der Gemeinde ihrer Kindheit gehören. Ihre damalige Entscheidung, mit John zusammen wegzugehen, hatte zu ihrem Ausschluss geführt. Aber die Gemeinde konnte sie wieder aufnehmen, wenn der Bischof zustimmte.

Sie spürte so etwas wie einen Verlust, als sie das Häubchen wieder abnahm und in die Schachtel zurücklegte. Ein Band hing an der Seite des Kartons herunter. Sie nahm es in die Hand und wickelte es um ihren Zeigefinger. Ein Lächeln umspielte ihre Lippen, als sie sich vorstellte, wie Gott sich um ihr Herz wickelte.

„Also gut", flüsterte sie. „Ich werde darum bitten, dass man mich wieder in die Gemeinde aufnimmt. Wenn sie meine Bitte ablehnen, gehe ich weg … ein zweites Mal. Aber diesmal …" Ihr Herz schlug schneller, und ihre Augen füllten sich mit Tränen. „Diesmal lasse ich dich nicht hier zurück, oh Gott."

„Bist du sicher?" Henry stützte die Ellbogen auf die Tischplatte und beugte sich näher zu seinem Schwager. Er und Troy teilten sich eine Ecknische im Café. Henry freute sich, dass jetzt wieder mehr Gäste kamen. Die Stadt hatte eine Woche lang Ruhe vor dem Dieb gehabt. Das Café war zwar nicht mit Leuten aus Sommerfeld überfüllt, aber immerhin waren drei Tische mit Stadtbewohnern besetzt. Es war ein Schritt in die richtige Richtung. Wenn es stimmte, was Troy ihm eben gesagt hatte, gab es sogar einen Grund zum Feiern.

„Sie hat es Deborah gesagt." Troy hob seinen Becher an den Mund und nippte mit hochgezogenen Augenbrauen am dampfenden Kaffee. „Und heute früh hat mir Diakon Reiss gesagt, dass der Bischof am Sonntag kommt, um mit ihr zu sprechen."

Henry sank in den Sitz zurück. Plötzlich spürte er eine seltsame Schwäche. Nach all den Jahren und den unzähligen Gebeten wollte Marie wieder in die Gemeinde zurück. Bestimmt wollte sie dann auch in Sommerfeld bleiben. „Na gut, dann bin ich auch da."

Troy stellte seinen Becher wieder hin und sah seinen Schwager mit einem Stirnrunzeln an. „Also, Henry, Deborah hat mich gebeten, dir das zu sagen, aber ich soll dir noch was anderes von ihr ausrichten."

Henry hob fragend den Kopf.

„Mach dir keine falschen Hoffnungen. Wenn sie zur Gemeinde zurück will, heißt das noch lange nicht ..." Troy sah weg.

Henry nickte zustimmend. Troy brauchte diesen Satz nicht zu beenden. Maries Rückkehr zur Gemeinde war kein Anzeichen dafür, dass sie zu ihm zurück wollte. Sie hatte vor langer Zeit ihre Entscheidung getroffen, und ihre Liebe zu John Quinn war mehr gewesen als eine oberflächliche Affäre. An dem Tag, an dem er mit ihrem Vater im Café gewesen war, hatte sie das deutlich zu verstehen gegeben. Vielleicht hatte sie in ihrem Herzen keinen Raum für eine neue Liebe.

Mit einem leisen Auflachen beugte er sich wieder nach vorn. „Sag Deborah, sie soll sich keine Sorgen machen." Er wartete, bis Troy ihm wieder in die Augen schaute. „Gott hat Marie zurück zum Glauben geführt. Unsere Gebete sind erhört und Lisbeths Wunsch ist erfüllt worden. Darüber bin ich froh, und mehr will ich auch nicht."

Troy nickte und setzte erneut den Kaffeebecher an die Lippen. Er trank mit großen, schlürfenden Schlucken, weil er froh war, dass er dieses Gespräch hinter sich hatte.

Henry lehnte sich wieder zurück in das weiche Polster des Sitzes. Seine Gedanken überschlugen sich. Es stimmte, was er Troy gesagt hatte. Er würde froh und glücklich sein, wenn Marie wieder in die Gemeinde aufgenommen werden würde. Aber er wusste auch, dass er nicht glücklich sein würde, wenn Marie in Sommerfeld bliebe und ihr Leben nicht mit ihm teilte.

22

Mit einem Seufzer klappte Beth ihr Notebook zu. Dann massierte sie sich mit beiden Händen den Nacken. Warum konnte sie bloß nicht richtig entspannen? Ihren Kurzurlaub hatte sie zwar genossen, besonders ab dem Zeitpunkt, als Mitch gekommen war, aber es war nicht so gewesen, wie sie es sich erhofft hatte. Mitch sah übrigens lächerlich aus mit seinem neuen kurzen Haarschnitt.

Ihr Blick fiel auf ihre Mutter, die zwei Teller aus der Durchreiche nahm und in den Gastraum ging. Sie spürte, wie ihr die Tränen in die Augen stiegen. Als sie fort gewesen war, hätte ihre Mutter doch erkennen müssen, wie wichtig es war, dass sie zusammenhielten. Stattdessen fühlte sie sich immer stärker zu dieser Gemeinde hingezogen. Am letzten Sonntag hatte sie sogar mit dem obersten Boss von diesem Verein geredet, weil sie wieder Mitglied werden wollte!

Noch vier Wochen, und Beth konnte offiziell ihr Erbe antreten, das Haus und das Café verkaufen, Lisbeths Antiquitäten zusammenpacken und in Cheyenne gemeinsam mit Mitch endlich ihren Laden eröffnen. Ihr Freund hatte eine Ladenfläche ausfindig gemacht, die sie in einem der älteren Gebäude in der Stadtmitte mieten konnten. Die Miete war zwar hoch, aber Mitch war sich sicher, dass ihr Laden florieren würde.

Der Gedanke, ein gut laufendes Geschäft für Inneneinrichtung zu führen, spornte sie an. Aber plötzlich spürte sie einen Kloß im Hals. Sie befürchtete, dass ihre Mutter nicht mit ihr zusammen nach Cheyenne zurückkehren würde. Doch wie konnte Beth sich dann bei ihrer Mutter revanchieren? Schließlich hatte sie ihr diesen Start ermöglicht. Wie konnte ihre Mutter sie nur so schändlich verraten? In all den Jahren ihrer Kindheit hatte Mami ihr Sicherheit und Stabilität gegeben – in einer Welt, in der andere Menschen kamen und gingen. Aber jetzt entglitt sie ihr. Andere waren ihr wichtiger geworden als das Kind, das ihr doch immer alles bedeutet hatte.

Beth fühlte sich, als ob all ihre Träume wie eine Seifenblase zerplatzten.

Trina drehte sich von der Spülmaschine weg und schenkte Beth ein strahlendes Lächeln. „Na, bist du fertig mit den Recherchen?"

Beth ließ die Hände sinken. Sie wollte eigentlich mit niemandem reden, aber Trina konnte man nicht widerstehen. Das Mädchen war ein Ausbund an Fröhlichkeit. Trotz ihrer strengen Mutter, ihres freudlosen Daseins und ihrer tristen Garderobe hatte sie immer ein Lächeln auf den Lippen, genau wie neuerdings auch Mami.

„Ich hab nicht recherchiert." Sie drehte sich auf ihrem Drehstuhl herum und beobachtete, wie Trina die Spülmaschine mit Tellern belud. „Ich hab nur nachgesehen, ob das Café und das Haus auf der Immobilien-Website stehen."

Trinas Gesicht wurde ernst. „Also verkaufst du doch?"

Beth schnippte mit den Fingern. „Deswegen bin ich hierher gekommen, und was ich mir vornehme, mache ich auch." Im Gegensatz zu einer anderen, mir gut bekannten Person.

Trina arbeitete weiter. Ihre Hände bewegten sich flink zwischen dem Behälter mit dem Geschirr und dem Gitter der Spülmaschine hin und her. Die kleinen Bänder ihres Häubchens schwangen im Rhythmus dieser Bewegung mit. Wie würde wohl Mami aussehen, wenn sie auf einmal so ein komisches Ding auf dem Kopf hätte?

„Na ja, ich freu mich für dich, dass du das machen kannst, was du dir vorgenommen hast, aber …" Trina hielt kurz inne, biss sich auf die Unterlippe und runzelte die Stirn. „Willst du wirklich alles verkaufen?"

„Warum sollte ich das nicht tun?" Beth stützte sich mit den Ellbogen auf die Knie. Aus den Augenwinkeln beobachtete sie, wie ihre Mutter Deborah einen Zettel mit einer Bestellung reichte. Sie sagte etwas, was Beth aus dieser Entfernung nicht hören konnte. Deborah lächelte, und ihre Mutter lachte leise.

Es tat Beth plötzlich weh, zu sehen, wie wohl sich ihre Mutter zu fühlen schien. Sie selbst jedoch fühlte sich ausgegrenzt. Es wurde ihr eng um die Brust, als sie ihre aneinander gelegten Daumennägel anstarrte. Dann hob sie die Stimme, damit jeder in der Küche sie hören konnte. „Natürlich verkaufe ich alles. Weißt du, ich zähle schon die Stunden, bis ich von hier weg kann."

Trina nickte kurz, dann konzentrierte sie sich wieder auf das Geschirr. Sie leerte den Behälter aus und schob das Gitter in die Maschine. Dann drückte sie auf einen Schalter, und das Rauschen des Wassers in der Spülmaschine übertönte beinahe ihre Worte.

„Mir wird die Arbeit hier fehlen. Papa lässt mich bestimmt nicht woanders arbeiten. Er hat sich immer auf Miss Koeppler verlassen, dass sie auf mich aufpasst."

Trina eilte mit dem metallenen Rollwagen hinaus. Beth saß plötzlich aufrecht da, weil ihr zum ersten Mal bewusst wurde, dass der Verkauf des Cafés nicht nur Folgen für sie selbst hatte, sondern auch für Trina und Deborah. Brauchten sie den Lohn, den sie bekamen? Trina brauchte sicherlich die Begegnung mit anderen Menschen. Beth hatte noch nie ein kontaktfreudigeres Mädchen kennengelernt als Henrys Nichte. Sie wusste nicht, warum es ihr plötzlich leid tat, dass Trina und Deborah ihre Arbeit verloren, wenn sie das Café verkaufte, aber sie fühlte sich irgendwie schuldig.

Vielleicht konnte sie den Käufern sagen, dass das Team aus Mutter und Tochter zum Objekt gehörte. Bei diesem Gedanken zog sie eine verächtliche Grimasse. Was gingen sie die griesgrämige Deborah und ihr fröhlicher Nachwuchs an? Sie bedeuteten ihr genauso wenig wie diese ganze Stadt.

Sie stand langsam auf und ging zur Hintertür. Der Wind war eisig, als sie in den Durchgang kam, und sie schnappte überrascht nach Luft. Natürlich hatte sie schon kalte Winter erlebt. Schließlich war sie in Cheyenne aufgewachsen. Aber die Kälte hier in Kansas schien ihr mehr auszumachen. Vielleicht lag das auch daran, dass sie alles, was mit Kansas zu tun hatte, nicht so gut ertragen konnte.

Sie wollte diesen Gedanken nicht zu Ende denken. Deshalb stieg sie ins Auto, drehte entschlossen den Zündschlüssel um und ließ den Motor an. Nicht sie war schuld an dieser miesen Stimmung, sondern ihre Mutter. Mami und ihr neues Leben. Beth hielt plötzlich inne, als sie die Gangschaltung bedienen wollte. Plötzlich ging ihr ein Licht auf. Obwohl sie hier auf den gewohnten Komfort verzichten musste, ihre Familie sie zum größten Teil noch immer zurückwies und sie lange Arbeitstage im Café verbrachte, wirkte ihre Mutter zufriedener als je zuvor.

Endlich bewegte Beth den Schalthebel. Sie schüttelte den Kopf, als sie auf das Gaspedal trat. Vielleicht bildete sich ihre Mutter nur ein, dass sie zufrieden war, weil sie sich wieder an ihre Kindheit erinnerte, aber sie sollte nur warten, bis Beth endlich genug Geld hatte und ihr erzählte, was sie getan hatte, um ihnen eine bessere Zukunft zu ermöglichen. Damit konnte sie ihre Mutter zurückgewinnen. Dann erst würde für ihre Mutter die wahre Zufriedenheit beginnen.

Zum ersten Mal an diesem Tag musste Beth lächeln, als sie zur Autobahn fuhr. Ihre Zukunft wartete.

Henry befeuchtete die Spitze des Bleistifts, bevor er im Hauptbuch die Summe eintrug. Sein prüfender Blick ging noch einmal die Zahlenkolonne durch, und er rechnete alles im Kopf nach. Als er sich sicher war, dass sein Taschenrechner keinen

Fehler gemacht hatte, unterstrich er die Summe und klappte das Buch zu. Er hob den Kopf. Marie beobachtete ihn. Er spürte, wie er errötete. Deshalb zwang er sich zu einem unsicheren Lächeln.

„Du bist ja noch hier."

„Ich warte auf Beth." Sie saß auf einem Hocker am anderen Ende der Anrichte vor der Hintertür. Über ihrer Bluse trug sie einen hüftlangen Grobstrickpullover, der Lisbeth gehört hatte. Eine Ecke des Kragens war unter den Halsausschnitt gerutscht, und es juckte Henry in den Fingern, sie herauszuholen. Aber wenn er den Kragen berührte, könnten ihre nussbraunen Locken seine Fingerknöchel streifen, und das würde ihm den Verstand rauben.

Er wandte sich wieder dem Hauptbuch zu. „Weiß sie, dass du mit der Arbeit fertig bist?"

Marie seufzte. „Bestimmt. Das Café schließt jeden Abend um acht, und ich bin immer bis viertel vor neun abmarschbereit." Sie warf einen Blick auf die Uhr über dem Herd. „Sie ist noch nicht zu spät dran. Es ist erst kurz vor neun."

„Aber du hattest einen langen Tag."

Marie lachte fröhlich, doch ihre blauen Augen blickten müde. „Ich hatte eine lange Woche."

Er stand auf. „Ich bringe dich nach Hause. Wenn hier die Lichter aus sind, weiß Beth, dass du nicht auf sie gewartet hast."

Marie sprang von ihrem Hocker auf. Sie musste gähnen und hielt ihre schmale Hand vor den Mund. „Danke. Ich nehme dein Angebot gerne an."

Nachdem er sich rasch die Jacke angezogen hatte und mit ihr zur Tür gegangen war, knipste sie die Lichter aus. Sie standen im Dunkeln und waren sich plötzlich sehr nahe. Henry tastete nach dem Türgriff und atmete erleichtert auf, als er ihn gefunden hatte.

Er riss die Tür auf und sagte: „Geh schon mal voraus. Aber sei vorsichtig. Der Boden ist gefroren."

Marie ging langsam, und er lief links hinter ihr. Er hatte die Hand ausgestreckt, um sie aufzufangen, falls sie ausrutschen sollte. Aber sie bewegte sich mit der ihm schon vertrauten Anmut durch die Dunkelheit, bis sie vor seinem Auto stehen blieb. Sie griff nach dem Türgriff, doch er kam ihr zuvor und machte ihr die Tür auf. Die Innenbeleuchtung erhellte ihren Unterkiefer. Das Licht fiel auf das Grübchen in ihrem Kinn und die feinen Strähnen, die sich aus den Haarklammern gelöst hatten.

Er schluckte und deutete stumm auf den Beifahrersitz. Sie folgte dieser Einladung, setzte sich und zog dann mit einer fließenden Bewegung ihre Beine an. Er schlug die Tür fester zu als erforderlich, weil er spürte, wie sein Herz raste. Vielleicht war es doch keine so gute Idee, sie nach Hause zu fahren. An Sonntagen, wenn die Sonne schien und er in Gedanken schon im Gottesdienst war, fiel es ihm leichter, die Distanz zu wahren. Aber unter dem Sternenhimmel, wenn die nächtlichen Schatten ihre sanften Gesichtszüge hervorhoben und das Blau ihrer Augen vertiefte, erwachte seine Liebe zu ihr aufs Neue.

Als er um das Auto herumging, holte er tief Luft und atmete die eisige Luft ein, um den Aufruhr seiner Gefühle zu besänftigen. Dann saß er hinter dem Lenkrad und lächelte ihr zu. „Na, dann bringen wir dich jetzt nach Hause.“

Schweigend fuhren sie durch die stillen Straßen. Er wollte sie fragen, wie ihr Treffen mit dem Bischof gelaufen war, ob sie schon eine Antwort von den Diakonen hatte, die über ihre Mitgliedschaft in der Gemeinde entscheiden mussten. Er wollte ihr von seinen Gebeten für ihre erneute Aufnahme in die Gemeinde erzählen. Aber er sagte nichts, weil er Angst hatte, dass man ihre Bitte vielleicht abgelehnt hatte und er seine Enttäuschung darüber nicht vor ihr würde verbergen können.

Er sah kurz aus dem Fenster auf die Häuser am Straßenrand. Ihm fiel auf, dass nur wenige Bürger ihre Außenlampen angemacht hatten. Die Stadt schien sich zu erholen von dem Schrecken, den der Einbrecher verbreitet hatte. Zur Sicherheit sollten die Wachen auch noch im Dezember ihren Dienst tun, aber Henry glaubte, das Schlimmste sei überstanden. Endlich war wieder Ruhe eingekehrt.

Er bog in die Auffahrt hinter Lisbeths Haus ein, wie so oft in den vielen Jahren, in denen er Lisbeth mit dem Auto mitgenommen hatte. Marie wandte sich um, als sie um die Ecke bogen. Er hörte, wie sie mit einem Seufzer ausatmete, während er neben der Veranda anhielt. Ihr Verhalten beunruhigte ihn.

Der Motor lief noch, aber er sah trotzdem zu ihr herüber. „Ist alles in Ordnung?“

Sie warf ihm einen Blick zu. In der Dunkelheit wirkten ihre Augen fast schwarz. „Ich hatte nur gehofft, dass Beth schon zurück ist. Sie … sie ist in letzter Zeit so häufig weg.“

Die Traurigkeit in ihrer Stimme tat Henry weh. Er zwang sich zu einem leisen Lachen. „Sie ist jung, und sie wird langsam flügge.“

„Schon möglich.“ Marie blieb sitzen. Ihre Hände lagen in ihrem Schoß, und sie neigte nachdenklich den Kopf. „Aber bevor wir hierher kamen, war es anders. Da habe ich mir nicht so viele Sorgen um sie gemacht.“

Henry hielt den Wagen an, ließ aber den Motor laufen. Das leise Brummen wirkte beruhigend. Die Armaturenbeleuchtung spendete ein schwaches Licht, sodass er gerade noch Maries Gesicht erkennen konnte. Im Schutz der Dunkelheit fand er den Mut, offen zu sprechen. „Sag mir, warum es hier anders ist.“

Sie warf hastig den Kopf zurück. Offenbar war sie überrascht über diese Bitte. Sie blinzelte mehrmals. Ihre Lippen waren nur noch als schmale Linie zu erkennen. Er befürchtete schon, dass sie jeden Moment die Tür aufreißen und aussteigen würde. Aber stattdessen rutschte sie nervös auf dem Sitz hin und her. Dann drehte sie sich so, dass sie ihn ansehen konnte. Sie fuhr sich mit der Zunge über die Lippen.

„Ich glaube, ich habe alles vermasselt, als ich Beth erzogen habe. Es hat mir so wehgetan, als mein Vater mich damals weggeschickt hat, dass ich auch den Glauben meiner Kindheit über Bord geworfen habe. Ich habe Beth nicht beigebracht, wie wichtig es ist, Gott zu kennen." Sie schüttelte den Kopf und zog eine Grimasse. „Als sie klein war, habe ich sie zur Sonntagsschule mitgenommen. Wir sind damals mit Johns Eltern hingegangen. Aber als Beth sechs Jahre alt war, ist ihre Großmutter gestorben, und ihr Großvater ist nach Florida gezogen. Danach musste ich mehr arbeiten, weil ich weniger Geld hatte, und ... dabei ist der Gottesdienstbesuch auf der Strecke geblieben."

Henry nickte. Er wusste das alles schon. Marie hatte es Lisbeth geschrieben. Aber er sagte nichts und ließ sie weiter erzählen.

„Beth ist trotz allem ein liebes Mädchen. Sie hat Respekt vor mir und auch vor ihren Mitmenschen. Wenigstens das habe ich ihr beigebracht." Sie drehte den Kopf und sah aus dem Fenster. „Aber seitdem wir hier sind, trägt sie so einen starken Groll in sich. Ich weiß gar nicht, wo das herkommt, aber es gefällt mir nicht. Und dann kann ich auch nicht mehr so mit ihr reden wie früher."

Sie sah Henry mit einem traurigen Lächeln in die Augen. „Uns ist es in dieser Hinsicht immer besser gegangen als anderen Müttern und Töchtern. Wir haben immer miteinander reden können. Das geht jetzt nicht mehr, und es fehlt mir sehr."

„Das wird schon wieder", meinte Henry. Er musste ihr einfach ein bisschen Mut machen. Sie wirkte so einsam. „Beth reagiert störrisch, weil sie sich hier in ihrer Freiheit eingeschränkt fühlt. Sie ist dieses einfache Leben nicht gewöhnt. Das ist der einzige Grund für ihr Verhalten."

„Aber genau das ist das Problem." Maries Stimme klang mutlos. „Sie fühlt sich nicht nur unwohl wegen des einfachen Lebens hier. Ich glaube, sie ist deshalb so oft unterwegs, weil sie wegzulaufen versucht vor dem, was ich hier gefunden habe, nämlich einer Beziehung zu Gott. Das macht ihr Angst, aber ich will doch nicht, dass sie sich vor dem Glauben fürchtet."

„Wir Menschen haben immer Angst vor dem Unbekannten." Henry verschränkte die Finger ineinander, um nicht nach Maries Hand greifen zu müssen. Seine Sehnsucht, ihr Trost zu spenden, wurde immer stärker. „Je mehr Beth erkennt, dass Gott in deinem Herzen wirkt, je mehr sie sieht, wie viel Freude du an deiner Beziehung zu ihm hast, desto mehr wird sie sich öffnen."

„Bist du sicher?"

Die Unsicherheit in ihrer zitternden Stimme tat Henry weh. Er gab dem Impuls nach und legte seine Hand auf die ihre. „Ja, da bin ich mir sicher. Wie bist du denn zum Glauben gekommen? Indem du gesehen hast, welche Wirkung er im Leben der Menschen hat, die du geliebt hast."

Marie zog ihre Hand nicht weg. Stattdessen drehte sie die Handfläche nach oben und umklammerte seine Hand mit den Fingern. Henry war sich sicher, dass sie sich dieser Bewegung gar nicht bewusst war, aber ihm wurde ganz heiß, als er spürte, wie ihre Finger sich um seine Hand schlossen.

„Wie konnte ich das nur vergessen?" Ihre Finget zitterten. „Lisbeth hat ihren Glauben immer ausgelebt, ohne viele Worte darüber zu verlieren, aber trotzdem hat man das Wirken Gottes in ihrem Leben gespürt. Wenn ich versuche, ihrem Beispiel zu folgen, wird auch Beth ihr Herz für die Liebe Gottes öffnen." Ein strahlendes Lächeln zeigte sich auf ihrem Gesicht. „Danke, Henry. Jetzt ist meine Last schon viel kleiner geworden."

Er zwang sich, gleichmäßig zu atmen, damit sein Herz wieder regelmäßig schlagen konnte. „Nichts zu danken."

Sie saßen noch ein paar Sekunden lang Hand in Hand da,

bis Marie weitersprach. „Weißt du, dass du der erste Mann bist, mit dem ich über Beth geredet habe?“

Ihm fehlten die Worte. Er brachte nur einen einzigen Laut heraus. „Ach?“

Als sie nickte, wurden ihre feinen Haarsträhnen zu Locken. „Seit dem Umzug von Johns Vater hat es in unserem Leben keinen Mann mehr gegeben.“

Henry schlug das Herz bis zum Hals.

„Ich hab mir schon oft gedacht ... dass es für Beth und mich besser wäre, wenn wir öfter einen Mann um Rat fragen könnten. Offen gestanden habe ich ... habe ich immer gehofft, dass mein Vater ...“

Ihre gestammelten Worte und der krampfhaft feste Griff ihrer Finger um seine Hand brachten Henrys Herz zum Schmelzen. Aber er konnte vor Rührung nicht sprechen. Deshalb verstärkte er den Druck seiner Hand und ließ sie damit wissen, dass sie ihm nicht gleichgültig war. Zum Dank erwiderte sie den Druck.

Henry erinnerte sich an ein Gespräch mit Lisbeth, in dem es um J. D.s sture Weigerung ging, die Briefe von Marie zu lesen. Lisbeth vertrat damals die Theorie, J. D. wisse, dass er falsch gehandelt hatte, als er seine Tochter wegschickte. Wenn er sie ignorierte, konnte er auch sein eigenes Unrecht übersehen. Mit seinem selbstgerechten Gerede, so hatte Lisbeth gemeint, vertuschte er nur die Traurigkeit in seinem Herzen. Würde es Marie weiterhelfen, wenn er ihr diese kluge Erkenntnis von Lisbeth mitteilte?

„Dein Vater ...“ Henry spürte ein Kratzen im Hals und musste sich räuspern. „Dein Vater hat durch sein übereiltes Handeln sehr viel verloren – dich und Beth. Er ist nicht dumm. Ich glaube, er weiß, dass er große Fehler gemacht hat. Aber sein Stolz ... Lisbeth und ich haben dafür gebetet, und ich bete immer noch dafür, dass er seinen Stolz herunterschluckt und endlich auf dich zugeht.“

Eine Träne lief Marie die Wange herunter und landete auf Henrys Hand. Ohne nachzudenken, hob er die Finger und strich ihr sanft über die Wange, um die Träne abzuwischen. Sie packte sein Handgelenk und drückte seine Finger kurz an ihr Gesicht. Dann riss sie sich von ihm los. Trotz der schwachen Beleuchtung sah er, wie sie rot wurde.

Sie wandte sich von ihm ab und packte den Türgriff. „Ich gehe jetzt lieber."

„Soll ich dich bis zur Tür begleiten?"

„Nein." Sie schwang ihre Beine aus dem Wageninneren und warf einen Blick über ihre Schulter. „Es geht schon." Dann stand sie auf und verharrte kurz im Scheinwerferlicht. Sie beugte sich leicht nach vorn, um ihm in die Augen zu sehen. „Nochmals vielen Dank, Henry."

Sie schlug die Tür zu und ging rasch um die Vorderseite des Autos herum.

Er sah, wie ihr Schatten immer größer wurde, als sie durch den Lichtschein lief. Lisbeths Pullover flatterte im Wind. Dann ging sie die Verandatreppe hoch, schloss die Tür auf und verschwand im Inneren des Hauses. Er wartete, bis ihm ein schwacher Lichtschein am Fenster zeigte, dass sie eine Lampe angezündet hatte.

Jetzt konnte er nach Hause fahren. Marie war in Sicherheit.

Als er nach dem Schalthebel griff, merkte er, wie seine Hand zitterte. Er verzog den Mund zu einem traurigen Lächeln. Marie war zwar in Sicherheit, aber das konnte er von sich selbst nicht behaupten.

23

„Es ist nur recht und billig, wenn du heute zum Mittagessen kommst, Henry.“ Joannas blaue Augen blitzten fröhlich, als sie Henry ansah. „Nachdem du viele Jahre lang so treu für Marie gebetet hast, musst du unbedingt mit uns zusammen ihre Rückkehr in unsere Gemeinde feiern.“

Henry feierte bereits in seinem Herzen. Diakon Meiss hatte an diesem Morgen am Ende des Gottesdienstes bekannt gegeben, dass die Gemeindeleitung beschlossen hatte, Marie Quinn als Mitglied der Gemeinde in Sommerfeld aufzunehmen. Art, Conrad und Leo wollten zusammen mit ihren Familien zu Joanna kommen, um Maries offizielle Rückkehr nach Hause zu feiern. Er wollte zwar gerne dabei sein, aber dennoch zögerte er, weil er bei dieser Feier als einziger nicht zur Familie gehören würde. Wenn Lisbeth da wäre, wäre es in Ordnung, schon allein wegen ihrer speziellen Freundschaft, aber …

Schneeflocken wirbelten herunter. Ihm wurde bewusst, dass sie draußen in der Kälte standen, während Joanna auf eine Antwort von ihm wartete. Er sah ihr in die Augen, die denen Maries so sehr glichen, und dann nickte er. „Ich komme gern. Danke für die Einladung.“

Sie reagierte mit einem strahlenden Lächeln, berührte ihn kurz am Arm und sagte: „Gut. Lass nicht zu lange auf dich warten. Wir wollen den ganzen Nachmittag für unsere Feier nutzen!“ Sie drehte sich um und lief eilig zum Auto, das schon mit laufendem Motor auf sie wartete. Kurz darauf verließ Hugos Fahrzeug den Parkplatz der Gemeinde. Marie winkte ihm vom Rücksitz aus zu. Durch das Fenster konnte er ihr lächelndes Gesicht sehen. Er erwiderte ihr Lächeln und winkte zurück. Dann ging er zu seinem Auto.

Er sah, wie am anderen Ende des Parkplatzes, vor dem Friedhof, J. D. Koeppler seiner Frau beim Einsteigen in die

Pferdekutsche half. Wie eine Handvoll anderer, älterer Gemeindemitglieder hatten sich die Koepplers nicht an die modernen Transportmittel gewöhnen wollen. Heute würden sie auf der Heimfahrt den kalten Wind spüren.

Bevor Henry die Autotür aufmachen konnte, zog es ihn wie durch einen inneren Drang über den hart gefrorenen Parkplatz zur Kutsche der Koepplers. Er erreichte sie, als J. D. gerade die Zügel in die Hand nahm.

Henry berührte den älteren Mann am Arm. J. D. erschrak und warf Henry einen düsteren Blick zu. „Was willst du?"

Sein wütendes Knurren sollte wohl eine abschreckende Wirkung auf Henry haben, aber er ließ sich davon nicht beeindrucken. Sanft drückte er den Arm des Älteren. Dann fragte er: „Kommen Sie auch zu Hugo und Joanna?"

Emma beugte sich nach vorn. Ihr Blick wanderte zwischen den beiden Männern hin und her. Henry konnte die Sehnsucht in ihren Augen erkennen. Aber J. D. sah seine Frau nicht an.

Er blickte entschlossen und mit hochgerecktem Kinn nach vorn und bewegte kaum die Lippen, als er mit zusammengebissenen Zähnen antwortete: „Für mich gibt es nichts zu feiern."

Henry zog hastig seine Hand zurück. Obwohl er in den letzten Jahren immer wieder erlebt hatte, wie dickköpfig J. D. sein konnte, war er verblüfft, dass der ältere Mann so beharrlich leugnete, was heute in der Gemeinde stattgefunden hatte.

„Mr Koeppler, ihre Tochter war verloren und ist gefunden worden. Sie ist nach Hause gekommen. Ist das etwa kein Grund zum Feiern?"

J. D.s graue Augenbrauen zogen sich zusammen. Er blickte grimmig drein. „Ich schenke diesen Spielchen keinen Glauben. Sie und ihre Tochter sind nur hierher gekommen, um sich ihre Beute unter den Nagel zu reißen. Sie sind nur am Geld interessiert, nicht an ihren Mitmenschen."

Emma ließ den Kopf sinken. Henry war sich sicher, dass er Tränen in ihren Augen gesehen hatte.

J. D. sprach weiter. „Kyra hat uns erzählt, dass sie auf einem Kalender die Tage zählen, bis sie wieder von hier weg können. Das, was verloren war, ist nicht gefunden worden, Henry. Sie wartet nur den richtigen Augenblick ab, und dann wird sie uns wieder fallenlassen. Deshalb gibt es für mich keinen Grund zum Feiern."

Daraufhin schnalzte er mit der Zunge und lenkte das Pferd weg von dem Pfosten, an dem es festgebunden gewesen war. Henry stand schweigend da, als die Kutsche ein paar Meter zurückrollte. Mit einem Ruck an den Zügeln und einem kurzen Zuruf ließ J. D. seinen Apfelschimmel die Kutsche zur Straße hin ziehen. Henry sah dem Fahrzeug schweren Herzens nach. J. D. täuschte sich in Marie.

Natürlich war Beth hierher gekommen, um ihr Erbe zu Geld zu machen, aber Marie war an den Menschen hier interessiert. Henry war sich dessen ganz sicher. Sein gestriges Gespräch mit ihr im Auto war ein deutlicher Hinweis auf den Kampf, der in ihrem Inneren tobte. Sie hatte sehr wohl Interesse an den Menschen, die ihr etwas bedeuteten. Sie wollte sich mit ihrer Familie versöhnen – mit ihrer ganzen Familie.

Sein Seufzer hinterließ einen weißen Nebel in der winterkalten Luft. Mit einem Kopfschütteln ging er zurück zu seinem Auto. Vielleicht gab es für J. D. nichts zu feiern, aber Henry würde sich zusammen mit Maries Brüdern und ihrer Schwester freuen und Gott loben, weil Marie sich entschlossen hatte, nach Sommerfeld zurückzukehren.

Als er am Friedhof vorbeifuhr, fiel sein Blick auf Lisbeths schlichten Grabstein. Was würde Lisbeth zu J. D. sagen, wenn sie noch leben würde? Obwohl Henry in den letzten zwanzig Jahren diese außergewöhnliche Frau fast jeden Tag gesehen hatte, kannte er die Antwort auf diese Frage nicht.

Obwohl Marie das Zusammensein mit Henry, ihren Geschwistern und deren Familien genoss, hätte sie lügen müssen, wenn sie behaupten wollte, dass sie die Abwesenheit von einigen wichtigen Personen nicht bedauerte. Weil Beth und ihre Eltern fehlten, war ihre Freude nicht vollkommen, und sie war wohl nicht die einzige, die so empfand.

In den Augen von Henry und Joanna bemerkte sie einen Anflug von Traurigkeit. Wenn sie mit den beiden einen Blick wechselte, spürte sie ein stilles Einverständnis zwischen ihnen. Auch ohne Worte wusste sie eines: Henry und Joanna teilten mit ihr den starken Wunsch, dass der Kreis sich erweitern und die ganze Familie sich miteinander freuen könnte.

Am späten Nachmittag zogen sich die jungen Leute im Alter von vier bis einundzwanzig in die Kinderzimmer zurück, um dort zu spielen oder ein Mittagsschläfchen zu machen. Die Erwachsenen waren nun unter sich und konnten sich in aller Ruhe unterhalten. Hugo brachte weitere Stühle aus dem Esszimmer und stellte sie im Wohnzimmer im Kreis auf. Marie saß auf dem Sofa zwischen Joanna und Doris, der Frau ihres Bruders Art. Henry nahm ihr gegenüber auf einem Stuhl Platz. Diese Nähe irritierte Marie. Sie spielte mit den Knöpfen ihrer Bluse, damit sie ihm nicht so oft in die freundlich blickenden braunen Augen sehen musste.

Doris tätschelte Maries Knie. „Und wie sehen deine Pläne für die Zukunft aus, Marie? Bleibst du für immer hier in Sommerfeld?"

Marie sah Doris an. Sie spürte, wie Henry sie aufmerksam musterte. „Ich gehöre ja jetzt wieder zur Gemeinde, und deshalb möchte ich gerne hierbleiben. Aber vorher muss noch einiges geklärt werden. Ich muss ja irgendwo wohnen und auch meinen Lebensunterhalt verdienen."

Art beugte sich vor und stützte die Ellbogen auf die gespreizten Knie. „Ich denke, dafür ist schon gesorgt. Du hast doch das Café und Lisbeths Haus."

Marie lächelte ihrem Bruder zu. „Nein. Die Häuser gehören Beth, nicht mir."

„Möchte sie dir denn nicht beides überlassen?"

Arts Stirnrunzeln zwang Marie, ihre Tochter zu verteidigen. „Darum geht es nicht. Ich möchte sie nicht darum bitten. Sie braucht den Erlös aus dem Verkauf ihres Erbes, um sich selbstständig machen zu können. Diese Möglichkeit will ich ihr nicht nehmen."

„Aber …" Doris zog nachdenklich die Augenbrauen zusammen. „Vielleicht kannst du ihr die beiden Häuser abkaufen?"

Marie musste über diesen Vorschlag lachen. „Wenn ich das Geld hätte, um so ein Anwesen zu kaufen, hätte ich Beth bei der Finanzierung ihres Geschäfts helfen können, ohne hierherkommen zu müssen."

Daraufhin ging ein lautes Raunen durch den Raum. Marie merkte, dass diese Worte undankbar klangen.

Sie hob eine Hand und bat um Ruhe. „Bitte versteht mich richtig. Ich bereue es nicht, dass ich hierhergekommen bin. Aber wenn Lisbeth nicht dieses seltsame Testament gemacht hätte …" Ihr Blick begegnete Henrys Augen, und ihre Lippen verzogen sich zu einem schwachen Lächeln. „… dann hätte ich keinen Grund gehabt, nach Sommerfeld zurückzukehren. Ich hätte nie den Mut dazu gehabt. Aber mit diesem Erbe kann ich Beth helfen."

Henry sah weg. In seinem Blick lag so etwas wie Schmerz oder Bedauern. Bevor sie über diese Reaktion nachdenken konnte, ergriff Art wieder das Wort.

„Ich verstehe." Mit einem Seufzer schüttelte er den Kopf. „Die neuen Eigentümer des Cafés brauchen bestimmt Mitarbeiter. Selbst wenn es verkauft wird, hättest du dort einen Arbeitsplatz. Aber das Wohnproblem lässt sich schwerer lösen."

Conrad schlug ein Bein über das andere und warf einen Blick auf seine Frau. „Als Sonja und ich geheiratet haben, wollten wir uns ein Haus mieten. Aber hier war nichts zu bekommen. Wenn der alte Mr Brandt nicht gestorben wäre, hätten wir bis heute kein Haus. Hier in Sommerfeld ziehen die Leute nicht so oft um."

„Vielleicht …" Joannas nachdenklicher Tonfall ließ Marie aufmerken. Aber bevor sie den Satz zu Ende sprechen konnte, schüttelte sie bedauernd den Kopf. „Nein, das kann nicht funktionieren."

Hugo wollte es trotzdem wissen. „Was kann nicht funktionieren?"

Joanna sah sich suchend um, als ob sie all ihren Mut zusammennehmen müsste. Dann wandte sie sich erneut Marie zu. „Ich hab mir gerade gedacht … auf der Farm ist jetzt so viel Platz, weil wir alle unsere eigenen Häuser haben. Mama und Papa wohnen ganz allein dort."

Im Kreis war ein ablehnendes Gemurmel zu hören.

„Siehst du?" Joanna hob resigniert beide Hände. „Ich hab dir doch gesagt, dass das nicht funktioniert."

„Es könnte aber klappen", meldete sich Art zu Wort. „Wenn Papa nicht so stur wäre. Ich glaube, Mama hätte nichts dagegen."

Leo nickte. „Ich weiß, dass sie sich sogar freuen würde. Sie hat Phyllis an Thanksgiving gesagt, sie sei traurig, dass Marie in der Stadt sei, aber nicht mit ihnen mitfeiern könne."

Marie warf einen ungläubigen Blick auf Leos Frau. „Das hat sie wirklich gesagt?" Ihr Herz schlug schneller, weil sie neue Hoffnung schöpfte, aber dann resignierte sie wieder. „Sie wird sich nie gegen Papa durchsetzen können. Er ist schließlich das Familienoberhaupt."

„Und sie hat recht, wenn sie das respektiert." Henry überraschte Marie mit diesen Worten.

Er hatte die meiste Zeit nur wenig gesagt. Alle sahen ihn an, und er rutschte auf seinem Stuhl nervös hin und her.

Sein Adamsapfel hüpfte auf und ab, bevor er weitersprach:

„Gott kann sie nicht segnen, wenn sie ihren Mann nicht ehrt. Ihr alle wisst das. Ich will damit nicht sagen, dass J. D. richtig handelt, aber Emma verhält sich richtig. Wenn man sie dazu auffordern würde, etwas gegen den Willen von J. D. zu tun, dann wäre das …" Er zuckte mit den Schultern. Seine Wangen röteten sich. „Dann wäre das verkehrt."

Wieder war ein Gemurmel zu hören. Die Ehepaare berieten sich leise. Marie starrte Henry erstaunt an. Er erwiderte ihren Blick. In seinen Augen las sie so etwas wie eine Entschuldigung. Marie spürte, wie ihr Herz schneller schlug. Sie verstand, was er mit seinen Worten bezweckte. Er wünschte sich genauso sehr wie sie, dass ihr Vater sich mit ihr versöhnte, aber er wollte weitere Konflikte vermeiden, während sie warteten, bis J. D. nachgeben würde. Wieder spürte Marie diese Seelenverwandtschaft, die sie schon so oft erlebt hatte, wenn sie mit Henry zusammen war. Plötzlich schlug ihr das Herz bis zum Hals.

„Marie …", fast widerwillig wandte sie sich ihrem ältesten Bruder zu. „Doris und ich hätten ein Zimmer für dich."

Marie seufzte leise. Ihre Augen füllten sich mit Tränen. „Oh Art, ich bin dir wirklich dankbar für dieses Angebot." Sie warf Henry einen Blick zu. „Aber Henry hat gerade erwähnt, dass Mama ihren Mann ehren muss …" Sie sah jeden im Raum kurz an. „Ich finde, auch wir müssen ihn ehren. Ich freue mich sehr, dass ich heute hier sein kann, aber ich weiß auch, dass es zum Streit zwischen euch und den Eltern kommen kann, weil ihr euch entschlossen habt, heute mit mir zusammen zu sein und nicht mit ihnen. Wenn ich zu einem von euch ziehen würde, wäre der Ärger noch größer. Ich will auf keinen Fall daran schuld sein, dass es noch mehr Unruhe zwischen euch gibt."

„Aber was willst du denn machen?", fragte Joanna mit Tränen in den Augen.

Marie nahm die Hand ihrer Schwester und sah auf ihre ineinander verschränkten Finger. „Ich weiß es noch nicht. Aber ich kenne jemanden, der schon alles weiß. Wir können auch mit diesem Problem zu ihm kommen. Wenn ich in Sommerfeld bleiben soll, wird er für alles sorgen. Und wenn nicht …“ Die nächsten Worte fielen ihr schwer, weil ihre Kehle eng wurde. „Dann ist es sein Wille, dass ich nach Cheyenne zurückgehe.“

Marie hob den Kopf und sah ihre Geschwister erneut an. „Aber diesmal sorge ich dafür, dass Gott mit mir geht. Ich werde ihn nicht noch einmal aus meinem Leben herausdrängen.“ Sie lächelte unter Tränen. „Ich kann auch in Cheyenne als Mennonitin leben. Und ich werde euch oft besuchen. Nichts soll uns mehr trennen.“

Ein Schweigen legte sich über den Raum. Jeder hing seinen eigenen Gedanken nach. Nur Henry sah Marie unverwandt an. Sie erwiderte seinen Blick und hoffte, dass er dieses Versprechen auch auf sich bezog.

Plötzlich kam aus einem der Schlafzimmer ein dumpfer Schlag, gefolgt von einem lauten Heulen.

„Das ist bestimmt Sharolyn“, meinte Phyllis, sprang auf und ging auf den Flur hinaus.

Die anderen unterhielten sich jetzt über weniger ernste Themen. Phyllis kam zurück. Sie trug ihre kleine Tochter, die sich in Leos Arme fallen ließ und ihr tränennasses Gesicht an seine Schulter lehnte. Marie lehnte sich zurück und freute sich an dieser vertrauten Szene. Sie war gerührt und dankbar zugleich, dass sie wieder zu dieser großen Familie gehörte.

Dann bat sie Gott in ihrem Herzen, diesen Kreis zu erweitern … um Beth, Abigail, Ben und ihre Eltern. Sie vermisste diese Menschen so schmerzlich. Als sie Sharolyn in den Armen ihres Bruders Leo sah, musste sie daran denken, wie gut sie sich vor langer Zeit mit ihrem Vater verstanden hatte und wie sehr Beth ein Vater gefehlt hatte.

Die Uhr auf dem Kaminsims schlug fünfmal. Es war bald

Zeit für das Abendessen. Joanna schlug sich klatschend mit den Händen auf die Knie und stand auf. „Na, dann hol ich mal ein paar Reste vom Mittagessen und ..."

Ein Klopfen an der Haustür unterbrach sie. Hugo wollte aufspringen, aber sie hielt ihn mit einer Handbewegung zurück. „Ich geh schon."

Sie öffnete die Tür. Ein Mann, der Art wie aus dem Gesicht geschnitten, aber etwas jünger und schlanker war, trat über die Schwelle.

Marie sprang auf und streckte ihre Arme aus. Ihr Bruder war zwei Jahre älter als sie und hatte sie in ihrer Kindheit mal gehänselt und dann wieder die Rolle des Beschützers übernommen. „Ben!"

Aber Ben blieb wie angewurzelt auf dem Türvorleger stehen. Seine Augen waren ernst, als er sich im Raum umsah.

Art stand zögernd auf. „Ist etwas nicht in Ordnung?"

Ben schob das Kinn vor und wurde plötzlich seinem Vater sehr ähnlich. Als er sprach, klang seine Stimme donnernd und vorwurfsvoll. Marie dachte wieder an J. D. „Heute früh ist in meinem Haus eingebrochen worden."

Alle erstarrten vor Schreck. Marie zitterten die Knie. Sie setzte sich wieder. Ihre Augen waren weit aufgerissen. Eine Hand legte sich auf ihre Schulter. Es war Joanna. Sie umklammerte die Hand und war dankbar für diese tröstende Geste ihrer Schwester.

„Also ist der Dieb immer noch in Sommerfeld?" Leos Stimme klang ungläubig.

Ben nickte langsam. „Es scheint so. Und er schlägt nur dann zu, wenn die Wachen nicht an ihrem Platz sind. Das heißt für mich, dass dieser Dieb sich hier in der Stadt auskennt." Sein wütender Blick richtete sich auf Marie. Er ging einen Schritt auf sie zu. „Nur eine Person weiß genau, was in dieser Stadt vor sich geht, aber sie besucht nicht die Gottesdienste. Du weißt es auch, oder etwa nicht?"

Marie starrte ihren Bruder mit offenem Mund an. Sie wusste es. Ja, sie kannte den Dieb.

24

Marie holte tief Luft, als Henry in die Auffahrt zu Lisbeths Haus einbog. Ihr Auto stand hinter dem Haus. Das war ein sicheres Zeichen, dass Beth zu Hause war. Sie atmete langsam durch die Nase aus und bat Gott um Kraft.

Sie erschrak, als sich plötzlich eine Hand auf ihre gefalteten Hände legte. Als sie hastig den Kopf drehte, sah sie, dass Henry sie besorgt ansah.

„Möchtest du, dass ich dich ins Haus begleite?"

Marie war zutiefst gerührt. Henry war früher immer ein guter Freund gewesen. Es war erstaunlich, dass er nach so vielen Jahren und so vielen Veränderungen ihr noch immer seine Freundschaft anbot. Sie war in einem Zwiespalt. Einerseits wollte sie, dass er mit ins Haus kam und ihr beistand, wenn sie Beth begegnete. Aber andererseits wollte sie ihn nicht ausnutzen.

Deshalb meinte sie nur: „Danke für dein Angebot, Henry, aber es ist besser, wenn ich allein hineingehe."

Sie erwiderte seinen Händedruck, und dann zog sie ihre Hand weg. Plötzlich wurde ihr kalt. Bevor sie es sich anders überlegen konnte, drückte sie die Tür auf, stieg aus und lief eilig zur hinteren Veranda. Ohne sich umzudrehen ging sie ins Haus.

Beth saß am Küchentisch. Vor ihr lag eine aufgeschlagene Zeitung. Als Marie hereinkam, sah sie mit einem strahlenden Lächeln hoch. „Da bist du ja endlich! Ich muss dir was zeigen."

Maries Herz raste. „Ich muss mit dir reden, mein Schatz."

Beth sprang auf. Ihre Augen blitzten schelmisch. „Kann das nicht warten? Ich hab eine Überraschung für dich."

Während Marie sich mit zitternden Fingern den Mantel auszog, überlegte sie, wie sie sich verhalten sollte. Sie legte den Mantel über eine Stuhllehne und sah Beth noch einmal in die Augen. Plötzlich konnte sie ihr nicht die Frage stellen, die sie die ganze Zeit beschäftigte. Sie zwang sich zu einem Lächeln. „Was für eine Überraschung?"

Beth packte die Hand ihrer Mutter und führte sie den Flur entlang zu ihrem Schlafzimmer. Auf dem Weg plapperte sie munter weiter. „Ich hab das eigentlich bis Weihnachten aufheben wollen. Aber ich kann nicht mehr länger warten. Ich hoffe, dass es dir nichts ausmacht, wenn du schon zwei Wochen vorher ein Geschenk bekommst."

Marie hatte ihre Tochter schon wochenlang nicht mehr so fröhlich gesehen. Sie schickte ein Stoßgebet zu Gott. Dann antwortete sie betont munter: „Ich freue mich immer über ein Geschenk. Was ist es denn?"

Mit einem leisen Kichern zog Beth ihre Mutter durch die Tür und deutete auf ihr Feldbett. Dort saß ein Teddybär. Er hatte den Arm ausgestreckt, als ob er auf eine Umarmung wartete. Maries Augen füllten sich mit Tränen. Sie sah alles nur noch verschwommen, aber sie erkannte den Stoff, aus dem der Bär genäht war. Es war Lisbeths Decke mit den Herzen.

Ihr zitterten die Knie, als sie zum Feldbett ging und den Bären hochnahm. Sie drehte sich zu Beth um, die strahlend in der Türöffnung stand.

„Na, ist mir die Überraschung gelungen?" Bevor Marie etwas antworten konnte, platzte sie heraus: „Entschuldige meine Heimlichtuerei, aber ich wollte dich wirklich überraschen. Ich bin oft in Newton bei einer alten Dame gewesen, die mir verschiedene kunsthandwerkliche Techniken beibringt. Ich habe ihre Anzeige in der Zeitung gelesen, und da habe ich mir gedacht, dass sich kunsthandwerkliche Sachen und Antiquitäten in meinem Laden bestimmt gut verkaufen. Also habe ich gelernt, wie man aus Resten von Patchworkdecken Stofftiere oder Wandbehänge näht, und mich mit Glasmalerei beschäftigt. Es hat wirklich Spaß gemacht!"

Beth trat auf Marie zu und berührte die große Schleife, die der Teddybär um den Hals trug. „Mrs Davidson hat diesen hier fast alleine genäht, weil ich wollte, dass er richtig gut wird." Sie wirkte plötzlich unsicher. „Du bist hoffentlich nicht böse, dass ich die Decke zerschnitten habe. Weil ich den Nagellack darauf verschüttet habe, ist es nicht mehr möglich gewesen, sie zu retten."

Marie setzte den Teddy auf das Feldbett und schloss Beth in die Arme. Die zerschnittene Decke war zweitrangig, als Marie begriff, was dieses Geständnis ihrer Tochter bedeutete. Eine Welle der Erleichterung ging durch ihren Körper. Beth hatte die Diebstähle nicht begangen. Sie hatte sich eine Basis für ihren Laden geschaffen, aber nicht so, wie es die Leute in der Stadt vermuteten.

Marie schimpfte innerlich mit sich selbst, weil sie von ihrer Tochter das Schlimmste angenommen hatte. Wie dankbar war sie jetzt, dass sie Beth nicht sofort mit ihrem Verdacht konfrontiert hatte, als sie zur Tür hereingekommen war!

Marie trat einen Schritt zurück und strich Beth sanft über die Wange. „Er ist wunderschön, Beth. Danke." Sie hob den Teddy noch einmal hoch, drückte ihn an sich und lächelte Beth zu. „Ich glaube, Tante Lisbeth würde sich auch darüber freuen."

„Oh, wie gut!" Beth eilte zum Kleiderschrank und riss die Tür auf. Dann schob sie ihre Kleider zur Seite und fügte hinzu: „Von der Decke war noch genug Stoff für zwei kleinere übrig." Sie drehte sich zu ihrer Mutter um. In der Hand hielt sie zwei Bären, die etwa halb so groß waren wie der, den sie Marie geschenkt hatte. „Einen will ich behalten. Wenn du einverstanden bist, schenke ich den anderen Trina, weil sie im Café so eng mit Lisbeth zusammengearbeitet hat."

Wieder füllten sich Maries Augen mit Tränen. Sie nickte und schluckte, weil sie einen Kloß im Hals spürte. „Das ist eine großartige Idee."

Beth hielt die beiden Bären immer noch im Arm, als sie sich auf das Feldbett setzte. Sie legte den Kopf schief. Ihr blondes Haar fiel ihr über die Schultern, und es glänzte golden im Licht der Laterne, die auf der Frisierkommode stand. „Und worüber willst du mit mir reden?"

Marie schluckte wieder. Dann schüttelte sie den Kopf. „Das ist jetzt nicht mehr so wichtig." Sie beugte sich vor und gab Beth einen Kuss auf die Stirn. „Danke für das schöne Geschenk, mein Schatz. Ich werde es in Ehren halten."

Marie ging hinaus, mit dem Teddy auf dem Arm. In ihrem eigenen Zimmer setzte sie das Stofftier auf das Bett und lehnte es an die Kissen. Sie setzte sich und berührte den Bären am Ohr. Eine Frage war noch nicht geklärt. Wenn Beth die Diebstähle nicht begangen hatte, wer war dann dafür verantwortlich?

Am Montagmorgen schlich sich Beth ins Zimmer ihrer Mutter und berührte sie an der Schulter. „Mami?"

Ihre Mutter schreckte auf, verzog das Gesicht und blinzelte mit den Augen. Sie sah verschlafen auf ihre Tochter, rieb sich mit beiden Händen die Augen und setzte sich schließlich auf. „Was ist denn, mein Schatz?"

Beth musste lächeln, als sie die krächzende Stimme ihrer Mutter hörte. Sie hätte ihr eine Tasse Tee bringen sollen. „Ich fahre nach Newton, weil ich noch eine Glasmalerei zu Ende bringen möchte. Möchtest du mitkommen und Mrs Davidson kennenlernen?"

Marie schlug die Decke zurück und schwang die Füße aus dem Bett. Als sie auf der Bettkante saß, warf sie einen müden Blick auf Beth.

„Ja, gerne." Sie gähnte und fuhr sich mit den Händen durch das Haar, das dadurch noch wirrer wurde. „Vielleicht kann ich mir ein paar Stoffe kaufen, wenn wir in der Stadt sind."

Beth verschränkte die Arme vor der Brust und lächelte spöttisch. „Willst du etwa auch Teddybären nähen und mir Konkurrenz machen?"

Marie lachte leise. „Nein, natürlich nicht. Aber ich muss Lisbeths alte Nähmaschine rausholen und mir ein paar Kleider nähen. Hoffentlich kann ich das noch."

Beth trat einen Schritt zurück und zog die Augenbrauen zusammen. „Kleider? Wozu denn das?"

Ihre Mutter biss sich auf die Unterlippe. Daran konnte Beth erkennen, dass sie nervös war. Ihr Herz schlug schneller.

Marie klopfte auf die Matratze. „Komm, setz dich, mein Schatz. Ich muss dir was sagen."

Beth hatte eine düstere Vorahnung, als sie sich dem Bett näherte und sich auf die Bettkante setzte. „Worum geht es?"

„Du weißt, dass ich mit dem Bischof über meine Wiederaufnahme in die Gemeinde gesprochen habe."

„Klar."

Marie atmete tief durch, als ob sie für die nächsten Sätze Kraft brauche. „Gestern hat man bekannt gegeben, dass man mich wieder in die Gemeinde aufgenommen hat."

Beth stand der Mund offen. „Dann bleibst du also hier? Für immer?" Der entschuldigende Ausdruck in den Augen ihrer Mutter tat Beth weh. Sie sprang auf und ging ein paar Schritte, bevor sie sich hastig zu Marie umdrehte. „Du fährst nicht mit mir nach Cheyenne zurück?"

Ihre Mutter stand auf und streckte die Hand nach Beth aus. „Das steht noch nicht fest. Ich habe hier noch keine Wohnung und auch keinen Arbeitsplatz. Aber wenn ich hierbleiben soll, wird Gott mir beides geben."

Die Worte ihrer Mutter nahmen Beth den Atem. Warum war diese Stadt für sie wichtiger als ihre eigene Tochter? Sie trat einen Schritt zurück und schüttelte verwundert den Kopf. „Wir hätten nie hierherkommen dürfen."

Ihre Mutter hob den Kopf und schloss die Augen. Beth wusste, dass sie gegen die Tränen ankämpfte. Sie fühlte sich hin und her gerissen zwischen dem Wunsch, ihre Mutter in die Arme zu schließen und dem Bedürfnis, so schnell wie möglich das Haus zu verlassen und nicht wiederzukommen. Endlich ließ ihre Mutter den Kopf sinken und sah sie an.

„Ich bin froh, dass wir hierhergekommen sind. Es ist für uns beide nicht leicht gewesen. Aber unser Aufenthalt hier hat mir etwas gegeben, was mir jahrelang gefehlt hat. Seitdem ich wieder eine Beziehung zu Gott habe, fühle ich mich wieder … wie ein ganzer Mensch. Und deshalb bedaure ich nicht, dass wir hier sind."

Diese aufrichtigen Worte ihrer Mutter weckten in Beth ein seltsames Verlangen zu verstehen, was sie mit „wie ein ganzer Mensch" meinte. Aber sie wollte nicht begreifen, dass ihrer Mutter in den Jahren, in denen sie nicht in Sommerfeld gewesen war, etwas gefehlt hatte.

„Willst du damit sagen, dass du nicht glücklich gewesen bist, seitdem du von hier weggegangen bist? Dass mein Vater und ich …" Beth konnte nicht weiter sprechen. Sie ballte ihre Hände zu Fäusten und drückte sie an ihre Schläfen. „Ich kann das nicht mehr hören. Ich muss hier raus …" Sie rannte zur Hintertür.

Sie hörte die schweren Schritte ihrer Mutter. „Beth, warte doch!"

Beth packte den Türgriff, riss verzweifelt daran und stieß die Tür auf. Sie schlug gegen die Wand und prallte zurück. Die Tür schlug vor ihrer Mutter zu, aber sie folgte Beth trotzdem. Dann stand sie auf der Veranda und streckte die Hand aus, als ob sie ihre Tochter zurückrufen wollte. Aber Beth achtete nicht darauf. Sie ließ den Motor aufheulen und fuhr mit quietschenden Reifen die Auffahrt herunter.

Bloß weg von hier … weg von Sommerfeld. Weg von Mami. Sie wollte weg von dieser seltsamen Sehnsucht, die ihr fast den Atem nahm. Sie wollte nur noch weg.

Die folgenden Tage waren für Marie von einem schwindelerregenden Auf und Ab der Gefühle geprägt. Auf die Begeisterung über ihre Rückkehr in den Kreis der Gläubigen folgte die Verzweiflung über die Reaktion ihrer Tochter. Einerseits freute Marie sich darüber, dass sie im Leben von Joanna und dreier ihrer Brüder wieder eine Rolle spielte, aber andererseits empfand sie Schmerz über die anhaltende Distanz zu Abigail, Ben und ihren Eltern. Sie war zwar erleichtert, weil Beth die Diebstähle nicht begangen hatte, aber sie war auch beunruhigt, weil der Einbrecher in Sommerfeld noch immer sein Unwesen trieb und alle Einwohner der Stadt in Aufruhr versetzte.

Sie lehnte sich an die Anrichte und berührte das schwarze Band, das von ihrem Häubchen herunterhing. Sie wickelte den Satinstreifen um den Finger. Schon nach ein paar Tagen fühlte sich dieses Häubchen so normal an wie damals, als sie noch ein Teenager gewesen war. Sogar ihre neuen, selbst genähten Kleider gaben ihr das Gefühl, wieder zu Hause zu sein, obwohl sie sich drastisch unterschieden von der Garderobe, an die sie seit Johns Tod gewöhnt gewesen war. Sie wusste zwar, dass das nur Äußerlichkeiten waren, aber trotzdem fühlte sie sich sicher, wenn sie die schlichten Symbole ihres wieder gefundenen Glaubens und der Gemeinschaft mit anderen Gläubigen anlegte.

Deborah drehte sich vom Herd um, wischte sich die Hände an der Schürze ab und hielt verwirrt inne, als sie Marie entdeckte. Bevor sie in den Vorratsraum ging, schüttelte sie den Kopf. Die Bänder ihres Häubchens flogen hin und her. Marie unterdrückte ein Kichern. Sie hatte sich schon daran gewöhnt, dass die Leute zweimal hinsahen. Den anderen fiel es offenbar schwerer als ihr, sich an ihren Anblick zu gewöhnen.

Bei Henry war das anders gewesen.

Ihr Herz schlug schneller bei der Erinnerung an seine Reaktion, als sie um die Ecke gebogen war und zum ersten Mal in der Tracht der Mennoniten neben ihm gestanden hatte, um seine Bestellung aufzunehmen. Er hatte sie erstaunt angesehen. Dann hatten sich seine Augen mit Tränen gefüllt, aber sein Lächeln war so strahlend gewesen, dass sie gemeint hatte, das Herz müsse ihr vor Freude zerspringen. Auch ihr waren die Tränen gekommen.

Dann hatte er geschluckt, sich mit den Händen über die Augen gewischt und mit belegter Stimme gesagt: „Lisbeth würde sich freuen, wenn sie dich jetzt sehen könnte."

Als sie daran dachte, kamen ihr wieder die Tränen, weil sie es bedauerte, dass sie nicht schon eher nach Sommerfeld gekommen war, um wenigstens ihre Tante zu besuchen. Aber sie konnte die Vergangenheit nicht mehr ändern – nur noch die Zukunft. Und ab jetzt wollte sie ihr ganzes Leben am Willen Gottes orientieren. Dieses kostbare Vermächtnis ihrer Tante wollte sie auch an Beth weitergeben.

Beth … Marie schloss die Augen und betete erneut für ihre Tochter. Beths rebellisches Verhalten tat ihr weh.

Vater, ich lege sie in deine Hände. Dieses Gebet hatte sie in den letzten Tagen ständig auf den Lippen.

Das Klingeln der Glocke, die über der Eingangstür zum Gastraum hing, riss Marie aus ihrer Grübelei. Sie musste sich um ihre Gäste kümmern. Auf dem Weg zum Gastraum nahm sie gleich ein paar Speisekarten mit.

Im Café war viel Betrieb. Besonders an Samstagen kamen viele Autofahrer von der Autobahn, und Marie hatte im Laufe des Nachmittags und Abends nur wenig Zeit, ihren Gedanken nachzuhängen. Wie üblich aß Henry im Café sein Abendbrot, und danach machte er die Buchführung der letzten Woche.

Deborah und Trina räumten die Küche auf, während Marie die Vorräte für die nächste Woche bestellte und Henry über den Büchern saß. Sie waren etwa zur gleichen Zeit mit ihrer Arbeit fertig. Wie immer bot Henry ihr an, sie nach Hause zu fahren, und sie nahm dieses Angebot gerne an, doch an diesem Abend sprachen sie kaum miteinander.

Marie wunderte sich über dieses Schweigen, aber vielleicht war sie nur deshalb so zurückhaltend, weil ihr Status in der Gemeinde sich verändert hatte. Sie war jetzt kein „Außenseiter" mehr, sondern gehörte zur Gemeinschaft der Gläubigen. Morgen würde sie zum ersten Mal seit über zwanzig Jahren als Gemeindemitglied den Gottesdienst besuchen. Sie war sich nicht sicher, warum das in ihrer Beziehung zu Henry eine Rolle spielen sollte, aber sie merkte, dass etwas anders geworden war. Es war, als ob eine Barriere gefallen sei. Aber was für eine Barriere?

Plötzlich schlug ihr Herz schneller, weil ihr die Ursache dieser Veränderung bewusst wurde.

Sie warf einen zaghaften Blick in seine Richtung. Seine Kiefermuskeln wirkten angespannt, als ob er die Zähne zusammenbeißen würde. Dieser Anblick verstärkte das flaue Gefühl, das sie in der Magengrube spürte. Dachte Henry vielleicht ähnlich wie sie? Meinte er auch, dass sich ihre Freundschaft zu einer engeren Beziehung entwickeln könnte, weil Marie jetzt wieder ein Mitglied der Gemeinde war?

Hastig drehte sie den Kopf zur Seite und sah aus dem Fenster. Sie versuchte, nicht mehr an Henry zu denken, aber das war unmöglich. Ihr Unbehagen wurde immer stärker, als sie schweigend durch die sternenklare Nacht fuhren. Endlich hielt er hinter Maries Auto an. Er ließ den Motor laufen und sah sie an. Das Herz schlug ihr bis zum Hals, als sie die Unsicherheit in seinem Blick bemerkte.

„Soll … soll ich dich morgen früh abholen?“

„Nein, danke.“ Marie musste schlucken. Sie empfand eine mit Bedauern gemischte Erleichterung. „Ich habe morgen mein eigenes Auto. Beth hat seit heute früh Fieber, und ich glaube, sie muss morgen noch im Bett bleiben.“

Er sah sie besorgt an. „Wie geht es ihr? Muss sie ins Krankenhaus?“

Marie tat seine Freundlichkeit gut. „Nein, das Fieber ist nicht hoch. Sie hat nur eine schlimme Erkältung. Das ist in dieser Jahreszeit ganz normal.“

Er nickte nachdenklich. „Dann pass bloß auf, dass du dich nicht ansteckst.“

Die Armaturenbeleuchtung warf einen rosigen Schein auf sein Gesicht. Natürlich lag es an dem Licht und an nichts anderem, dachte Marie. „Dann sehen wir uns morgen in unserer Gemeinde.“

Diese Worte ließen ihr Herz schneller schlagen – diesmal vor Freude. Unsere Gemeinde. Ja, es war jetzt auch ihre Gemeinde. Sie nickte zustimmend. „Ja. Bis morgen. Danke, dass du mich mitgenommen hast, Henry.“ Sie hatte die Hand schon am Türgriff, als sie sich noch einmal umdrehte. „Und danke für deine Freundschaft. Sie bedeutet mir sehr viel.“

Seine Mundwinkel verzogen sich zu einem schiefen Lächeln. Dadurch wirkte er so jungenhaft, dass Marie verlegen wurde. „Nichts zu danken.“

Sie nickte ihm noch einmal zu, sprang aus dem Auto und lief eilig ins Haus. Dann sah sie nach Beth und gab ihr noch etwas zu trinken, bevor sie ins Bett ging. Sie konnte jedoch nicht einschlafen, weil sie ständig an Henry denken musste.

Als die lange Nacht endlich vorbei war und sie sich auf den Gottesdienst vorbereitete, sah sie noch immer sein Gesicht mit dem jungenhaften Lächeln vor sich. Ihre Hände zitterten, während sie ihr Häubchen zurechtrückte. Sie zwang sich, ihre Gefühle in den Griff zu bekommen. Wenn sie den Morgen mit Tagträumen über Henry Braun verbrachte, würde sie von der Predigt nichts mitbekommen.

Sie sah noch einmal nach Beth. Ihre Tochter hatte kein Fieber mehr, aber sie wollte noch im Bett bleiben. Marie gab ihr einen Kuss auf die Stirn. Dann ging sie zum Auto, nahm sich aber vor, dass sie nach dem Gottesdienst nicht zu Joanna gehen, sondern gleich nach Hause kommen würde.

In Gedanken war sie bereits beim Gottesdienst. Deshalb hätte sie einem braunen Kleinlaster beinahe die Vorfahrt genommen. Das Fahrzeug fuhr auf der Hauptstraße in nördliche Richtung. Der Fahrer, der die flache Krempe seines schwarzen Hutes tief ins Gesicht gezogen hatte, starrte sie böse an, als er vorbeirollte. Marie hob entschuldigend die Hand, und er nickte ihr zu.

Mit einem erleichterten Seufzer wollte sie gerade die Hauptstraße überqueren, als sie erstaunt innehielt und dem Kleinlaster nachsah. Mit seinem dunklen Anzug und dem typischen Hut sah der Fahrer aus wie ein Mennonit, aber Kleinlaster standen nicht auf der Liste der von der Gemeinde erlaubten Fahrzeuge. Sie hatte das Papier erst letzte Woche durchgelesen, weil sie ihr rotes Auto gegen ein konservativeres Modell austauschen musste, wenn sie in Sommerfeld bleiben wollte.

Marie lief es plötzlich kalt über den Rücken. Ohne zu zögern wendete sie ihr Auto und folgte dem Kleinlaster, der zum Stadtrand unterwegs war.

25

Weil sie wusste, dass ihr rotes Auto in der kargen Winterlandschaft auffallen würde, fuhr sie langsam. Sie hatte Angst, der Fahrer des Kleinlasters könnte sie entdecken. Als die Stadt hinter ihnen lag und der Kleinlaster nach rechts auf den zweiten Feldweg abbog, fuhr sie instinktiv weiter bis zur nächsten Ausfahrt, um dort zu wenden. Sie drehte den Kopf, um das andere Fahrzeug nicht aus den Augen zu verlieren. Der Kleinlaster erhöhte die Geschwindigkeit und zog eine dicke Staubwolke hinter sich her.

Sie bekam vor Aufregung feuchte Hände. Ihr Magen rebellierte, als sie beschleunigte, um die nächste Ecke zu erreichen. Beim Wenden hielt sie den Atem an, als ihr Auto über den Schotter schlitterte, aber sie umklammerte das Lenkrad mit beiden Händen und blieb in der Spur. Ein Blick nach rechts zeigte ihr, dass der Kleinlaster noch immer Staub aufwirbelte.

Sie musste trotz allem lächeln. „Danke, Herr, für diese Staubwolke."

Sie spürte, wie dieses laut ausgesprochene Gebet ihr eine gewisse Sicherheit gab. Deshalb sprach sie weiter mit Gott, während sie der Staubwolke folgte. Sie verschwand plötzlich hinter der baufälligen Scheune eines schon lange leer stehenden und von dichtem Gestrüpp umgebenen Bauernhofs. Wenn die Bäume nicht winterlich kahl gewesen wären, hätte man hinter den windschiefen Bäumen kein Gebäude vermutet.

Marie fuhr nur noch im Schritttempo, weil der Staub, der ihr den Weg des anderen Fahrzeugs gezeigt hatte, auch den Fahrer des Kleinlasters auf sie aufmerksam machen könnte. Das Knirschen der Reifen auf dem gefrorenen Schotter ließ sie zusammenzucken, als sie den Fuß vom Gaspedal nahm und an der Ostseite der Scheune anhielt.

An der nördlichen Ecke des Gebäudes parkte der Kleinlaster mit weit offen stehenden Hecktüren. Aus dem Autoradio ertönte laute Rockmusik. Das war für sie ein deutlicher Hinweis, dass der Fahrer des Fahrzeugs kein Mennonit und seine Art sich zu kleiden nur eine Täuschung war.

Sie blieb im Auto sitzen. Ihr Herz schlug so laut, dass sie Angst hatte, es könnte zerspringen. Dann beugte sie sich vor, damit sie sehen konnte, was draußen vor sich ging. Plötzlich tauchte der Mann auf. Er trug etwas Schweres, denn er wankte unter der Last. Dann legte er den Gegenstand in das Heck des Kleinlasters, rieb sich die Hände und ging wieder zur Scheune. Plötzlich hielt er inne und wandte den Kopf in ihre Richtung.

Marie sank in den Sitz zurück. Ihr Mund fühlte sich plötzlich ganz trocken an, und ihr zitterte die Hand, als sie nach dem Schalthebel griff, um das Auto schnell starten zu können. Der Mann umrundete die Ecke der Scheune und ging direkt auf ihr Auto zu. Marie stand vor Verblüffung der Mund offen, als er sich herunterbeugte und an das Fenster klopfte.

Sie kurbelte es herunter und rief erstaunt seinen Namen. „Mitch!“

Er besaß die Frechheit zu lachen, als er seinen Hut herunterriss und sich mit der Hand durch das kurz geschnittene Haar fuhr.

„Das ist ja ein Ding, dass du mich in diesen Klamotten erkannt hast. Ich bin genauso toll gestylt wie du, Mennoniten-Lady.“ Mit einem breiten Grinsen stellte er sich in Positur.

Marie öffnete die Autotür und stieg aus. „Was machst du hier?“

Mitch verzog sein Gesicht zu einer unwilligen Grimasse. „Ich pack mein Bündel und hau ab. Wenn ich noch eine halbe Stunde gewartet hätte, wärst du schon in dieser Kapelle gewesen und du hättest mich nicht gesehen.“ Er lachte verächtlich. „Ich hab wohl die Geduld verloren.“ Dann schlang er einen Arm um ihre Schultern und führte sie um die Ecke. „Na, komm schon. Du willst bestimmt die Beweise sehen."

Maries Füße fühlten sich so schwer an wie Blei. Sie ging widerwillig neben Mitch her. Als sie die Scheune betraten, wäre sie beinahe in sich zusammengesunken. Die willkürlich aufeinander gestapelten Gegenstände bestätigten ihren Verdacht.

Sie drehte sich hastig zu Mitch um und zeigte anklagend auf die kleine Sammlung. „Also du hast das alles gestohlen?"

Mit einem Achselzucken verschränkte er die Arme vor der Brust. „Nicht ganz ohne Hilfe."

Marie ging mit schweren Schritten weiter und packte das Fußende der Schlafbank, die aus dem Haus der Dicks gestohlen worden war. Sie war so enttäuscht, dass ihr die Worte fehlten, aber schließlich brachte sie ein angestrengtes Flüstern zustande. „Beth war deine Komplizin?"

Mitchs lautes Lachen gellte in ihren Ohren. „Glaubst du wirklich, dass Lissie was mit dieser Sache zu tun hat? Oh nein, Marie, du hast deine Tochter zu einem richtigen kleinen Moralapostel erzogen. Dein Goldstück ist so ehrlich, dass sie zu viel rausgegebenes Geld wieder zurückgibt, wenn die Kassiererin so dumm ist und sich beim Wechselgeld verzählt." Er stellte sich an das Kopfende der Schlafbank und grinste sie unter der schief sitzenden Krempe seines Hutes spöttisch an. „Nein, da brauchst du keine Angst zu haben. Ich hab nur genau aufgepasst, wenn sie sich beklagt hat, dass die Leute ihr das Zeug nicht verkaufen wollen. Dann bin ich in ihre Häuser gegangen und hab es ihr eben beschafft."

Marie schüttelte den Kopf. Obwohl die Beweise für seine Diebstähle vor ihr standen, hatte sie das Gefühl, als ob sie gerade aus einem Albtraum erwachen würde. „Also bist du die ganze Zeit … du bist gar nicht in Cheyenne gewesen, sondern hier in Sommerfeld."

„Nee …" Mitch kratzte sich am Kopf. „Nicht hier in Sommerfeld. Ich war die meiste Zeit in Salina. Ich hab ja gewusst, dass Lissie ständig bei einer alten Dame in Newton rumgehangen hat. Ich wollte ihr nicht zufällig in die Arme laufen. Ich wollte ihr doch nicht die schöne Überraschung verderben."

Marie brummte der Kopf. Sie konnte es immer noch nicht fassen. „Aber du hast sie doch zu Thanksgiving in Kansas City getroffen. Wie hast du ihr denn erklärt, dass du so schnell dort sein konntest?"

Mitch ließ erneut ein spöttisches Lachen hören. „Meinst du, ich war so blöd und bin mit dem Auto dorthin gefahren? Lissie ist schließlich nicht dumm. Sie hätte schnell rausgefunden, dass ich in der Nähe sein musste, um in ein paar Stunden dorthin fahren zu können. Nein, ich bin nach Wichita gefahren, hab mein Auto auf dem Parkplatz abgestellt und bin dort in einen Flieger gestiegen."

Er ging zum Fußende der Schlafbank, bis er nur noch wenige Zentimeter von Marie entfernt war. „Ich hab sie über diese ganze Sache im Dunkeln gelassen. Sie hätte sonst Ärger gemacht. Deshalb sollte sie nichts davon wissen, bis wir zu Hause unseren Laden eröffnet hätten. Aber es ist schon verdammt hart gewesen, so nah bei ihr zu sein und trotzdem nicht mit ihr zusammen sein zu können." Er zwinkerte ihr zu. „Danke, dass du diesen Streit mit ihr angezettelt hast. Dann hatten wir wenigstens das eine Wochenende für uns."

Marie wurden die Knie weich, als sie sein wissendes Grinsen sah. „Ihr … ihr habt doch nicht …?" Sie brachte es nicht fertig, ihm diese Frage zu stellen.

Mitch musste lachen. Er beugte sich vor und flüsterte ihr ins Ohr. „Du meinst, ob wir miteinander geschlafen haben?"

Sie zuckte zurück und wurde rot.

Wieder hörte sie sein Lachen. „Nein. Die brave kleine Lissie macht so was doch nicht."

Mit einem Stirnrunzeln betrachtete er die herumstehenden Gegenstände. „Sie findet bestimmt nicht gut, was ich da gemacht habe, aber es ging nicht anders. Diese Gelegenheit konnte ich mir nicht entgehen lassen. Außerdem muss ich ja noch das Geld zurückzahlen, das ich mir geliehen habe."

„Ihr habt doch den Erlös aus dem Verkauf des Hauses und des Cafés", wandte Marie ein.

Mitch verzog sein Gesicht zu einer herablassenden Grimasse. „Also ehrlich, Marie, wie weit kommen wir denn damit, wenn wir unser Zeug bei Versteigerungen besorgen müssen? Antiquitäten sind immer schwerer zu bekommen, und dann bleibt kaum ein Gewinn hängen." Nachdenklich fasste er sich mit Daumen und Zeigefinger ans Kinn. „Nein, ich musste das Zeug klauen."

Als er sich zu Marie umwandte, zog er verärgert die Augenbrauen zusammen. „Und jetzt bin ich aufgeschmissen. Du hast mich mit dem Zeug erwischt, und du wirst mich bestimmt verpfeifen."

Maries Atem ging unregelmäßig. Sie trat einen Schritt zurück. „W-was willst du jetzt machen?"

Er starrte sie kurz an. Seine Augen blickten düster drein. Dann trat er ebenfalls mehrere Schritte zurück, riss die Augen auf und fing wieder an zu lachen. „Du liebes bisschen, meinst du etwa, ich …"

Er schlug sich auf ein Knie und konnte sich gar nicht mehr beruhigen. Marie überlegte sich unterdessen, ob sie nicht einfach wegrennen sollte. Aber ihre Beine waren so zittrig, dass sie es wahrscheinlich nicht bis zum Auto schaffen würde.

Mitch schüttelte den Kopf, hörte endlich auf zu lachen und fixierte sie mit einem selbstgefälligen Grinsen. „Jetzt mach aber mal halblang, Marie. Ich hab mir zwar ein paar Sachen besorgt, ohne sie zu bezahlen, aber dafür bring ich doch niemanden um. Außerdem weiß ich, dass mein kleines Geheimnis bei dir sicher ist."

Marie hob das Kinn und sah ihn an. Ihre Augen verengten sich zu kleinen Schlitzen. „Woher weißt du das so genau?"

Mitchs Miene wurde so berechnend, dass es Marie kalt den Rücken herunterlief. „Du willst deiner Lissie bestimmt nicht wehtun. Sie liebt mich. Wie würde sie sich fühlen, wenn sie wüsste, dass der Mann, mit dem sie zusammenleben will, ein Dieb ist?“ Er zog eine Augenbraue hoch, verschränkte die Arme vor der Brust und verzog seinen Mund zu einem anzüglichen Grinsen. „Außerdem ist sie wohl nicht mehr so sicher, ob du dich überhaupt noch um sie scherst. Erst gestern Abend hat sie mir mit einem weinerlichen Stimmchen erzählt, dass dir die Gemeinde mehr bedeutet als sie. Sie ist deswegen am Boden zerstört. Wenn du ihr jetzt auch noch erzählst, dass ich der Einbrecher von Sommerfeld bin, meint sie, dass du dir das ausgedacht hast, um sie von mir wegzulocken.“

Als Marie sah, wie arrogant er mit den Schultern zuckte, hätte sie ihn am liebsten in sein glatt rasiertes Gesicht geschlagen.

„Siehst du, Marie. Was du machst, ist verkehrt.“

Marie dachte kurz nach. Schweren Herzens musste sie ihm recht geben. Wenn sie Beth erzählte, dass Mitch die Bürger von Sommerfeld bestohlen hatte, könnte sie damit einen weiteren Keil zwischen sich und ihre Tochter treiben. Selbst wenn Beth ihr glaubte, würde sie sehr darunter leiden. Marie ließ den Kopf sinken.

Mitch lachte wieder und ging an ihr vorbei zum offenen Scheunentor. „Hab ich’s mir doch gedacht.“

Marie hastete hinter ihm her. Sie atmete die kalte Luft tief ein. „Aber du kannst diese Sachen nicht einfach mitnehmen!“

Er drehte sich hastig zu ihr um. „Warum denn nicht?“

„Sie gehören dir nicht.“

„Jetzt schon.“

„Wie willst du denn Beth erklären, woher du sie hast? Sie weiß doch, dass sie gestohlen wurden. Du kannst sie nicht einfach in euren Laden stellen und meinen, sie würde sie nicht erkennen. Es würde ihr sehr wehtun, wenn sie wüsste, dass du den Leuten diese Sachen weggenommen hast!"

Mitch hielt inne und verzog die Lippen zu einem schiefen Grinsen. Seine Augen verengten sich. „Sie wird das schon verstehen. Schließlich hab ich das doch für sie getan. Weil ich sie liebe."

„Glaubst du das wirklich?"

Er starrte Marie an, ohne etwas zu erwidern. Beide schwiegen, bis Marie schließlich mit zitternder Stimme fragte: „Wie kannst du ihr nur so wehtun? Bedeutet dir meine Tochter etwa gar nichts?"

Mitchs Augen blitzten vor Zorn. „Das ist ein Schlag unter die Gürtellinie, Marie."

„Du weißt so gut wie ich, dass Beth bei dieser Sache die eigentliche Verliererin ist." Noch während Marie diese Worte aussprach, betete sie für ihn. Er musste einfach begreifen, welchen Schaden er anrichten würde, wenn er die gestohlenen Sachen wie geplant nach Cheyenne mitnehmen würde.

In seinem Gesicht las Marie jetzt nicht mehr Arroganz, sondern ein leises Bedauern. Sie wusste, dass Gott ihr Gebet erhört hatte.

„Wenn du Beths Gefühle nicht mit Füßen treten willst, bleibt dir nur eine Möglichkeit. Fahr weg. Lass alles hier."

„Ich weiß nicht", entgegnete er unsicher. „Ich hab eine Menge Geld ausgegeben für die Übernachtung in Motels und für Essen, während ich dieses Zeug hier gebunkert hab."

„Ich helfe dir, es zurückzuzahlen."

Er zog eine Augenbraue hoch und musterte sie skeptisch. „Du willst einem Dieb helfen?"

„Ja, aber nur Beth zuliebe." Marie zitterte am ganzen Körper. Ob es nun verkehrt war oder nicht, sie würde alles tun, um ihre Tochter zu schützen. Sie wusste noch nicht, wie sie das Geld zusammenbringen sollte. Sie wusste nur, dass sie es tun musste – für Beth.

„Was ist mit diesem Zeug? Wie willst du die Sachen zurückbringen?“

„Das werde ich nicht machen.“ Als er sie erstaunt ansah, erklärte sie es ihm. „Die Äcker bei dieser Scheune werden im Frühling wieder bebaut. Die Leute, die auf den Feldern arbeiten, werden die Sachen entdecken und dafür sorgen, dass sie ihren rechtmäßigen Eigentümern zurückgegeben werden. Ich brauche nichts weiter zu machen als abzuwarten.“

Seine Augen verengten sich. Er blitzte sie bösartig an. „Machst du das wirklich? Einfach abwarten, ohne was zu sagen?“

Sie erwiderte seinen Blick. „Ja.“

„Na gut.“ Er riss sich den Hut vom Kopf und warf ihn durch die Türöffnung in die Scheune. Marie hörte ein leises Geräusch, als er gegen die Rückwand prallte. „Hilf mir, das Zeug aus dem Auto in die Scheune zurückzutragen. Wenn wir fertig sind, hau ich ab.“

Marie packte ihn am Ärmel. „Und was ist mit Beth?“

„Was soll mit ihr sein?“, knurrte er und riss seinen Arm los.

„Du … du willst nicht mit ihr Schluss machen?“

„Warum sollte ich? Wir haben unsere Pläne, Marie. Im ganzen letzten Jahr haben wir alles besprochen. Wir machen zusammen den Laden auf, und wir wollen zusammen leben. Dabei bleibt es auch.“ Mit einem süffisanten Grinsen warf er einen Blick auf die gestohlenen Sachen. „Und was Beth nicht weiß, macht sie nicht heiß. Stimmt's?“

Es würde Beth durchaus etwas ausmachen, wenn sie wüsste, dass ihr Freund noch nicht einmal vor einem gemeinen Diebstahl zurückschreckte. Aber wenn sie jetzt etwas sagte, würde das sowieso nichts ändern. Deshalb bat sie Gott in ihrem Herzen, Beth das wahre Wesen ihres Freundes zu zeigen, bevor es zu spät war. Dann ging sie mit steifen Schritten zum Heck des Kleinlasters.

Mitch hatte in der kurzen Zeit nur ein paar antiquierte

Waschwannen und eine wunderschön geschnitzte Kaminuhr einladen können. Als er die Uhr auf den Sitz der Schlafbank stellte, bekam Marie Gewissensbisse. Die Scheune war nicht wetterfest. Wenn die Uhr hier draußen bliebe, würde das Uhrwerk leiden.

„Also, ich verschwinde jetzt." Mitch klatschte in die Hände und machte sich auf den Weg zum Auto.

Marie beobachtete ihn, wie er sich hinter das Lenkrad schwang. Er schlug die Tür des Kleinlasters zu, winkte ihr mit einem spöttischen Lächeln zu und raste mit quietschenden Reifen davon. Er hinterließ eine dichte Staubwolke.

Marie musste husten. Sie ging rückwärts in die Scheune und wedelte mit den Händen, um den Staub loszuwerden. Als sie wieder Luft holen konnte, ging sie langsam durch die schwach beleuchtete Scheune, um festzustellen, ob die gestohlenen Sachen beschädigt waren. Obwohl Mitch die Gegenstände willkürlich hingestellt hatte, war er beim Ein- und Ausladen offenbar vorsichtig gewesen. Und es schien alles vollzählig zu sein – angefangen von den alten Eimern bis hin zur Schlafbank der Familie Dick.

Schließlich setzte sie sich wieder auf dieses Möbelstück. Traurig berührte sie die fein geschnitzten Rosen auf der Vorderseite der Kaminuhr. Sie hatte falsch gehandelt, als sie Mitch gehen ließ, aber es würde Beth das Herz brechen, wenn sie die Wahrheit erfahren würde. Sie musste dieses Geheimnis für sich behalten und dafür sorgen, dass jemand das Diebesgut von allein entdeckte. Dann würden die Eigentümer ihre Sachen zurückbekommen.

„Der Schaden hält sich in Grenzen." Sie sprach diese Worte laut aus, weil sie sich selbst überzeugen musste, dass das auch stimmte.

Ein Luftzug drang durch das offene Scheunentor, und Marie fröstelte. Sie musste das Tor schließen, damit die Sachen wenigstens vor dem Wind geschützt waren. Sie stand auf und drehte sich um. Dann erstarrte sie vor Schreck. Im Eingang sah sie die Gestalt eines Mannes. Er hatte das Sonnenlicht im Rücken, und deshalb lag sein Gesicht im Schatten. Aber als er aus dem hellen Licht ins Dunkel der Scheune trat, erkannte sie ihn. Marie riss die Augen weit auf und bedeckte den Mund mit ihren zitternden Fingern.

26

„Was machst du hier?“ Ihre Finger dämpften den Klang ihrer Stimme.

Henry ging noch einen Schritt weiter. Sein Blick schweifte suchend umher. Ihm wurde es eng um die Brust, als er in dem unordentlich zusammengewürfelten Haufen das Diebesgut erkannte.

Er sah Marie wieder an und sagte mit zusammengebissenen Zähnen: „Das Gleiche wollte ich dich gerade fragen.“

Im düsteren Licht der Scheune wirkte ihr Gesicht kreidebleich. Ihre blauen Augen waren weit aufgerissen. Langsam ließ sie die Hände sinken und verschränkte die Finger ineinander. Sie drückte die gefalteten Hände an ihre Brust.

„Ich … ich …“ Dann presste sie die Lippen zusammen und schwieg.

Henry spürte, wie ihm heiß wurde. Seine Stimme klang hart vor unterdrückter Wut, als er weitersprach. „Als du nicht zum Gottesdienst gekommen bist, habe ich mir Sorgen gemacht. Gil Krehbiel hat mir gesagt, dass er dein Auto in nördlicher Richtung aus der Stadt fahren sah. Ich habe befürchtet, dass etwas nicht stimmt, und so habe ich mich auf die Suche gemacht. Aber ich habe nie geglaubt …“ Er konnte nicht mehr weitersprechen.

Die ganze Zeit hatte er Mitleid mit ihr gehabt, sie vor den anderen verteidigt, ihre Freundschaft gesucht … und sie hatte die Besitztümer ihrer Nachbarn weggeschafft. Ihm wollte das Herz brechen, als er die Beweise ihrer Schuld sah. Die vielen Jahre des Gebets hatten offenbar nichts genützt. Wie hatte er nur so naiv sein können?

„Jetzt weiß ich, warum du heute früh nicht mit mir mitfahren wolltest. Du hattest Wichtigeres zu tun. Du musstest nach deiner Beute sehen.“ Er war selbst überrascht über diese harten Worte. Hatte er schon einmal zu einem Menschen so gesprochen wie jetzt zu Marie? Nein. Aber er hatte sich auch noch nie so verraten gefühlt wie jetzt. Er hatte ein Recht darauf, so hart mit ihr ins Gericht zu gehen.

Deshalb hob er das Kinn und platzte mit einer weiteren Frage heraus. „Bist du noch in ein anderes Haus eingebrochen, als du hierher unterwegs warst, oder hast du zusammen mit deiner Tochter beschlossen, dass ihr genug gestohlen habt?“

Er starrte sie zornig an. Dabei fiel ihm ihr nussbraunes Haar auf, das unter dem strahlend weißen Häubchen ordentlich zurückgekämmt war. Was bedeutete ihr eigentlich dieses Häubchen? War es für sie nur ein Mittel, um die Gemeinde daran zu hindern, ihr die Schuld an den Diebstählen zuzuschieben? Hatten die Gebete, die er und Lisbeth für sie gesprochen hatten, ihre Wirkung verfehlt?

Der Schmerz, den die Enttäuschung in ihm bewirkte, nahm ihm die Kraft zum Sprechen. Er drehte sich auf dem Absatz um und lief mit großen Schritten zum Scheunentor.

Marie rannte neben ihm her. Ihre schlanken Finger legten sich um seinen Unterarm. „Henry! Bitte … es ist nicht so, wie du denkst …“

Er blieb stocksteif stehen und sah wütend auf sie herunter. Ihre Finger hielten noch immer seinen Ärmel umklammert. Sie schienen sich durch den Stoff hindurch zu brennen, aber er versuchte nicht, sie abzuschütteln. „Dann sag es mir. Sag mir, wie du an einem Sonntagmorgen hierherkommst, während alle anderen aus der Gemeinde – der Gemeinde, der du dich angeschlossen hast – im Versammlungshaus sitzen und Gott anbeten."

Sie schloss die Augen und schlug sie wieder auf. Ihr Atem kam und ging unregelmäßig, und beim Ausatmen entstand ein feiner weißer Nebel. Aber sie schwieg beharrlich.

Henry hob die Hand und löste ihre kalten, starren Finger von seinem Ärmel. Dann trat er einen Schritt zurück. Er meinte, ihm müsste das Herz zerreißen angesichts ihrer Lügen, und er wusste, dass er sich von dieser Enttäuschung nie wieder erholen würde. „Anscheinend hat dein Vater doch recht. Du bist nicht hierhergekommen, weil dir die Menschen etwas bedeuten, sondern weil du dich bereichern willst."

Diese Erkenntnis schien sich in seine Seele einzubrennen. „Du hast gesagt, dass du für deine Tochter alles tun würdest. Ich glaube …" Sein Blick schweifte über das aufgestapelte Diebesgut. Dann drehte er sich noch einmal zu ihr um. Seine nächsten Worte brachte er nur schwer über die Lippen. „Ich glaube, die Welt hat dich noch zu fest in ihrem Griff."

Er wartete auf ihre Antwort, auf eine Erklärung. Aber sie stand schweigend vor ihm. Tränen strömten über ihre blassen Wangen. Ihre zitternden Hände hatte sie zu Fäusten geballt. Als einige Minuten vergangen waren und Marie immer noch nichts zu diesen Anschuldigungen sagte, schüttelte er den Kopf und starrte auf den Boden.

„Ich fahre jetzt zum Versammlungshaus und sage den Leuten, wo sie ihre Sachen finden können. Du …" Wieder fiel ihm das Sprechen schwer, weil ihm vor Schmerz die Kehle eng war. „Fahr zurück zum Haus. Ich werde nur sagen, dass ich das Diebesgut gefunden habe."

„Oh, Henry, du kannst doch nicht …"

Er hob eine Hand, hielt aber den Kopf gesenkt. „Ich will

dich nicht in Schutz nehmen, sondern ich will nur dafür sorgen, dass das Andenken an Lisbeth nicht mit dieser Schande in Verbindung gebracht wird." Dann hob er den Kopf und sah ihr in die Augen. „Du verlässt zusammen mit Beth die Stadt, wenn die im Testament festgesetzte Zeit um ist." Er brachte die Worte nur im Flüsterton heraus, und jede Silbe schien ihm körperliche Schmerzen zu bereiten. „Ich schweige nur dann über deine Taten, wenn du mir eins versprichst: Verschwinde mit deiner Weltliebe aus Sommerfeld und bring sie nie wieder hierher zurück."

Sie sah ihn erschreckt an. Dann schlug sie die Hände vor ihr Gesicht.

Er wartete wieder ab, aber sie erwiderte nichts. Deshalb erhob er seine Stimme und fragte drohend: „Versprichst du mir das?"

Wieder sagte sie kein Wort, aber sie zuckte zurück und nickte kurz. In ihren Augen glänzten Tränen.

„Jetzt fahr wieder zu Lisbeths Haus." Er musterte sie von oben bis unten. „Und nimm dieses Häubchen ab. Es wird zur Farce, wenn du es trägst."

Marie begann laut zu schluchzen. Henry konnte dieses herzzerreißende Weinen kaum ertragen, aber er blieb wie angewurzelt stehen, als sie an ihm vorbeirannte. Er hörte, wie sie den Motor anließ, das Knirschen der Reifen auf dem Schotter. Dann war es still. Jetzt vernahm er nur noch das laute Klopfen seines Herzens.

Ja, es klopfte noch, obwohl Maries Lügen ihm das Herz gebrochen hatten. Mit einem Seufzer straffte er die Schultern, fuhr sich mit der Hand über das Gesicht und ging zu seinem Auto zurück. Er hatte eine gute Nachricht für die Gemeinde, und er musste während der Fahrt alle Kraft zusammennehmen, um trotz seines Schmerzes zu lächeln.

Marie stürmte durch die Hintertür, ging mit unsicheren Schritten den Flur entlang bis zu ihrem Zimmer. Dann ließ sie sich auf Lisbeths Bett fallen. Warum konnte ein gebrochenes Herz noch schlagen? Dieser Ausdruck in Henrys Gesicht. Dieser Tonfall, als er mit ihr sprach. Diese plötzliche Kälte. Seitdem sie die Nachricht von Johns Tod bekommen hatte, hatte sie nie wieder diesen Schmerz gespürt. An jenem Tag hatte sie auch etwas Wertvolles verloren, etwas, das durch nichts zu ersetzen war.

Bis zu diesem furchtbaren Augenblick, als sich in Henrys Gesicht der Zorn über ihre vermeintlich begangene Tat und der Schmerz der Enttäuschung zeigten, hatte sie nicht gemerkt, wie wichtig ihr in dieser kurzen Zeit in Sommerfeld seine Freundschaft geworden war. Aber jetzt hatte sie ihn verloren, genauso wie John damals.

„Oh Gott, was soll ich nur machen?“ Sie wollte beten, aber sie fand keine Worte mehr. Sie stöhnte laut, aber dieser Schmerzenslaut wurde durch Lisbeths Kissen gedämpft. Sie meinte, die Brust müsse ihr vom Weinen zerreißen, aber wenn sie versuchte, die Tränen zu unterdrücken, wurde es nur noch schlimmer. Sie erschrak, als sich plötzlich eine Hand auf ihre Schulter legte. Jemand drehte sie auf die Seite. Als sie die Augen aufschlug, sah sie, wie Beth vor dem Bett kniete.

„Mami, was ist denn passiert?“

Die besorgte Stimme ihrer Tochter und ihr verängstigtes Gesicht brachten Marie erneut zum Weinen. Beth streckte die Arme nach ihr aus, umarmte ihre Mutter und wiegte sie sanft hin und her. So hatte Marie ihre Tochter immer gehalten, als sie klein gewesen war und Trost gebraucht hatte. Sie lehnte sich an Beths Schulter und weinte den Schmerz und die Enttäuschung der letzten Wochen einfach heraus.

Beth rieb ihrer Mutter sanft den Rücken und flüsterte ihr beruhigende Worte ins Ohr. Endlich hörte Marie auf zu weinen. Sie lehnte sich zurück, griff nach einer Schachtel mit

Papiertaschentüchern auf dem Nachtschränkchen und putzte sich geräuschvoll die Nase. Beth kniete noch immer auf dem Bett und beobachtete ihre Mutter mit zusammengezogenen Augenbrauen.

Marie holte tief Luft und ließ sich auf die Kissen fallen. Sie schloss die Augen. In ihrem Kopf bohrte ein pochender Schmerz, und ihre Augen brannten. Sie hob die Hand und zog das Häubchen herunter. Als sie die Augen öffnete und sah, wie es mit zerknitterten Bändern auf ihrem Schoß lag, dachte sie wieder an Henrys Aufforderung, sie solle das Häubchen abnehmen.

Er hatte gemeint, es sei eine Farce, wenn sie es trug, eine Verkleidung, eine Lüge. Er dachte, sie hätte es angelegt, um die Menschen in dem Glauben zu lassen, dass sie wieder in ihre Gemeinschaft aufgenommen werden wollte, um sie in Ruhe bestehlen zu können. Henry, ihr Freund aus Kindertagen, meinte wirklich, sie sei fähig, so etwas Entsetzliches zu tun. Wenn schon Henry, der sie besser kennen musste, so über sie dachte, was mussten dann die Leute in der Stadt …

Sie musste ihm gehorchen und die Stadt verlassen. Sie hatte keine andere Wahl. Wieder kamen ihr die Tränen, und sie schlug die Hände vor das Gesicht.

Beth zog sanft an ihren Händen. „Mami, was ist denn so Furchtbares passiert?“ Beths Stimme war immer noch von der Erkältung belegt, aber sie klang besorgt. „Haben sie dich aus der Gemeinde rausgeschmissen?“

Marie schüttelte heftig den Kopf.

„Aber was ist denn los?“

Marie überlegte sich, was sie ihrer Tochter sagen sollte, aber keine der Erklärungen, die ihr einfielen, klang überzeugend. Außerdem hätte sie auf jeden Fall Geheimnisse preisgegeben, wenn sie etwas sagte. Deshalb wandte sie das Gesicht ab und drückte ihr zitterndes Kinn auf ihre Schulter.

Beth nahm Maries Hand und drückte sie kräftig. „Bitte sag mir doch, warum du weinst. Du machst mir Angst, Mami.“

Als Beths Stimme brach, riss Marie entsetzt die Augen auf. Sie wollte Beth zwar nicht wehtun, aber sie wollte ihre Tochter auch nicht beunruhigen. Als sie sah, wie in Beths Augen Tränen glänzten, hob sie die Hand und strich ihr sanft über die Wange.

Endlich brachte sie ein paar Worte heraus. „Es geht schon. Es ist nur …" Wieder schloss sie fest die Augen. Wieder sah sie Henry vor sich, wie er sie zornig anstarrte. Wieder hörte sie seine Aufforderung, sie solle das Häubchen abnehmen, sie solle aus der Stadt verschwinden.

Sie schüttelte heftig den Kopf, um diese Erinnerungen loszuwerden. Die Bewegung löste ihre Locken aus den Haarklemmen. Sie strich sich das Haar aus dem Gesicht und warf einen Blick in ihren Schoß. Das Häubchen lag noch da. Plötzlich sah sie vor ihrem geistigen Auge ein anderes Bild. Es war Henry, wie er mit Tränen in den Augen anerkennend gelächelt hatte, als er sie zum ersten Mal mit dem Häubchen gesehen hatte.

Wieder spürte sie einen schneidenden Schmerz in ihrem Herzen, und mit einem leisen Stöhnen sagte sie seinen Namen: „Henry …"

Beth sprang auf. Zwischen ihren Augenbrauen zeigte sich eine scharfe Falte. „Hat Henry dir wehgetan? Wie? Was hat er gemacht?"

Marie konnte nichts erwidern, weil ihr die Kehle eng wurde.

Beth ging langsam zur Schlafzimmertür, aber sie ließ ihre Mutter nicht aus den Augen. Der Ausdruck in ihrem Gesicht war hart und zornig. Aber als sie sprach, klang ihre Stimme sanft und freundlich. „Möchtest du eine Tasse Tee? Wie wär's mit dem Pfefferminztee aus dem Café, den du so gern magst?"

Eine Tasse Tee würde ihren Schmerz nicht heilen, aber Marie merkte, dass Beth ihr unbedingt helfen wollte. Deshalb nickte sie schweigend.

Beth blieb in der Türöffnung stehen. „Du bleibst ganz ruhig liegen, Mami. Ich bin gleich wieder zurück. Ruh dich ein bisschen aus."

Marie nickte wieder, und Beth ging hinaus. Als Marie hörte, wie sich die Hintertür öffnete und wieder schloss, drehte sie sich um und umarmte den Bären, den Beth aus Lisbeths Decke genäht hatte. Wieder flossen die Tränen. Henrys Worte gingen ihr nicht mehr aus dem Sinn.

„Verschwinde mit deiner Weltliebe aus Sommerfeld und bring sie nie wieder hierher zurück."

Beth bog in die Hauptstraße ein. Sie war noch immer stark erkältet, und ihr Kopf schmerzte, aber das war gar nichts im Vergleich zu dem Schmerz, der in ihrem Herzen saß. Ihre Mutter so verzweifelt zu sehen tat ihr weh, sehr weh sogar. Und Mami hatte gesagt, dass Henry an dieser Verzweiflung schuld war.

Mit ihren behandschuhten Fingern umklammerte sie das eiskalte Lenkrad. Sie biss die Zähne zusammen, bis ihr der Kiefer schmerzte. Was dachte sich dieser Mann eigentlich? Wie hatte er ihre Mutter nur so sehr verletzen können? Sie überquerte die Hauptstraße, ohne beim Café anzuhalten. Der Tee konnte warten, aber nicht ihr Gespräch mit Henry.

Henry stellte den Teller mit dem Schinkenbrot auf den Tisch, zog sich einen Stuhl heran und setzte sich. Mit einem tiefen Seufzer starrte er den Teller an. Obwohl das Frühstück schon viele Stunden zurücklag, hatte er keinen Appetit. Das Essen half ihm auch nicht, die innere Leere zu füllen, die er spürte. Die Einsamkeit lag so schwer auf seiner Seele wie die Reisedecken aus seiner Kindheit damals auf seinen Knien.

Seine Großmutter hatte diese Decken immer aus mehreren Stoffschichten gemacht, als Schutz vor dem eisigen Wind, der im Winter immer in ihre Kutsche eingedrungen war. Er hätte lieber die kalte Luft ertragen als dieses Gefühl der Enge unter den schweren Stoffschichten. Aber jetzt konnte er dem Würgegriff der Einsamkeit nicht entfliehen.

Wenigstens freuten sich die Bürger von Sommerfeld. Er hatte es fertiggebracht, der Gemeinde die gute Nachricht zu überbringen: „Das Verlorene hat sich gefunden."

Alle waren so begeistert gewesen, dass niemand ihm weitere Fragen gestellt hatte. Als die Menschen ihrer Erleichterung laut Luft gemacht hatten, hatte er das Versammlungshaus leise verlassen und war nach Hause gefahren. Für die Bürger von Sommerfeld hatte sich tatsächlich das Verlorene gefunden.

Er hatte die gleichen Worte verwendet wie damals, als er mit J. D. Koeppler über Marie gesprochen hatte. Jetzt wusste er, dass das in seinem Fall nicht stimmte. Er hatte alles verloren. Lustlos griff er nach seinem Sandwich. Vielleicht sollte er es in Alufolie wickeln und in den Kühlschrank legen. Er konnte jetzt keinen Bissen herunterbringen.

Bevor er sich dazu entschließen konnte, schreckte ihn ein lautes Pochen an seiner Haustür aus seiner Grübelei hoch. Mit zusammengezogenen Augenbrauen stand er auf und ging zur Tür. Er warf einen verstohlenen Blick aus dem Fenster und zuckte überrascht zusammen, als er sah, dass Beth Quinn auf seiner Veranda stand. Als er die Tür öffnete, strömte ein kalter Luftzug in seine Wohnung. Beth stürmte an ihm vorbei. Sie stemmte beide Hände in die Hüften und musterte ihn wütend. „Ich verlange eine Erklärung von Ihnen."

Ihre Stimme klang kälter als der Dezemberwind. Henry schloss die Sturmtür und dann die innere Tür. Dann stand er in dem schiefen Dreieck, das das Sonnenlicht durch das Türfenster warf.

„Guten Tag, Miss Quinn."

Bei dieser skurril klingenden Begrüßung verengten sich ihre Augen. „Das ist kein Freundschaftsbesuch, und das wissen Sie auch. Was haben Sie mit meiner Mutter gemacht?"

Er hob das Kinn. Seine Stimme klang ausdruckslos, als er sagte: „Ich habe Ihrer Mutter gar nichts getan."

Beth schüttelte den Kopf. Ihr ungekämmtes Haar fiel ihr wirr auf die Schultern. „Das können Sie mir doch nicht erzählen. Ich habe meine Mutter noch nie so in Tränen aufgelöst gesehen. Sie hat mir nichts sagen wollen, aber sie hat Ihren Namen genannt."

Die rotgeränderten Augen und die wunde Nase der jungen Frau waren deutliche Hinweise, dass Marie die Wahrheit gesagt hatte, als sie ihm erzählt hatte, Beth sei krank.

Henry zeigte auf das Sofa. „Setzen Sie sich doch."

„Nein!" Beths Stimme war heiser. Sie stellte sich kämpferisch vor Henry auf. Dabei erinnerte sie ihn an einen Hahn, der sich bereitmacht, um um die Vorherrschaft auf dem Hühnerhof zu kämpfen. „Ich will jetzt wissen, was Sie meiner Mutter angetan haben!"

Henry wurde wütend, als er den Trotz der jungen Frau sah. Er ging zu ihr, nahm sie am Arm und schob sie zum Sofa. Dort angekommen, veranlasste er sie, sich auf der Kante des Polsters niederzulassen. Dann zeigte er mit dem Daumen auf seine Brust und sagte: „Ich habe gar nichts gemacht. Wenn Ihre Mutter weint, dann liegt das nur an ihrem schlechten Gewissen."

„Schlechtes Gew-" Beth schüttelte ungläubig den Kopf. Sie presste sich die Fingerspitzen an die Schläfen. „Mami hat keinen Grund für ein schlechtes Gewissen."

Henry lächelte verächtlich. „Können Sie schon Recht und Unrecht nicht mehr voneinander unterscheiden, sodass Sie die Wahrheit nicht erkennen? Ihre Mutter stiehlt. Ist das nicht Grund genug für ein schlechtes Gewissen?"

„Stiehlt?“ Beth hob hastig den Kopf und riss erstaunt die Augen auf. „Wovon sprechen Sie überhaupt?“

Henry starrte Beth ungläubig an. Hatte Marie die Diebstähle etwa allein begangen? Sie liebte ihre Tochter abgöttisch. Hatte sie ihre Tochter vielleicht schützen wollen, wenn man sie ertappte? Das war die einzige logische Erklärung. Plötzlich hatte Henry Mitleid mit Beth. Wie würde sie sich fühlen, wenn sie feststellen musste, dass ihre Mutter aus Liebe zu ihrer Tochter zum Äußersten gegangen war?

Er setzte sich an das andere Ende des Sofas, faltete seine zitternden Hände und stützte sich mit den Ellbogen auf die Knie. „Es tut mir leid, dass Sie es von mir erfahren müssen, aber Ihre Mutter ist verantwortlich für die Diebstähle, die hier in der Stadt begangen worden sind.“

Beth richtete sich kerzengerade auf. Sie zog ihre Augenbrauen zusammen. „Das ist ausgeschlossen.“

Henry bewunderte die Loyalität der jungen Frau, aber sie musste den Tatsachen in die Augen blicken. „Es ist aber wahr. Heute Morgen, als sie nicht zum Gottesdienst gekommen ist, habe ich sie etwa acht Kilometer außerhalb der Stadt in der Scheune einer verlassenen Farm gefunden. Dort standen alle gestohlenen Sachen.“

Beth schüttelte ungläubig den Kopf. Plötzlich fiel ihr das Atmen schwer. Sie hob hilflos beide Hände und entgegnete stockend: „Das muss ein Irrtum sein. Meine Mutter würde niemals …“

„Ein Irrtum ist leider ausgeschlossen.“ Ohne es zu merken, klang Henrys Stimme plötzlich hart. „Ich habe sie mit dem Diebesgut gesehen. Und sie ist mir eine Erklärung schuldig geblieben.“

„Aber warum sollte sie die Diebstähle begehen?“

Henry holte tief Luft. Mit sanfter Stimme entgegnete er: „Wegen Ihnen.“

Beth sprang auf. Sie schwankte. Henry stand ebenfalls auf,

bereit, sie aufzufangen, falls sie in Ohnmacht fallen sollte. Aber die junge Frau hielt sich aufrecht. „Sie irren sich."

„Wie können Sie da so sicher sein? Schließlich sind Sie deswegen hierhergekommen. Sie wollten Antiquitäten kaufen, damit Sie Ihr Geschäft eröffnen können. Als die Leute ihnen nichts verkaufen wollten, hat Ihre Mutter dafür gesorgt, dass sie die Sachen trotzdem bekommen." Henry wurde die Kehle eng, als er diese Worte aussprach. Es tat ihm weh, Marie anzuklagen.

„Sie irren sich." Beths Stimme zitterte, und Tränen schimmerten in ihren Augen. „Meine Mutter ist der ehrlichste Mensch, den ich kenne." Trotzig schob sie ihr Kinn vor. „Als ich in der ersten Klasse war, hab ich im Laden einen Schokoriegel mitgehen lassen. Eine Schulfreundin hatte Geburtstag, und ich hatte ihr den Riegel schenken wollen. Als meine Mutter gesehen hat, wie ich den Schokoriegel in Geschenkpapier einwickelte, ist sie mit mir in den Laden gegangen und hat mich gezwungen, mich beim Chef zu entschuldigen. Ich musste den Schokoriegel zurückgeben und ihn auch noch bezahlen. Als ich meiner Mutter damals sagte, ich hätte den Riegel gestohlen, weil ich ihn verschenken wollte, sagte sie: ‚Es gibt keine Rechtfertigung für einen Diebstahl. Stehlen ist ein Verbrechen.'"

Mit vor der Brust verschränkten Armen funkelte Beth Henry wütend an. „Meine Mutter würde niemals einen Diebstahl begehen. Das weiß ich einfach."

„Vielleicht würde sie das nicht für sich selbst tun, aber …"

„Haben Sie es immer noch nicht begriffen? Sie würde nie etwas stehlen – für keinen Menschen!"

Eine Träne rollte ihr die Wange herunter. Sie wischte sie entschlossen weg. „Ich weiß nicht, warum sie dort draußen war. Ich weiß nicht, warum sie Ihnen die Sache nicht erklärt hat. Aber eins weiß ich: Meine Mutter stiehlt nicht. Noch nicht einmal für mich. Sie …"

Beth konnte nicht mehr weitersprechen. Sie sah weg. Ihre Unterlippe zitterte. Sie holte ein paar Mal tief Luft. Als sie ihre Gefühle wieder im Griff hatte, sah sie Henry erneut in die Augen. „Sie hat mir beigebracht, dass das Wertvollste, was ein Mensch besitzt, sein Charakter ist. Und meine Mutter hat einen guten Charakter. Sie ist grundehrlich. Und seit wir hier sind, redet sie ständig von Gott …"

Mit einem erneuten Kopfschütteln sah Beth Henry an, als hätte er einen Verrat begangen. „Sie haben meiner Mutter sehr wehgetan. Ich habe noch nie erlebt, dass sie so sehr geweint hat – noch nie. Sie hat kein schlechtes Gewissen. Sie ist nur … zutiefst verletzt."

Beth richtete sich gerade auf und hob trotzig das Kinn. „Die ganze Zeit hab ich geglaubt, dass Sie ihr Freund sind, ein Freund, auf den sich meine Mutter verlassen kann. Aber Sie sind genauso wie die anderen hier."

Mit diesen Worten stürmte sie hinaus und schlug die Tür hinter sich zu, bevor er etwas darauf erwidern konnte.

Henry stand wie angewurzelt mitten im Raum. Er starrte die Sturmtür an. Seine Gedanken überschlugen sich. Plötzlich spürte er einen Kloß im Hals, als er an Maries Tränen dachte, die sie um ihn weinte.

Er wollte den Worten Beths über die Ehrlichkeit ihrer Mutter so gerne glauben, aber die Beweise sprachen gegen sie. Er hatte sie doch auf frischer Tat ertappt! Und sie hatte ihm nicht erklärt, warum sie in der Scheune gewesen war. Der innere Drang, die Wahrheit herauszufinden, trieb Henry zur Tür hinaus und zu seinem Auto. Als er hinter dem Steuer saß, fuhr er noch einmal dieselbe Strecke wie am Vormittag. Er würde in der Scheune nach Antworten auf seine Fragen suchen.

Oh Herr, bitte lenke meine Schritte. Er würde nicht ruhen, bis er die Wahrheit wusste.

27

Beth schlich sich zurück ins Haus. Ihre Jackentasche hatte sie mit Teebeuteln vollgestopft. Ihre Mutter stand in der Küche vor dem Wandkalender. Sie hatte den Finger auf das Feld mit dem Datum 25. Dezember gelegt.

Beth ging rasch zu ihr hin und legte ihr den Arm um die Schultern. „Geht es dir schon besser?"

Ihre Mutter zuckte mit den Achseln und ließ einen bedrückten Seufzer hören. „Ja, es geht schon."

Durch das viele Weinen war ihre Nase angeschwollen, und ihre Stimme klang so, als hätte sie sich bei Beth angesteckt. Beth holte drei Papiertaschentücher aus der Schachtel, die auf der Anrichte stand und drückte sie ihrer Mutter in die Hand.

„Ich mach dir deinen Tee."

„Danke."

Marie blieb vor dem Kalender stehen, während Beth den Teekessel mit Wasser füllte und auf den Herd stellte. Mit einem brennenden Streichholz zündete sie einen Gasring an. Dann ging sie zurück zu ihrer Mutter. Zuerst stand sie schweigend da und betrachtete Maries Profil. Ihre Mutter stand wie angewurzelt vor dem Kalender und hielt ihren Blick darauf gerichtet. Beth berührte ihre Schulter mit den Fingerspitzen.

„Was machst du da?"

Ihre Mutter sah sie an. Ihre zerzausten Locken schienen so gar nicht zu dem schlichten, dunkelgrünen Kleid zu passen. „Ich denke nach. Über Weihnachten." Wieder seufzte sie. „In einer Woche ist es so weit, und wir haben noch nicht einmal einen Christbaum. Willst du morgen nach Newton fahren und einen kaufen? Es gibt wahrscheinlich nicht mehr viel Auswahl, und wir haben auch keinen Christbaumschmuck, aber …" Ihre Augen füllten sich mit Tränen.

Beth unterdrückte ihre Rührung und schloss ihre Mutter

in die Arme. „Mach dir keine Gedanken über das, was Henry dir gesagt hat. Er ist ein blöder Kerl. Vergiss ihn."

Ihre Mutter löste sich aus der Umarmung und starrte Beth an. „Woher weißt du, was Henry gesagt hat?"

Beth grinste schelmisch und kratzte sich am Kopf. „Ich bin bei ihm gewesen und habe ihm die Leviten gelesen."

Marie ließ sich auf einen Küchenstuhl fallen und sah Beth ungläubig an. „Ach, mein Schatz."

Beth setzte sich zu ihrer Mutter und nahm ihre Hand. „Ich weiß doch, dass du dieses Zeug nicht gestohlen hast."

Ihre Mutter betrachtete ihre ineinander verschränkten Hände. Dann zuckte sie mit den Schultern und seufzte erneut.

Beth legte den Kopf schief. „Aber was hast du denn da draußen auf diesem verlassenen Bauernhof gemacht? Ich hab gedacht, du warst im Gottesdienst, aber Henry hat gemeint, dass du nicht dort gewesen seist."

Marie sah hinüber zu dem Fenster, das den Blick zum Weideland hinter dem Haus freigab.

Beth wurde mit jeder Sekunde neugieriger. Deshalb fragte sie: „Es ist seltsam, dass du gewusst hast, wo die gestohlenen Sachen sind. Hat es dir jemand gesagt?"

Ihre Mutter erwiderte nichts.

„Woher hast du gewusst, dass sie dort sind?"

An den fest zusammengepressten Lippen ihrer Mutter erkannte Beth, dass sie keine Antwort bekommen würde.

Sie zog ihre Mutter an der Hand. „Mami?"

Plötzlich ertönte ein leises Pfeifen. Marie zog ihre Hand weg und stand auf. „Das Wasser kocht. Möchtest du auch eine Tasse Tee?"

Beth sah zu, wie ihre Mutter mit steifen Schritten zum Herd ging und zwei Tassen Tee machte. Aber als sie eine Tasse vor Beth hinstellte, stand diese mit einem Kopfschütteln auf. „Warum antwortest du mir nicht?"

Ihre Mutter legte beide Hände um den Becher und hob ihn hoch. Der Dampf stieg ihr ins Gesicht. Dann warf sie Beth einen ernsten Blick zu und sprach mit leiser Stimme. „Erinnerst du dich noch, als ich dich gefragt habe, was du den ganzen Tag machst? Du hast mir damals gesagt, dass ich dir vertrauen solle."

Beth nickte kurz.

„Jetzt sage ich dir dasselbe. Du musst mir vertrauen." Sie nippte am Tee und sah wieder auf den Kalender.

Beth klopfte das Herz bis zum Hals. Sie drehte sich um und ging schweigend in ihr Zimmer.

Henry stand in der verlassenen Scheune. Seine Augen blickten düster, und er hatte die Hände tief in den Jackentaschen vergraben. Auf dem Boden waren viele Spuren zu sehen. Alle gestohlenen Sachen waren verschwunden. Ihre rechtmäßigen Eigentümer hatten sie abgeholt. Aber wenn er die Augen schloss, konnte er sich noch gut an die Szene erinnern, die er vor einigen Stunden angetroffen hatte. Marie saß auf der Schlafbank der Dicks. Sie hatte ihren Arm um die Kaminuhr der Albrechts gelegt. Auf der einen Seite stand die russische Truhe der Flemings und dahinter waren Emailleschüsseln aufgestapelt.

Plötzlich kam ihm an dieser Szene etwas merkwürdig vor. Er riss erstaunt die Augen auf, und er sah sich noch einmal um. Weitere Bilder schienen auf ihn einzustürmen. In der Scheune hatte Unordnung geherrscht. Möbelstücke und Werkzeuge hatten nebeneinander gestanden, ohne ein erkennbares System. Aber schon als Kind war Marie ein sehr ordentlicher Mensch gewesen. Ihre Schulbank war immer aufgeräumt gewesen. Auf der einen Seite hatten die Bleistifte gelegen, auf der anderen die Schulhefte. Auch im Café legte sie diese Sorgfalt an den Tag. Wäre sie mit wertvollen Antiquitäten etwa leichtfertig umgegangen? Das ergab keinen Sinn.

Henry schlenderte durch die Scheune. Am Nachmittag hatte hier ein reges Kommen und Gehen geherrscht. Auf dem weichen Sandboden waren viele Spuren zu sehen. Plötzlich hielt er inne und ging in die Hocke. Sein Herz schlug unregelmäßig, als er in einer Ecke einen Schuhabdruck entdeckte, der nicht zu den anderen Fußspuren passte. Die Sohle hinterließ ein waffelähnliches Muster wie bei einem Sportschuh.

Er schluckte. Wie Deborah und Trina trug Marie bei der Arbeit im Café Turnschuhe. Er legte die Hand neben den Abdruck und maß mit den Fingern nach. Dann sprang er auf und stellte seinen Fuß daneben. Er nickte. Ein zufriedenes Lächeln umspielte seine Lippen. Dieser Abdruck stammte von einem Mann, einem Mann, der Turnschuhe trug und keine Stiefel wie die anderen Mennoniten.

Er ging langsam im Kreis, um den Boden sorgfältig nach ähnlichen Spuren abzusuchen. Tatsächlich fand er zwei vollständige und einen halben Abdruck. Bei jeder Entdeckung schlug sein Herz schneller. Er suchte nach weiteren Spuren. An der Rückwand der Scheune, entdeckte er einen Gegenstand. Er ging rasch zu der fraglichen Stelle. Ein schwarzer Hut lag mit der Krempe nach oben im Staub. Auf den ersten Blick sah er wie ein von Mennoniten getragener Hut aus, aber als er ihn aufhob und ihn in den Hof vor der Scheune mitnahm, um ihn im Sonnenlicht besser sehen zu können, merkte er, dass er aus dicht gewobenem Stroh und nicht aus Filz war.

Kein Mann aus der Stadt trug einen solchen Hut. Das konnte nur eines bedeuten: Irgendwann war ein Mann hier in der Scheune gewesen. Er hatte Sportschuhe getragen und einen Hut, der ihn wie einen Mennoniten aussehen ließ.

Henry kam eine Idee. Er schlug den Strohhut an sein Bein, weil er nachdenken musste. Aus den Briefen, die Lisbeth ihm vorgelesen hatte, wusste er, dass Marie keinen Mann hatte, der als Komplize in Frage käme, aber Beth hatte einen Freund. Dieser Mann war ihr Teilhaber in dem Geschäft, das sie eröffnen wollte.

Vielleicht ... vielleicht hatte er Marie gezwungen, ihm bei den Diebstählen zu helfen. Vielleicht hatte er sie mit Drohungen dazu gebracht, dass sie schwieg.

Zaghaft meldete sich die Hoffnung, aber er unterdrückte sie sofort. Er wollte nicht mehr spekulieren. Er wollte die Wahrheit wissen. Deshalb warf er den Hut auf den Rücksitz seines Autos und machte sich auf den Weg zurück in die Stadt.

Schweren Herzens hängte Marie das Kleid, das sie erst letzte Woche genäht hatte, auf einen Bügel und tat es anschließend in den Schrank. Dann nahm sie den Ärmel in die Hand, um bewundernd die Farbe zu betrachten. Sie hatte einen dunkelgrünen Stoff ausgesucht, weil Henry Braun einmal mit hochrotem Kopf zu ihr gesagt hatte, dass Grün den Rotton in ihrem Haar betonen würde. Wie dumm war sie doch gewesen! Sie ließ den Ärmel los und schlug die Tür des Kleiderschranks zu.

Als sie mit den Händen an ihrer Jeans entlangstrich, verzogen sich ihre Lippen zu einem traurigen Lächeln. Wer hätte gedacht, dass sich nach so kurzer Zeit Jeans seltsam anfühlen würden? Aber es war so. Sie griff nach der Tür des Kleiderschranks und wollte wieder das Kleid anziehen, aber sie zog ihre Hand zurück, bevor sie sich um den matt glänzenden Messingknopf schloss. Sie würde die äußeren Zeichen des mennonitischen Glaubens nicht mehr tragen.

Aber Gott trage ich immer noch in meinem Herzen.

Dieser Gedanke tröstete sie. Sie ging ans Fenster und sah hinaus. Die Abenddämmerung hatte alles in ein rosiges Licht getaucht. Auf der anderen Straßenseite sah sie hell erleuchtete Fenster. Familien saßen jetzt um den Esstisch und aßen zu Abend. Es gab bestimmt kaltes Fleisch vom Mittagessen, Käse, salzige Kekse und eingelegtes Gemüse. An Sonntagen war das Abendessen immer einfach und unkompliziert.

Marie dachte zurück an andere Sonntage aus ihren Kindertagen und auch aus der letzten Zeit, als sie zusammen mit Joannas Familie um den Esstisch gesessen hatte. Mit einem Kopfschütteln vertrieb sie diese Erinnerungen. Es war besser, wenn sie jetzt schon anfing, alle Brücken abzubrechen. In drei Wochen konnte Beth ihr Erbe antreten und alles verkaufen. Dann konnten sie nach Cheyenne zurückkehren – in ihr altes Leben. Dann würde es kein Sommerfeld mehr geben, keine Joanna, keine Deborah, keine Trina, keine Gottesdienste im schlichten Versammlungshaus, keinen Henry.

Wieder spürte sie einen Kloß im Hals. Wenn sie nicht an etwas anderes dachte, würde sie unweigerlich wieder weinen, und dann würde ihre Tochter sich wieder Sorgen machen. Beth war so erschöpft von ihrer Erkältung und ihrem Besuch bei Henry, dass sie jetzt fest schlief. Marie wollte sie nicht mit einer erneuten Tränenflut erschrecken.

Sie überlegte sich, womit sie sich beschäftigen konnte. Ihr Blick fiel auf Tante Lisbeths kleinen Schreibtisch, und plötzlich kam ihr eine Idee. Eine Einkaufsliste für Weihnachen würde sie ablenken und ein bisschen aufmuntern. Wenn dieses Weihnachtsfest ihr letztes in Sommerfeld sein sollte, dann wollte sie sich etwas Besonderes einfallen lassen.

Sie ging zum Schreibtisch, zog eine Schublade heraus und suchte nach Papier. Sie entdeckte einen Block mit weißem, liniertem Papier und eine halbvolle Schachtel mit Briefumschlägen. Nachdem sie beides herausgeholt hatte, setzte sie sich an den Schreibtisch und legte das Papier auf die Schreibunterlage. Dann nahm sie sich einen Kugelschreiber aus der mittleren Schublade. Es klickte leise, als sie auf die Feder drückte. Dann schlug sie das Deckblatt des Briefblocks auf.

Plötzlich schlug ihr das Herz bis zum Hals. Das Blatt war bis zur Hälfte beschrieben. Offenbar hatte Tante Lisbeth einen Brief schreiben wollen.

Die erste Zeile lautete: „Meine liebste Marie …“

Beth drehte sich um, und das Feldbett knarrte wieder wie üblich. Von dem Geräusch wachte sie auf. Sie musste laut gähnen. Dann schob sie ihre Hände unter der Decke hervor, streckte sich, ballte die Hände zu Fäusten und rieb sich die Augen. Als sie die Augen aufschlug, merkte sie, dass das Zimmer im Dunkeln lag. Offenbar war die Sonne untergegangen, während sie eingeschlafen war. Wie spät war es eigentlich?

Sie kniff die Augen zusammen und warf einen Blick auf den handbetriebenen Wecker, den sie sich extra für die Stippvisite in diesem Haus ohne Strom gekauft hatte. Die schwarzen Zeiger waren in der Dunkelheit gerade noch zu erkennen. Es war halb acht. Wie zur Bestätigung knurrte ihr der Magen. Aber sie stand nicht auf, sondern sie legte die Hände unter den Kopf und starrte auf die weiß verputzte Zimmerdecke, die im Dunkeln grau wirkte. Sie versuchte, es sich auf der durchgelegenen Matratze bequem zu machen. Das Feldbett hatte ihnen Henry Braun geliehen.

Henry Braun.

Sie sah plötzlich wieder sein Gesicht vor sich, als sie am Nachmittag in sein Haus gestürmt war. Er war wirklich überrascht gewesen. Aber das war nur fair. Schließlich hatte er auch sie überrascht, als er ihre Mutter so grundlos angegriffen hatte. Dabei hatte er ihnen doch immer geholfen. Sie wurde schon wieder wütend, als sie daran dachte. Wütend und verwirrt.

Sie drehte sich um, zog die Decke bis ans Kinn und starrte ins Zimmer. Eines hatte er mit seinem Verhalten bewirkt: Ihre

Mutter würde jetzt nicht mehr in Sommerfeld bleiben. Sie würden nach Weihnachten zusammen nach Cheyenne zurückkehren. Es war seltsam, dass dieser Gedanke sie nicht wie sonst aufmunterte.

Beth traten Tränen in die Augen, als sie erkannte, dass ihre Mutter hier offenbar glücklicher war als in Cheyenne. Ihre Mutter war nicht der Typ, der in Selbstmitleid schwelgte oder sich ständig beklagte. Aber hier in Sommerfeld schien sie sich so wohlzufühlen wie sonst nirgends. Obwohl der Konflikt mit ihren Eltern nicht gelöst war und die Leute hier sie nicht gerade begeistert empfangen hatten, hatte ihre Mutter hier eine Quelle der Freude und Zufriedenheit gefunden. Wie hatte sie es genannt? Sie versuchte, sich an die genauen Worte zu erinnern. Ja, das war es. „Eine enge Beziehung zu Gott."

Diese Erinnerung war gepaart mit einem gewissen Bedauern. Sie und ihre Mutter hatten immer alles miteinander geteilt – große Dinge wie eine gemeinsame Wohnung und ein Auto, aber auch kleine Dinge wie Zahnpasta, Schuhe und Eisbecher. Doch diese Beziehung zu Gott war allein die Sache ihrer Mutter.

Deshalb fühlte Beth sich ausgeschlossen.

Wenn sie nach Cheyenne zurückkehrten, würde Gott mitkommen. Sie erinnerte sich, wie ihre Sonntagsschullehrerin immer gesagt hatte, dass Gott überall sei. Er war nicht nur in Sommerfeld. Beth musste schlucken. Ihr tat der Hals weh. Würde sie sich auch in Cheyenne ausgeschlossen fühlen, wenn ihre Mutter ihre Beziehung zu Gott nach Hause mitnehmen würde?

Dann war da noch diese Sache mit der Scheune und dem Diebesgut. Warum wollte ihre Mutter ihr nicht erzählen, was sie dort gemacht hatte? Natürlich hatte Beth auch ein paar Geheimnisse, seitdem sie nach Sommerfeld gekommen waren. Sie durfte ihrer Mutter einfach nicht alles sagen, wenn ihre Überraschung gelingen sollte. Für Weihnachten hatte sie sich noch etwas ganz Besonderes ausgedacht. Aber ihre Mutter war immer offen zu ihr gewesen. Es ergab keinen Sinn, dass sie jetzt schwieg, obwohl eine Erklärung sie entlasten könnte.

Beth warf die Bettdecke zur Seite und setzte sich auf. Sie tastete suchend unter dem Feldbett nach den flauschigen Socken, die sie heruntergeworfen hatte, bevor sie unter die Decke geschlüpft war. Die Holzböden waren kalt, trotz der warmen Luft, die aus den eisernen Heizgittern in die Räume strömte. Sobald sie die Socken übergezogen hatte, ging sie in den Flur. Sie brauchte jetzt ihre Mutter. Und sie sehnte sich nach Sicherheit.

28

„Mami?"

Marie las immer noch den nicht beendeten Brief, als sie die Stimme ihrer Tochter hörte.

„Du weinst ja schon wieder."

Sie fuhr sich mit der Hand über das Gesicht. Es war tatsächlich feucht. Als sie die Tränen abwischte, schenkte sie Beth ein zittriges Lächeln.

„Keine Angst. Mir geht es gut. Schau dir das mal an." Sie hielt Beth den Briefblock hin. „Ich habe einen Brief von Tante Lisbeth gefunden."

Beth ging neben dem Schreibtischstuhl in die Hocke und griff nach dem Block. Sie las rasch den kurzen Abschnitt durch. Dann warf sie ihrer Mutter einen Blick zu. „Sie hat den Brief nicht zu Ende geschrieben."

„Nein." Marie nahm ihr den Block aus der Hand und warf einen Blick auf die ordentliche, nach oben strebende Handschrift von Lisbeth. „Ich weiß nicht, was sie beim Schreiben gestört hat, aber ich bin mir sicher, dass sie den Brief beenden und abschicken wollte.“ Sie drückte den Block an die Brust und schloss kurz die Augen. „Tante Lisbeth hat nie aufgehört, uns zu lieben, Beth. Wir mussten uns nicht unbedingt sehen. Wir waren trotzdem miteinander verbunden.“

„Warum?“

Beths leise gestellte Frage ließ Marie die Augen wieder aufschlagen. Sie sah ihre Tochter an und sprach mühsam weiter. „Weil ich bald wieder weg sein werde – getrennt von Joanna und Art und den anderen. Aber wir werden die Verbindung nicht abreißen lassen. Wir können uns schreiben, so wie Tante Lisbeth und ich es gemacht haben.“

Beth nahm den Block in die Hand und zeigte auf einen Absatz des Briefes. „Sie muss ihn kurz nach meiner Abschlussfeier geschrieben haben, weil sie sich für ein Foto von meinem großen Tag bedankt.“

Marie lachte leise und strich Beth eine Haarsträhne aus dem Gesicht. „Ich habe sie an allen deinen großen Tagen teilhaben lassen – als du deinen ersten Zahn bekommen hast, deinen ersten Haarschnitt, an deinem ersten Schultag, an deinem ersten Ballettabend.“

Sie stand abrupt auf. Mit einem Stirnrunzeln zog sie die Schreibtischschubladen auf.

„Was machst du denn da?“ Beth trat einen Schritt zurück, damit ihre Mutter an die Schubladen auf der linken Seite des Schreibtischs herankam.

„Im Laufe der Jahre habe ich Tante Lisbeth genügend Fotos für ein ganzes Album geschickt. Mir ist gerade eingefallen, dass ich sie noch nirgends gesehen habe.“ Als sie zu Beth hochsah, schlug ihr Herz schneller. „Oder hat sie die Bilder vielleicht weggeworfen?“

Beth schüttelte den Kopf. „Bestimmt sind sie irgendwo in einer Schachtel. Soll ich mal nachsehen?“

Marie schloss die letzte Schublade und ließ sich auf den Stuhl fallen. „Nein. Das ist schon in Ordnung. Wenn wir die Sachen für die Versteigerung vorbereiten …" Bei diesen Worten spürte sie einen dumpfen Schmerz. „… werden sie bestimmt auftauchen. Wer weiß, wo sie jetzt sind."

Beth ließ den Kopf hängen. „Mami, wegen der Auktion …"

Ihre Tochter war plötzlich so verlegen, dass Marie aufsprang. „Ja?"

Beth fuhr sich mit der Zunge über die Lippen und sah ihrer Mutter in die Augen. „Ich … ich war ziemlich egoistisch, was die Sachen hier im Haus angeht. Ich wollte alles zu Geld machen, weil ich wollte, dass du dir auch mal was Schönes gönnen kannst. In deinem Leben habe ich immer die Hauptrolle gespielt, und dafür wollte ich mich revanchieren."

Marie war erleichtert und tief gerührt, als sie erfuhr, dass Beths wahres Motiv nicht die Geldgier, sondern die Liebe zu ihrer Mutter gewesen war. „Das ist wirklich lieb von dir, mein Schatz."

„Ich glaube aber, dass ich mich am besten bei dir revanchieren kann, wenn du die Sachen aus dem Haus deiner Tante behältst. Es bedeutet dir so viel. Vielleicht sollten wir die Auktion einfach vergessen."

Ihre Tochter war in den letzten Wochen tatsächlich reifer geworden. Marie umarmte Beth und gab ihr einen Kuss auf die Wange. „Das ist das schönste Geschenk, das ich jemals von dir bekommen habe."

Beth löste sich aus der Umarmung und lächelte ihre Mutter an. „Schöner noch als der Keramikfrosch, den ich in der dritten Klasse gemacht habe?"

Marie musste lachen. Sie drückte ihre Tochter wieder an sich. „Diesen lilafarbenen, sechsbeinigen Frosch habe ich wirklich gemocht! Zu Hause liegt er noch in einer Schublade zwischen den Socken."

Bei den Worten „zu Hause" erstarrten beide Frauen.

Beth sah ihrer Mutter in die Augen, als sie ihr mit ruhiger Stimme eine Frage stellte: „Mami, willst du Sommerfeld zu deinem neuen Zuhause machen?"

Marie ärgerte sich, dass ihr schon wieder die Tränen kamen. Tief in ihrem Herzen hatte sie den Wunsch, hier in ihrem Geburtsort zu bleiben, aber Mitchs Taten – und Henrys Vorwürfe – hatten ihr Schicksal besiegelt. Es spielte keine Rolle mehr, was sie sich wünschte. Sie konnte nicht hier bleiben. Jetzt nicht mehr.

Sie blinzelte die Tränen weg und zwang sich zu einem Lächeln. Sie versuchte, ihrer Stimme einen fröhlichen Klang zu geben, als sie antwortete: „Dieses Abenteuer sollte nur drei Monate dauern, und es nähert sich seinem Ende. Deshalb ..." Sie winkte betont lässig ab.

Beth verschränkte die Arme vor der Brust und zog skeptisch eine Augenbraue hoch. „Du kannst mir doch nichts vormachen."

„Na ja, ich ..." Bevor sie zu Ende sprechen konnte, klopfte es an der Haustür. Sie warf einen Blick auf ihre Armbanduhr und runzelte unwirsch die Stirn. „Besucher um diese Zeit? Hoffentlich ist nichts passiert."

Dicht gefolgt von Beth eilte sie den Flur entlang zum Wohnzimmer und zog die Vorhänge zur Seite. Als sie sah, dass Henry und Joanna auf der Veranda standen, warf sie Beth einen Blick zu.

Ihre Tochter zuckte mit den Achseln und sagte: „Am besten lassen wir sie rein, sonst stehen sie so lange in der Kälte, bis wir nachgeben." Ihre Stimme klang hart.

Henry ließ Joanna den Vortritt durch Maries Haustür. Früher hatte er immer die Hintertür benutzt. Dieser ungewohnte Zugang zum Haus gab ihrem Besuch einen offiziellen Anstrich, der ihm Unbehagen bereitete. Aber der Anlass erforderte dieses formelle Auftreten. Henry war jedoch dankbar, dass es ihm einen gewissen Schutz vor dem Aufruhr seiner Gefühle bot.

Marie schloss die Tür hinter ihnen. Anschließend stand sie mit verschränkten Armen da und sah zuerst ihre Schwester und dann ihn mit weit aufgerissenen Augen an. Ihm sank der Mut, als er sah, dass sie Jeans und einen Pullover anhatte. Als sie neben Beth stand, die ähnlich gekleidet war, schien sich die Kluft zwischen ihnen zu vergrößern.

Joanna trat vor und umarmte ihre Schwester. Ihr blütenweißes Häubchen und ordentlich zurückgekämmtes Haar wirkte neben Maries wirren, unbedeckten Locken fehl am Platze. Henry sah weg und wandte sich erst wieder um, als Joanna ihn am Arm berührte.

„Setzen wir uns doch."

Henry war froh, dass sie die Initiative ergriff. Ihm schien die Zunge den Dienst zu versagen, aber glücklicherweise hatte sie noch sehr gut funktioniert, als er zu Hugo und Joanna gefahren war und ihnen erzählt hatte, was er in der Scheune gefunden hatte.

Als er am frühen Abend in die Stadt zurückgefahren war, hatte er das starke Bedürfnis gehabt, sich jemandem anzuvertrauen. Weil er Lisbeth nicht mehr um Rat fragen konnte, hatte er sich für die Person, die sich am meisten über Maries Rückkehr gefreut hatte, entschieden. In Joanna hatte er eine Fürsprecherin gefunden. Ihre Anwesenheit gab ihm nun die Gewissheit, dass sie dieser Sache gemeinsam auf den Grund gehen würden.

Beth ging langsam auf die Doppeltür zu. Ihre Augen hatten sich zu schmalen Schlitzen verengt und waren unverwandt auf Henry gerichtet. „Wenn ihr mich nicht braucht, geh ich jetzt auf mein Zimmer." Sie deutete auf ihre rot glänzende Nase. „Ich muss meine Erkältung auskurieren."

Marie ging rasch zu ihr und gab ihr einen Kuss auf die Wange. Dann flüsterte sie ihr etwas zu. Beth reagierte mit einem Kopfnicken, bevor sie um die Ecke verschwand. Diese offensichtliche Sorge Maries um ihre Tochter zerriss Henry das Herz. Wieder schien dieses Verhalten darauf hinzuweisen, dass Marie für Beth zum Äußersten gehen würde.

Marie setzte sich auf Lisbeths abgenutzten Schaukelstuhl. Er und Joanna nahmen auf dem Sofa Platz. Joanna setzte sich auf den Platz, der Marie am nächsten war, und Henry auf das andere Ende. Joanna streckte den Arm aus und nahm Maries Hand.

„Marie, Henry hat dafür gesorgt, dass die Leute wussten, wo sie das Diebesgut finden konnten. Jetzt hat jeder seine gestohlenen Sachen zurück."

Henry beobachtete Marie genau. Sie ließ ihre Schultern hängen, als sie diese Nachricht hörte, aber sie wirkte ruhig und gelassen.

Joanna sprach weiter. „Als er uns im Gottesdienst erzählt hat, dass sich das Diebesgut gefunden hat, hat er nicht erwähnt, wie das passiert ist." Sie warf Henry einen Blick zu. Dann wandte sie sich wieder an Marie. „Er hat nur Hugo und mir alles gesagt. Die Leute in der Stadt wissen nicht, dass Henry dich in der Scheune angetroffen hat."

Maries Gesicht wurde blass, und sie sah zu Henry herüber. „Danke." Sie konnte nur zaghaft flüstern. „Du hast dein Wort gehalten."

Er zwang sich zu einem bestätigenden Nicken. Ja, er hatte ihr versprochen, nichts zu sagen, um Lisbeths Andenken zu schützen. Aber tief in seinem Herzen wusste er, dass er es auch für Marie getan hatte.

„Aber Marie", sagte Joanna, und sah ihr dabei direkt in die Augen. „Du musst uns etwas erklären. Du hast dich wieder in die Gemeinde aufnehmen lassen. Du hast uns gesagt, dass du hierbleiben willst. Du hast das doch ehrlich gemeint, oder?"

In Maries blassem Gesicht zeigten sich plötzlich hektische rote Flecken. Henry schlug das Herz bis zum Hals. Hatte sie vielleicht doch ein schlechtes Gewissen? Er beugte sich vor, weil er instinktiv Maries Nähe suchte. In seinem Herzen betete er dafür, dass sie ihnen mit ihrer Erklärung alle Sorgen abnehmen würde.

„Ich habe es ehrlich gemeint." Maries Stimme klang erstickt, als ob sie keine Luft bekommen würde. „Ich wollte wirklich zurück zur Gemeinde und in Sommerfeld bleiben. Aber …" Sie holte tief Luft und atmete langsam aus. Dabei wurden die roten Flecken auf ihren Wangen langsam wieder heller. „Aber es soll wohl nicht sein."

Joanna drehte sich zu Henry um. Sie hatte die Augenbrauen zusammengezogen und die Lippen fest aufeinander gepresst. „Henry, ich habe Durst. Kannst du mir bitte ein Glas Wasser holen?"

Henry nickte. Er verstand Joannas stumme Botschaft. Sie wollte mit Marie allein sein. Er war froh, dass er für eine Weile von der Bildfläche verschwinden konnte. Maries letzte Worte waren ihm wie Messerstiche durchs Herz gefahren. Mit gesenktem Kopf ging er hinaus.

Als Henry im Durchgang zum Esszimmer verschwunden war, spürte Marie, wie Joanna ruckartig an ihrer Hand zog.

„So, Marie", flüsterte ihre Schwester. „Jetzt sind wir allein, und jetzt will ich die Wahrheit hören."

Marie zuckte zurück. Ihre hastige Bewegung übertrug sich auf den Schaukelstuhl. Sie starrte Joanna an, weil sie überrascht war von ihrem heftigen Tonfall. „Ich … ich …"

„Und versuch jetzt nicht, dich rauszureden! Ich glaube nicht eine Minute lang, dass du etwas mit den Diebstählen zu tun hast." Tränen glänzten in Joannas Augen. Sie wirkte bekümmert. „Also musst du jemanden decken. Bestimmt ist es Beth. Oder Beth und ihr Freund."

Marie zog ihre Hand mit einem Ruck weg und presste sie sich an die Rippen. Sie spürte das laute Pochen ihres Herzens an ihren Fingern.

„Nein!" Auch sie sprach leise, aber genauso leidenschaftlich wie Joanna. „Meine Tochter ist keine Diebin!"

Auf Joannas Stirn bildete sich eine steile Falte. „Aber wer war es dann, Marie? Henry hat in der Scheune die Abdrücke von den Schuhen eines Mannes gefunden, die nicht zu den Stiefeln unserer Männer passen."

Als sie das Wort „unsere" hörte, sehnte sich Marie danach, zu dieser Gemeinschaft der Menschen in Sommerfeld zu gehören.

„Er hat genau wie ich den Verdacht, dass Beths Freund etwas mit den Diebstählen zu tun hat."

Marie sah weg, weil sie fürchtete, ihr Gesichtsausdruck könnte sie verraten.

Joanna beugte sich vor und nahm wieder die Hand ihrer Schwester. „Haben wir recht mit unserem Verdacht?"

Marie zitterte das Kinn, weil sie ihr Geheimnis unbedingt für sich behalten wollte.

Mit einem langen Seufzer ließ Joanna Maries Hand wieder los und ließ sich auf das Sofa zurückfallen. „Warum deckst du ihn?" Ihre Stimme klang verständnislos. Plötzlich setzte sie sich kerzengerade hin. Ihre Augen waren weit aufgerissen. „Hat er dir etwa gedroht?"

Mit einem Kopfschütteln erwiderte Marie den Blick ihrer Schwester. „Nein. Nicht direkt. Er hat nur …"

Joanna beugte sich wieder vor. „Was ist vorgefallen, Marie? Bitte erzähl es mir doch."

Sie zitterte am ganzen Körper. Marie schlang die Arme um die angezogenen Knie, aber trotzdem klang ihre Stimme zittrig, als sie endlich sprach. „Er hat mir nur klargemacht, wie sehr Beth leiden würde, wenn sie die Wahrheit über ihn wüsste. Sie liebt ihn, und … er ist ein Dieb."

Joanna saß schweigend da und sah Marie unverwandt an. Auf ihrer Stirn zeigten sich tiefe Falten, und sie biss sich auf die Unterlippe. Dann nickte sie, aber die Bewegung war für Marie kaum wahrnehmbar. „Ich verstehe."

Marie stellte ihre Füße entschlossen auf den Boden und kippte den Schaukelstuhl nach vorn. Dann packte sie Joanna an den Handgelenken.

„Ich kann es nicht weitererzählen. Wenn ich es tue, schade ich Beth. Und ich kann auch nicht hier bleiben, wenn Henry denkt …" Mit einem heftigen Aufschluchzen senkte sie den Kopf. Sie meinte, der Kummer müsste sie erdrücken. „Wenn doch bloß alles anders wäre!"

Joanna hob die Hände, legte sie sanft um Maries Kopf und zog ihn auf ihre Schulter. Marie ließ sich von ihrer Schwester umarmen. Diese wortlose Geste der Liebe und des Verständnisses tat ihr gut.

Nach einer Weile fing Joanna leise an zu sprechen. Ihre Stimme klang belegt.

„Also lässt du den Mann, der dich liebt, in dem Glauben, dass du zu einer solchen Tat fähig bist, nur aus Rücksicht auf Beths Gefühle?"

Langsam löste sich Marie aus Joannas Umarmung. Als sie sich wieder in Lisbeths Schaukelstuhl zurücklehnte, sagte sie: „Ja."

„Du machst einen großen Fehler."

Marie nickte. „Du hast recht. Ich mache einen großen Fehler, wenn ich glaube, dass ich hierher zurückkommen kann. Ich wäre todunglücklich, wenn ich versuchen würde, hier zu leben und regelmäßig zum Gottesdienst zu gehen, obwohl ich weiß, wie mein Vater über mich denkt. Vielleicht will Gott mir nur zeigen, dass ich nach Cheyenne zurückgehen soll, weil ich dorthin gehöre."

Joannas Augen füllten sich mit Tränen. „Nein, Marie. Du gehörst hierher. Ich habe gesehen, wie du hier aufgeblüht bist. Das haben wir alle bemerkt – Henry und Hugo und Kyra und Deborah. Wie kannst du dann wieder von hier weggehen?“

„Wie kann ich denn noch hierbleiben?“ konterte Marie. Sie seufzte bekümmert. „Nein. Gott hat mich aus einem ganz bestimmten Grund hierher zurückgebracht. Ich sollte wieder zu ihm zurückfinden. Das ist geschehen, und ich weiß, dass ich meine Beziehung zu ihm nie wieder aufgeben werde. Deshalb … deshalb werde ich wieder weggehen, wenn die vorgeschriebenen drei Monate um sind.“

Ihre Schwester stand auf und sah mit einem düsteren Blick auf sie herunter. „Du bist genauso dickköpfig wie unser Vater. Ich will jetzt nicht mit dir streiten. Aber ich werde ab jetzt bis zum Monatsende intensiv dafür beten, dass Gott dich zur Vernunft bringt.“ Dann ging sie zur Türöffnung, die zum Esszimmer führte.

„Henry, wir können jetzt gehen“, rief sie.

Henry kam zurück und folgte Joanna zur Haustür. Marie blieb im Schaukelstuhl sitzen, als er die Tür öffnete. Joanna blieb kurz stehen und warf ihrer Schwester noch einen letzten Blick zu.

„Am ersten Weihnachtsfeiertag treffen wir uns nach dem Gottesdienst alle bei Mama und Papa. Es gibt ein Festessen und Geschenke. Das ist eine offizielle Einladung. Gott hat mir dieses Jahr dich und Beth geschenkt. Also erwarte ich auch, dass ihr kommt.“ Sie trat über die Schwelle. Henry zog die Tür hinter sich zu.

29

Durch die Wand ihres Zimmers hörte Beth, wie die Haustür zuklappte. Die Besucher waren gegangen. Sie ließ sich wieder auf das knarrende Feldbett fallen. Ihre Gedanken überschlugen sich. Bestimmt waren Henry und Joanna gekommen, um ihre Mutter wegen der Sachen in der Scheune auszufragen. Sie hoffte, dass sie ihnen nichts erzählt hatte. Sie wollte zwar nicht verhindern, dass die Wahrheit ans Licht kam, aber sie wollte sie vor allen anderen wissen.

Die Beziehung zu ihrer Mutter war in letzter Zeit schwierig gewesen, aber wenn sie erst wieder in Cheyenne wären, würden sich die Wellen glätten. Vielleicht würde sie bei der Eröffnung ihres Ladens nicht den erhofften guten Start haben, aber der Erfolg würde sich schon einstellen, vor allem auch wegen der kunsthandwerklichen Fähigkeiten, die sie bei Mrs Davidson in Newton erworben hatte.

Sie musste lächeln, als sie an die Überraschung dachte, die unter der Anleitung von Mrs Davidson für ihre Mutter entstanden war. Sie stand von ihrem Feldbett auf, ging auf Zehenspitzen zur Tür hinaus und den Flur entlang. Dann warf sie einen verstohlenen Blick ins Wohnzimmer. Ihre Mutter saß im Schaukelstuhl. Sie hatte den Kopf zurückgelehnt und die Augen geschlossen. Beruhigt, dass sie nicht ertappt werden konnte, ging Beth zurück in ihr Zimmer und machte die Tür des Kleiderschranks auf.

In alte Handtücher eingewickelt lagen auf dem Boden die Geschenke, die sie aus buntem Glas angefertigt hatte. Für ihre Mutter hatte sie ein etwa fünfzig Zentimeter breites Glasbild mit farbenfrohen Tulpen gemacht, beschienen von der Sonne, deren Strahlen aus der linken oberen Ecke auf die Blumen schienen. Sie hatte den Entwurf skizziert und die Farben selbst ausgesucht. Sie war richtig stolz gewesen, als

Mrs Davidson ihre Arbeit gelobt hatte. Beth freute sich schon jetzt auf das überraschte Gesicht ihrer Mutter. Sie liebte Blumen und bunte Farben.

Beth hatte auch ein paar kleinere Stücke angefertigt, alle nach dem gleichen Muster, nämlich einem matten Kreuz in der Mitte, das von farbigen Strahlen umgeben war. Sie hatte für jedes Bild unterschiedliche Farben gewählt. Joanna, Kyra, Trina und Deborah sollten je eines bekommen. Ein weiteres Bild war noch übrig. Eigentlich hatte sie es Henry schenken wollen, als Dank für seine Hilfe. Aber weil er sich in letzter Zeit so unmöglich verhalten hatte, war Beth sich nicht sicher, ob sie Henry überhaupt ein Geschenk machen sollte.

Als sie das Handtuch sorgfältig um das farbenfrohe Bild wickelte, überlegte sich Beth, ob sich diese Art von Kunsthandwerk in einer Großstadt wohl gut verkaufen würde. Mitch konnte ihr bestimmt einen Tipp geben. Sie legte das Geschenk für ihre Mutter zurück in den Kleiderschrank, schloss die Tür und griff nach ihrem Handy. Sie wollte unbedingt Mitchs Meinung zu dieser Sache hören.

Das Telefon klingelte viermal, bevor Mitch abnahm. Die Leitung war gestört. Im Hintergrund hörte Beth Windgeräusche. Mitchs Stimme klang gehetzt.

„Hallo, was machst du gerade?“, fragte Beth ihn anstelle einer Begrüßung.

„Bin … Auto … Schneesturm …“

Die Verbindung war teilweise unterbrochen. Mit einem Stirnrunzeln versuchte Beth, die Wortfetzen zu verstehen. „Wenn draußen ein Schneesturm ist, bleib lieber zu Hause.“

„… fahr nach Hause. Muss … bald dort sein.“

Beth setzte sich auf die Kante des Feldbettes. Sie drückte das Handy an ihr Ohr und fuhr sich mit der freien Hand durch das Haar. „Kannst du mich gut hören?“

„Ja.“

„Dann hör mir zu. Ich möchte gerne bunte Fensterbilder

in Glasmalerei anfertigen und sie in unserem Laden verkaufen. Ruf mich zurück, wenn du zu Hause bist oder die Verbindung besser ist."

Trotz der schlechten Verbindung hörte sie ihn lachen. „Unsere … gilt immer noch?"

„Unser Laden?"

„Ja."

„Klar gilt unsere Abmachung immer noch. Warum eigentlich nicht?"

„Na ja … dann sag … deiner Mutter … danke."

Beth wurde es flau im Magen. „Was ist mit meiner Mutter?"

Plötzlich war die Verbindung unterbrochen. Beth saß wie erstarrt da. In ihrem Kopf wirbelten die Gedanken durcheinander – wie die Schneeflocken, die jetzt bestimmt um Mitchs Auto wehten. Sie sollte ihrer Mutter von Mitch etwas ausrichten. Wollte er sich bei ihr bedanken? Und wenn ja, wofür? Wann hatte er mit ihrer Mutter gesprochen?

Ihr kam ein schrecklicher Verdacht, aber sie schüttelte den Kopf. Das konnte nicht sein. Trotzdem erinnerte sie sich blitzartig an Gesprächsfetzen, die jetzt wie die Stücke eines Puzzles zusammenpassten.

„Wo hast du eigentlich diese Kaminuhr gesehen, Lissie?" – „Keine Angst, Baby, wir kriegen deine Antiquitäten" – „Aha, sie haben Wachen aufgestellt? Rund um die Uhr? Na klar, nicht während der Gottesdienste."

Und dann diese Begebenheit während ihres Wochenendes in Kansas City. Irgendwann hatte Mitch ohne erkennbaren Grund leise zu lachen begonnen.

Als sie ihn deswegen angesprochen hatte, hatte er nur gemeint: „Ach, ich hab grad dran gedacht, wie ruhig es jetzt im guten alten Sommerfeld ist."

Damals hatte sie geglaubt, er würde die Ruhe in der Kleinstadt spöttisch mit der Betriebsamkeit der Großstadt vergleichen. Aber jetzt machte sie seine Wortwahl skeptisch. Statt „es muss“ hatte er „ist“ gesagt.

Ihr klopfte das Herz bis zum Hals, als sie hastig aufsprang. Sie stürmte aus ihrem Zimmer. Mit einem Aufschluchzen rief sie nur ein Wort: „Mami!“

Am Morgen des ersten Weihnachtsfeiertages ging Beth mit Marie in den Festgottesdienst. Ihre Tochter sah richtig nett aus mit ihrem schlicht geschnittenen blauen Rock, der weißen Bluse und dem Strickpullover. Ihr langes Haar hatte sie am Hinterkopf zu einem Knoten zusammengesteckt. Sie sah zwar nicht ganz so konservativ aus wie ihre Mutter, die ihr dunkelgrünes Kleid und ein weißes Häubchen trug, aber Marie freute sich, dass Beth ihre Kleidung sorgfältig ausgesucht und darüber nachgedacht hatte, was für den Gottesdienst angemessen sein könnte.

In der letzten Woche hatten Mutter und Tochter viel Zeit miteinander verbracht. Sie hatten geredet, geweint und gebetet, und das hatte sie noch enger zusammengeschweißt. Erst am vergangenen Abend hatte Marie mit Beth am kleinen Tisch in der Ecke der Küche gesessen. Die Laterne hatte ihren warmen Schein auf die Seiten von Lisbeths Bibel geworfen, als Marie ihre Tochter auf den Weg des Glaubens geführt hatte. Schließlich hatte Beth im Gebet Jesus Christus in ihr Leben eingeladen. Maries Freude über diesen Schritt ihrer Tochter war unaussprechlich groß.

Nachdem Beth ins Bett gegangen war, hatte Marie eine Widmung auf die Innenseite von Lisbeths Bibel geschrieben. Dann hatte sie das Buch in leuchtend rotes, glänzendes Papier eingewickelt und es unter ihren Weihnachtsbaum gelegt.

Auf dem Geschenkanhänger stand: „Für Beth von Großtante Lisbeth“. Sie wusste, dass Lisbeth dieses Geschenk gutheißen würde.

Maries Herz war so erfüllt von Dankbarkeit, dass sie meinte, sie müsste vor Glück platzen. Mit Gott in ihrem Herzen und Beth an ihrer Seite konnte sie heute ihren Eltern voller Zuversicht gegenübertreten. Als sie das Schlusslied anstimmten, stand sie zwischen Beth und Joanna. Die drei Frauen hielten sich an den Händen, und für Marie verband sich dadurch ihre Vergangenheit mit der Zukunft. Wenn Gott der Mittelpunkt ihres Lebens war, würde alles gut werden. Da war sich Marie ganz sicher.

Nach dem Ende des Gottesdienstes wünschten sie und Beth den anderen Gemeindegliedern frohe Weihnachten, als sie langsam das Versammlungshaus verließen. Maries Blick begegnete Henrys Augen, und sie sah länger hin als sie wollte. Sie hatte Sehnsucht nach ihm. Obwohl sie sich seit seinem Besuch am letzten Samstag jeden Tag im Café gesehen hatten, hatten sie nicht mehr miteinander gesprochen.

Einerseits sehnte sie sich danach, diese Kluft zwischen ihnen zu überbrücken, besonders jetzt, wo ihre Abreise kurz bevorstand. Aber andererseits hatte sie auch Angst vor diesem Schritt. Wenn sich ihr Verdacht bestätigen würde und sie sich tatsächlich wieder in Henry verliebt hatte, konnte sie nicht mehr so einfach aus Sommerfeld weggehen. Deshalb musste die Kluft zwischen ihnen bestehen bleiben, auch wenn es ihr wehtat.

Sie zwang sich zu einem „Frohe Weihnachten", wartete auf sein bestätigendes Kopfnicken und wandte dann den Blick widerwillig von ihm ab.

Sie nahm Beths Arm und sagte: „Am besten, wir fahren jetzt zum Haus deiner Großeltern."

Auf dem kurzen Weg zu Maries Elternhaus schwiegen beide. Als sie auf die kleine Straße zur Farm einbog, trat Marie der kalte Schweiß auf die Stirn. Sie wünschte sich so sehr, dass diese Heimkehr so ablaufen würde wie die biblische Geschichte vom verlorenen Sohn. Wie schön wäre es, wenn auch ihr Vater mit ausgestreckten Armen auf sie warten, sie umarmen und dann das Wiedersehen feiern würde.

Ihr Blick schweifte über das Haus, die Gärten, die Wirtschaftsgebäude. Mit einem leisen Lachen stellte sie fest: „Es sieht alles viel kleiner aus, als ich es in Erinnerung habe."

Beth warf ihr einen verständnisvollen Blick zu. „Also Mami, wir können auch zurückfahren und bei uns einen ruhigen Tag verbringen."

Marie dachte kurz über diesen Vorschlag nach, aber dann schüttelte sie den Kopf. „Das klingt zwar verlockend, aber das ist vielleicht mein letztes Weihnachten in Sommerfeld. Deshalb möchte ich es lieber zusammen mit meiner Familie verbringen – mit der ganzen Familie. Und ich möchte auch, dass alle dich kennenlernen und sehen, was für eine wunderbare Tochter ich großgezogen habe."

„Also wirklich, Mami." Obwohl ihre Stimme verlegen klang, verzogen sich Beths Lippen zu einem breiten Lächeln. Sie sah aus dem Fenster und runzelte die Stirn. „Es sieht ganz so aus, als ob wir die ersten wären."

„Die anderen kommen bestimmt bald nach." Plötzlich kam Marie eine Idee. „Wenn wir schon alleine sind, können wir ein bisschen herumschnüffeln."

„Herumschnüffeln?" Beth musste lachen. „Im Ernst?"

„Im Ernst. Komm mit." Marie drückte die Autotür auf und stieg aus. Eine dünne Schneedecke bedeckte die Erde, aber der Himmel war hell und klar. Es war windstill. „Ich zeige dir alles, auch die Stellen, an denen ich als Kind gespielt habe."

Beth musste wieder lächeln. „Okay."

Weil sie nur wenig Zeit hatten, wählte Marie zuerst ihren Lieblingsplatz, nämlich die Holzwerkstatt ihres Vaters. Sie hängte sich bei Beth ein und führte sie zu dem flachen Gebäude hinter der Scheune.

„Wir Kinder durften nicht hier drin spielen, weil wir uns an Papas Werkzeugen hätten verletzen können. Aber ich habe die Werkzeuge nie angefasst, und das hat er gewusst. Deshalb durfte ich hier rein. Das war etwas ganz Besonderes für mich", erklärte Marie.

Sie ließ Beth los, drehte am Griff der schweren Holztür und drückte sie nach innen. Die Türangeln knarrten laut in der kalten Luft. Ein vertrauter Duft schlug ihr entgegen, und sie fühlte sich um ein Vierteljahrhundert zurückversetzt. Marie schloss die Augen und atmete tief ein. Der Geruch nach frisch gesägtem Holz, Leder, Farbe und Terpentin weckte vergessene Erinnerungen.

„Mami?" Beths verblüffter Tonfall ließ Marie die Augen aufschlagen. Sie drehte sich um und sah, dass ihre Tochter am einen Ende der langen, selbst gebauten Werkbank stand, die sich an der gesamten Nordseite des robusten Gebäudes entlangzog. „Das musst du dir unbedingt ansehen."

Marie ging zu Beth herüber, und als sie das sah, was ihre Tochter entdeckt hatte, stand ihr der Mund vor Erstaunen offen. Dutzende von Fotos hingen an einem Wandbrett, das offenbar nur deshalb angebracht worden war, um als Rahmen für die Bilder zu dienen. Marie berührte das frische, fast weiße Kiefernholz. Es war ganz neu zurechtgeschnitten worden.

Fassungslos betrachtete sie die Reihe der Bilder. Sie erkannte jedes einzelne wieder. Die Fotos, die sie Tante Lisbeth geschickt hatte, waren in chronologischer Reihenfolge aufgehängt worden, von dem Schnappschuss, der sie und John nach ihrer standesamtlichen Trauung zeigte, bis hin zu dem Bild von Beths Abschluss ihrer zweijährigen Ausbildung. Maries Leben war hier in Form von Fotos zu sehen.

Sie starrte die Bilder ungläubig an, während ihr Herz im Rhythmus ihrer Gedanken schlug. *Papa, Papa …*

„Warum hat er das gemacht?", fragte Beth.

Das Knarren der Tür hinderte Marie am Antworten. Sie wandte ihr Gesicht dem Eingang zu, und ihr Herz raste. Ihr Vater stand in der Türöffnung. Sein Gesicht war ernst.

„Papa." Marie trat von der Werkbank zurück. Sie hatte ihre Finger ineinander verschränkt. „Ich ... ich wollte Beth nur die Stellen zeigen, an denen ich als Kind gespielt habe. Ich habe nicht ..."

Er machte einen Schritt über die Schwelle und schloss die Tür hinter sich. „Ich habe dir immer vertraut, dass du hier drin nichts anfasst." Seine Stimme klang leise grollend und streng, aber Marie hörte keinen Zorn aus seinem Tonfall heraus.

Sie nickte bestätigend. „Und ich habe heute auch nichts angerührt. Ich habe dein Vertrauen nicht missbraucht."

Sein Blick fiel auf die Wand hinter ihr, und plötzlich begann sein Kinn zu zittern.

Marie war gerührt. „Papa ... hast du Tante Lisbeths Fotos mitgenommen?" Ihre Stimme klang sanft und nicht anklagend.

„Ja."

„Und warum?" Während sie auf eine Antwort wartete, hielt sie die Luft an, betete und hoffte. *Bitte, Herr, bitte.*

In den blauen Augen ihres Vaters glänzten Tränen. Plötzlich verzog sich sein Gesicht, und er senkte den Kopf.

Seine Stimme klang rau, als er sprach. „Ich hab so viel versäumt. Deshalb wollte ich dich ... dich wieder aufs Neue kennenlernen."

Marie hörte, wie Beth hörbar die Luft einzog. Dann spürte sie die Hand ihrer Tochter auf ihrem Arm. Der Wunsch, sich mit ihrem Vater auszusöhnen, war so stark, dass sie ihn unbedingt aussprechen musste. Sie drückte Beths Hand und dann trat sie vor, um den ersten Schritt zu machen.

„Papa, ich bin ja jetzt da. Und auch ich will dich wieder aufs Neue kennenlernen." Die Kehle wurde ihr eng und das Atmen fiel ihr schwer. „Können wir die Vergangenheit nicht ruhen lassen und noch einmal von vorn anfangen?"

Er stand stocksteif und wie angewurzelt da. Marie war sich nicht sicher, ob er ihre ruhig ausgesprochenen Worte überhaupt gehört hatte. Ihr Herz pochte hoffnungsvoll, und so wartete sie ab.

Langsam hob ihr Vater den grauen Kopf. Seine mit Tränen gefüllten Augen begegneten ihrem Blick. Zuerst zuckten seine Hände, dann hob er sie langsam und streckte die Arme einladend nach seiner Tochter aus. Mit einem leisen Freudenschrei rannte Marie über den Betonboden und warf sich ihrem Vater an die Brust. Seine Arme schlossen sich um sie und sein Kopf legte sich auf ihr weißes Häubchen. Sie spürte warme Tränen auf ihrem Haar.

Wie aus einem Mund kamen von ihm die Worte: „Bitte vergib mir", und von ihr: „Oh Papa, es tut mir so leid."

Sie lösten sich kurz aus der Umarmung, und ihre Blicke begegneten sich. Beide lachten leise auf, als sie sich wieder in den Armen lagen.

Ein weiteres Paar Arme legte sich um Marie. Beth schloss sich der Umarmung an. Marie spürte, wie ihr Vater einen Arm wegnahm, und sie wusste, dass er jetzt ihre Tochter an sich drückte.

Marie schloss die Augen, weil sie diesen Augenblick für immer in ihrer Erinnerung festhalten wollte. Die Gerüche der Werkstatt vermischten sich mit dem Duft des Schnees auf der Anzugjacke ihres Vaters. Durch ihre Wange hindurch spürte sie den Herzschlag ihres Vaters, und auf ihrem Kopf spürte sie den sanften Druck seines Kinns. Die beißende Kälte an ihren bloßen Beinen wurde ausgeglichen durch die Wärme der Umarmung. Beides wurde zu einem Symbol für den Stachel der Bitterkeit, der weggenommen wurde durch die Wärme der Versöhnung.

In ihrem Herzen dankte sie ihrem himmlischen Vater für diesen kostbaren Moment der Gemeinsamkeit, in dem sie alle die Vergangenheit ruhen lassen und ihre verletzten Gefühle vergessen konnten. Lange standen sie im Kreis zusammen, mit Marie in der Mitte, bis ihr Vater sich zögernd aus der Umarmung löste und einen Schritt zurücktrat.

Er sah auf seine Tochter herunter und sagte: „Ich kann dich nicht schon wieder gehen lassen, ohne dir zu sagen, dass … Ich hab dich lieb, Marie. Du … du bist immer noch meine kleine Tochter."

Er strich ihr mit seinem schwieligen Finger sanft über die Wange. Sie packte sein Handgelenk und legte ihr Gesicht in seine breite Hand.

Seine Finger zuckten. „Deine Mutter wartet mit dem Essen … und den Geschenken." Er sah zu Beth herüber. „Für euch beide."

Beth lächelte. „Dann wollen wir mal reingehen, Opa."

30

Auf dem Rückweg von der Farm zu Tante Lisbeths Haus ließ Marie Beth ans Steuer. Ein leichter Schneefall hatte eingesetzt, und die winzigen Flocken sahen im Scheinwerferlicht aus wie kleine Glitzersteinchen, als sie auf dem winterlich stillen Feldweg zurück in die Stadt fuhren.

Marie lehnte sich an die Kopfstütze. Obwohl sie müde war, spürte sie ein unbeschreibliches Glücksgefühl. Ihre Gebete waren erhört worden, und ihr schönstes Weihnachtsgeschenk war die Versöhnung mit ihrer ganzen Familie gewesen. Gleich an zweiter Stelle folgte Beths Geschenk.

Sie hatte ihr zwar bereits überschwänglich dafür gedankt, aber jetzt, als sie allein waren, sagte sie ihr noch einmal, wie sehr sie sich darüber gefreut hatte: „Mein Schatz, das Fensterbild, das du für mich gemacht hast, ist wirklich wunderschön. Es sieht fast so aus, als ob die Tulpen im Vordergrund stehen und die Sonne weit dahinter ist. Ich habe noch nie ein Glasfenster gesehen, das dem Betrachter diesen Eindruck von Tiefe vermittelt."

Beth reagierte auf dieses Lob mit einem unsicheren Lächeln. „Mrs Davidson hat gesagt, ich hätte eine besondere Begabung, weil es schwierig ist, mit Glas eine dreidimensionale Wirkung zu erzielen."

Marie zog die Augenbrauen hoch. „Vielleicht hast du endlich entdeckt, wo deine besondere Stärke liegt."

„Vielleicht." Beth konzentrierte sich wieder auf den Weg, aber sie biss sich nachdenklich auf die Unterlippe. Daran konnte Marie erkennen, dass ihre Tochter mit den Gedanken ganz woanders war.

Marie seufzte, lehnte sich wieder in den Sitz zurück und dachte an den tränenreichen Abschied, der auf der Farm vor nur wenigen Minuten stattgefunden hatte. Es würde ihr schwerfallen, die Stadt zu verlassen, aber sie konnte ihre Familie immer wieder besuchen. Die nächsten zwanzig Jahre würden anders verlaufen als die letzten beiden Jahrzehnte.

Die Scheinwerfer erhellten die Vorderseite von Tante Lisbeths Haus, als sie in die Auffahrt einbogen. Beth fuhr langsamer. Sie beugte sich über das Lenkrad und starrte zur Windschutzscheibe hinaus.

„Mami, steht da was auf der Veranda?"

Marie warf einen Blick hinaus. Offenbar hatte jemand etwas Viereckiges zwischen die Haustür und die Sturmtür geklemmt. „Ich sehe mal nach."

Sie sprang aus dem Auto. Das Mondlicht warf einen bläulichen Schatten, als sie den schneebedeckten Hof überquerte. Sie hob das Päckchen hoch und war überrascht, als sie merkte, wie schwer es war. Dann drückte sie es an sich und ging zum Auto zurück.

Als sie wieder auf dem Beifahrersitz saß, schüttelte sie sich die Schneeflocken aus dem Haar und las die Druckbuchstaben auf dem braunen Packpapier: „Für Marie von Henry."

Sie starrte das Päckchen an und überlegte, was Henry ihr wohl geschenkt haben könnte.

Beth stieß ihre Mutter an. „Mach es doch auf!"

Sie hatte ein flaues Gefühl im Magen, sie gehorchte ihrer Tochter. Unter dem braunen Packpapier kam eine vergilbte Schachtel zum Vorschein. Sie hob den Deckel an und atmete plötzlich schwer.

„Was ist denn los?", fragte Beth.

Marie klappte den Deckel wieder zu. „Mein Schatz, ich … ich muss unbedingt noch zu Henry."

„Jetzt, um diese Zeit?"

Die Stimme der jungen Frau klang ungläubig. Marie musste lächeln. „Ich fürchte, ja. Kann ich dich kurz allein lassen?"

Beths erstaunte Miene wurde verständnisvoll. „Aber klar doch, Mami."

Sie kuppelte aus und öffnete die Fahrertür. Dann beugte sie sich noch einmal zu ihrer Mutter hinüber. Ein wissendes Lächeln umspielte ihre Lippen. „Viel Glück."

Maries Wangen röteten sich, als Beth mit einem fröhlichen Lachen die Tür zuschlug. Sie glitt rasch hinter das Lenkrad, wendete das Auto und fuhr los. Mit der einen Hand steuerte sie den Wagen und mit der anderen strich sie fast zärtlich über die Schachtel, die neben ihr auf dem Beifahrersitz lag.

Nervös strich sich Henry mit beiden Händen über das Gesicht, dann sah er aus dem Fenster, zum wievielten Mal, konnte er nicht mehr sagen. Er sah auf die Uhr, dann wieder aus dem Fenster. Er verzog das Gesicht, drehte dem Anblick der schneebedeckten Landschaft draußen den Rücken zu und stöhnte laut auf.

Es war Wahnsinn gewesen, das Päckchen bei Marie zu deponieren. Vielleicht war sie von diesem Geschenk peinlich berührt, oder aber es machte ihr Angst. Vielleicht auch beides. Obwohl er es für eine gute Idee gehalten hatte, war er sich jetzt nicht mehr so sicher. Er erkannte, dass ein solches Geschenk noch mehr Kummer und Schmerz verursachen konnte. Was hatte er sich dabei nur gedacht?

Vielleicht war es noch nicht zu spät, und er konnte es sich wiederholen. Vielleicht waren die beiden noch nicht von der Farm zurück. Er konnte sich und Marie viel Ärger ersparen, wenn er vor ihr bei Lisbeths Haus war. Er rannte zu seinem Garderobenständer, aber bevor er sich den Mantel anziehen konnte, sah er draußen Scheinwerferlicht. Er stand wie angewurzelt da und sah zu, wie das Auto in seine Einfahrt einbog.

Marie.

Es war zu spät.

Seine Beine wollten ihm den Dienst versagen, aber er konnte noch die paar Schritte zur Tür gehen und sie aufmachen, als Marie gerade die Veranda betrat. Im Mondlicht glitzerten die Schneeflocken, die auf ihrem Kopf und ihren Schultern lagen. Ihre blauen Augen begegneten seinem Blick. Obwohl ihr Gesicht ernst war, wirkte sie nicht verärgert oder wütend. Er sah, dass sie die Schachtel in der Hand hielt. Er musste schlucken.

„Darf ich reinkommen?"

Ihre ängstlich klingende Stimme zwang ihn zu raschem Handeln. Er trat hastig beiseite und sagte: „Ja. Bitte." Mit einer ruckartigen Kopfbewegung deutete er auf die Schachtel. „Du hast das Geschenk gefunden."

Sie stand zögernd in der offenen Tür. Ihr Mantel war noch zugeknöpft, und sie hob den Kopf. „Danke, Henry. Es bedeutet mir sehr viel, dass du es mir gegeben hast."

Er nickte, aber er konnte nichts erwidern. Die Kehle war ihm wie zugeschnürt.

„Du hast sie all die Jahre behalten?"

„Ich konnte sie nicht zurückgeben, weil ich eine Widmung reingeschrieben hatte."

Als er ihr enttäuschtes Gesicht sah, hätte er sich am liebsten einen Fußtritt gegeben. Warum war er mit diesem Blödsinn herausgeplatzt? Mit einem Kopfschütteln nahm er ihren Arm. „Bitte komm doch rein und setz dich erst mal."

Er führte sie zum Sofa und wartete ab, bis sie in der Mitte Platz genommen hatte. Er setzte sich auf einen Polstersessel und legte die aneinander gepressten Hände in den Schoß.

„Ich hätte sie sowieso nicht zurückgegeben."

Erleichtert sah er, wie sich ihre Miene aufhellte. Ihre blauen Augen leuchteten auf. Er fand den Mut, endlich das auszusprechen, was er sagen wollte: „Sie war für dich bestimmt. Deshalb sollst du sie auch haben."

Sie nickte. Ihre schlanken Hände hoben den Deckel der Schachtel. Sie stellte sie neben sich. Mit noch immer gesenktem Kopf warf sie ihm einen Blick zu. „Darf ich deine Widmung lesen?"

Hatte sie das etwa noch nicht gemacht? Er spürte, wie sein Hals und seine Ohren erröteten, aber er nickte trotzdem.

Er saß schweigend da, während sie die weiße Bibel aufschlug und laut vorlas. Sie brauchte nur ein paar Sekunden dafür. Er war mit Worten schon immer sparsam gewesen. Aber an der Art, wie sie mit dem Finger über seine Handschrift fuhr, merkte er, dass ihr die kurze Widmung gefiel. Wieder sah sie ihn an, und erneut musste er schlucken.

„Henry, danke für diese Bibel. Deshalb bin ich heute Abend noch hierher gekommen – um dir zu danken."

Er nickte und kam sich gleichzeitig dumm vor. Natürlich war sie deshalb gekommen. Warum denn sonst?

„Aber darf ich dir auch noch für so vieles andere danken?"

„Wofür denn?"

Sie legte den Kopf zurück, als müsse sie ihre Gedanken erst sammeln. Dann sah sie ihm wieder in die Augen. In ihrem Blick lag Zärtlichkeit. Er umklammerte seine Finger noch fester, sodass die Fingerknöchel weiß hervortraten.

„Danke, dass du Tante Lisbeth ein so guter Freund gewesen bist. Sie hat dich geliebt wie einen eigenen Sohn. Sie hat sehr an dir gehangen."

Umgekehrt war es ihm genauso gegangen. Wieder nickte er.

„Danke, dass du so viele Jahre lang für mich gebetet hast. Die meisten hätten aufgegeben, aber das hast du nicht getan. Und jetzt ernte ich die Früchte deiner Treue."

Sein erneutes Nicken fiel etwas ungeschickt aus, weil sich seine Nackenmuskeln plötzlich steinhart anfühlten.

„Und danke, dass du dich so sehr bemüht hast, mich wieder mit meiner Familie zusammenzubringen. Deine Mühe hat sich gelohnt. Für mich war das das schönste Weihnachtsfest in meinem ganzen Leben. Ich gehöre wieder zur Familie, und alle haben mich willkommen geheißen."

„Alle?" Seine Stimme klang belegt.

Ihr Lächeln zeigte ihm, dass sie seine Frage verstanden hatte. „Sogar mein Vater. Wir haben Frieden geschlossen. Es war einfach wundervoll."

Henry atmete erleichtert auf. „Ich bin so froh."

„Ich auch."

Eine Zeitlang saßen sie schweigend und mit gesenkten Köpfen da. Marie schien in die Betrachtung der Bibel versenkt, die sie immer noch in der Hand hielt. Henry untersuchte seine Fingernägel und ärgerte sich, dass es ihm nie gelang, die Ölspuren gründlich genug zu entfernen.

Als noch mehr Zeit vergangen war, legte Marie die Bibel fort und sah Henry wieder an. „Henry, wegen letzter Woche. Als du mich gefunden hast …"

Er hob eine Hand und begegnete ruhig ihrem Blick. „Das spielt jetzt keine Rolle mehr."

„Es muss für dich noch eine Rolle spielen, weil du die ganze vergangene Woche nicht mit mir gesprochen hast."

Henry ließ den Kopf sinken. Er hatte nicht gewusst, was er

zu ihr sagen sollte. Wenn sie unschuldig war, waren seine Vorwürfe mit nichts zu entschuldigen. Wenn sie aber die Diebstähle begangen hatte, konnte er sich damit nicht abfinden.

„Ich muss dir die Wahrheit sagen, und ich hoffe, dass du mir vergibst, weil ich nicht ehrlich zu dir war, als du mich gefunden hast.

Er hob den Kopf. „Dann erzähl es mir."

Marie erklärte ihm kurz, wie sie an jenem Morgen in die Scheune gekommen war und warum sie die Einzelheiten für sich behalten hatte. Henry dachte an sein Versprechen, nicht über die Begegnung in der Scheune zu sprechen, um Lisbeths Andenken nicht in den Schmutz zu ziehen. Erschreckt musste er feststellen, dass Marie ähnliche Gründe für ihr Schweigen gehabt hatte wie er.

Sie sprach mit ruhiger Stimme weiter. „Jetzt weißt du, dass Mitch die Diebstähle begangen hat, und jeder, der von ihm bestohlen wurde, könnte ihn anzeigen. Ich verstehe es, wenn du es den anderen sagst. Ich bin auch bereit, die Verantwortung dafür zu übernehmen, dass ich ihn einfach habe gehen lassen. Auf keinen Fall werde ich weiter lügen."

Henry wog sorgfältig seine Worte ab, bevor er etwas erwiderte. „Danke, dass du es mir gesagt hast. Weil jeder sein Eigentum wieder zurück hat, sind die Leute bestimmt bereit, die Sache auf sich beruhen zu lassen. Wir können natürlich mit den Diakonen reden, wenn es für deinen Seelenfrieden wichtig ist."

„Ich habe erst wieder meinen Seelenfrieden zurück", entgegnete sie mit Tränen in den Augen, „wenn du mir vergibst. Ich möchte nicht wieder von hier weggehen und uns beiden Kummer bereiten." Sie berührte die Bibel mit den Fingerspitzen und fuhr sich mit der Zunge über die Lippen. „Du wolltest mir die Bibel schenken, bevor ich weggegangen bin … mit John." Sie sah ihn an, und ihr Blick war unsicher. „Ich möchte nicht, dass noch etwas Unausgesprochenes zwischen uns steht."

Henry holte tief Luft. „Marie, mein größter Kummer ist es, dass ich dich für fähig gehalten habe, Diebstähle zu begehen. Wenn ich das auch nur für kurze Zeit geglaubt habe, hätte ich es doch besser wissen müssen. Kannst du mir vergeben, Marie?"

Ihre Augen glänzten, und ihre Lippen umspielte ein Lächeln. „Ja, natürlich. Und kannst du mir auch vergeben?"

„Ja."

Ihr Lächeln wurde breiter, und schließlich musste sie lachen. „Das tut wirklich gut."

Henry lächelte. Ja, es tat gut, wenn man alte Fehler bereinigen und einen Neuanfang machen konnte. Wieder schwiegen die beiden. Diesmal war ihnen die Stille nicht peinlich, sondern sie brauchten die Zeit, um ihre Gedanken neu zu ordnen und um eine gemeinsame Basis zu finden. Es wurde ihm ganz leicht ums Herz. Obwohl er dieses angenehme Schweigen nur ungern unterbrach, musste er Marie noch eine wichtige Frage stellen.

„Marie, glaubst du, Beth ist bereit, das Café an Deborah und Troy zu verkaufen?"

Sie legte den Kopf auf die Seite. Ihre fein geschwungenen Augenbrauen zogen sich einen Augenblick lang zusammen. „Will Deborah denn das Café weiterführen?"

„Ja. Sie und Trina möchten es zusammen betreiben, weil sie merkt, dass die Arbeit im Café ihr Freude macht."

Wieder erklang Maries silberhelles Lachen. „Heute ist wirklich ein Tag der Überraschungen. Ich sage Beth, dass sie mit Deborah sprechen soll. Bestimmt können sie mit dem Immobilienmakler alles regeln."

„Gut." Er musste sich räuspern. „Und wenn das Café verkauft ist … gehst du dann von hier weg."

Einige Sekunden lang schien sie den Atem anzuhalten, als sie ihn ansah. Aber ihr Gesichtsausdruck ließ sein Herz schneller schlagen.

„Gibt es für mich denn einen Grund hierzubleiben?“

Henry setzte sich neben sie auf das Sofa und nahm ihre Hand. „Das will ich doch hoffen.“ Er streckte den Arm aus, holte die Bibel aus der Schachtel und legte sie sich auf das Knie. Dann schlug er sie auf und las die Worte, die er damals geschrieben hatte, drei Wochen, bevor John Quinn in die Stadt gekommen war. „Was Gott zusammengefügt hat, soll der Mensch nicht scheiden.“ Er drückte ihre Hand und sagte leise: „Marie, darf ich hoffen, dass … vielleicht … ich für dich ein Grund bin, hierzubleiben?“

Er konnte nur noch verschwommen sehen, weil Tränen ihm die Sicht nahmen. „Ich habe nie aufgehört, dich zu lieben. Lisbeth hat das gewusst. Sie hat mit mir zusammen gehofft, dass du eines Tages zurückkehrst. Ich weiß, wie sehr du John geliebt hast, und ich will auch nie in deinem oder in Beths Herzen seinen Platz einnehmen. Aber wenn du mir eine Chance gibst …“

Marie legte ihre Finger auf seine Lippen. „Henry, du bist kein Ersatz für John.“

Ihm wurde es schwer ums Herz, aber er wartete, bis sie weitersprach.

„John war die Liebe meiner Jugend, und ich bereue es nicht, ihn geliebt zu haben. Er hat mir einmal erzählt, dass ich ihm geholfen habe, wieder zum Glauben an unseren Herrn und Erlöser zu finden. Er hat mir Beth geschenkt. Ich kann mir ein Leben ohne sie nicht vorstellen. Unsere Ehe hatte einen tiefen Sinn.“

Ihre weiche Stimme und ihre sanfte Miene fesselten ihn, obwohl sie von einem anderen Mann sprach.

„Aber du bist mir treu geblieben, und du hast mich immer noch geliebt, auch als ich deine Gefühle nicht erwidert habe. Für diese Treue und Liebe gibt es keinen Ersatz. John war die Liebe meiner Jugend. Aber du, Henry, bist die Liebe meines Lebens.“

Er öffnete den Mund, schloss ihn wieder, schluckte schwer und brachte es schließlich doch heraus. „Du meinst also … du liebst mich auch?"

Eine Träne löste sich von ihren dichten Wimpern und lief ihr die Wange herunter, als sie bestätigend nickte.

Er schlang die Arme um sie und sie legte ihren Kopf an seine Schulter. „Was ist mit Beth? Geht sie auch ohne dich nach Cheyenne zurück?"

Sie machte sich keine Mühe, sich aus seiner Umarmung zu befreien, sondern flüsterte an seinem Hals: „Gott hat uns wieder zusammengeführt. Ich lege Beth in seine Hände, weil ich darauf vertraue, dass er für sie sorgen wird."

Er drückte sie fest an sich und vergrub das Gesicht in ihren Haaren, bevor er sie wieder losließ. Tränen strömten ihr über das lächelnde Gesicht, und er wischte sie mit dem Daumen sanft fort.

Ihre schön geschwungenen Lippen verzogen sich zu einem Lächeln, das sein Herz schneller schlagen ließ.

„Frohe Weihnachten, Henry."

Endlich fand Henry trotz seiner Unbeholfenheit die richtigen Worte. „Gott hat mir ein kostbares Weihnachtsgeschenk gemacht. Ich liebe dich, meine Marie."

„Jetzt aber in Christus Jesus seid ihr, die ihr einst Ferne wart, Nahe geworden durch das Blut Christi."

Epheser 2,13